(8. 5. 5.)

본명은 박금이(朴今伊). 1926년 경남 통영에서 태어났다. 1955년 김동리의 추천을 받아 단편 「계산」으로 등단, 이후 『표류도』(1959), 『김약국의 딸들』(1962), 『시장과 전장』(1964), 『파시』(1964~1965) 등 사회와 현실을 꿰뚫어 보는 비판적 시각이 강한 문제작을 잇달아 발표하면서 문단의 주목을 받았다.

1969년 9월부터 대하소설 『토지』의 집필을 시작했으며 26년 만인 1994년 8월 15일에 완성했다. 『토지』는 한말로부터 식민지 시대를 꿰뚫으며 민족사의 변전을 그리는 한국 문학의 걸작으로, 이 소설을 통해 한국 문학사에 뚜렷한 족적을 남긴 거장으로 우뚝 섰다. 2003년 장편소설 『나비야 청산가자』를 《현대문학》에 연재했으나 건강상의 이유로 중단되며 미완으로 남았다.

그 밖에 산문집 『Q씨에게』 『원주통신』 『만리장성의 나라』 『꿈꾸는 자가 창조한다』 『생명의 아픔』 『일본산고』 등과 시집 『못 떠나는 배』 『도시의 고양이들』 『우리들의 시간』 『버리고 갈 것만 남아서 참 홀가분하다』 등이 있다.

1996년 토지문화재단을 설립해 작가들을 위한 창작실을 운영하며 문학과 예술의 발전을 위해 힘썼다. 현대문학신인상, 한국여류문학상, 월탄문학상, 인촌상, 호암예술상 등을 수상했고 칠레 정부로부터 가브리엘라 미스트랄 문학 기념 메달을 받았다.

2008년 5월 5일 타계했다. 대한민국 정부는 한국 문학에 기여한 공로를 기려 금관문화훈장을 추서했다.

토지

박경리 대하소설

토지

2부 3권

7

다실책방

차례

밤에 일하는 사람들

10장 사나이들

　반나절이 훨씬 지나서, 화엄사(華嚴寺)를 거쳐 구례로, 산들
바람에 버들이 휘휘 가지를 휘젓고 있는데 환이는 부어터진
강쇠를 데리고 윤도집네 대문으로 들어섰다. 윤도집의 마누
라 환갑이 삼월 초엿샛날 그러니까 어제였는데 잔치를 치른
집 같지 않게 인적기가 별로 없고 암탉이 병아리를 몰고 가는
안마당이 호젓하다.

　"허허허, 이 사람아 대체 어떻게 된 영문인가."

　환이와 강쇠가 사랑 문을 들어서려다 말고 돌아본다. 어디
다녀오는 길인지 의관(衣冠)을 갖춘 윤도집이 막 대문간을 들
어서고 있었다. 환이 가볍게 눈인사를 하고 강쇠는 허리를 꺾

으며,

"아이구 도집 어른, 무고하싶십니까."

깍듯하게 고개를 숙인다.

"주인집 장 떨어지자 나그네 국 마단다*더니, 잔칫집에 술 떨어지자 술 안 먹는 자네가 오는군그래."

강쇠에게 농치듯 한 말이었으나 얼굴에는 환에 대한 불만과 힐책의 빛이 역력하다.

'여러 가지로 자네 힘이 크다는 것을 뉘 모르나? 그리고 말하잘 것 같으면 모든 것을 자네 의견에 좇아서 일해온 것도 사실인데 우리라고 바지저고리는 아닐세. 방자한 게 한두 번이 아니거든.'

일별하는 눈빛에 그런 의도가 충분히 담겨 있었고 순간 환이의 눈빛도 거세게 일렁인다. 윤도집 마누라 환갑날에 대오지 못한 것은 예(禮)가 아닐 테지만 이들에게 있어 환갑잔치쯤 일상 잡사에 불과하고 환갑잔치를 빙자하여 시천교(侍天敎), 천도교(天道敎) 어느 파에도 전신하지 않는 세력을 규합하여 조직된 동학당의 지도적 인물들이 모여 회합을 갖기로 한 것이 일의 알맹인데, 그렇다 하여 하루쯤 일정을 어겼기로 윤도집의 심사가 그렇게 뒤틀릴 까닭은 없다. 평소 쌓이고 쌓인 환이에 대한 불만이 내비쳐진 것이다. 환이 입가에 서릿발 같은 미소가 떠오른다. 노골적인 야유, 야유인 동시 살기다. 윤도집의 눈 밑 근육이 파르르 떤다.

'졸갑스런 귀신은 물밥 천신(薦新)도 못 받는다더군요. 도집 어른께서는 그럴 분은 아닐 텐데요?'

늘 언행에 중심이 잡혀 있고 심지가 꼿꼿한 윤도집인데 어찌하여 환이에게만은 매번 신경이 곤두서게 되고 그러면은 신경이 바늘 끝으로 변하여 상대방을 찌르고 싶은 충동에 사로잡히게 되는지 알 수 없는 노릇이었다. 그럴 때마다 윤도집은 환이의 그 살기 어린 야유에 부딪는다. 살기나 야유가 두려웠던 것은 아니다. 칼을 뽑지 못하고 바늘을 뽑았다는 의식이, 소인배라는 자의식이 그를 부끄럽게 했고 자신에 대한 능멸감 때문에 견딜 수 없게 한다. 그럼에도 어찌하여 매번 환이에 대해서만은 늪과도 같은 도전의 유혹에 빠지는 건지 윤도집은 알 수가 없었다. 깊은 증오심도 없으면서. 야수처럼 사납고 처절한 성품의 김개주, 그 김개주의 영상을 환이에게서 때때로 느끼기 때문인지 모른다. 활화산 같은 그 인물에 완전히 승복하면서도 몸서리쳤던 그 기억, 기억 속 인물의 핏줄을 윤도집은 위험시하고 있었는지도 모른다. 복잡하고 예리한 심리대결은 그러나 한순간에 지나지 못했다.

"늦어도 어젯밤까진 올 줄 알았지. 아 글쎄 지리산 호랑이들도 알아모시는 건각들 아닌가? 허허허헛……."

역시 노련한 윤도집은 웃음으로 얼버무리며 환이의 눈동자를 직시한 채 후퇴하는 것이다.

"글안해도 어지저녁에는 왔일 긴데 말입니다. 길 떠나다 보믄 자연고로 생각잖았던 일도 생기는 법이니께요. 아무튼지 간에 잔칫날에 참니(참여)를 못했으니 미안시럽고 억울커마요."

강쇠의 말에 윤도집은 껄껄껄 한 번 더 웃고 나서,

"들어가자구. 모두 기다리고 있으니."

사랑채 뜰 안으로 들어갔을 때 방 안에서 운봉노인의 잔기침 소리가 들려왔다. 그것이 신호이기나 하듯 다른 몇 사람의 기침 소리가 한꺼번에 들려온다.

여닫이문으로 질러놨던 것을 터버린 방 안은 널찍했다. 그 넓이만큼 건장한 사내들이 왕방울 같은 눈들을 하고서 십여 명이나 진을 치고 앉아 있었다. 그들의 굵은 눈망울이 들어서는 환이 얼굴에 집중된다. 대체 네놈은 뭐길래 펄펄 뛰는 놈들을 하루 동안이나 방 안에다 가두어두느냐 하고 문책하는 투의 상판들이다. 환이의 눈은 그들 시선 하나를 잡았다간 놔주고 또 하나를 잡고 차례차례 물건을 다루듯, 살피듯, 실로 대적하기 어려운 오만이 전신에 팽창해 있다. 그들 사내들 중에서 환이 아는 얼굴은 윤도집의 큰아들 필구(必求)와 진주의 관수 그리고 산천 객줏집 주인 석포뿐이었다.

'흥, 저자가 바로 조막손이구나.'

환이는 피식 웃는다. 양 볼에 공기를 잔뜩 집어넣은 듯, 주먹으로 한 번 치면 툭 하고 꺼져버릴 것 같은 익살스럽게 생긴 사십 대, 환이보다 네댓 위인 듯싶은 사내는 화가 잔뜩 나서 환이를 노려보다가 다음 순간 씨익 웃는다. 사내들 중에서도 제일로 왕방울인 그의 눈은 웃음과 더불어, 그 무슨 신기한 조화일까 조그맣게 오므라들어 실눈이 되어버린다.

"거 장석도 아닐 것이고, 그런께로 자리를 잡고 앉았이믄 쓰겄소이."

땅땅하게 되바라졌는데 노리끼하고 성근 수염의 사내가 강쇠를 힐끔 쳐다보면서 슬쩍 한마디 던진다. 환이는 운봉노인 가까운 자리에 앉고 강쇠는 석포 옆에 가서 비비고 들앉는다. 내내 부어터져서 따라오던 강쇠는 데리고 온 자식처럼 약간은 머쓱해지는지 환이 쪽을 자주 바라보곤 한다. 이윽고 늦어진 점심상이 들어왔다. 상차림이 푸짐하지는 않으나 정갈스럽고 솜씨 있게 만든 음식이다.

'제에기, 와 이리 임석(음식)이 허옇기 사람을 치다보노. 짭고 맵은 거만 묵던 속에 기별이나 가겄나? 제에기, 그놈의 여핀네는 와 죽노 말이다! 사람이 심란해서 임석 맛도 모르겄다. 어디 천지에 성님 겉은 사나아 말고는 사나아가 없다 말가? 나 역시도 그 계집 말고 천지에 딴 계집이 없는 것도 아니지마는, 빌어묵을 살고 볼 일이제. 죽기는 와 죽노 말이다. 제에기 그럴 바에야 한분 기다리나 보제. 뜨물에도 아아 생기더라*고. 아이구 마 내사…… 사람 사는 기이 와 이런지 모르겄다.'

문어 산적을 질겅질겅 씹으면서 강쇠는 죽은 인이 계집 생각을 한다. 대들보에 축 늘어져 있던 소복의 시체가 새삼스럽게 밟혀서 음식 맛을 잃게 한다. 때때로 오싹하니 무서운 생각이 들기도 한다. 말로는 왜 죽었느냐 하면서도 이미 정은 뚝 떨어졌다.

'사람으 죽음이란 글안해도 무섭은 긴데…… 내 손으로 사람도 직이봤지마는 참말로 입맛 없구마. 우리만 거기 안 갔더라도 그런 일은 없었을 긴데, 제에기, 운수가.'

"머를 쭝얼쭝얼. 개대가리 죽쑤묵는 소리를 혼자 시부리쌓노."

맞은켠에 앉은 관수 말에 강쇠가 찔끔한다.

"내, 내가 뭐라 캤기에?"

"알아듣기라도 했다믄 혼자 시부맀다 칼까."

어느덧 점심은 끝나 있었고 운봉노인이 숭늉으로 입가심을 하고 있었다.

"그러면은 으흠!"

이윽고 운봉이 허두를 꺼낸다.

"여러분도 아시다시피 오늘 우리는 어렵게 이런 자리를 마련하여 한곳에 모였소. 이같은 모임은 처음 있는 일이오. 그런 만큼 매우 중요한 일이외다. 그간 우리 동학은 필설로는 다 못할 고난의 길을 걸어왔고 왕시 제폭구민(除暴救民) 보국안민(輔國安民)의 기치 아래서 학정을 쳐부수고 일본에 항쟁한 영광의 동학을 생각허고 무수한 동학의 피가 산천을 적신 그 마지막 싸움 이후 수십만 동학이 친일파로 혹은 중도파라고

나 할까 아무튼 싸움을 버린 형편, 또 작게는 일개 화적당으로 전락하여 잔명을 보존하는 이 기막힌 세태를 생각을 적에 가슴에 불기둥이 솟는 것은 여러분도 매일반인 걸로 아오. 이 차중에 비록 그 수효에 있어서 미약하나마 절(節)을 굽히지 아니하고 가슴에 불길을 그대로 간직해온 여러분이 이렇게 한자리에 모인 것에 감회가 없을 수 있겠소. 연이나 지금은 감회에 젖을 시기도 처지도 아니오. 두서가 없는 얘기요만 그간 여러분들이 일들을 잘해주신 데 대하여 치하의 말씀을 하고, 으흠."

운봉노인은 숨이 찬 듯 일단 말을 끊었다.

"나는 이 정도로 하고 윤도집이 말씀하시오."

앉은 자리에서 물러나듯 그리고 운봉은 눈을 감는다. 허무한 기운이 그의 얼굴에 감돈다. 신념이 상실되어가는 그러면서 해 떨어지기 전에 무거운 발길을 재촉하는 안간힘을 볼 수도 있었다. 늙은 것이다. 힘이 쇠퇴해가는 것이다. 차근차근하게 얘기를 시작하고 진행하는 윤도집 음성을 귓가에 흘려보내면서 늙은 장수는 산야를 메우던 동학의 무리와 함성과 그리운 얼굴들을 눈앞에 그려본다. 김개주의 핏발 섰던 눈을 보면서 운봉은 감았던 동자를 연다. 환이를 유심히 한 번 보고 다시 눈을 감아버린다.

"어쨌든 그동안 우리들이 일을 하면서 의견이 구구했고 불만도 있었던 게 실정이었소. 그리고 중론을 모아서 좋은 방안을 채택한 일도 없고, 해서 몇 가지 방안을 준비하여 여러분들의 의견을 묻고 한편 기탄없는 가부의 토론을 바라오."

"도집 어른!"

조막손이 손가(孫哥)가 성급하게 냅다 치듯이 큰소리로 부른다.

"말해보시오."

"지 말씸이 매우 당돌한 것도 겉십니다마는 한 말 디리겠십니다."

침을 꿀꺽 삼키고 입맛을 다신다.

"누가 머라 캐도 우리는 생사를 같이할 동료 아니겠십니까? 그런데도 인사가 없이 지내는 사램이 있다믄 그기이 어디 도리겠십니까? 다 바쁘고 산지사방으로 흩어져서 일을 하다보니께 역부러 찾아가서 인사를 닦는 일이사 임의로 할 수야 없지마는 한방에 앉아서 서로 얼굴을 빤히 보믄서도 남겉이 성명 삼 자를 모리는 것은 말할 것 없고,"

"워따, 무신 사설이 그리 길단가? 옳은 말이긴 혀도."

땅땅하게 되바라진, 노리끼하고 성근 수염의 사내, 임실(任實)의 지삼만(池三萬)이 엄지손가락으로 수염을 밀며 환이를 힐끔 쳐다본다. 얼굴을 빤히 보면서 성명 삼 자도 모른다는 조막손이 손가의 불평은 환이를 두고 한 것이다. 모습을 드러내지 않고 운봉과 윤도집 배후에서 움직이는 인물에 대한 관심이 많은 데서 나온 불평이기도 하다.

"통성명하고 인사 닦는 게 뭐가 그리 어려울꼬? 그건 쉬운 일일세. 어려운 건 서로 알면서 모르는 척하는 일 아니겠나?"

윤도집이 슬쩍 회피한다.

"하 참, 알 듯도 허고 모를 듯도 허고…… 도집 어른께선 노상 변죽만 치시니께로."

"변죽을 치믄 한복판이 울릴 거 아니오. 그것도 모리믄서 무슨 일을 한답디요?"

관수가 핀잔인데 어디 지삼만이 몰라 그러는 건가?

"헤헤헤헷…… 그도 그럴 것이요이. 허지마는 변죽 친다고 오 가운데가 너무 싸게 울리도 조막손이 되기 십상이여라우."

와아 하고 웃음소리가 터진다.

"뭐이라꼬?"

조막손이 손가의 얼굴이 벌게진다.

"아아니 내가 동네북가?"

방 안에서는 또 웃음소리가 터진다. 운봉도 웃고 환이도 싱긋이 웃는다. 그러자,

"헤 참 오나가나."

하다가 조막손이 손가는 남보다 더 큰 소리로 웃어젖힌다. 손가가 조막손이 된 것은 동학의 마지막 싸움, 우금치에서 무너지고 패주할 때 생긴 일 때문이다. 몇 사람과 무리를 지어 조막손이도 달아나는데 난데없이 날아온 오랏줄이 손가 왼편 손목을 감았다. 성미가 급한 데다가 억울하고 분하여 눈물을

줄줄 흘리며 달아나던 손가는 환도를 뽑아 오랏줄을 끊는다
는 게 그만 자기 손목을 끊고 말았다. 그 일화는 웃음거리인
동시 묘하게 애정을 갖게 하는 것이기도 했다. 덩치와 생김새
에 비하여 눈물이 많은 이 사내는 곧잘 장하지혼(杖下之魂)이라
는 문자를 썼다. 그럴 때는 어김없이 그의 눈에 눈물이 괴는
것이다. 장하지혼이란 민란 때 장살을 당한 아비의 넋을 두고
하는 말이다.

"내가 죽고 죽어, 골백번을 죽어도 양반 놈들하고는 화동
(和同) 못한다아! 장하지혼이 그거를 허락 안 할 것이다아! 이
놈들아! 천대받고 설움받은 네놈들이 그거를 잊는다믄 사람
으 새끼가 아니다아! 세상에 사람으로 함께 태이나가지고오
와 종놀음을 할 것고오! 사대육부 멀쩡한 놈이믄 나무껍질 벳
기 묵어도 굶어 죽진 않을 기다아! 양반 놈, 우리 원수 왜놈한
테 빌붙어 사느니 차라리 죽는 기다아!"

조막손이가 거느린 수하에 대한 훈시라는 것이 늘 그런 식
이었는데.

"흥, 우리사 사대육부가 멀쩡한께로 나무껍질이라도 벳기
묵겠지마는 이녁이사 그 조막손 갖고 흐흐홋…… 사대육부
멀쩡한 놈이라는 말만 뺐이믄 좋겠더마는,"

돌아서서 흉을 보지만 결국 손가에게는 조막손은 일종의
애교 같은 것이었다.

"인정사정 얘기는 우리 두었다가 후일 좋은 세월이 오면 하

기로 하고 그러면."

다시 얘기를 시작한다. 억양 없이 나직한 음성인데 그러나 얘기의 내용은 기왕의 일에 대한 신랄한 비판이었다. 그 비판의 화살은 환에게 가는 것이요, 환이의 독주(獨走)를 견제하지 않는 운봉에 대한 윤도집 불만의 토로이기도 했다.

"잘한 일도 있고 못한 일도 있고 그러나 지엽의 얘기는 그만둡시다. 크게 문제를 나누어 생각한다면 이렇게 가파롭게만 나갈 것인가, 그리고 쉬이 끝장이 나야 옳은가. 아니면 다소 완만한 길을 택하여 교세를 확장하면서 칼만 휘두를 게 아니라 인재양성도 하고, 의병이 아닌 동학이라는 것을 명백하게 하면서 보다 원대한 계획을 세울 것인가."

"그거사 지 좁은 소견으론 동학이라는 것을 들내놓자 그 말씀 아니겠십니까? 그렇다믄 지금 들내놓고 있는 친일파 동학하고 뭐가 다르겠소. 그렇기 되믄 일 못하지요."

윤도집의 말이 끝나지도 않았는데 관수의 당돌한 반박이다.

"그건 외곬으로만 하는 얘기고, 다소 과한 비유인지는 모르겠으나 쌈지 속에 엽전 몇 닢 넣고 투전판에 간다고 하지. 한 닢 두 닢 따기도 하고 잃기도 하는데,"

"그러면 도집 어른, 우리가 엽전이라 그 말씀이다요?"

알고서 어정대보는 지삼만의 수작이다.

"허어, 내 말 마저 듣고, 과한 비유인지 모르겠다 말하지 않았는가? 자네들을 바지저고리로 생각하고 한 말은 아닐세. 그

18

간의 한 일을 과소하게 평해 하는 말도 아니네. 그러나 투전판 얘길 또 해야겠구먼. 가령 여기에 만 냥을 가진 사람이 있고 단돈 한 냥 가진 사람이 있다 하자. 그 두 사람이 투전판을 벌였다면 얼핏 생각하기엔 만 냥 가진 놈이 바보 아니겠나? 그러나 또 뒤집어 생각을 해본다면 한 냥 가진 사람의 한 냥이란 피가 나는 돈, 그러니까 만 냥 가진 사람이 백 냥 이백 냥 잃는 거쯤은 아무것도 아닐 수 있지만 한 냥 가진 사람이 한 푼을 잃었다면 백 냥 이백 냥의 유가 아니지."

"도집 어른께서 무신 말씀을 하시려는지 짐작은 갑니다만 투전판 얘기론 아귀가 맞질 않습니다. 투전판에서야 돈 한 닢 가지고 만 냥 못 따는 법은 없으니께요."

관수가 들이대듯 뇌까린다.

"내가 투전판의 요행을 얘기하는 겐가?"

"그러니께 도집 어른께서는 엽전 얘기가 아니라 왜놈의 수효 말씀이겠는디, 말하잘 것 겉으면 왜놈으 수효는 개미 떼맨치로 수만이고 우리 싸우는 군사를 말하잘 것 같으면 가뭄에 콩 나듯 수효가 적다 그 말씀 아니여라우?"

"결국 그런 얘기지."

"새삼스럽기 지금 그런 말씀을 하신다는 것이 지로서 이상허요. 애당초 쌈이 되질 않는다는 것밖에 이약이 되질 않는디 그렇다면 수 년을 우리가 미친 지랄혔다 그 밖에 더 되겠어라우?"

지삼만의 반박이 여간 아니다.

"허허어 자네는 어찌 그리 막말을 하는고? 내 의도는 앞으로 더 탄탄하게 확실하게 지반을 다져가면서 일을 하자는 게 아닌가. 이 지경으로 나갔다가는 장차 화적당으로밖엔."

윤도집은 이맛살을 찌푸린다.

"그라면 도집 어른, 우리가 화적당 아니고 뭣이다요? 관군이겄소? 지는 화적당으로 치부하고 있지라우. 또 실상 불도 많이 질렀으니께요."

"무슨 소리야!"

"역정만 내시들 말고 들어보시시오. 의병이냐 동학이냐 갈라놓고 생각는 것도 지는 마땅찮이요. 수효를 가지고 따지시는 것도 그렇고, 또 화적당이면 어떻소? 핍박받는 백성이 일어서면은 으레껏 역적이다 화적이다 하기 매련이고 구데기 무서워 장 못 당구겄소? 실정이 십만 대군 거니리고 서울 가겄어라우?"

윤도집이 밀린다. 이때까지 관망하는 태도로 듣고만 있던 윤도집 편인 순창(淳昌)의 장가가 입을 연다.

"그렇그럼 한마디로 통박 짤라서 말해 치워버릴 양이면 우리가 여기 모일 필요는 없는 거 아니더라고? 성급허게 날뛸 거 없이 전후사정 이약을 소상히 들은 연후 자게들 생각을 말하는 게 순서 아니겄냐 이거여. 덮어놓고 무작정 그러는 거 아녀."

느린 말투로 나무란다. 운봉과 환이는 얘기를 듣고 있는지 아닌지 도통 말이 없다.

"덮어놓고 무작정 그러는 거 아니라 말시. 이약은 던져놓은 기니께 받아넘겨얄 거 아녀?"

지삼만이 목을 가다듬고 일장연설을 할 심산인데 조막손이 손가가 가로채어 말을 한다.

"하모 그렇지. 이야기는 도집 어른께서 터놓으신 기라. 대체로 내 생각도 지서방하고 비슷하구마는. 일리 있는 말이다 하고 생각는데, 우리 동료끼리는 체면 겉은 거 집어치우고 참말 좀 하자. 지서방 하는 말도 그거 아닌가 싶으구마. 우리가 지금꺼지 불 지르고 댕기기는 했어도 화적질 안 한 거는 제제가 끔이 알 일이겠고오. 그러나 설사 화적질을 했다 카더라도 상대편이 왜놈이거나 백성들 피 빨아서 부재 된 놈이믄 죄 될 것도 없는 기라. 그러는데 무신 법이 있을 턱이 있나. 잘 묵고 잘 살자고 한 짓 아니겄고 남으 나라도 통째로 굴컥 생키부리는데 내사 못해서 그렇지 왜헌병 놈 둔소에 가서 총이고 화약이고 뺏는 기이 쌈 치고도 실속 있기 이기는 기고 오적 놈들 고방 털어 군자금을 했이믄 오죽이나 좋으까? 그런 거를 다 일일이 사린달 것 같으믄 왜순사 놈 등에 칼 꽂을 것도 없는 기고 진짜 도적놈이사 서울에 높이 좌정하여 교주랍시고, 그, 그게 다 우리 동학 팔아묵고 눌러앉은 자리 아니라 할 수 있겠나아?"

이야기를 엇길로 끌고 나가면서 조막손이는 제풀에 흥분한다.

"딱한 소리 그만혔으면 좋겠구마. 이런 거를 두고 동문서답이라 하는 거여. 명색이 있질 않여? 명색이. 워째서 여기저기 우굴부굴하는 화적패를 옳다 한다냐? 나는 도집 어른 말씸이 지당하다 하겠어야."

사실은 윤도집 얘기는 초반부에서 끊겼고 열심으로 들은 것도 아닌데 순창의 장가 말고 눈 가장자리가 거무죽죽하고 입술도 푸르스름한 보부상 임가가 말했다.

"잘 생각들 해보더라고. 주재소에 불 지르고 왜순사 등에 칼 꽂는 것 그거만 능사 아니란께. 우리는 그냥 의병이 아녀. 의병이기보담 동학교도란 말시. 칼을 휘두르는 한펜 사람 맘에다 하눌님 뜻도 전하여야 한단께로. 그래야만 우리가 칼을 휘둘러 왜놈을 치는 명분도 서는 거 아니겠어?"

"명분이고 개뿔이고, 바린 말 할 것 같으믄 우리네야 몰린 쥐니께 목심 내놓은 것밖에 확실한 얘기는 못할 기구마. 그렇잖으믄 아예 애시당초 집어치웠던 기라."

조막손이 내쏘는데,

"아 세상에 저렇그름 무식혀 무신 일을 헌단가? 우물 안의 개구리여, 개구리. 손자병법에도 적을 알고 나를 알라 혔는디 이건 세상 돌아가는 것도 몰러? 허는 이야그가 산채에 숨어 살면서 고갯마루 지키다가 장꾼들 벗겨먹는 도적 떼,"

"아아니 멋이 어쩌고 어째? 도적 떼?"

"왜 억울하다냐? 제 입으로 이약하고설랑 따지기는 왜 따지는 게라우?"

조막손의 눈알이 불거진다.

"아 멋이 어째? 내가 나를 도적 떼라 했다 그 말가? 아아니 이거 순도적놈은 니 아니가!"

"도적이나 화적이나 매일반인께, 제 얼굴에 침 뱉는 소리 혀놓고."

"그 말이야 조막손이가 혔건데? 내 한 말을 거기 갖다 붙일 건 없고, 시비는 혀도 쌈은 안 허는 거여."

지삼만이 거들어주었으나 왈가왈부 시시비비는 말다툼으로 번지고 관수 석포, 나중에는 강쇠까지 주먹을 휘두르는 지경에 이르렀는데 휘두르는 데서 그치고 육박전으로 발전하지는 않았다. 실상 핏대를 세우고 떠들어대었지만 그들끼리의 대결이 별무효력이라는 것을 잘 알고 있었다. 싸우는 이들 중에서 학식이 있고 조리 있게 말할 줄 아는 사람은 석포 한 사람, 관수가 말깨나 하지만 나머지는 거의가 언문 정도를 깨친 그런 처지고 보면 실상 느낌이 있어도 말로는 표현하기 어려운 사람들이며 이들이 십분 표현할 수 있는 것은 행동일 뿐이다. 한데도 왈가왈부 떠들어보는 것은 먹물 먹은 사람만 대수냐, 우리도 그런 정도는 알고 있으니 무조건 승복은 아니라는 치기어린 오기였던 것이다. 그들은 잘 알고 있었다. 환이의 능력을. 몇 사람을 거쳐서 내려오는 지시는 환이로부터, 그리고 그의 지시는 영락없이 정확한 성과를 거두어왔다. 무조건 승복이 아니라는 오기도 속셈으론 환이에 대한 관심의 표시요 신비스런 뭣으로 가려진 그의 정체를 벗겨보고 싶은 호기심이었던 것이다. 물론 자부심도 있었다. 제가끔 제 수하들을 거느리는 만큼 힘들도 좋고 뚝심도 있었다. 머리도 보통보다는 빠르게 돌아가고 동학의 가장 불우한 시절을 거쳐온 이들은 관수와 강쇠를 제외하고 실전(實戰)의 경험자들이기도 했었다.

"그만했으면 많이들 얘길 한 것 같소."

환이의 음성이 팔매처럼 날아왔다. 거만한 분위기에 반발하고 싶은 심정들이지만 방 안은 잠잠해졌다. 어디 그림자 같은 네놈이 얼마나 아는 것이 많고 변설이 좋은가 들어보자는 품을 재면서 환이를 쳐다본다.

"왈가왈부, 더 이상 해보아야, 천년이 간들 지상에서는 천상의 법이 이루어질 수 없고,"

입가에 조소가 감돈다. 지삼만이 속으로 중얼거린다.

'거 웃음 한번 고약하단께로. 계집으로 치면 사내 많이 잡아먹을 웃음이여.'

"도둑이라도 사람이니 죽이면 살생이요, 아니 죽여도 살생인 것이오. 도둑으로 인하여 죄 없는 백성이 얼어 죽고 굶어 죽는다면 그 도둑을 죽이지 아니하였던 자는 도둑의 손을 빌려 백성을 살해한 것이오!"

무슨 심산에선지 환이는 천장을 올려다보며 드높은 소리를 질렀다. 마치 주문이라도 외는 것 같다. 그런데 지삼만이 씩 웃는다.

"누군지 이름 석 자나 알고 말 들었음 쓰겠소이. 답답이 뒷간에 갔다가 밑 안 씻은 맴이어라우."

그러나 환이는 천장을 올려다본 채,

"묘향산에서 온 천가외다."

한마디 내뱉고 곧이어 하던 말을 잇는다.

"도둑을 죽여도 살생이요 아니 죽여도 살생……."

환의 시선이 천장에서 제 무릎 쪽으로 옮겨진다. 하얀 이빨을 드러내며 웃는다.

"여러분은 어느 것을 택하겠습니까?"

"좀 더 펴서 이약을 해주시시요이, 군령이야 짧을수록 좋은디 여긴 사랑방인께로."

"나는 동학이, 동학으로서 어느 길을 가야 하는가 그 얘길 할 생각은 없소. 나는 동학이 아니어도 좋은 사람이라 소임이 없고 교전에도 장님이오. 다만 지금 형편을 구경한 사람의 처지에서 말하라 한다면 할 수 있겠소."

"……"

"싸움을 접어두겠다는 말씀은 아니하셨으나…… 지금 크게는 두 쪽으로 갈라진 동학이 있는 거로 알고 있소. 이 판국에 소위 이쪽이 골수파다 하여 또 하나의 분파를 드러낸다면 동학은 세 쪽이 되는 셈이오. 세 쪽 중 하나가 들내어 놓고 포교를 한다면 과연 얼마만 한 신도를 흡수할 것이냐, 그것은 도집 어른 짐작에 속하는 일이겠고 제가 보기는 도집 어른께서 욕심이 많으신 것 같소이다. 칼을 두 개 양손에다 하나씩 들고 쓰시겠다는 뜻으로 생각되오만 그것을 저는 반대하겠소이다. 왜냐하면 안 될 일이기 때문이오. 손병희 이용구라고 그마마한 욕심이 없었겠소? 안 되기 때문에 한 손의 칼은 버린 것이오. 포교를 하고 신도를 끌어들인다는 것은 낮에 일하고 밤엔 잠을 잔다는 것이오. 사도거리를 한낮에 돌아다녀도 왜헌병이 잡아가지 않는다는 얘기도 되겠지요. 손병희의 업적은 많은 동학교도를 연명케 해준 것…… 그것이오. 이용구도 그따위 말을 할지 모르지만요."

"……."

"동학당의 명칭 아래, 또 신도라는 명칭 아래 보다 넓게 사람을 포섭하기 위하여 가파로운 일일랑 당분간 쉬어볼 수는 있지만 그러나 낮에 일하느냐 밤에 일하느냐 그것만은 확실히 작정해야 할 것으로 본인은 생각하고 그 결정에 따라서 일신의 거취도 정하겠소. 이 제의를 받아들인다면 여기 몇 가지 계획을 짜본 것이 있으니 여러분과 함께 의논해볼 심산이오."

윤도집의 찌푸려졌던 미간이 펴진다. 사실상 환이는 윤도집에게 절반쯤은 양보한 셈이었으니까.

11장 옛 터전

"강쇠야, 너는 운봉 어르신네 뫼시고 먼저 가거라."

"성님은 이 새북에 어디 가실라꼬요."

"내 가는 데 알아 뭘 해."

환이는 모두 잠에서 깨어나기 전에 강쇠를 깨워 이르고 길을 떠났다. 흐미한 초승달이 떠 있는 새벽길을 사뭇 걸어간다. 그는 떠날 때 화엄사에 와 있는 혜관을 만나볼 요량이었다. 그러나 발길은 엉뚱한 곳을 향해 가는 것이다. 날이 밝기 전에 환이 당도한 곳은 평사리 마을 삼신당이 있는 숲속이었다. 숲속에서 빠져나온 환이는 불타 없어진 누각터에 가서 우두커니 마을을 내려다본다. 흐미하게 보이는 강줄기, 강 건너편 산허리가 강물처럼 흐미한 하늘 아래 누워 있다. 마을에서 닭 우는 소리가 들려온다.

환이는 조막손이 손가 얼굴을 생각한다. 새벽길을 헤치고 이곳까지 뭣하러 왔는가. 그것에 대해선 도통 생각이 없다. 발이 제 혼자 왔겠지 뭐 하는 투로. 손가의 얼굴을 자꾸만 생각한다.

'계집이 있을까, 자식새끼가 있을까, 술은 얼마나 퍼마시는고? 옳지! 그자를 한번 찾아가서 술을 마시자. 그자는 강쇠 놈보다 더 못 견딜 거야. 말을 시키다 시키다 안 되면 술상을 때려 엎을 거야.'

환이는 누각터에서 초당 쪽으로 발길을 옮긴다.

'임실의 지삼만이? 그 새낀 배신을 할 놈이다. 물건은 큰데 깨끗하게 돌아설 게야. 후회하고 마음 아파하고 그럴 놈은 아니지……. 일은 그자가 쳐낼 텐데 아깝군. 죽여버릴까?'

환이는 대숲 속을 헤매고 있었다. 대숲에서 허물어진 담장이 보인다. 환이는 허물어진 담장을 성큼 넘어선다. 별당에 불이 켜져 있다. 환이는 연못가에 엉덩이를 놓고 앉는다. 얼마 동안의 시간이 지났을까. 어느새 사방에는 옥색 빛 아침이 일렁이고 있었다. 엉덩이를 털고 일어선 환이는 허물어진 담을 넘어 몸채 쪽으로 돌아간다. 아침이 왔는데 기동하는 사람이 없다. 행랑 쪽으로 돌아간다. 마구간에는 말이 없다. 외양간에도 소가 없다.

"누, 누구요."

환이 돌아본다.

"아, 아."

거기 중년을 넘긴 듯, 그렇게 늙어 보이는 육손이가 벙어리처럼 소리를 낸다.

"아, 아, 너, 너는."

"오래간만이네."

"구, 구천이—."

육손이는 겁먹은 눈으로 사방을 둘레둘레 살핀다.

"빈집인가?"

"머할라꼬 여기는, 어, 어서 가라고."

"날 잡겠다는 사람이 아직도 있다 그 말인가?"

육손의 두 어깨가 축 늘어진다.

"있기는 누가 있이꼬? 곱새 서방님밖엔."

그러다가 다시 겁에 질린 것처럼 환이를 쳐다본다.

"서방님이라니 장가도 갔단 말인가?"

"가, 가기사 갔지마는…… 쑤, 쑥대밭이제. 어, 어서 가라고, 거, 거지가 됐다는 소문이더마는,"

"……."

"좀 있이믄 식구들이 일어날 긴데, 식구래야 머……."

"옛날엔 나그네를 괄시하지 않았네."

"그, 그래서 너 겉은 놈 두었다가 패가망신 안 했나!"

육손의 눈에 분노가 떠오른다.

"너도 여직 연명한 걸 보면 의리 있는 놈은 아니지. 하하, 하하핫……."

"죽으러 왔나? 미쳤나?"

"미치지도 죽지도 못하고, 저기 저 마루에 가서 얘기나 좀 하지."

환이는 육손의 겨드랑을 껴안듯, 육손은 뿌리치려고 몸을 흔들었으나 환의 힘은 반석 같다. 아까와는 사뭇 다른 공포의 빛이 육손의 얼굴에 떠오른다.

마루 끝에 나란히 앉은 후 환이는 담배를 붙여 문다.

"어짤라꼬 여긴 왔노."

불안을 느끼어 육손은 묻는다.

"불을 싸질러볼까 싶어 왔더니,"

"무슨 억하심정으로? 지은 죄도 많으믄서……."

"……."

"집구석이 콩가루가 됐는데, 그 많은 땅도 남으 손에 넘어가고오, 하기사 뺏은 재물이니께 차라리 속시원할 때도 있지마는……. 멀리멀리 가서 돌아오지나 말 일이제."

"아마 돌아올걸? 미친놈……."

"누구 얘길 하는 것고?"

"길상이 놈."

"뭐이라꼬?"

환이는 일어선다.

"잘 있게."

몸을 돌려 걸어나간다.

"이보라고! 길상이가 우쨌단 말고!"

"겁이 나나? 하하 하하핫……."

웃음소리가 사라졌다. 모습도 사라졌다.

"저기이 구신이까? 내가 구신한테 홀린 길까? 아이구 모리겄다 모리겄어. 콩가리 콩가리 집안이고……. 죽을라나? 와 눈에 헛것이 보일꼬?"

멍청하게 서서 중얼거리던 육손이는 벌렁벌렁 활갯짓을 하

며 마을로 내려간다. 육손이 환이를 만나지 않았더라도 실은
정신이 온전하지는 않았다. 순이가 죽고 순이와의 사이에 낳
은 계집아이를 애지중지 길러왔었다. 그 아이를 서울서 내려
왔던 홍씨가 잔심부름 시키겠다고 데려간 것이다. 그 후 반
정신이 나간 사람이 된 것이다.

육손은 논둑길을 벌렁벌렁 걸어간다.

"한복이이—."

이른 아침부터 논갈이를 하고 있던 한복이 돌아본다.

"니 방금 구천이 못 봤나?"

"구천이가 누군데 그러요."

"아아, 아 참 니는 잘 모르겠구나. 그라믄 누구 이 길을 안
가더나?"

"아무도 안 가던데요."

한복이 딱하다는 듯 육손이를 쳐다본다.

"서울 간 딸 소식 들었소?"

"들으나 마나."

했으나 육손이는 걸핏하면 벌렁벌렁 두 팔을 휘저으며 마을
로 내려왔고 상대편에서 딸 얘기를 물어보지 않으면 무척 섭
섭해하는 표정이 되어 딸 얘기를 그 자신이 꺼내는 것이다.

"니는 이분에 생남했다믄?"

"야."

어제도 물어본 말이었고 한복이도 어제처럼 짤막하게 대답

한다.

"참말이제 하늘도 무심쿠나. 샐인 죄인 아들도 딸 낳고 아들 낳고 땅 사고 집 장만해서 사는데……."

갑자기 심술이 치미는 듯 육손이 내뱉는다. 한복이는 말없이 가래질을 시작한다. 또다시 외로워진 육손이 우두커니 하늘을 보다가

"아무튼지 간에 생각해보믄 그게 다 구천이 놈 때문이제. 내가 이리 된 것도 물줄기로 찾아올라 간다 칼 것 겉으믄……최참판댁이 안 망했이믄 내가 이리 될 리가 없고오. 그만 아까 그놈의 애목이라도 물어씹을 거로 그랬나? 하기사 구신이제, 구신."

논둑길을 되잡아서 걸어나오는 육손이, 보리쌀 든 사기를 이고 우물길을 가던 봉기 마누라와 마주친다.

"육손이 팔자 늘어졌구마."

"뭐라꼬요?"

"아침부터 놀러댕기는 팔자가 좀 좋은가?"

"할 일이 있어야제요. 주인 없는 집."

"주인이 없긴 와 없노."

"있으나 마나, 참 두리어매."

"아아니 시집가서 자식 놓고 사는 사람, 뉘 집 애 이름이가? 두리, 두리, 와 카노?"

"야, 그거사 머, 그런데 말입니다. 구천이 가는 것 안 봤소?"

"머라 카노? 이 사람이 정말 환장을 했나? 뜬금없이 구천이라니?"

"야. 구천이요. 길상이가 올 기라 카더마요."

"쯔쯔,"

혀를 차면서 지나치려 하는데 치마꼬리 잡고 따라가는 애처럼 육손이는 봉기 마누라의 하얗게 된 얹은머리를 쳐다보며 따라간다. 밭둑에서 송아지가 운다. 육손이는 봉기 마누라 뒤를 따라가다가 송아지를 우두커니 바라본다.

봉기 마누라가 우물가에 갔을 때 복동이네가—서서방의 자부, 미쳐서 걸식하고 다니던 서서방은 이미 죽었고—물을 긷고 있었다.

"일찍구마요. 벌써 보리를 곱찍었십니까?"

중년티가 완연한 복동네가 안쓰러워하며 묻는다.

"누구 해줄 사램이 있이야제."

"좀 편할 나인데,"

"무신 대복으로? 아직이사 곰뱅이가 성한께…… 너거는 지난 장에 무명을 많이 냈다믄서?"

"많이 내기는요, 열 필 냈지요. 김훈장댁에서는 열다섯 필 내고,"

"그 댁 자부는 아금발라서 어정개비* 서방 데리고 이럭저럭 사는구만."

"사람이 용해서 그렇지, 농사지으니께 반년 양도는 되는 모양이더마요. 남자 손떠배기 없는 우리네보담이야."

"요새도 그 집에 순사가 찾아오는가?"

"머 그런 말은 안 합디다."

"보래?"

"야?"

"아까 최참판네 육손이가 구천이를 못 봤느냐고 날보고 묻더라. 영 사람이 돌았는가 배. 너 씨압씨가 죽고 난께 또 한 사람 미친 모양이다."

"구천이를 보았느냐고 물어요?"

"응."

복동네는 물을 긷다 말고 봉기댁네를 빤히 쳐다본다. 봉기댁네는 보리쌀을 씻고 돼지 밥통에 뜨물을 부은 뒤,

"여기 물 한 바가지 부어주라."

"야."

복동네는 급히 물을 길어 보리쌀 사기에 붓는다.

"참 이상도 하지."

"뭐가?"

"구천이 말을 한께, 실은 나도 보았소."

"머라꼬? 구천이를 보았다고?"

보리쌀을 헹구다 말고 복동네는 쳐다본다.

"보았소. 긴가민가하고……. 하도 세월이 오래라서 믿기지도 않았는데, 그러니께 육손이도 보긴 보았구마요."

"미친 소리 마라. 구천이가 지금꺼지 살아 있을 리가 없지. 헛것이다."

봉기 마누라는 일소에 붙인다.

이 무렵 환이는 마을 어귀 영산댁 주막을 찾아가고 있었다. 가는 도중 환이는 낯선 농부 한 사람을 만났다. 험상궂게 생긴 사내였다. 사십쯤 보이는 건장한 몸집의 사내는 거름 바지게를 짊어지고 가면서 눈을 치뜨고 마주친 환이를 쳐다보았다. 흐리멍덩했던 눈에 별안간 살기가 떠올랐다. 낯선 사람에 대한 적의였던 모양인데 적의 치고도 치열하다. 그 농부 말고 주막에 이르기까지 환이는 아무도 만난 사람이 없다. 마을은 조용하고 너무 조용하여 그림 같았고 빈집처럼 설렁해지는 기운이 사방에 감돈다. 산천에는 봄빛이 완연하건만, 산은 푸르고 강물도 푸르고 매끄럽게 흐르고 있었건만 영산댁 주막도 낡고 헐거워 보였다. 엉성하면서도 굴간같이 어두운 느낌이 든다.

"어여 오시시오."

그럴 나이도 아닐 텐데, 머리도 아직은 까만데 그러나 영산댁은 할망구가 다 된 것처럼 국솥에 불을 지폈는가 머리에 불티가 앉아 있고 눈까풀이 무겁게 처져서 구천이를 알아보지 못했다.

"이렇그름 일찍 어디 가신다요?"

손등으로 눈을 부비며 가겟방 주모 자리에 가서 앉는다.

"어디랄 것도 없고 해장이나 합시다."

"그러시오."

몇몇 해나 도배를 아니했던지 술청의 벽면도 그렇고 술판도 기름때에 절어서 거무칙칙하다. 나무통에 꽂아놓은 싸구려 주석 숟가락마저 을씨년스럽다.

시래깃국 한 대접과 탁배기 한 사발이 술판에 나왔다.

"주모는 혼자 사시오?"

두 허벅지에 주먹을 짚고 앉아서 술과 김이 피는 해장국을 노려보듯 하고 앉았던 환이 눈을 들어 영산댁을 쳐다보며 묻는다.

"혼자여라우."

툭 내쏘듯,

"함께 살아도 편허질 않고 혼자 살자니 적막강산이고 참말 이제 위째 살아야 할지 모르겠어라우."

"주인장은 죽었소?"

"야아, 뒤졌제라. 조선 팔도 다 댕기면서 계집질, 노름판, 그렇그름 허고서 멩대로 살 것이오? 법으루 만낸 서방도 아니지만...... 잡것......"

치맛자락을 걷어 힝 하고 코를 푸는데 콧물은 눈물과 엇비슷한 것, 청승궂다. 외로움에 찌들고 세월에 찌든 모습이 낡고 때 묻은 입성같이 처량하다. 영산댁은 빈 사발에 술을 채워준다.

"주모는 이곳에서 오래 살았소?"

"하모니라우. 오래됐제요. 내 각시 시절에 청보따리 하나 끼고 와서 여그다가 주막을 차렸인께로 반평생인디, 위째 사람의 맴이 늙은께로 그런가 요새는 아침저녁으로 뵈는 산천도 늙은 것 같들 않겄소이?"

"산천이 늙는다…… 그럴 법도 하군. 늙기는 늙을 게요. 하하하하……."

웃으면서 환이는 옛날에 보기보다 영산댁이 수다스럽다는 생각을 한다.

"어여 술이나 드시시오. 국이 다 식겄는디."

환이는 해장국 한 모금을 마시고 술을 들이켠다. 들이켜면서 바위를 치며 쏟아지는 폭포 생각을 했고 술잔을 술판에 내려놓은 뒤 묻는다.

"동네 인심은 전과 같소?"

"말도 마시시오, 말도 말란께. 밤낮 난리다 난리다 혀쌓아도 지금 와서 생각헌께 그 시절이 좋았어라우. 오륙 년 전도 이렇그름 인심이 가파롭진 않았어야. 줏대 있고 말마디나 허는 사람이 있었고. 지금이사, 말도 마시시오, 모두 뜨내기판인께로, 늙어서 죽고 의병 나가서 죽고, 조가 놈 등쌀에 죽고 쫓겨나고, 옛 얼굴들 보기도 심드는디, 무슨 놈의 조석변동인지 땅임자 작인이 조석으로 배끼니 이래가지고는 마을이란들 되겄단 말시. 소문 들은께로 조가 놈이 여거 옥답 몇 마지기를 읍내 왜놈헌티 기부혔다는 말도 있고 그러니 왜놈 지주가 오죽헐 것이며 또 작인이란 작자는 어디서 굴러온 돌멩인지 뉘 알겄어라우? 동네가 아주 망해버린 거여."

"망해버렸다니 그게 무슨 말이오?"

일껏 설명을 했건만 환이는 맨 마지막 말만 들었는지 되물었고, 일껏 설명을 한 영산댁도 자기 한 말을 기억하지 못한 듯 환이를 물끄러미 바라본다.

"금매 동네가 아주 망해버렸다 그 말 아니여라우."

"왜 그렇게 됐소?"

"아아 나라가 망혔인께로 자연고로 동네가 망허는 게 이치일 것이요만 여거 사정은 좀 다르단 말시."

"어떻게?"

영산댁은 빈 술잔에 술을 부어놓고,

"망한 사단을 찾는달 것 겉으면 오랜 이야긴디 그걸 워찌다 말헌다요? 한마디로 이 동리 사람들은 조상 대대로 최참판네 녹을 먹고 살았다 혀도 과언은 아니여라우."

"최참판이 아니라 최임금이었구면."

"말이 그렇다 그거 아녀? 아무튼지 간에 동네 기둥이 뚝 뿌러졌는디, 그 댁 서방님이 비명횡사한 게 그것이고오, 다음에는 최씨네 핏줄이 끊어진 건디, 여식 아이가 하나 있었지만 여자가 사람이간디? 자식이 어미 성씨 따르는 법은 없인께로. 그 차중에 괴정이 돌아서 마을을 싹 쓸어부맀고, 참말 대들보가 뿌려졌지라우. 최참판네, 그 댁 마님이."

환이는 가만히 술잔을 들어 올린다.

"그렇기 되고 본께로 까마구 까치집 채듯*이, 천하강산에 혈혈단신 나이도 미성한 여식 하나 남았으니, 아 시상에 조간가 뭔가 만석 살림 침 한 방울 안 흘리고 먹어치웠단께로. 허지만 시상에는 공것이 없어야. 하눌이 씨퍼렇기 내려다보고 있는디 그 살림을 부지할럽디여? 그것도 왜놈을 앞장세우고 또 그자는 의병들헌티 당한 것을 핑겔 삼고 또, 또 죄 없는 백성까지 의병으로 몰아서 잡아 죽이고 잡아 넘기고, 도척이 겉은 인심 아니고 멋이겠소? 아무리 하면 그, 그렇그름 혀서 뺏은 살림이 오래 갈럽디여?"

흥분하여 지껄이다가 영산댁은 갑자기 눈알이 횅해진다.

"손님은 어디서 오는 길이여라우?"

"어디랄 것도 없고 정처 없이 떠도는 사람이오."

"그렇담 이 동네 최참판네 형편은 영 모르겠소잉?"

"소문쯤이야 들어 알지요."

"아아, 알고 기셨어라우."

고개를 끄덕끄덕하는 영산댁 얼굴에 활기가 떠오른다.

"금매 모릴 사람이 없을 것이요이. 이약도 하 많고 그 거궁한 살림이 일패도지, 최씨 가문이 끊겼으니 말이요이."

"요즘 그 댁 형편은 어떤가요?"

"말도 마시시오. 헌디 그 댁이라니? 이 근동서는 그 댁이라

말허는 사람 아무도 없단 말시. 그 댁이라니? 도적놈에다 역적 놈인디."

영산댁은 화를 낸다.

"아아, 그럼 조가 놈."

"그 집구석 이야그라면 말도 마시시오. 서울로 거산해 가다시피 허고, 곱새 아들 하나가 남아서 하인 놈 침모 그리고 맹추라는 덩신 겉은 종년 하날 데리고 거궁한 집을 지키는디 여름이면 풀이 우묵장성이라 구렝이가 우굴부굴허고 대숲에서는 귀신이 난다는 말도 있는디 흥, 얼마 전에 곱새 아들 혼사가 있었지라우."

영산댁 얼굴에 비웃음만도 아닌 묘한 웃음이 지나갔다. 영산댁 입에서 말은 이미 나오게 되어 있는 것, 새삼스러운 말도 아니었으니 환이는 술잔만 기울인다. 실상 영산댁의 넋두리 섞인 그런 얘기를 들을 이유도 없었다.

"그 곱새 아들이사 무슨 죄 있간디? 몸이 병신이제 맘은 백옥 겉다 하더마. 내가 왜 이 집 주인이겠느냐면서 오히려 하인 행셀 허고, 그러니 그 집구석 하인이나 종년은 팔자 늘어졌지라우. 방구들에 똥을 싸도 말할 사람이 없인께로. 혼사헌다고 금년 봄 들어서 묵은 때를 좀 벗깄일 것이요만,"

환이는 자신이 주막에 죽치고 앉아서 왜 떠나지 못하고 있는가 하고 생각한다. 해장술 한두 잔 들이켰으면 길을 떠나야 한다. 서울로 가게 되어 있는 혜관을 만나야 한다. 낡아 기울어져가는 옛 주막에 앉아서 다 알고 있는, 아니 그 숱한 얘기 속 인물의 한 사람인 자신이, 아무 얘기도 들을 필요가 없는 것이다. 이 마을 근황에 대해선 혜관이 더 잘 알고 있고 소상한 보고도 받은 바 있지 않은가.

"그래서요."

"그래서라니? 아아 그렇지라우. 아무리 재물이 좋다고는 혀도 헛다리 짚은 거란 말시. 빈한한 선비 집 딸이라 허는디 아글씨 명색이 선비랄 것 겉으면 아무리 지체가 높다 헌들, 신랑이 병신인 것은 두고라도 조가네 역적, 도척이헌티 딸 줄 것이오? 그쪽도 창자가 썩은 선비일시 분명코. 시애비나 시에미 되는 조가 내외들도 아들을 강아지만큼도 생각 안 허는디 그래 며느리라고 떠받들 것이오? 이약을 들은께로 혼삿날 받아놓고 곱새 아들이 그랬다더만, 머리 깎고 중이 될려 해도 육신이 온전찮으니 내가 어디로 갈꼬, 허면서 한탄을 혔다더만."

"얼굴이 관옥 같다던가? 허허헛……."

"손님도 아시기는 아시누마. 암은이라우. 얼굴이사 하눌의 선관이제요. 헌디 손님?"

"……."

"얼굴 얘기가 났이니 말이지만 아까부텀 어디서 본 듯허다는 생각을 혔는디 이제 본께로."

"어디서 나를 보았소?"

"본 게 아니라 닮았어야."

"······."

"꼭히 닮은 건 아닌디, 비슷이 역력허단께로?"

"······."

"최참판네, 목 졸러서 죽은 그 양반 말시, 어딘가는 몰러도 비슷이 있단 말시."

환이 얼굴이 순간 새파래진다. 입술까지 새파래진다. 희미한, 아주 희미한 웃음이 입가에 번진다. 번진 채 얼굴이 굳어져버린다.

'그럴 테지. 비슷한 데가 있구말구. 한배 속에서 나온 처지니까.'

"손님, 워째 그런다요?"

환이는 빤히 쳐다볼 뿐이다.

"손님, 내가 못할 말 혔소?"

'어지간히 점은 잘 찍었네. 길목서 술장사 수십 년 이력이 있으니 눈이 맵긴 맵군.'

"목 졸리 죽은 사람을 닮았다 한께로, 맴이 안 좋았어라우?"

'한데 영산댁, 구천이를 몰라보니 허허헛, 늙긴 늙었군. 허허헛허······.'

머쓱해져서 영산댁은 술잔에 술을 채워주고 환이는 꺼뭇꺼뭇한 점이 박힌 술사발을 들면서 영산댁을 빤히 쳐다본다.

'참 요상한 사람 보겄더라고? 누구간디 최참판네 사랑양반을 닮었이까?'

"아따아! 이판사판 술이나 한잔씩 하고 가자구."

주막에 새 손님이 들어온다. 두 사람은 억실억실하게 생긴 장골들이요 한 사람은 좀 나이 티가 나는, 곱상한 얼굴이다.

"무신 바람이 불었단가?"

술판을 닦으며 영산댁이 말했다.

"올바람이 불었제."

퉁명스러운 음성과 함께 중년 사내 셋은 땀 냄새를 풍기며 술청에 오른다.

"어디 갔다 오는 길이라? 아침부텀서."

술 시중을 들면서 영산댁이 물었다.

"밥맛 떨어지는 데 갔다 오누마."

윗마을 오서방의 대답이다.

"밥맛 떨어지는 데랑이?"

술을 벌떡벌떡 들이켜고, 세 사내는 해장국을 훌훌 마신다.

"제에기, 영산집이 탕숫국* 묵을 나이도 아닐 긴데 국맛이 와 이렇노?"

"국맛이야 춘하추동 그 맛이제. 내 짐작허니 혓바닥에 바늘 돋쳤는개 비여."

"제에기, 혓바닥에 바늘도 돋칠 기구마는."

"밥맛 떨어지고 혓바닥에 바늘 돋쳤다 허는디 노름판서 밤 샘혔단가?"

"제에기 물어도 쌓는다. 관가(官家) 송사라!"

43

"그건 또 무신 말이다요?"

"그 빌어묵을 우가 놈이, 그 빌어묵을, 그만 질근질근 씹어 묵고 싶다마는, 하 참, 사람 악한 거는 범보다 무섭다 카이."

오서방은 속이 타는지 나머지 술을 바싹 마른 입술을 열고 들이붓는다.

"웻따매 갈증은 이쪽서 나는디, 무신 이약이라?"

"우가 그놈이 난데없이 오서방을 의병질했다고 찔렀던 기라."

오서방 대신 그의 처남 끝봉의 말이었다.

"오매, 우가 그자가 사람치고는 말자라 혀도 세상에 그럴 수 있는감?"

"우가 놈이 찌른 건지 다른 누가 찌른 건지 그거는 확실찮 은 얘기구마. 우리 눈으로 본 게 아닌께."

곱상스레 생긴 오서방의 외사촌 형 전서방이 말을 막는다. 오서방의 수염이 푸들푸들 떤다.

"아 그놈 아니고 누가 했겠소! 지리산 중놈이 했겠소?"

"허허 설사 그렇더라도,"

"그 목을 쳐 죽일 놈이 며칠 전에, 아 영산댁도 내 말 좀 들 어보소. 그놈이, 그 목을 쳐 죽일 놈이 우황 든 소를 속임수를 써가지고 팔라 안 카겠소? 그래 이 사람아 장사꾼이 사간다믄 모르까 하기야 속을 장사꾼도 아니지마는, 다 같이 땅 파묵 고 사는 농사꾼한테는 그러지 말게, 아 그랬더니 이놈이 티끌이를 잡아서 쌈을 걸어오는 기라. 마치 내가 훼방을 놔서 소를 못 팔기라도 한 거맨치로. 그래서 대판으로 싸웠는데 나중에 들은께 흥정이 안 됐다 하더마. 봉사한테 판다믄 모르까, 이놈이 그래서 내한테 앙심을 묵은 모양인데 온 세상에 잠자다가 날벼락을 맞아도 푼수가 있지 언제 내가 의병질을 했던고?"

"흐응, 전에도 그런 사람 하나 있었지야. 눈 밖에 난 사람이면 의병질했다 그 한마디로, 죽고 사는 게 그자 손가락 끝에 매이지 않았더라고?"

"아 설사, 설사 말이오. 이분에 내가 읍내 주재소까지 가서 총을 맞아 죽었다 카더라도 내 하나 죽으믄 그만이다 생각는다믄 어리석은 일이라. 내 자식새끼들이 있는데 애비 원수 안 갚을 기든가? 한조 아들내미도 지, 진주서 헌헌장부로 커가지고 아배 원수 갚을 기라고 칼을 갈고 있다는 소문 못 들었던가? 천하없이도 지은 죄는 남 주는 거 아닌께. 아, 아니고말고! 이, 이놈을 그만, 맷돌에다 갈아 마시도 맴이, 어이구! 우가 놈 이놈아!"

그동안 어지간히 참은 모양이다. 술이 들어가자 둑이 터진 듯 울분이 솟구치는가. 오서방은 바싹 메마른 입술에 거품을 물고 허공에다 주먹질한다.

"허허어, 그럴 기이 아니라고. 길이 아니면 가지 말라 했는데."

"그러는 기이 아니라니요? 형니임! 지렁이도 밟으믄 꿈틀거리는데 하물며 사람, 그것도 생사가 걸린 모함을 받았는데도요?"

"사람 영악한 거 범보다 무섭다 안 했나? 그놈 건디리봐야 물구신맨치로 감고 들 긴데, 일없이 풀리나온 것만도 잘된 일이라 생각해야제."

"하모요. 잘된 일이라 생각해야제요."

끝봉이 사돈뻘 되는 전서방 말에 맞장구를 친다. 외사촌 형과 처남이 설동하여(앞장서서) 읍내서는 말발이 선다는 허주사(許主事)의 보증을 얻어서 겨우 끌어내온 오서방인 만큼 두 사람은 제발 성가신 일이 다시 없기를, 그것만을 바라는 마음은 일치되어 있었던 것이다.

"잘된 일이긴 머가 잘된 일이오? 아 그래 내가 의병질을 하다 붙들려갔단 말이오?"

"허허어. 이런 세상을 살자 카믄 이래도 흥, 저래도 흥, 흥챙이가 돼야. 참말로 칼날 겉은 세상인 기라. 임금님도 들어내고 총칼이 소리치는 세상인데 우리 겉은 농사꾼이야 그저 죽은 듯이 들엎우리고 있는 기이 상수라. 도적을 피하믄 강도를 만낸다는 말도 있듯이, 참말이제 옛적에야 아무리 수령 관속이 백성을 수탈한다 해도 우리네 상사람끼리는 할 말 하고 살았는데, 그뿐이가? 동네에는 법이 있어서 사람 겉잖은 놈은 동네에 살지도 못했고."

허리춤에서 곰방대를 뽑으며 전서방이 말을 끊자 끝봉이 받아서,

"살도 못했지요. 동구 밖으로 쫓아내믄 그만이었인께. 사람 짓 못하믄 맞아 죽어도 말을 못하지 않았소? 세상이 이렇기 되어가다가는, 참말이지 이렇기 되어가다가는 조상 산솔 파헤치도 꿀 묵은 버부리놀음 안 하겠소?"

한동안 세 사람은 풀이 죽어서 말이 없다. 홀로 앉아 술을 마시고 있는 나그네에 대해서도 관심이 있을 리 없고,

"동네 인심이 너 남 지간 없이 날로 야박혀가는디 그중에서도 우가하고 마당쇠하고가 젤로 큰일이란 말시. 에지간히 나쁜 축에서는 걸맞지 않더라고? 성씨부텀 그렇제. 우가는 외양간에 살어야 허고 마가는 마구간에서 살어야 허는디 그래야 쓸 것인디 푼수 없이 사럼 집에 산께로 그런 횡패 아니더라고?"

풀이 죽었던 세 사람이 피시식 웃는다.

"우가도 우가지마는 속으로는 숭측한 독사뱀이 들앉았다 카더라도 우선 외면 치레만은 하는 놈이니께, 마당쇠 그놈의 행실이야 들내놓은 거고, 옛적 겉으믄 당산나무가 성가싫일 기고 볼기짝에는 멍 가실 날이 없었일 긴께."

"볼기짝에 멍 가실 날 없어도 제 버릇이야 남 주겠소."

"영락없는 되놈이라 카이. 마당쇠 그놈 오양(외양)을 보라고?"

전서방은 붕어 물 먹듯 담배를 피우고 처남 끝봉이와 매부

오서방 둘이서 말을 주고받는다.

"나쁘기로는 우가 그놈 곁방 나앉으라 하겠지마는 천치 겉은 데가 있어서."

"칠푼이니 망정이지. 그 차중 우가 놈맨치로 재주꺼지 피운다믄 동네 사람 다 잡아묵게? 하야간에 마당쇠 그놈 가진 거라고는 똥창에 똥밖에 없일 기구마. 그 주제에 꼴에 꼴방망이 차고 남해 노량 간다고 제 계집만은 오금덩이겉이 우둔다(떠받든다) 카이 한 가지 볼 점은 있는 모양이제?"

"미치겠구마요. 한 달 전에 죽은 서서방맨치로 미친놈 자꾸 생기겄소."

누이를 좀 위하라는 매부의 압력으로 받아들인 오서방 시뿌드드해서 말대꾸.

"허기야 마당쇠헌티는 과한 마누라 아니더라고? 제집이 그만헌께로 동네서 원성도 덜 듣는 거 아닌게라우."

"세상에는 호랑이 잡아묵는 담보가 있다 카더라만 마당쇠 그놈한테도 무섭은 거는 하나 있지."

끝봉이 쓴웃음을 띠고,

"순사 말이라?"

영산댁 말에 모두 웃는다. 붕어 물 먹듯 곰방대를 빨고 있던 전서방도 웃는다.

"주모, 여기 술이오."

이야기에 정신이 팔려 있던 영산댁이 허둥대며 환이 술잔에 술을 붓는다.

"순사만 보믄 꽁지에 불붙은 거맨치로 그 덩치 하고서 도망가는 꼴이라니, 며칠 몇 밤 부엉이새맨치로 숨어 있는 꼴이라니, 가관이제. 오서방 잡을라꼬 순사가 왔일 때만 혀도 허 참 그자가 먼지 뛰더라니까."

"글안혀도 마당쇠 아낙이 며칠 동안 애먹었어라우. 어지저녁 때 게우 시루봉에서 찾았다잖여? 아거 달래듯기 달래서 데리왔단께."

"미련한 놈이, 하기는 순사라도 그만큼 겁내니께 논골 장서방도 그 원수는 면할 수 있었을 기라."

"그런달 것 겉으면 논골 장서방이 순살 불러딜이서 마당쇠를 내쫓았다 그 이야기라?"

"장서방이 무슨 권세 있다고? 흥."

"그렇담 무신?"

"새로 된 땅임자가 머 왜놈이라 카던가, 왜놈 첩년이란 말도 있고, 그거야 머 자세히 아나 마나, 하야간에 세도를 가진 놈이겠지. 순살 불러들있이믄."

"그도 그렇겄소. 순사 말이 났인께로, 아 금매 지난분에 마서방, 순사만 보믄 꽁지에 불붙은 거맨치로 달아나는디 워째 그런단가? 허고 물었더니 항우장사라도 우쩔 기든고? 화등잔 겉은 문서 있는 제 땅도 뺏들어가는 왜놈이니께, 총 한 방이믄 그만이라요. 내 이 눈으로 푹 꼬꾸라져 죽는 꼴을 봤이니

께, 아무리 내 심이 항우장사라 캐도 총 앞에서는 벨수 없는
기라요. 아 지리산의 생이틀 겉은 호랑이도 총알에는 못 당하
니께, 허질 않겄소? 그 말 듣고 한참 웃었제라우."

시름을 잊은 것은 아닌데 모두 웃는다.

화제에 오른 마당쇠, 성은 마가(馬哥)요 이름은 당쇠라 해서
마당쇠인데 환이 주막으로 올 때 만난 그 사내가 마당쇠다.
이야기를 더 거슬러 올려본다면 십 년 전, 호열자가 퍼졌을
그 무렵 그러니까 죽은 최참판네 김서방이 마름 장서방 집에
서 만난 일이 있는 바로 그 농부다. 참판네 마름이믄 천하 제
일이오! 떼거지라니! 없는 놈은 이름도 성도 없다 말이오! 하
며 험상궂은 얼굴에 눈을 까뒤집고 덤비던 사내, 해면 해마다
약정한 대로 수곡을 낸 일이 없고 그럴 때마다 땅을 내놓으라
고 으름장을 놓으면은 거품을 물고 울부짖고 어느 놈이 죽는
가 사는가 보자! 어느 놈이든 땅 뺏아 부치 묵는 놈이 있으믄
대갈통을 바수어버리겄다! 동네가 떠나가게 고래고래 소리를
지르며 괭이를 둘러메고 논으로 달려가던 사내, 논둑에서 몇
날 몇 밤을 지새우며 누가 논을 떠메고 갈 듯이 지키던 미련
한 마당쇠였었다. 그 마당쇠가 논골에서 순사에게 쫓겨난 것
이다. 그러나 마당쇠의 뚝심은 최참판댁으로 밀고 들어갔고
회장작같이 안마당에 드러누워 이치가 안 그렇소오! 최참판
네서 땅만 팔지 않았다믄 와 내가 쫓겨났겄소오! 고래고래 소
리를 지르는 바람에 마침 마을을 떠나는 작인이 있어 결국 평

사리에서는 혹을 하나 붙이고 만 셈이 되었다.

"흥, 가리 늦기 이기이 무슨 고생일꼬. 아무튼지 간에 동네에 남아날라 카믄 우가 놈겉이 간악하든가, 마당쇠겉이 미련하든가 둘 중 하나라. 이차에 그만…… 생각을 고쳐묵고 접은 생각도 들고, 부산 겉은 도방에나 나가서,"

오서방 탄식에 끝봉이,

"부산 가서 머해 먹고살라꼬."

"산 입에 거미줄 치겄소. 선창가에서 짐이라도 날라주믄 설마 밥이야 안 굶겄지요."

"내 고장도 인심이 이렇그름 신산헌디 객지서 어느 누가 타관 사람 반기겄어라우?"

"도방이니께…… 남이야 밥을 묵든 죽을 묵든 참견이야 안 하겄지요. 안 한 의병질 했다고 찌를 놈도 없일 기고 사람이 하루를 살아도 마음을 놓고 살아야지."

"그럴 바에야 부산 갈 것 없고 더 멀리 만주땅에나 가지 머."

"살자니 그렇고 떠나자니 또 정처 없고 참말이제 우쨌이믄 좋을지 모르겄소."

"사람 사는 곳은 다 마찬가지여. 절에 가면 편할란가 혀도 가보면 그렇고, 참고 살아야제. 부모 산소의 풀은 베야, 안 그렇더라고?"

"그러세요. 우짠지 동네에 들어가기가 싫구마요."

"싫으나 좋으나 할 수 없제."

전서방이 곰방대를 털고 허리춤에 찌르며 일어섰다.

"빌어묵을, 계집자식만 없이믄 그놈을 그만, 내 죽고 지 죽고."

전서방은 오서방을 떠밀고 나가고, 끝봉이 술값을 내면서 처음으로 그곳에 외간사람이 있는 것을 깨달은 듯 환이를 힐끗 쳐다본다. 환이도 눈을 치뜨고 끝봉이를 쳐다본다.

"……."

자석처럼 끌어들이는 그 눈매, 끝봉은 까닭 모르고 허둥대며 주막을 나간다. 허둥지둥 두 사람 뒤를 따르다가,

'가만있자아?'

걸음을 멈춘다.

'가만있자, 가만있자……. 누구더라? 저게? 마, 맞다! 최참판네 머슴 놈 구천이다아!'

끝봉은 오던 길을 되잡아 주막을 향해 사뭇 달려간다.

'허 참 뜬금없이, 그자가 여기 머할라꼬 나타났이꼬? 죽었다 카더마는 설마…….'

그러나 끝봉은 자석같이 잡아끄는 그 눈을 똑똑히 기억한다. 끝봉이 주막 앞에까지 갔을 때 끝봉이 돌아올 것을 알고나 있었던 것처럼 환이는 문 쪽을 향해 얼굴을 돌리고 가만히 응시하고 있었다. 두 사람의 눈이 마주쳤다. 쫓는 처지도 쫓기는 처지도 아니건만, 원수도 친구도 아니건만, 끝봉이로서는 어리둥절한 대결이다. 말 한마디가 입 밖으로 나오지 않는

다. 뿐만 아니라 환이에게 잡힌 눈을 빼내지 못해 숨이 가빠온다. 얼굴이 벌게진다. 환이 미소 지으며 술잔을 드는 순간 끝봉은 물러섰다. 미소 짓던 얼굴, 악귀 같은 얼굴, 끝봉은 몸서리를 치면서 헐레벌레 걸어간다. 저만큼 개울가를 따라서 걸어가는, 무명 두루마기에 갓 쓴 전서방과 동저고리 바람인 오서방 뒷모습을 향해 끝봉은 급히 걸어간다.

"사돈,"

"와 그라요."

전서방이 돌아본다.

"오서방!"

"야?"

오서방도 돌아서서 기다린다.

"거 희한한 일이 다 있구마."

"머가요?"

"주막에 말이다. 혼자서 술 마시고 있는 사람 안 있더나?"

"야."

"누군지 아나?"

"우찌 알겠소."

"구천이다. 최참판네 머슴 구천이란 말이다."

"머라 카요?"

"사돈, 틀림없는 구천이오. 이 눈으로."

"허허어, 신소리 그만허소."

전서방은 일소에 붙인다.

"틀림없는 일이라요. 나도 하 이상해서 주막에 도로 안 갔십니까? 가서 똑똑히 봤단 말입니다."

"사람을 잘못 보는 수도 있인께."

"허허어 참, 내 말이 안 미덥으믄 사돈이 가서 한분 보소."

전서방은 팔자걸음을 휘적휘적 걸으며,

"가서 볼 것도 없고, 설사 거기 있는 사람이 구천이라 캐도 우리하고는 아아무 상관없는 기라오."

"야, 그거사 그렇십니다만."

"구천이가…… 그거는 아마도 처남이 잘못 보았을 기요. 지금꺼지 살아 있을 리 만무 아니오."

"아아니 그거는."

"구천이가 죽은 지 언제라꼬요? 지리산에서 최참판네 사랑 양반한테 총 맞아서 죽은 걸 모릴 사람이 없지요."

"그것은 헛소문인 기라. 말짱 헛소문."

"허허어 남우 일에 와 이래쌓는고?"

그러나 세 사람은 구천이가 죽었느니 살았느니, 아니라니 기라니 계속 말씨름을 해가면서 마을로 들어갔을 때 정자나무 아래 예닐곱 명의 사내들이 둘러서서 떠들어대고 있었다.

"와 이러요?"

끝봉이 기웃이 들여다본다.

"설사 구신이라 카더라도 보기는 본 거라요. 무신 돈 나오는 일이라꼬 내가 거짓말을 하겠소."

기운이 한 푼 없다는 시늉으로 팔을 젓는, 얼굴이 싯누런 육손의 목소리다.

"아무래도 육손이 니 딸내미를 서울에 뺏기고 보니, 하기야 그럴 기다마는 정신이 온전찮으니께 이것저것 헷갈리는 기라."

"내만 보았소? 내만 보았다믄 나도 믿지 않겠소만 서서방 네 자부도 보았다 안 카요."

"그러세……. 그기이 정말이라 칼 것 겉으믄 생각해볼 일이 제. 그놈이 어디메쯤 갔는지는 몰라도 다리몽댕이 성한 채 돌리보내는 거는 아닌데,"

저승꽃이 피고 쪼글쪼글 주름져서 늙은이 티가 완연한 봉기는 하얀 혓바닥을 내둘러 입술에 침을 발라가며 말했다.

"그거라믄 내가 알구마요."

끝봉이 어깨 너머 얼굴을 내민다.

"알다니?"

"어디메쯤 간 기이 아니라요. 바로 영산집 주막에서 술 처묵고 있더마요."

"그기이 정말이가?"

"거 보소. 내가 헛것을 본 기이 아니라요."

육손의 얼굴에 기운이 돌아온다.

"허 참, 요상한 일이 다 있네. 거짓말 겉네."

"방금 주막서 만내고 온 기라요."

끝봉이 그들 사이에 끼어들려고 발돋움을 하는데 옆에 있던 전서방이 옆구리를 찌른다.

"……?"

"가는 편이 좋겠구마는."

눈짓을 한다. 시꺼먼 수염에 온통 얼굴이 가려진 사내가 괭이로 땅을 툭툭 치며 다가오고 있었다. 오서방의 많잖은 수염이 푸들푸들 떤다. 중풍 든 사람처럼 입술이 비틀어지며 얼굴 근육 전부가 실룩실룩 움직인다.

"야. 가, 가입시다."

전서방과 끝봉이 양편에서 오서방을 떠밀듯, 세 사람은 그 자리에서 뜬다. 음흉스럽게 빛나는 눈을 깜박이지도 않고 괭이 든 사내는 그들 뒷모습을 바라보다가,

"퉤! 퉤퉤퉤."

하며 가래침을 뱉고 씨익 웃는다. 그러는 새 모인 사람들 속에서 봉기는 나잇값을 하느라고 일장연설을 하고 있었다.

"모두들 한분 생각해보는 기이 좋을 기구마. 와 우리가 오늘 이 지겡으로 살기가 답답해졌는지를. 그거는 날아가는 새 잡고 물어봐도 알 기구마. 그거는 으흠! 그거는 두말하믄 입 아플 기고, 그거는 최참판댁이 망한 때문이다. 어째서 망했노? 칼 것 같으믄, 아무아무 땜에 망했다 칼 수도 있고, 자손이 끊깄이니께 칼 수도 있고오, 괴정 땜에 그랬다 칼 수도 있지마는, 그러나 시초는 구천이라, 머슴 놈 구천이가 별당아씬

가 하는 계집을 업고 달아나지만 안 했이믄 아무리 망했다 망
했다 캐도 이 지겡까지는 안 됐일 기라. 이 동네가 아주 풍지
박산이 된 것도 자초지종……."

하는데 어디서 난데없이,

"그렇구마. 최참판네만 안 망했이믄 왜놈한테 땅을 팔았이
까! 내가 순사 놈한테 쫓기서 논골을 나오지도 않았일 기고오!"

우레 같은 마당쇠의 음성과 함께 험상궂은 얼굴이 사람을
헤치고 들어선다.

"듣고 본께 일리 있는 말이라. 별당아씨라는 여자가 살림을
들고 차고 앉았이믄 왜눔 세상 되었다고 이리 허망하까?"

"그라고오, 또오 한 가지이, 우리가 아무리 무식한 농사꾼이
지마는 조상 대대로 지키온 기이 삼강오륜이라아. 알겠나아!"

봉기 자신도 모르면서, 그러나 신이 나서 목을 뽑는다.

"그, 그렇고말고,"

어물쩍거리는 장단이다.

"그러니 머슴 놈 구천이는 남으 계집을 돔바(훔쳐) 갔으니 옛
법에는 장살감이라! 그렇나 안 그렇나!"

"그, 그도 그렇지."

"지금이사 양반의 세도가 땅으로 뚝 떨어졌고 거기다가 이
동네는 양반이 모두 집을 비우고 없는 기라. 하니께 우리도
삼강오륜을 지키온, 상놈일지라도 천민은 아니고 보믄 종질
하던 구천이 놈 작살을 못 낼 것도 없다, 내 말은 그거라."

"작살뿐이겠소오! 맷돌에 갈아부리지."

"그럴 거 없이 당산나무에 매달아서 몽둥이질이나 몇 분 하고."

심약한 편의 제안이다.

"아무튼지 간에 그놈이 달아나기 전에 잡기부터 하는 기이 좋겄고."

해서 봉기가 앞장선 한 무리의 마을 사람들은 손에 손에 몽둥이를 들고 주막으로 달려간다. 점심때가 가까워지는 시각이다. 뿌연 햇살이 섬진강 물결 위에서 희번득이고 있었다.

"구천이 네 이노옴! 이리 나오니라아!"

주막 앞에 이른 마을 사람들, 그중에서 봉기가 혼신의 힘을 모아 외쳤다.

"뭣이란가? 오매! 이게 워찌 된 영문이요잉?"

영산댁이 치마 끝을 밟아서 휘청거리며 일어섰고 환이는 잠자코 허리끈을 졸라맨다.

"구천이 네 이노옴! 이리 못 나오겄나아!"

이번에는 합세한 고함이다. 그중에서 마당쇠 음성이 유독 짐승 울음같이 굵고 크다.

12장 백정네 식구

"분명 어제 새벽녘에 나갔소?"

혜관이 긴장된 얼굴로 묻는다.

"그렇소. 첫새벽이라 떠나는 것은 보지 못했소이다만 강쇠를 깨워서 운봉 어른 뫼시고 먼저 가라 이르더랍니다."

혜관의 긴장에는 개의치 않고 윤도집은 냉정히 말했다.

"어디 간다는 행선지도 말 않구요?"

"글쎄올시다. 거기 대해선 강쇠가 말 안 하더군요."

"그래요? 화엄사에 소승을 만나러 오게 돼 있었는데…… 거이상하군요."

"혜관께서도, 아 하루 이틀 일이라고 그 사람 걱정이오? 이곳에도 하루 늦게 왔더이다."

윤도집은 입맛을 다시며 쓰다는 표정을 짓는다. 사실 그저께 회합 때 환이 쪽에서 절반쯤은 양보했다고는 하나 환이가 내놓은 방안이라는 것은 여전히 종전대로, 그 방침을 굳힌 것이외 아무것도 아니었다. 교세를 확장한다거나 전력을 증강한다는 거나 엄밀히 따진다면 차이가 있는 것도 아니었건만, 왜냐하면 윤도집 역시 교세확장이란 전력증강의 위장임을 셈하고 내민 터수였으니까. 전혀 감정적 촉각이 없었다 한다면 거짓이겠는데 판단이나 신념을 내던지고서 다툴 만큼, 윤도집이나 환이 다혈질은 아니었다. 그러나 윤도집 쪽은 미처 자

59

세한 설명이 있기 전에 교세확장으로 몰리고 환이는 전력증 강에 치우치는 분위기로 치달았던 것이다. 그리하여 표면상으론 환이 양보한 것 같으면서 결코 양보한 것이 아니라는 미묘한 결과, 윤도집으로선 유쾌해질 리가 없다.

"윤도집께서도 아시다시피 이번엔 서울로 해서 간도 쪽으로 가게 돼 있지 않소이까? 그래서 그 사람 오기는 올 터인데 그래 근심이 되었지요."

"오늘쯤 화엄사로 갈지도 모르지요."

"그렇긴 하오만…… 꼭히 만나보고 떠날 이유는 없어요."

혜관 얼굴에 불안해하는 기색이 떠돈다.

"꿈자리라도 사나웠소?"

"소승 심이 맑지 못해 늘 개꿈만 꾸는 터이니 오랜 옛적부터 꿈은 믿지 아니하오."

혜관은 약간 성이 나서 말했다.

"그런데…… 혜관께서는 얼마나 기일을 잡으시오?"

"글쎄올시다. 철도편으로 갈 테니까 옛날같이야 하겠소?"

"초행이지요?"

"예. 만주는 남의 땅이니까."

"하지만 간도는 조선땅이오."

"말로야 수천 번인들, 죽은 자식 뭐 만진다는 격 아니겠소?"

"허허허…… 그렇긴 하오만, 간도만 다녀오시겠소?"

"마음으로야 연해주, 그 밖의 우리 독립군이 있는 곳이라면 가보고 싶소이다."

"그러다가 중 옷 벗고 아니 돌아오시면 큰일이지요."

"그야 모르는 일, 청국여자 얻어서 살림을 차릴지 뉘 알겠소?"

"그도 해로운 얘기는 아니외다, 허허허. 헌데 스님."

"말씀하시오."

"이번에 그 사람이 내놓은 방안이란 걸 혜관께서도 보시었소?"

"아니오."

"그래요?"

한동안 침묵을 지키다가 윤도집은 문갑을 열고 네댓 겹으로 접은 한지 하나를 꺼내어 방바닥에 펴놓는다. 가느다란 붓으로 그린 도판 비슷한 것이다. 대강 짐작은 갔으나 혜관은 상세한 것은 알지 못했다.

"환이 그 사람하고 의견의 충돌은 있었으나 그러나 머리만은 참으로 명석한 사람이오. 이거 보십시오."

혜관은 도판 비슷한 것을 들여다본다. 지리산을 중심하여 그 주변에 검은 점 여남은 개가 찍혀 있다. 그러니까 검은 점은 지리산에 가장 가까운 둘레의 요지(要地)들이고 그 요지들 둘레에는 스무남은 개 정도, 검은 점에다 동그라미 한 개를 친 것이 그려져 있다. 그 밖에는 동그라미가 두 개, 또 그 밖에는 동그라미가 세 개, 다음은 아주 먼 곳으로 뛰어서 화살

표로 표시된 그냥 동그라미가 여러 개 된다.

"우리가 기왕에 우리 사람들을 심던 곳은 혜관께서도 잘 아시는 바이고 여기서 보시다시피 멀리는 강원도 충청도 서울까지 우리 자리를 넓히는 건데, 앞으로 어떤 방식으로 넓히느냐 그 방안도 이미 서 있고, 나로서도 이의를 말할 하등 잘못이 없는 듯하오."

"이건 종전의 배가 넘는 지역인데 과연 이렇게 확대하여 무엇으로 감당하지요?"

혜관은 주의 깊게 윤도집의 눈을 쳐다본다.

"물주를 잡아야지요."

"누가? 무슨 수로?"

"전부가, 특히 환이 그 사람, 나 그리고 혜관께서."

"있는 것을 뜯어 나누는 일 말고는 그런 재간 없소이다."

"그런 얘기는 그 사람보고 하시오. 그러면은 그 사람이 재간을 심어줄 것이오. 허허헛……."

혜관은 난감하고 답답한 듯 손톱을 물어뜯는다.

"그거는 그렇다 치고 사람이 모자라오."

"그러니까 혜관께서는 청나라 계집 얻어서 살림 차릴 생각 마시고 돌아오시야지요. 허허헛……."

"글쎄외다. 이러면은 부득불 청나라 여잘 얻어서 돌아오지 말아야겠소."

"여기 보시오."

윤도집은 도판을 가리킨다.

"이렇게 검은 점 하나에다 여러 개 동그라미 하나씩 더한 것을 묶어서 모아놓지 아니하였소?"

"그렇구먼요."

"실상 검은 점은 그림자요. 검은 점의 자리는 사람이 있되 노상 없는 거요."

혜관은 도판과 눈싸움을 하듯 검은 점 하나를 노려보고 있다. 골이 진 중머리가 요동하지 않는다. 법의 깃 사이로 뻗어난 굵은 목이 아직은 힘차고, 뼈마디 굵은 손, 아까 물어뜯던 손톱 사이에 꺼먼 때가 끼어 있다.

"우리가 할 일은…… 이 검은 점에 있는 인물들은 건달패, 대장장이, 장사꾼, 객줏집, 판수, 혹은 백정 무엇이든 제각기 생업에 종사허고, 가령 여기 임실의 지삼만이 관수가 있는 여기 진주를 위시한 둘레 몇 개 고을에다 지삼만의 수하를 펴서 일해나가는 거구, 관수는 또 임실을 위시한 둘레 몇 개 고을에다 제 사람을 심는 거요. 이런 방안으로 동그라미 두 개 세 개에다 사람을 펴나갈 것 같으면 이 검은 점은 그림자요 나타나지 않는 숨은 곳이요 따라서 일을 벌여가는 데 어느 한 곳이 처지더라도 그곳에 그칠 뿐 비화될 염려가 없게 되는 거요. 항용 일이란 크게 벌이면 크게 벌일수록 구멍 뚫릴 확률이 많은 법인데 그것에 대빌 아니하고서야 밑천도 이윤도 다 버리는 결과가 되는 것이 아니겠소? 허니 그 사람의 이 방안은 매우 잘된 것으로서, 나도 곰곰이 생각할수록 감탄을 하는 바요. 다만 이같은 개편에 당사자들이 어리둥절한 모양이고 당황해지는 모양인데……."

"한마디로 번거로워졌소이다."

혜관은 또다시 손톱을 물어뜯으며 도판 앞에서 물러나 앉는다.

"번거롭기보다 앞으로 새 인물이 새 지역을 손아귀에 넣고 다루는 솜씨, 역시 사람이오."

윤도집은 도판을 접어 문갑 속에다 넣고 나서,

"결국은 동학교로 밀고 나가서 동학당으로 하느냐 시초부터 동학당으로 하느냐……."

"지금 이 시국에 어렵지요."

윤도집은 혜관을 빤히 쳐다본다.

"교로 밀고 나간다면 무당 판수를 지도적 인물로 앉힐밖에요."

"말씀 계속하시오."

"안 그렇단 말씀이오? 기왕에 하나도 아니요 두 개씩이나 동학교가 있는데 당을 감추고 교를 앞세운달 것 같으면 다 건져버린 국에서 시래기 건지는 격 아니겠소오. 점판에다 엽전 한두 닢 올려놓고 신수점이나 하는 식의 우매한 백성이 다소는 모이겠지요. 나라를 위해, 가난한 백성을 위해 싸우기는커녕 죽 먹기에도 코가 석 자 오 치나 빠질 사람들, 그들을 먹여

살릴 자금은 또 어디 있고요? 소승 생각엔 윤도집께서 군자금 생각도 하시고 해서 교도들을 많이 수용할 요량인 모양인데 그건 종이 위에서만 나온 셈이오. 어쨌거나 교는 시세 없을 거요. 당이라야, 아니할 말로 칼 들고 들어가서 왜놈 전대라도 털어올 놈이 생길 것 아니겠소오?"

"바로 그런 자를 만드는 순서가 아니오. 종이 위에 낸 셈이라야지 아무 데서나 그때그때 따라서 주먹구구는 안 되오."

"말은 해야 하고 고기는 씹어야 맛이랍니다. 꿍얼꿍얼 넣어두느니, 소승의 처지를, 또 생각을 솔직하게 말한달 것 같으면, 당이 아닌 교로 나가시겠다, 그런 방침을 굳힐 경우 손을 끊을 수밖에 없소이다. 명색이, 비록 땡땡이중이라 하더라도 불교계에 몸담은 놈이 그래 동학교 전도나 하고 다니겠소오? 앞으로 얘기가 또 되겠지만 돈푼 있고 땅마지기나 있는 사람들 중에는 진실로 나라 생각하는 사람들 불소하고 또 유형무형으로 왜놈에게 침해를 받은 사람도 많을 거외다. 그런 사람을 두고 생각할 적에 당이라는 것으로 끌어딜일 수도 있고 또 조력도 받을 수 있겠으나 절에 와서 신장 불공을 드리는 부유층 부녀들이 동학교회당에 와서 시주하고 공양하겠소이까? 그 점 생각해보시야 할 거외다."

"우리 오늘은 이만, 더 이상 거론 맙시다. 수십만 동학교도들의 옛 모습을 잊고 하시는 말씀이오."

"그때 형편과 지금 형편이 다르오. 그 수십만 동학도 대부분은 왜놈에 의해서, 이용구 손병희에 의해서 초간장이 된 거요."

"허허 오늘은 이만허고오, 혜관께서는 이번 길에 그곳 사정이나 소상하게 알아오시오. 그런 후 우리 다시 얘기하지요. 의견은 많을수록 좋은 방안이 나오는 법이니까."

"대신 선장이 많으면 배가 산으로 올라가지요. 하하핫……."

"허허허…… 그렇기도 하긴 하지요. 안 그럴 수도 있구요. 허허헛……."

윤도집과 작별한 혜관은 다시 저녁 무렵 화엄사로 돌아왔다. 그리고 기다리고 있으려니 환이는 없었고, 왔다 갔다는 얘기도 없었다.

'이자가…… 아무래도 그냥 가버린 모양이구먼. 하긴 뭐 만난다고 필히 할 당부가 있는 것도 아니겠고 최참판네 손녀한테 지가 할 얘기 있을 턱이 있나.'

혜관은 다음 날 새벽 진주를 향해 길을 떠났다. 진주서 관수를 찾아간 혜관은,

"그래 봉순이 그 아이 거처는 알아났냐?"

"예. 성내 사는 소화란 기생이 주선을 했길래 여기 주소를 얻어놨고요, 또 봉순이 떠나믄서 하는 말이 이부사댁 서방님하고는 연락이 닿을 터인즉, 혜관스님께서는 그 이부사댁 그 사람의 거처를 아실 거라."

"알긴 알지. 아닌 게 아니라 서울 가면 그 사람을 만나서 좀 더 소상히 알아 떠날 생각이구먼."

혜관은 자갈이 한없이 깔려 있는 강변이자 관수의 처가, 울타리 없이 마당 구실을 하고 있는 곳을 바라본다. 여러 날 비를 보지 못한 강변 자갈 위의 햇볕은 봄이지마는 뜨겁게 느껴진다. 쇠가죽이 여기저기 널려 있다. 어리 속에 병아리가 삐약거리고 아랫도리를 벗은 아기가 자갈밭을 뒤뚝거리며 걸어가고 다람쥐같이 젊은 여자 하나가 달려나오더니 아기를 안고 도망치듯 부엌 쪽으로 뛰어간다.

혜관은 여자와 아기가 가버리고 없는, 햇볕만 내리쪼이는 자갈밭에서 눈길을 거두지 않는다. 하얗게 바래어진 자갈밭은 백정네 인생처럼 살풍경하다. 마을을 흘러다니며 가락을 뽑는 광대들의 그 한 맺힌 가락 하나 없이, 햇볕에 타고 있는 쇠가죽처럼 핏빛에 얼룩진 백정네 인생이 거기, 자갈밭에 굴러 있다.

"나무관세음보살."

혜관의 염불 소리였다. 관수의 눈이 희번득인다. 머리 골이 울툭불툭한 혜관의 옆모습을 쏘아본다.

"동학당한테 염불은 무신, 소 때리잡는 기이 업인데 부처님 은덕을 입을 기든가? 극락왕생할 리도 없고."

어조나 음성이 매우 불손하다. 혜관은 퉁거운 고개를 비틀듯 하며 관수를 쳐다본다. 피시시 웃는다. 무안쩍어 그러는 것 같다. 혜관은 본시 심성이 여린 사람이다. 나이 들고 체중이 늘어서 유들유들했음에도. 관수는 제 처자에게 동정한 혜관이 미웠던 것이다. 그 감정은 관수 나름의 제 처자에 대한 연민이다.

'코 하나에다가 눈까리는 두 개 있고 아가리는 하나, 남하고 어디가 다르노. 다를 기이 머 있노 말이다. 다 같은 사람인데 머가 불쌍타 말고. 불쌍할 것 한 푼 없다고. 다 같은 사람 새끼 아니가.'

"진주로 오기 전에 환이를 한번 보고 올려 했는데 못 만나고 왔구먼."

혜관은 슬며시 화제를 돌린다.

"못 만내요?"

"음."

"만내기로 했십니까?"

"잔치 끝내고 화엄사로 오겠다 했는데."

"그거는 잔칫날 하로 늦기."

"들었네. 기다리다가 안 오기에 내가 윤도집 댁으로 갔었지."

"꼭히 만내고 가시야 할 일이라도 있십니까?"

"그런 거는 아니지만……."

"본시 성미가 그러니께요. 밤 도깨비 아닙니까?"

혜관은 입맛을 쩍쩍 다신다.

"그렇다믄, 시님께서 윤도집넬 찾아가싰다믄 전후 사정, 시비 얘기를 들었겠구마요."

"대강은,"

관수는 얼굴에 비웃음을 띤다.

"윤도집 그 어른이 만 번 그래봐야 별수 없을 거로요? 윤도집 말씀이 조리는 있습니다마는 따지고 볼 것 같으믄 목탁 뚜디리믄서 들어오는 불공이나 받아 처묵는 중이 되라, 그 얘기 아니겠십니까? 동학이야 본시부텀 쌈으로 시작된 거지 돈 걸어서 요량껏 하자 그거는 아니었으니께요."

"허허어, 자네도 낭팰세. 그렇게 성품이 옹졸해서야."

"대천지 한바다처럼 맴이 넓었이믄 극락이야 가겠지마는 남의 등에 칼 꽂는 짓이야 하겠십니까?"

독기 서린 그 말을 들어넘겨버리고,

"그릇이 크다 보면 빌어먹어도 빌어먹는다는 생각은 아니할 것이며 대덕(大德)이 되다 보면 고기를 먹어도 살생계를 아니 생각할 것인즉, 사람백정이건 소백정이건 낯을 가려서 뭘 하겠나? 거지, 소백정, 갖바치 할 것 없이 시혜(施惠)를 받는 편은 거지를 거지로 생각할 것이요, 소백정을 소백정으로 생각할 것이요, 갖바치를 갖바치로 생각할 것이나 심신을 바쳐 만백성을 도우고저 뜻을 세운 사람이면 일국의 제왕이건 다리 밑의 걸인이건 추호 다를 것이 없느니……."

혜관은 자못 엄숙한 낯빛으로 관수를 나무란다. 목탁 두드리며 들어오는 불공이나 받아 처먹는 중, 하며 내뱉은 말이 사심 없는 비판에서 나온 말이 아님을 혜관이 알기 때문이다.

백정의 딸인 아내와 백정의 손자인 아들에 대한 연민이 관수의 심사를 일그러지게 한 것을 알기 때문이다.

"뜻이야. 그런지 모르겠소만 머, 그릇이 크믄 얼매나 크겠십니까. 산간벽촌의 매 한 마리가 붕새 꿈을 꾸겠십니까?"

여전히 반항적이다.

"하하핫…… 그릇 크기를 말한달 것 같으면 피장파장이지 뭐. 우리끼리는 싸우지 말자구."

혜관은 쉽게 타협의 기색을 나타내 보이며 교활하게 씨익 웃는다. 힐끗 쳐다보는 관수 눈에 노여움은 없었다.

"그는 그렇고, 한조 아들내미 그 아이 얘긴데,"

"……"

"처음 내가 생각하기로는 대장간 일이라도 배우게 하면서, 차츰 가르쳐볼까 했었지, 자네도 알다시피."

"그런데요?"

목소리는 여전히 퉁명스럽다.

"서울 가는 길에 데리고 가볼까…… 문뜩 그런 생각이 나는군."

"서울요?"

"음."

"서울 데리가서 우짤라꼬요."

"어쩐다기보다는,"

"촌닭 장에 갖다 놔도 멋할 긴데 서울이라니, 주녁 들어 병신 되기 아니믄 간뎅이가 부풀어 외자걸음 걷기 십상이지요. 잘 돼봐야 두만이 꼴 날 기고요. 어차피 좋을 것 하나 없소."

관수의 말은 들은 척 만 척 혜관은,

"이부사댁 그 사람이 서울에 있고 또 실팍한 연줄도 있는 모양이니, 그리고 봉순이가 있으니 말이야. 그 애가 내 몰라라 하지는 않을 테고…… 한조 아들내미 그 아아 신식 공부 좀 시켜보는 것도 훗날을 위해서 나쁘잖을 게야."

"신식 공부…… 그러매요."

관수는 솔깃한 기색을 나타낸다.

"하지마는 그 아이가 일자무식, 물지게나 지고 컸는데 그 나이 해가지고 신식 공불 해내겠십니까?"

"그야 본인 마음먹기에 달린 거고, 영악한 지 애빌 닮았으면…… 내가 보기엔, 영악할 뿐만 아니라 애가 신중해. 뭣이든 시키면 시키는 이상을 해낼 천성이 있는 것 같았어."

"그건, 지 생각에도 그렇긴 합니다만."

관수는 잠시 생각에 잠긴다.

"그런데 시님은 어쩌실랍니까?"

얼굴을 찌푸리며 혜관을 비스듬히 바라본다.

"뭘?"

"오늘 밤은 어디서 주무시겠는지 그 말씀입니다."

"잘 곳이 없으면 길바닥에 자면 되는 게야. 비 안 오시면 하늘은 천장이지. 안 그런가? 명색이 운수(雲水)의 몸, 잠자리 걱정을 한대서야."

잰다.

"백정네 집은 어떻소."

"나쁠 것 없지이―."

어미를 뽑았으나 혜관의 눈알이 빙글빙글 돈다. 일갈하고
싶은 충동을 꾹꾹 누르는 모양인데 그러나,

"벼룩 같은 놈아!"

삿대질을 하는데 법의 소매가 마구 춤을 춘다.

"이 노래미 창자야!"

까까중머리가 흔들린다. 얼굴이 시뻘겋다.

"이놈아! 그따위 배짱 가지고 평생 백정질이나 해먹어라!
이놈아! 그래 이놈아! 그렇기 비위를 못 색일 양이면 백정 딸
을 왜 얻었어!"

관수의 얼굴이 새파래진다.

"시님!"

"왜 불러! 이 백정 놈아!"

"시, 시님!"

"이놈아! 소 잡는 칼 가지고 날 찔러 죽일 테냐?"

"그렇다! 이 중놈아!"

방 밖에서 우레 같은 소리가 울려왔다. 다음 헝클어진 맨상
투의 육 척 거구, 화등잔 같은 눈이 시뻘겋게 물든 사내가 칼
을 들고 나타났다.

"이놈아! 백정이 니 에밀 ××묵었다 카더나?"

"장인어른!"

관수가 맨발로 뛰어나간다.

"이게 무슨 일입니까?"

칼 든 손을 잡는다.

"놔라! 내 집까지 찾아와서 내 사월 보고 백정이 우뚷다고? 딸자식이지마는 내게는 금지옥엽이다! 그래 백정이니 어떻단 말고오!"

관수도 힘이 세니 망정이지, 백정이 참말 피를 볼 작정인 모양이다. 미친 듯 날뛴다.

"장인어른, 그런 게 아닙니다."

"그런 게 아니라니! 내 다 들었다. 백정의 딸이니 갈라지라 그 말가! 내 일 같으믄 골백분이라도 차, 참겠다!"

뒤의 음성은 울음이다.

"그런 게 아닙니다. 진정하시고 지 말 들으이소."

혜관이 넋이 나간 듯 멍하니 방문 앞에 벌어진 장인 사위의 실랑이를 바라보고 있었다. 관수가 장인을 억지로 끌고 뒤켠으로 돌아가는 모양인데 이 소동이 벌어졌건만 백정의 마누라와 관수의 처인 그의 딸은 코빼기도 내보이지 않았다. 한참후 관수는 돌아왔고 야트막한 여자 흐느낌 소리가 뒤꼍에서 들려왔다.

"시님!"

관수는 혜관 앞에 꿇어 앉았다.

"잘못했십니다. 한 분만 용서해주십시오."

"알았으면 됐네."

넌지시 말했으나 역시 혼이 난 음성이 목구멍에 걸린 듯 조그맣다.

"지도 앞으론 그런 생각에서 이겨보겠십니다."

"아암 그래야지. 그렇잖고는 정말 사람백정 노릇밖에 못하지."

"예, 알겠십니다."

저녁상은 성찬이었다. 말갛게 장만한 채소, 산나물로만 된 찬들의 가짓수가 여간 많지 않다. 고소한 참기름 냄새, 산나물의 향기가 콧가에 스친다. 혜관의 목구멍에서 침 넘어가는 소리가 난다. 침 넘어가는 소리를 듣자 관수 눈에 장난기가 어린다. 방에서 밖을 내다보며 부엌 쪽을 향해 소리를 지른다.

"이보래! 이보래!"

대답이 없는데 다시,

"개깃국은 와 안 끓있노오!"

역시 대답은 없었지만,

'아이구 참, 짓궂기도 하다. 시님보고 우예 개깃국 잡수라 카노.'

아낙은 속으로 중얼거리며 업은 아이를 앞으로 돌려 안고 부뚜막에 걸터앉아 젖을 물린다.

"과해도 모자라는 게야. 대덕도 아닌 중놈한테 고기라니, 소리 한 번 더 지를까? 또 칼부림 나게. 하하핫핫."

"하하하핫…… 얼른 대덕 되십시오. 백정네 개기 좀 팔아묵게요."

"씨가 말랐으면 말랐지. 이 혜관이 대덕 되겠나."

혜관은 밥 한 숟가락에 밥 분량만큼 나물을 듬뿍 입 속에 집어넣는다. 입 속이 굴 안만큼이나 깊고 넓은 것만 같다.

"시님 대덕 되시기 글렀고, 이 관수 놈 봉새 되기 글렀고, 땡땡이중에다가 매 한 마리……. 예, 매는 끊임없이 살생할 기고요, 땡땡이중은 거짓말만 하고 댕길 기고요, 별수 있겠십니까? 아무래도 지옥서 다시 만나게 될 것입니다. 안 그렇십니까, 시님?"

"맞어. 하하하…… 하하하핫."

별안간 뚝배기 깨지는 소리를 내어 웃는 바람에 밥알이 튀어서 관수 얼굴에까지 날아온다.

어둑해졌을 무렵, 관수는 석일 만나러 간다고 나가고 혜관은 방 안에 큰 대 자로 누워서 집이 떠나게시리 코를 고는데 잠이 들어 코를 곤 것은 아니다. 아까 시퍼런 칼을 들고 날뛰던 헝클어진 맨상투에 육 척 거구, 화등잔 같은 눈알에 핏발이 섰던 사내를 생각하니 으시시해졌던 것이다.

"나무관세음보살!"

13장 산놈으로 태어나서

"정신이 좀 드는가 배?"

떴던 눈을 감아버린다.

"어이구 시상에, 이리 맞고도 심이 안 끊어졌어이, 하늘이 아는 자손 아니가, 하모. 그 어른이 냄긴 흔적인데 그리 어수러히 가기야 할라꼬."

춘매는 환이의 손을 잡고 손등을 쓸어준다. 뼈와 가죽뿐인 손바닥이, 물기라곤 없는 메마른 손바닥이 어쩐지 징그럽다. 환이는 더욱 굳게 눈을 감는다.

'춘매도 육십이 훨씬 넘었을 게야. 오래 사는군.'

"우찌 그리 그 어른을 빼었는고. 씨도둑질은 못한다 카더마는……. 나는 아이 적에도 그 어른을 보았고, 목이 짤린 그 어른의 죽은 얼굴도 보았건만 우찌 그리 부친을 뺐을꼬."

환이 얼굴에 경련이 인다.

"참말로 세월이 일장춘몽이라. 엊그제 같은 일들이 십 년 전 이십 년 전 사십 년 전의 일이라니, 나도 한세월은 좋았건만……. 아이구 이렇게 정신없이 잠만 자고 있이믄 우짜노……. 나도 한세월은 좋았건만, 영웅호걸도 내 품에 들어올 것 같은, 아이고 참말로 무상한 거는 세월이라."

"에이, 어지간히 주절대는군."

혀를 차며 잡힌 한 손을 뿌리치고 돌아누우려던 환이 신음

한다.

"아아니 정신이 돌아왔임서 의뭉스럽기는,"

하다 춘매는 납독이 올라 푸르죽죽한 입술을 쩍 벌리고 방금 찔끔거리던 것과는 딴판으로 사내처럼 웃는다.

"정신이 들었이믄 미음이라도 한 사발 묵어야 할 거 아니던가 배?"

"내가 여긴 언제 왔소?"

"어지저녁 때 들어서더니 픽 시러지더만. 옷은 갈갈이 찢어지고 어디서 우뜯기 맞았길래, 하룻밤 하룻낮을 곱다시 자더구마. 죽었는가 싶어서 콧가에다가 손을 몇 분 대봤다고."

"미음 있으면 주소."

"그, 그러지."

하다가 춘매노파는 꼿꼿한 허리를 가누더니 맨발이 문턱을 넘는다. 큰 발이다. 튼튼해 뵈는 발이다. 함께 살던 남정네는 십 년 전에 죽고 오도 가도 못하게 된 춘매는 살던 산막에 주질러 앉아 일구어놓은 화전에 수수, 옥수수, 고구마 등속을 심어 오늘까지 연명을 하고 있는 것이다. 그 옛날 남정네를 두고도 강포수가 돌아오지 않으면 웅담 팔아 계집 집에 갔나 보다고 강짜 부리기를 서슴지 않았던 화냥기 많은 사당패 출신의 춘매, 최참판댁 최치수가 김평산을 지리산에 보냈을 때도, 늦게 돌아온 강포수에게,

"아이고 돈 생긴 김에 또 계집질했구마."

"제기랄, 네 서방이라서 참견이가."

망태를 집어던지며 강포수는 투덜거렸던 것이다. 지리산을 찾는 사람이면 춘매노파를 안다. 또 지리산 안의 일이라면 춘매노파가 모르는 일이 없다. 모르는 일이라면 운봉노인 산하의 동학당이 재조직된 일과 환이 김개주의 아들인 것만은 아는데 윤씨 소생인 것은 모른다.

춘매노파는 강냉이가루를 끓인 뻑뻑한 강냉이죽 한 사발을 데워서 가지고 왔다. 뭐 특별히 환이를 위해 미음을 따로 쑨 것은 아닌 모양이다. 환이는 끙끙 앓으며 일어나 앉는다.

"이게 미음이오?"

"언제 일어날지 몰라서,"

"죽으면 송장 치워줄랬더니,"

"내가 더 오래 살 긴께 걱정 안 해도 좋겠구마."

"하긴 그럴지도 모르지……."

환이는 열려진 방문 밖의 구름이 물드는 하늘을 쳐다본다.

"어디서 뉘한테 그리 맞았는고?"

"알아 뭐하겠소."

"알아 나쁠 건 뭐 있을꼬."

춘매의 말투는 공대도 반말도 아닌 어중간한 것이다. 공대하기에는 아들같이 나이 어리고 반말하기에는 천하를 삼킬 듯 기승했던 그의 부친에 대한 존경심이 허락지 않는 때문이다.

"유부녀 겁탈하려다가 맞았지요."

"에이구, 누가 그 어른 아들 아니랄까 봐?"

"뭐라구요?"

"아 그 어른도 수절과부 겁탈해서 이녁을 낳지 않았던가 배?"

"수절과부! 그가 누구요!"

환의 눈이 험악하다.

"우리라도 알았더라면 버얼서 어마님하고 상면했일 거로?"

"모른다 그 말이오?"

"모르지. 돌아가신 그 어른이나 알까. 칠칠 한밤중 겉은 비밀인께."

"흥! 살아온 가락이군."

환이도 춘매노파에 대해서는 마음을 방치(放置)하는 눈치다. 말투가 헤픈 것으로 보아서.

"그나저나 우짤 긴고? 몸이 그래가지고 몸조리를 해얄 긴데……."

"탕숫국 냄새 나는 할망구 옆에서 몸조리가 될 턱이 없지."

"말도 우찌 그리 야박스러울꼬? 미음이나 들라니까."

"이름이 좋아 불로초로군. 어디 미음이라 생각하고 강냉이 죽을 먹어볼까?"

팔뼈가 잘못되었는지 숟가락을 들다가 얼굴을 찌푸린다.

"내가 먹여주어도 좋을지 모르겠네."

"아따! 그놈의 화냥기는 여전하구먼."

"성미도 참."

환이는 죽을 먹기 시작한다. 얼굴에도 온통 피멍, 손등도 푸릇푸릇하다. 주막집 영산댁이 물을 퍼부으며 말리지 않았던들.

"정 이렇그름 헐 양이면 내 순사 데리올 것인께! 알아서들 하더라고."

그 말이 주효하여 마당쇠가 먼저 물러났다.

"워째 구천이는 꼼짝도 안 한단가? 아 시상에 아비 직인 샐인죄도 그 자식밖에는 칠 곤리(권리)가 없는 게라우! 최참판네 사돈 팔촌이나 된다고 이리들 헌답디여? 인심이 이래가지고, 괄시받는 사람끼리 이리 혀야 옳다 그 말이여라우? 이런께로 조선이 안 망허고 어쩔랍디여, 응? 살이 살을 무는디 남이사 오죽이나 허겄소잉? 이보더라고! 구천이! 저 죽일 놈의 인사 들헌티 맞기는 왜 맞는디야?"

결국 한 사람 두 사람 슬금슬금 물러갔다. 모두들 정신을 차리고 보니 도깨비에 홀린 것 같은 생각이 드는 모양이었다. 슬금슬금 물러가던 마을 사람들은 얼마큼 가다간 도깨비에 또다시 홀릴 것 같은 생각이라도 들었던지 마구 뛰면서 도망을 친다.

"어이구 이 사람, 아 여길 오기는 뭐하러 왔디야? 온 게 잘못이여, 잘못, 이 피!"

영산댁은 바가지에 물을 떠서 환이 이마에 끼얹어준다.

"얼굴 뒤로 젖혀. 코피니께. 아 시상에 맞아 죽을 심산이었어? 도망을 치든지 대항을 하든지 그 사람들헌티 맞아야 헐 까닭이 없는디 워째 꼼짝없이 당하더라 그 말이여?"

영산댁 아니더라면 맞아 죽었을지 모른다. 마을 사람들은 피를 보고 미치는 짐승이었으니까.

올라가고 내려가는 숟가락 따라 눈이 올라가고 내려가던 춘매노파.

"아무래도 모릴 일이구마는,"

"뭐가요?"

"아 생각해본께 그렇구마. 심이 장사인 강쇠도 성님한테는 못 당한다는 말을 했고, 또 그렇지 않던가 배? 지리산을 비우(비호)겉이 날아댕기는 걸음걸인데 수백 멩 군사한테 둘러싸인 것도 아니겄고 대항을 해도 이깄일 거 아니던가 배? 사세가 불리하믄 도망을 쳤어도 그 뉘가 따를 기라고? 내사 심상찮구마."

"말도 많구먼. 남이야 맞았거나 때릿거나. 허기 들게 왜 그리 말이 많소. 보릿고개를 자알 넘길 푼수구먼."

"흥! 보리밭 한 때기라도 있어야 보릿고갤 넘지. 그런 소리 말고 강쇠보고 토깐이(토끼) 개기라도 좀 주라 하는 기이 좋겄 구마. 솟정 나서 못 살겄는데. 늙은 사람을 위해야 복 받는다 안 하던가."

"제에기, 강냉이죽 한 사발에 염치도 좋소."

"염치? 내 이팔청춘 시절에도 염치 안 채리고 살았는데 가리늦기 염치 채릴까?"

"그만 시부리고 가서 강쇠나 데리고 오소. 토깐이 고기든 호랭이 고기든 이녁 입으로 부탁하고."

"내 말 들어묵으야제."

"하여간에 강쇠나 데리고 오소."

환이 죽 한 사발을 다 먹고 이마의 땀을 씻는다.

"벌씨 해가 다 졌는데 우찌 가라고?"

"호랭이도 안 물고 갈 게요. 쉰내가 풀풀 나는 질긴 고길 먹을 지리산 호랭인 없을 테니."

"어이구 그라믄 강쇠를 데꼬 온다! 대신 토깐이 한 마리 안 주고는 안 될 거로."

춘매노파는 짚세기를 끌고 나간다.

"허, 허, 허허허헛⋯⋯."

환이는 혼자 되자 헛웃음을 웃는다.

'미친놈! 네가 정말 맞아 죽고 싶었던 겐가? 왜 무엇 땜에, 죄를 저서 그랬었나? 죄를 져서 말이야. 으흐흐흣! 아니야. 거기 가보고 싶었다. 거기 연못에 가보고 싶었다. 당신이 서 있을까 봐, 응 당신이 거기 연못가에 서 있을까 봐서.'

환이 눈동자에 괴이한 열기가 떠오른다.

'여보. 당신은 지금 어디 있소. 어디 있느냐구! 맞아서 속이 조금은 후련하우. 죄 땜에 아니오! 나는 살아서 이 끝없는, 이, 이건 끝이 없는 쳇바퀴요, 나는 한 마리의 개미 아니겠소?

아무것도 없는, 가도 가도 꼭 같은 길이오, 다만 길이 있을 뿐이오. 여보. 이 세상 어디에 가도 진달래 꽃잎 따서 화전 부쳐 주겠다던.'

환이는 흐느껴 운다. 꿈속에서처럼 흐느껴 운다.

초롱을 들고 여자의 한 팔을 껴안은 채 고소성 골짜기를 지나가던 그 한밤. 여자의 가슴에서 치는 고동소리가 가랑잎 구르는 소리 사이로 뚜렷이 들려오는 것만 같았었다. 여자는 걷다가는 최참판댁 쪽을 돌아보며 울었다. 서희야! 서희야! 울부짖는 여자의 마음속의 소리도 들려오는 것 같았다. 치수에게 쫓겨 산막을 버리고, 신발조차 벗겨진 여자를 이끌고 달아나던 그날 밤, 여자는 잠들지 않았어도 헛소리를 질렀다. 헛것을 본 듯 낭떠러지로 달려가곤 했었다. 환이도 낭떠러지 아래 황홀한 죽음을 보았다. 황홀한 죽음을 보며 열망하며 그자신도 헛소리를 지르며 걸었다. 찬 바람에 굳어졌던 땅, 잡목숲에서 들려오던 부엉이의 울음소리, 여자의 작은 손이 손아귀 속에서 타고 있었다.

'살려주십시오.'

석등 불빛이 비스듬히 땅에 깔려 있었다. 하늘을 향해 솟아오른 탑신(塔身)만 같았던 우관선사의 법의는 시꺼먼 숲의 어둠을 등지고 있었다. 두 줄기 안광이 환이 이마를 꿰뚫었다. 우관선사의 법의는, 육신은 점점 커졌다. 더욱더 커져서 또커져서 끝내는 하나의 벽이 되고 말았다. 여자는 자꾸만 자꾸만 작아지고 또 작아져서 환이는 손아귀 속에서 타고 있는 작은 손만을 실감했었다. 땅바닥에 다리를 꺾고 꿇어앉았다.

'이 여인을 살려주십시오.'

한 시간 넘게 지났을까? 밖은 온통 어둠, 실낱같은 초승달이 나뭇가지에 은고리처럼 걸려 있었다. 산의 냉기가 방 안으로 밀려들어 온다. 울음을 거두고 방문을 닫은 환이는 몸을 누인다.

'혜관스님을 못 만났군.'

얼굴을 방바닥에 묻는다.

'서희…… 서희에게 내가 무슨 말을 할 것인가. 스님을 만날 필요는 없지. 어느 때고 난 그 애를 한번 보러 가리. 먼 빛으로라도 보러 가리.'

하다가 환이는 어느덧 수마 속으로 빠져들어간다. 진달래 꽃밭이다. 소복한 인이 아낙이 웃고 서 있다.

'서방님! 별당아씨 대신 제가 화전을 부쳐드리면 안 되겠습니까?'

'네가 나한테 앙갚음을 할 작정이군.'

'앙갚음이라뇨? 그런 말씀 아니하시는 겁니다. 여한이 없게 제가 부쳐드리는 화전을 잡수시오.'

인이의 아낙은 흰 쟁반에 파르스름한 화전을 담아 내밀었다.

'화전을 부쳐줄 사람은 네가 아니다. 대신 하룻밤 동침하여

너의 원한이 풀어진다면 그렇게 하리.'

환이는 여자를 안았다. 안고 뒹굴었다. 진달래 꽃잎이 쌓인 푹신푹신한 금침 위였다.

'어떠냐? 원한을 풀겠느냐?'

환이는 여자의 몸을 다루며 거친 숨을 내쉬며 물었다.

'어떠냐? 이젠 여한이 없겠느냐?'

'아니옵니다. 욕망무한이외다. 별당아씰 쇤네는 죽일 것이오. 칼은 잘 들게 갈아놨구요. 네, 서방님, 그 계집을 잊는다면 쇤네 만리성이라도 쌓겠소. 손톱 발톱이 빠지고 닳아져도……'

별안간 칼이 사 칸 대청에서 곤두박질을 친다. 시퍼런 칼이 곤두박질을 친다. 곤두박질치는 칼을 하얀 여자 손이 낚아챈다. 버선발을 구르며 소복의 여자가 칼춤을 춘다. 화엄사다. 단청 빛깔이 찬란한 대웅전 앞이다. 혜관이 울퉁불퉁한 머리통을 두 손으로 싸안으며 달아난다. 장삼 자락이 미친 듯 출렁거린다. 칼춤을 추며 버선발을 굴리며 소복의 여자가 쫓아간다. 흰 치맛자락이 출렁거린다. 어느덧 여자는 송낙을 쓰고 있다. 소복에 송낙이라니.

'나무과안세음보오살! 나무과안세음보오살!'

비명이다. 비명 같은 혜관의 염불소리가 경내에 울려 퍼진다.

'와하하핫핫…… 으아하하핫핫핫!'

이건 또 어디서 나는 소리인가. 웃음의 함성, 웃음바다다.

어디서 나타났을까. 구름같이 모여든 중들이 일제히 배를 잡고 웃는다. 잿빛 장삼에 검정빛 붉은빛 황금빛 가사를 걸친 중들이 허연 이빨을 드러내놓고 웃는 것이었다. 중들 속에 우관선사가 있다. 소복 여인의 남정네, 인이 얼굴이 있다. 문의원이 있고 수동이 김서방의 얼굴이 보인다.

'저 사람들이! 아아니 언제 중이 됐을꼬? 거참 이상한 일도 있다.'

'와하하핫핫······ 으아하하핫핫!'

웃음소리, 웃음의 파도는 출렁거리는 장삼 자락, 출렁거리는 치맛자락과 범벅이 되어 흔들리고 또 흔들린다. 대웅전 단청한 기둥이, 연화무늬의 연목(椽木) 뿌리가 흔들리고 숲이 흔들리고 바위가 흔들리고 만산의 진달래 더미가 흔들리고—.

'나무과안세음보오살! 나무과안세음보오살!'

혜관의 비명이 멀어져간다. 새벽 하늘의 별같이 멀어져간다. 구역질이 솟구친다. 환이는 가슴을 잡아 뜯는다.

"성님?"

강쇠의 음성이다.

"성님, 정신 차리시오!"

"으음······."

"성님! 성님요!"

"내비리두어."

춘매의 꺽쉰 음성이다.

"내비리두라니, 정신이 가물가물하는데 내비리두라꼬요?"

"꿈을 꾸는개 비. 아까 죽 한 사발 묵고 한참 시부렸으니 죽지는 않을 기구마."

"어이구 참! 이기이 무신 변괸지 모르겠네."

"변괴는 무신, 그럴 수도 흔히 있는 일이제."

"천지개벽을 했다믄 모르까 성님이 몰매를 맞다니 말도 안돼요."

"아 구만리 장천을 나는 새도 화살에 맞고 망망대해를 헴치는 물개기도 낚싯줄에 걸리는데, 형체가 있고 보믄 사램이라고 우예 안 당한다고 장담할 기든고?"

"안다니 나흘장 간다* 카더마는 또 그 안다니 새설(사설) 나오누마. 나는 새가 화살에 맞는 거는 정한 이치고 물개기가 낚시에 걸리는 것도 정한 이치고요."

"젠장! 숯이나 굽어 묵음시로 귀동냥도 못한 니까짓 산놈이 머를 안다고 큰소리고. 그놈의 이치 이치 하지마는 바로 그놈의 정한 이치를 몰랐기 땜에 몰매를 맞았다는 거부터 알아야 하는 기라. 쳇."

"머라 캤소! 한 분 더 말해보소."

"한 분 더 해보라 카믄 말 못할까 봐서! 임자 있는 계집한테 손을 내밀었인께 몰맬 맞을밖에."

"되잖은 소리는 하지도 마소. 서천 소가 웃일 일이오. 하 참 내, 손을 내밀기는커녕 내민 손을 뿌리친 기이 동터였다믄 조금치는 믿겄소."

"자게 입으로 한 말인께."

"흥, 성님이 빈말하는 거 어제 그제 일이던가? 그것 모리믄은 할매도 만고풍상 다 겪었다 할 수는 없일 기요."

"누가 그걸 모르건데? 니가 밉어서 그랬다, 와!"

"할매한테 미움받아 서럽울 내가 아니거마는. 밤길 가다 도깨빌 만내 씨름을 했이믄 했지, 그나저나 이를 우짜믄 좋노? 업고 가더라 캐도 정신이 들어야 할 긴데."

"여기까지 찾아온 사램이 설마, 엎어지믄 코 닿을 긴데 거까지 못 갈까 봐서? 어이구우, 늙으믄 죽어야 하는 거라. 젊은 것들 헤굴어쌓는 거 앵이곱아서."

"입에 침이나 바르고 말하소. 백여시가 골백분 둔갑하도록 살고 접을 긴데, 아무튼지 간에, 음, 그러니께 잔치 끝에 좋은 일 있기 어렵제."

"잔치 끝이라니?"

"할매는 몰라도 되는 일이라요."

환이 몸을 뒤친다.

"성님! 이자 정신이 좀 듭니까?"

비스듬히 몸을 일으키려 한다. 강쇠가 얼른 팔을 내밀어 부축하여 일으켜 앉힌다.

"대관절 일이 우떻게 된 겁니까?"

강쇠가 묻는 말에는 대꾸가 없었고, 환이는 입맛을 다시며 춘매노파를 바라본다. 관솔불을 받고 서 있는 노파 눈은 어둠을 안은 소(沼)같이 검고 깊다. 불빛 아래서는 납독이 올라 푸릇푸릇한 살갗, 염낭 주머니처럼 오므라진 입술에서는 끈질긴 삶의 의지가 타고 있는 것만 같다.

'저승 가는 관문이 삼도천(三途川)이지. 그 강가에 노파가 지키고 있다던가? 강을 건너러 온 명부객(冥府客)들 깝데기를 벗겨 먹는다는 늙은 아귀가 아마 저런 꼴은 아닌지 모르겠네.'

밤이면 남자 없이 살 수 없었던 계집의 말로가 정녕 저렇게 추한 것인지— 이승과 저승의 몽롱한 장막을 걷고 내왕하듯 환이의 시선은 흐렸다가 반짝이곤 한다.

"성님."

"……."

"걸으실 만합니까?"

"가야지."

"가입시다 그러믄."

"으음. 강쇠야."

"야."

"토끼든 고슴도치든 잡히는 대로 저기, 불로장수할 저 늙은이한테 한 마리 갖다주게."

"말도 마이소. 오믄서 내내 토깐이 토깐이, 하고 토깐이 노래를 부르는데 귀에 못이 백혔십니다."

춘매노파가 높이 쳐들어주는 관솔불을 뒤로 하고 강쇠에게 이끌린 환이 산길을 탄다.

"강쇠야."

"야."

"너 고생스럽다는 생각 안 하냐?"

"고생이사 타고난 거 아닙니까. 어차피 산놈으로 태어났이
니께요."

"팔자소관이란 말이지?"

"아니지요. 산놈으로 태이났으니께 무신 짓을 해도 더 나빠
진다 할 기이 없다 그 말입니다."

"그럼 지금 우리가 하는 일을 잘하는 일로 생각한다 그 말
이구먼."

"못하는 일은 아니라 생각은 한께요. 잘 묵고 잘 입고 근심
걱정 없는 사람들이사 머가 답답해 백성들 생각하겠소? 우리
겉은 놈 아니믄 누가 나가서 일할 깁니까. 나는 그쯤 생각은
한께요. 성님겉이 학식이 많고 천하를 휘어잡을 그런 뱃심이
야 없지마는요."

"미친놈, 미친 소리 하는군. 너를 잡고 얘기하느니 돌고개
에 가서 미루나물 보고 얘길 하지. 그는 그렇고 혜관스님 신
상에 무슨 일이나 없었으면 좋겠는데……."

"오랑캐한테 붙잡혀갈까 싶어서요?"

그 말 대꾸는 없이,

"어서 가자."

"그나저나 성님 몸이 펄펄 끓소. 불덩이 같구마요."

역시 그 말 대꾸는 없이,

"한바탕 하는 모양이야."

멀리서 야수의 울음이 날카롭게 밤공기를 찢는다.

"호대감(虎大監)이 한판 치는 모양이지요. 늑대 소리 아닙니까?"

"음. 서너 마리 되는가 부지."

환이는 부들부들 떨고 있다.

"안 되겠소. 지 등에 엎이이소."

강쇠는 다짜고짜 환이를 치켜들고 등에 업는다.

"아무래도 잔치 끝에 좋은 일 있기 어렵은갑소."

"……."

"성님이 우떻다 카믄 일은 다 허사 될 기요. 우짜다가."

등이 뜨겁다. 내쉬는 환이 입김이 열탕을 부은 듯 뜨겁다. 강쇠는 속으로 야단났다는 생각을 한다.

'인이 여편네 친정 식구들이 몰리와서 성님을 이 지경 맨들었는가? 성님이 뭐 잘못했다고? 혹 성님이 겁탈할라 캤기 땜에 죽었다고 뒤집어씌운 길까? 그랬다믄 와 가만히 맞노? 갑재기 허세비가 됐더란 말가. 저 지경 되도록 맞게. 하야간에 오나가나 기집 땜에 말썽인데 성님도 딱하제. 그만 하나 골라 잡아서 데꼬 살믄은 이런 일도 없일 기고 벵이 나도 벵구완할 사램이 있일 기고 멋 땜에 사서 고생을 하는지 내사 그만 알다가도 모릴 일이라. 참말 날이 갈수록 모릴 사람은 성님이다. 사램이란 어느 만큼 옆에서 보고 있이믄 알게 되는 긴데 도리어 성님은 날이 갈수록 더 모르겠다 카이. 우떤 때는 구신 같고 어떤 때는 사람 같고…….'

강쇠는 발끝에 익은 길을, 환이를 업고도 수월하게 걸어간다. 산속은 낮보다 밤이 더욱 어수선한 것 같다. 바람 소리, 숲이 흔들리는 소리도 요란스럽다.

산막으로 들어간 강쇠는 한곁에다 환이를 눕혀놓고 관솔에 불을 붙인다. 환해진 산막 안에 환이는 상처받은 한 마리 짐승같이 엎어져 누워 있었다. 그 모습을 비스듬히 내려다보며,

"성님."

"……."

"몸이 불덩이 겉소."

"춥군."

엎어진 채 말했다.

"운봉 선생님한테 가보까요?"

"불이나 피워주게."

"이러다가 산중서 큰 벵 나믄 우짤 깁니까."

"아직은 죽지 않을 게야. 난 그걸 알아. 난 병들어서는 죽지 않는다."

"그렇지마는 누가 그거를 장담하겠소. 자게 몸 자게가 위해야제요."

"불이나 피워주게."

"야."

강쇠는 토막나무 네댓 개를 얼키설키 얽어놓고 솔가지에 관솔불을 댕겨서 토막나무 사이에 쑤셔 넣는다. 산막 안은 더욱더 환하게 밝아왔다.

"강쇠야."

"야."

엎으러져 있던 환이는 어느덧 불쪽을 향해 누워 있었다. 벽쪽에 그림자, 강쇠의 상투머리를 보며 환이는 말했다.

"너 그놈의 굵은 상투머리 연유를 말해보아."

"머라꼬요?"

"언제 어떤 연유로 해서 상투를 올렸느냐, 그렇게 내 물었다."

"별소릴 다 듣겠소. 성님은요? 사모관대 못해보기론 피장파장 아니겠소."

"그런가?"

환이는 몸을 흔들어대며 웃는다. 웃다가,

"엇 추워!"

몸만은 연신 흔들어댄다.

"난 말이다, 이번엔 묘향산으로 갈 게야. 가고말구."

"묘향산이라꼬요?"

"엇 추워! 왜 이렇게 몸이 떨리느냐? 난 다리 밑에서 사흘을

굶고 인사불성이 된 일이 있어. 문둥이랑 함께 잔 일도 있고. 그뿐인 줄 아나? 배가 고파서 복어 알을 먹었는데도 안 죽더 군. 조선 팔도 내 발이 안 미친 곳이 없고. 졸면서 낭떠러지를 걸었는데 안 떨어졌더구면. 그때 그러니까! 그때 그러니까!"

강쇠는, 미련한 강쇠는 환이 얘기를 하는 줄 알았다. 평소 보다 말이 많다는 생각을 했었다. 그러나 환이는 병을 이기 려고, 추위를 이기려고 소리를 지르고 있었던 것이다. 소리를 지르고 있다고 생각했으나 그것은 이야기 소리 정도였다. 얘 기에 두서가 없어지고,

"스님 살려주시오! 이 여인을 살려주시오!"

하며 헛소리로 옮겨갔을 때 비로소 강쇠는 당황하기 시작했 다.

14장 동행(同行)

성내에 사는 소화에게 줄을 놔서, 옛날 소화의 기둥서방이 었던 운삼(雲三)을 찾아 서울에 온 기화는 모든 형편이 예상했 던 것보다 훨씬 좋았다. 협률사에 관계하고 있는 만큼 운삼은 알 만한 사람이면 다 아는 소리꾼이었고 장안의 모모한 기생 집과는 밀접한 줄이 있었다. 말하자면 말발이 선다는 얘기겠 는데 그러한 여건도 여건이려니와 기화의 기생으로서의 자질

을 운삼이 높이 샀다는 것에 보다 중요한 원인이 있었다. 얼마든지 개발할 수 있는 생래의 목청과 용모며 자태, 그리고 색향으로 전통이 도도한 진주땅에서 닦여진 언행이며, 그만하게 갖출 수 있는 기생이란 그리 흔치가 않았기 때문이다.

"거 소화가 면판만 번드르르했지 변변찮은 계집인 줄 알았는디 보는 눈은 있었던 모양이라."

전라도 태생인 운삼은 살금 비쳐나온 그곳 사투리로 함춘관 안방에 앉아 함춘관의 주인 추산에게 느긋해하는 표정으로 말했다. 오십을 갓 넘겼으나 운삼은 아직 젊었고 얼핏 보기엔 선비풍도 있어 광대사회에선 행세하는 인상이다. 마주앉은 함춘관 주인 추산은 사십 줄, 그러나 나이보다는 겉늙은 여자인데 한때 운삼과도 관계가 있었으나 늙어가는 마당에 서로 흉허물 없이 친구처럼 지내는 터였다.

"나도 그 애가 마음에 들어요. 얼굴은 그만한 애가 왜 없겠어요? 자댄데, 정말 버들 같지 않아요? 사내들 한번쯤은 품에 안고 싶은, 호호홋……."

"으음. 은은하지. 봄밤에 소리 없이 내리는 비 같고, 허허 헛……."

"이름을 버들 유 자 드는 것으로 갈았으면 좋잖겠어요?"

"아니야. 기화, 다스릴 기(紀)에다가 꽃 화(花), 좋은 이름이야. 허나 그 애 장기는 뭐니 뭐니 혀도 소리여. 국창(國唱) 하나 맨들 수 있을지도 몰라."

"글쎄요. 그건 운삼 선생 소관이구요. 저로선 장사가 잘됐으면 싶어요."

"중이 고기맛을 알면 법당에 파리가 안 끓는다 허던디 추산이도 너무 돈맛을 알아서 그래. 겉늙은 게야."

"그런 말씀 마셔요."

추산의 얼굴빛이 싸늘해진다.

"기생이란 젊은 한철이 용색이지요. 돈 떨어진 늙은 기생 말로를 못 보셔서 그러셔요? 찬 서리에 홍낭자(베짱이) 신세, 운삼 선생도 마찬가지예요. 돈은 좀 아셔야 할 거예요."

"나야 뭐 걱정인가? 함춘관의 추산이 돈 자알 버는디. 허허어."

"객담은 남의 나이(팔십 세) 잡수신 후에나 하셔요."

"그럴까? 허허헛……."

"기화 그 애 경우도 그렇지요. 운삼 선생이 골백번 주선을 하셨다 하더라도, 네, 선생님이 어려우시면 따로 제가 도와드리지, 사람 하나 맡는 게 쉬운 일은 아니지요. 애가 마음에 들어서 저로선 상당히 특대우를 한 거니까요."

그것은 사실이었다. 추산에게는 함춘관 말고 다방골에 조용하고 조촐한 살림집이 한 채 있었다. 그러나 추산은 거의 함춘관에서 기거하게 되었고 살림집은 행랑어멈이 지키고 있었는데 기화를 위해 그 집을 쓰게 했으며 여간한 손님이 아니고는 비장한 보물처럼 기화를 함춘관에 불러오지 않았다.

"마음에 들어서만 그러할까?"

"네. 물론 기화 뒷배를 서참봉댁 서방님이 보아주시는 탓도 있겠지요. 그 양반한테 밉보이는 날이면 장사 못해먹으니까요."

"추산이 자네도 능구렝이가 다 돼가는구먼, 서참봉네 아들보다 화살은 황부자네 맏아들 황태수한테 꼽아놓고서."

비로소 추산은 킬킬 웃는다.

"허나 서참봉네 아들이건 황부자네 아들이건 잘못된 과녁이야."

"어째 그렇지요?"

"그건 두고 보면 알아. 그러면은 설설 나가볼까?"

"뭐가 그리 바쁘셔요?"

"바쁜 사람이야 자네지. 다음 또 올 것이여."

운삼은 회색 두루마기에 연회색 중절모를 삐딱하니 눌러쓰고 방을 나선다. 풍채는 옛날과 다름없는데 목덜미의 살가죽이 늘어져서 걸음 따라 가늘게 흔들린다. 정한 여자 없이 봄바람처럼 가볍게 정을 주며 여자들을 거쳐온 사내의 뒷모습을 홀가분하다 해야 할지, 쓸쓸하다 해야 할지, 추산은 대청 기둥을 짚으며 사내가 사라지고 없는 그곳을 언제까지나 바라보고 서 있다. 겨우 반나절이 지난 시각, 처마 그림자가 댓돌 끝에서 아슬아슬하게 머물고 있는데 손님이 들기엔 아직 이르다. 담 밖 거리에는 오가는 물지게꾼으로 한창이다.

"어머니."

"왜."

동기 남선이다.

"저어, 중이 왔어요."

"중이 왔으면 쌀 줌이나 시주하면 될 거 아니냐? 날 보고 일일이 얘기할 것도 없다."

"아니어요. 동냥 온 중이 아니어요. 어머닐 만나뵙겠다 하질 않겠어요."

"나를? 별일일세? 중이 나 보잔다구?"

"예."

"어디서, 무슨 일로 오셨는지 물어보아."

추산이 역시 다른 아녀자와 마찬가지로 사문을 박대해서는 안 된다는 미신적 생각을 가지고 있다. 앙화를 두려워하고 운수에 예민한 때문이다.

"저어 오시기는요, 진주서 오시구, 어머님한테 물어볼 말씀이 있다나 봐요."

"그래? 그럼 들어오시라구."

부피도 별로 없는 바랑을 짊어지고 한 손에는 석장, 한 손에는 단주를 든 혜관이 안마당으로 쑤욱 들어선다. 추산은 품평을 앞둔 장사꾼처럼 눈을 가느스름하게 뜨고서 혜관의 행색을 유심히 살핀다.

"나무관세음보살!"

혜관은 석장을 마루 끝에 기대어놓고 추산을 향해 합장한다. 마루 위에 서서 내려다보던 추산이 당황하며 손을 맞잡을 듯 어물어물 당황한 고비를 넘긴다.

"스님은 이곳에 무슨 일로 오시었소?"

"네에, 나무관세음보살!"

다시 한번 합장하고 마루에 걸터앉더니,

"후우—."

숨을 내쉬고 수건을 꺼내어 얼굴을 문지른다. 땀 바가지나 쏟았다는 시늉인데 얼굴은 멀쩡했다.

"다름이 아니오라 사람을 하나 만나고자 왔소이다. 진주서 온 기화라는 기생 아인데,"

"기화……."

"네에, 가회동 이판서댁에 가서 기화를 찾을까 생각도 했습니다만 곧바로 이곳에 왔습지요."

혜관은 곁눈질을 한다. 가회동 이판서댁이라면 이범창 대감댁을 두고 하는 말이었고 그 댁 아들이 서참봉네 아들과 황부자네 아들과 요즘 어울려 다닌다는 것쯤 추산도 잘 아는 터였다.

"기화 그 아일 제가 맡아 있긴 합니다만 지금 이곳엔 없고,"

"없다면 어디로 갔다 그 말씀이오까?"

"성미도 급하십니다. 그 귀한 아일 함부로 할 수 있어야지요? 깊숙이 숨겨놨어요."

추산은 까르르 웃는다.

"그러면 소승도 만날 수 없다 그 말씀이오?"

"그럴 수 있겠어요? 출가하신 분이 설마 그 앨 다치기야 하겠어요? 흐흐흣……."

"네에, 네에, 여부가 있겠소이까."

"얘야! 남선아!"

"예—."

동기가 달려온다.

"대사님을 집에까지 모셔다 드려라. 그럼 스님, 사연은 후일에 듣기로 하지요. 다녀오십시오."

얕잡는 건지 공대하는 건지 알쏭달쏭한 어투에 미소다.

"나무관세음보살. 폐를 끼쳐 죄송하외다."

"천만의 말씀을."

문밖에 나선 혜관은,

"얘야."

"예."

"집이 이곳서 머냐?"

"별루."

동기는 홀짝홀짝 뛰듯 걷는다. 가다가 돌이 있으면 한 발을 치켜들고 모차기를 해가면서, 나이 열두서넛?

"스님?"

가다가 휘딱 돌아보며 부른다.

"왜 그러느냐?"

"진주서 오셨다구요?"

"그렇느니라."

"진주 거기, 서울집이란 비빔밥집 있지요? 스님 가보셨어
요?"

"쪼깐이집 말이구먼. 넌 그걸 어떻게 아느냐?"

"그 꼬마 아주머니 우리 친척이거든요. 기화언니가 날 진주
한번 데려다주시겠대요."

"거미줄같이 얽힌 인연들이구먼, 허억!"

혜관은 딸꾹질을 한다.

"어멈! 문 열어요. 손님 오셨수!"

대문 열리는 것을 본 동기 남선은 홀짝홀짝 뛰면서 오던 길
을 되돌아간다.

"저어……."

내다본 행랑어멈은 혜관을 보자 의외란 표정이다.

"어멈!"

기화의 음성이다.

"뉘 오셨수?"

"스님 한 분이……."

"알았어요."

급히 나오는 기색이다. 깨끗하게 단장하고 더욱 아름다워
진 기화가 대문간까지 나왔다.

"스님!"

"응. 그간 잘 있었냐?"

혜관은 부신 듯 눈을 꿈벅거린다.

"들어오셔요. 이부사댁 서방님이 기다리고 계세요."

"마침 잘 되었구먼. 널 만나보구서 이판서댁으로 갈려 했더니."

집은 열다섯 칸이 넉넉했고 아늑한 분위기였다. 기화는 건넌방과 건넌방에 잇달린 다음 방 두 개를 쓰고 있는 모양이다.

"어서 오시오, 스님."

상현이 앉은 채 인사를 했다. 혜관은 바랑을 풀어놓고 염불도 합장도 생략한 채 상현과 마주 앉는다.

"서찰을 받고 여기 와서 대기하고 있었소."

"편리한 세상이어서, 좋은 것도 있구먼요."

혜관과 상현은 다 같이 어색하게 웃는다. 변명 같은 웃음이다. 봉순이가 아닌 기화를 두고 그들은 남자인 것을 의식 아니할 수 없었던 것이다. 사십 대의 비구승이건, 아내가 있고 연모하는 여인이 따로 있고 자랑스러운 젊음을 지닌 사내건 기생 기화를 의식 밖에 몰아낼 수 없는 것이 남자의 생리인지, 아니 기화가 지난날의 봉순이었다는 것, 비구의 몸이라는 것, 새파란 나이에 기방 출입, 그런 것에서 파생되는 느낌을 극복하기엔 두 사람이 다 약하다 보는 것이 옳을 성싶다.

"연해주까지 가신다는 말씀이었는데."

상현이 말을 꺼내었다.

"네, 기왕 간 김에 두루 살펴보고 싶소. 이동진 나리도 그쪽 형편이 용이하시다면 만나뵀으면 싶소."

"아버님은 지금도 연추에 계시는 모양이고 용정촌과는 부단히 연락되는 줄 압니다. 그리고 또 한 가지, 이대감댁 큰 자제 되시는 이윤종 씨가 유하현 삼원보에 계십니다. 만일 그곳에서 이동하였다손 치더라도 그곳에만 가시면 행선지는 알 수 있으니까요. 꼭 만나주십시오. 이것은 이대감댁의 부탁입니다. 그리고 그곳에 가시는 일, 그분을 만나는 일은 스님을 위해서도 매우 유익할 듯하니까요. 연해주에 가서서 아버님을 보시고 또 삼원보에 가서서 이윤종 씨를 만나시면 그곳 사정은 훤해지실 줄 생각합니다."

"고맙소. 그렇게 하리다."

"이대감댁에선, 특히 그 댁 마님께서는 그곳 사정을 소상히 아시기를 바라니까…… 스님께서 어찌 생각하실지 모르겠습니다만 여비를 도와주실 눈치더군요."

"주신다면야, 이 소승 손이 작아 못 받겠소이까? 많이만 주십사고 말씀 전하시오."

"떠나시기 전에 한번 만나보셔야지요."

"그러면은 더욱 좋구요. 능변은 아니지만 발바닥 하나 튼튼해서, 한번 길만 터주시면 문턱이 닳도록 다닐 심산이오, 하하핫……."

입을 쩍 벌리고 웃는다. 평소보다 더 크게 벌리고.

"그건 또? 신돈이나 보우, 그 괴승들의 열째 번 제자쯤 되시려구요?"

"하하핫핫…… 핫! 안 되고 싶지는 않소이다만 이 밤송이 같은 상판 하구서 신통력과는 만리성을 쌓고, 그저 땡땡이중 발바닥만 믿는 게지요. 또오 말하잘 것 같으면, 이대감댁을 말하잘 것 같으면 나라 은혜를 많이 입었다 할 수 있는 명문인데, 일하는 사람들한테 돈푼이나 내놔야 마음이 편하질 않겠소? 이 중놈은 믿는 발바닥이라도 있지만 가마 타고 다니던 양반들이야 마음 놓고 뛸 수 없는 노릇일 테니 하는 말이오. 이부사댁 나리야 청백리로서 소싯적부텀 송곳 같은 똥만 쌌으니 연해주 얼음나라에서도 자알 견디시지만요."

매우 신랄하다. 상현은 눈을 내리깔았다가 다시 힐끗 쳐다본다. 권위의식이 눈빛을 싸늘하게 만든다.

"견디고 뛰는 것만 대수가 아니지요."

"네에, 그걸 소승이 모르겠소? 허니 이대감댁에선 고방문을 반쯤 여셔야 하고 서방님같이 명석하고 학문 깊은 젊은 분들은 남의 나라에 가셔서 새로운 문물을 자꾸 뺏아와야겠지요. 땡땡이중 발씨가 넓다 보니 귀동냥한 것도 있어서, 용서하시오."

"모두가 꼭 같은 말들을 하니까요. 어지간히 식상하는군요." 하자, 이때까지 중대회의의 참관자처럼 조심스럽게 침묵을

지키고 있던 기화,

"저어 스님."

하며 그들 대화를 가르고 들어선다.

"스님이 간도 가시게 된다는 말씀을 듣고 저도 생각해보았
습니다만, 이번 길에 동행하면 안 되겠습니까?"

"동행? 봉순이가?"

상현의 입에서 옛날 이름이 풀쑥 튀어나온다.

"네. 애기씨도 보고 싶구요."

"그거 조옿지."

혜관이 회심의 미소를 띤다.

"스님께서 기생과 동행? 거 재미있군요."

별안간 상현은 그의 평소 균형을 깨뜨리고 박장대소한다.
애기씨가 보고 싶다 한 기화 말에 충격을 받은 때문이다. 그
러나 순간적으로 상현은 눈부시게 아름다워진 봉순이 길상의
앞에 나타났을 때 광경을 상상했다. 이상한 쾌감이 웃음으로
터져 나온 것이기도 했다.

"서방님도, 기생이라 이마빡에 붙여놓고 다니나요?"

노기에 차서 기화는 상현을 노려본다.

"기생이란 글자를 이마빡에 붙여놓고 다닌들 어떠리? 필경
중은 중이요, 기생은 기생 아니겠느냐?"

자기를 위해 서의돈, 황태수까지 동원하여 함춘관에서의
우월한 자리를 마련하는 데 힘을 써준 상현의 입에서 차마 그

같이 참혹한 말이 나올 줄은 미처 몰랐던, 그러나 봉순이는 기생 기화였다.

"그는 그렇습지요, 서방님."

미소를 머금는다. 보조개가 패는 볼에서 턱에 이르는 선이 처연하다. 얼굴을 붉힌 편은 상현이다.

"스님."

"네에."

"용무도 끝나고 했으니 함께 가보시겠습니까?"

상현의 눈은 다시 싸늘해졌다. 그러나 그것은 감정이 아니었고 못난 자신을 감추려는 억지다.

"잠깐만, 소승 아직 끝내지 못한 일이 있소이다."

하고서 기화를 쳐다본 혜관은 또 성급하게 상현에게 얼굴을 옮긴다.

"실은 기화뿐만 아니라 이부사댁 서방님한테도 부탁을 드리려고 마음먹고 왔었소."

"내게 무슨 힘이 있겠소."

"다름이 아니오라, 기화는 잘 아는 터이나, 그러니까 한 시절 전 얘기가 되겠는데 그 왜 최참판댁 애기씨가 계실 때 일이지요. 김훈장이 의병을 일으켜서 최참판댁을 습격한 그 사건 잘 기억하고 계시리라 믿소. 그 일이 일어난 뒤 조준구가 무고한 마을 농부 정한조를 의병으로 몰아서 죽이지 않았소? 그래 애비를 잃은 자식놈이 늠름하게 자랐소이다. 그 애가 지금은 진주서 물지게꾼이 되어 생계를 잇고 있소이다."

"그래서요."

"놈이 똑똑하고 장차 훌륭한 일꾼이 될 거외다. 그 애를 이번에 소승이 데려올려고 마음을 먹었소. 헌데 모친이 급환으로 이번엔 동행하질 못하였소. 그런 사정만 없었다면 무조건 기화한테 맡기려 했었지요. 아마 쉬이 올려보낼 터인즉,"

"저더러 어떻게 하라시는 게지요?"

"신식공부 좀 시켜주시오."

혜관은 눈을 찡긋해 보이며 헤헤거리듯 웃는다.

"세상이 바뀌어 아직은 자리가 다져지질 못했으니 그 아이들어설 구멍쯤 넓은 서울 바닥 어디든 있질 않겠소? 가령 이대감댁이나 혹은 다른 양반댁에서 잔심부름 시켜가며, 아이가 진중하고 참을성이 많으니 무슨 일이든 해낼 것이고 인재하나 키우는 심정으로 선심 쓸 분 만나게 하실 수 있지 않겠는가 그 말씀인데,"

"글쎄올시다."

"서방님, 저도 부탁드리겠소. 그 아이라면 저도 발벗고 나서겠어요."

"바쁜 일 아니니 우선 이 정도로 운은 띄워놓고,"

혜관은 또 성급하게 바랑을 찾아 짊어지는 둥 수선을 피우더니,

"그럼 봉순이 나 가겠네. 내일 또 보자구."

"오늘 밤은 어디서 주무시게요?"

"가까운 절 마당에라도 가서 자지."

상현은 혜관과 함께 거리로 나온다. 한결 숨구멍이 터진 듯 처마 그늘에 가려졌다가 햇빛에 나타나곤 하는 상현의 얼굴이 맑아 보인다. 혜관은 이리 기웃 저리 기웃 호기심 많은 아이처럼 한눈을 팔며 걷고 있다.

"스님."

"네에."

"머리만 깎았지 사람의 육신으론 다를 것이 없는데 다방골의 기방서 나오신 기분이 어떠한지 소생 궁금하외다."

"부처님께선 중놈들보고 거짓말을 하라 이르셨소."

"뭐라구요?"

"머릴 깎았다고 중생을 제도하겠소이까?"

"……."

"하지만 머릴 깎았으니 흉내라도 내야……. 흉내는 거짓이오. 거짓에 속아서 불도에 드는 중생이 한 사람이라도 있다면, 거짓말쟁이 중놈이야 지옥에 가든 말든…… 뭐 그러 것 아니겠소? 하하하핫……."

"……."

"원래 경전에는 까막눈이 돼서요. 부처님을 욕보이고 다니는 이런 중놈도 있다는 걸, 아아 아니지요. 이 정도, 혜관이 정도의 중놈이라도 많았다면야, 심산에서 불도 닦는 중보다 소승같이 파락호가 더 많아야 할 세상이지요. 아암요. 하하하하……."

"나는 남을 위해서보다 내 자신을 다스리고 싶소. 심산유곡의 중 생각은 가끔 하는데요."

상현의 얼굴에는 갑자기 나이, 어린 티가 나타난다.

"바람도 번뇌요 시냇물도 번뇌요. 산새들 짐승울음, 철 따라서 피고 지는 산꽃들, 그 어느 하나 소리와 형체를 겸하지 않는 것이 없을 터인데 심산유곡이라고 현세가 아니란 말인가. 사시장철 목숨의 소리들은 충만하여 있거늘."

혜관은 수심가를 읊듯 가락을 붙여가며, 구름 흐르는 하늘을 보고 활갯짓하며 가는 늙은이네를 쳐다보고 장옷 자락으로 입모습을 감추며 가는 아낙들을 바라본다. 마치 입에서 나가는 말은 여흥이요 거리 풍정에 온통 정신은 쏠려 있다 하듯이.

"여하튼 소승은 심산유곡보다는 사람 사는 대처가 좋긴 좋은데, 좋다 보니 별의별 놈의 일이 다 생기게 마련이고 상놈 욕을 하면 상놈이 칼 들고 안 나서나, 양반 욕을 할 것 같으면 이게 또한, 헤헤헷…… 일전에만 하더라도 백정네 집에 갔었다가 소 잡는 칼로 하마터면 저승으로 왕생할 뻔하지 않았소? 소승이 저승으로 가봐야 지옥일정(地獄一定)이라, 필경 삼악도밖엔 갈 곳이 없을 터인즉, 그러하니 되도록이면 이승에서 민적민적 뭉개며 있고 싶은 게 본심인데 말씀이오. 실상소승이 백정을 욕한 것도 아니었소. 그편에서 지레짐작으로 그러려니, 아 그러고서는 시비 아니겠소? 다아 그게 평소 제 마음의 소치였다 할 수 있겠지요. 상놈이건 천민이건, 또오 양반이건, 제 앉은 자리가 마음에 걸려서 하는 터수겠는데 자랑스러울 것까지는 없다 하더라도 창피스러울 것 한 푼 없고 떳떳하지 못할 것도 없고, 남의 눈치를 보니까, 똥 뀐 놈이 화내더라고."

"훈계하시오?"

"아아 아니, 땡땡이중이 뭘 안다고?"

"거짓말 말아요."

"거짓말 얘기라면 네에, 아까도 소승이 까놓고 얘기하지 않았소이까? 하하핫……."

지나가는 사람들이 돌아볼 정도로 크게, 소리 내어 웃는다.

"너구리가 달밤에 배 뚜디린다는 말을 들었는데 스님 배가 너무 나왔소이다. 사파 냄새가 물씬하오."

"그 말씀을 들으니까 한 가지 생각나는 일이 있소."

"……."

"돌아가신 지 벌써 여러 해 전이라…… 최치수 그 양반을 모르시오?"

"알 턱이 있나요? 얘기는 많이 들었소."

"그게 어느 해였던지, 그러니까 초취 부인이 살아 계실 때였으니까 이십 전후가 아니었던지."

휘적휘적 걷고 있었으나 혜관의 말에 상현은 긴장기를 띤다.

"전준가 어딘가, 그것도 기억이 뚜렷하진 않지만, 갔다 오시는 길에 들르셨소. 우관스님이 계시는 절에 말씀이오. 마님께서는 막중한 시주시고 하니 그 어른에 대한 대접이야 말할 나위 없이 정중했지요. 그 시절만 해도 최치수 그 양반 팔팔하시고 포부도 크셨고 이름난 유학자 장암 그 어른도 크게 기대를 걸었었지요. 오만하더구먼. 아암, 오만하기가 천하를 눈밑에 둔 듯하였소. 해서 새파란 소년과 너구리 같은 노장(老丈)이 문답을 시작하는데 소년의 변설은 가을 하늘같이 명쾌하고 가히 유학의 골수를 체득한 듯 놀라웠소. 헌데 우관스님의 능청이 또한 걸물이라, 중들의 주둥이 걱정 아니겠소? 후일에 안 일이오만 결국 탁상공론하여 무엇에 쓰리 그거였소. 탁상공론이랄 것 같으면 불가에서 먼저 공박을 받아야 할 것인데 그것을 최치수 그 소년이 되받아갔다 그거였소. 이를 갈면서 분해했겠지요. 하하하……"

"그렇게 패기에 찼던 어른이 어찌하여……"

"중도에서 병들었지요. 비참하게 비명에 가시고."

"어째서 병이 들었을까……"

"학문을 잘못하면 병이 들 수도 있을 거요. 자기 자신을 찾다 찾다 보면 좁쌀이 되니까요."

"그럼 나도 좁쌀이 될 수밖에 없다 그 말씀이시오?"

되묻는 상현의 어조는 평온했다.

"글쎄올시다. 예쁜 계집을 어여삐 보구, 태산은 태산으로 보구 버려지는 버러지로 보구, 그러면은 그게 다 참말이지 뭐겠소? 육 척 장신의 유대*를 두고서어 그림자를 찾는 격, 그러다 보면 병들 수밖에 더 있겠소? 그러니 계집한테 들린 사람도 흔히 미치고 자기 자신한테 들린 사람이 더 많이 미치기 아니면 병드는 게지요."

두 사람은 허우적허우적 걸어 가회동으로 들어선다.

"이부사댁 서방님."

"네."

"왜 이렇게 배가 고프지요? 봉순이가 점심상을 준비 안 한 것도 아닐 텐데, 허 참 성급한 양반 때문에 불쌍한 중놈 허기 들어서……."

"걱정 마십시오. 이대감댁에 가시면 차담상이 나올 게요."

상현은 쓴웃음을 띠었으나 혜관의 머리통과 비대한 몸뚱이를 곁눈으로 훑어본다. 주먹을 쥐고 머리통을 쥐어박고 싶은 눈길이다. 묵직한 등짝을 꼬집어주고 싶고 툭 나온 배에 발길질을 하고 싶은 얼굴이다. 미워서라기보다 짜증스럽고 공연히…….

혜관은 서울서 닷새 동안을 묵었다. 기화는 함춘관 추산이로부터 대단한 우대를 받는 터지만 그에게 매인 몸이 아니었고 또 서의돈이나 황태수 같은 뒷배가 있고 하여 쉽게 양해를 얻어서 혜관의 간도행 동행자가 되었다. 기생티가 나지 않게 흰 당목 치마에 자미사 분홍 저고리를 입고 얼굴에는 분을 바르지 않았으나 그럼에도 그의 자태는 요염하여 결코 여염집 부인네로 보이지는 않았다. 청진으로 향한 기차 속에서도 승객들의 눈은 중과 함께 있는 기화에게 자주 쏠렸고 차표를 조사하러 다니는 차장, 정차할 때마다 찻간을 둘러보고 지나는 헌병의 눈도 기화에게 쏠리곤 했다. 혜관은 코를 골며 곯아떨어진 시늉을 했고 기화는 차창 밖에 나타났다간 사라지는 낯선 산천을 골똘히 바라보고 있었다.

'애기씬 날 보고 얼마나 놀라실까. 그 사람은 날 어떻게 대할 것이며…… 다 지나간 일인데 덤덤하게 그 사람을 대할 수 있을 게야. 아암, 난 기생이니까 옛날의 봉순이는 아니니까, 철없는 계집아이는 아니니까, 보고 싶어서 찾아가는 거야. 애기씨가 보고 싶고 그 사람도 보고 싶기야 하지. 으음 월선아지매도 이서방도, 그 그러고 김훈장도 만나뵐 수 있겠지. 다 보고 싶은 사람들이야. 마치 내 마음이 고향으로 가는 것 같구면. 겨울이 오면 입김도 얼어버린다는 곳이 어째 내 고향일 수 있으리. 오랑캐의 나라, 남의 나라인데 그리운 사람들 때문에 고향 가는 마음일까. 내 몸이 기생이 되었다고 애기씨나 그 사람이 놀라지는 않을 게야. 종내 그리되었느냐 하시겠지.'

기화 눈앞에는 엄마 데려오라고 소리소리 지르며 울던 어린 날 서희 얼굴이 떠오른다. 차창 밖의 풍경은 무의미하게 스쳐가고, 소리소리 지르다간 까무러치던 서희, 새파랗게 질리고 눈을 까집으며 까무러치던 서희, 그럴 때마다 우짜꼬! 아이구 이 일을 우짜노! 하며 사색이 되던 죽은 어미의 얼굴도 선하게 떠오른다.

'엄니, 나 지금 간도 가요. 애기씨 보러 가요. 엄니는 늘 말했지요? 니는 에미가 있인께. 그러던 엄니는 지금 어디 계시오. 엄니가 살아 계셨더라면 봉순인 기생이 되지 않았을 것이오. 엄니가 살아서 지금 나를 본다면 잡아 죽이려 했을 것이오. 그러나 이젠 혈혈단신이오. 잡아 죽이려 드는 엄니도 없고 강짜가 심하던 그 노랑이 늙은이하고도 헤어졌으니까요. 하긴 그 늙은이랑 함께 살았을 적에도 혈혈단신이긴 매일반이었지만요. 외로웠어요. 외로워서 스님을 따라 간도로 가나 부죠? 얼굴이라도 쳐다보면 갈증이 조금은 풀릴 것도 같소. 월선이아지맬 보면 엄니 본 듯하겠지요? 애기씬 더욱더 아름답고……. 이부사댁 서방님 난 그분 마음 알 수 있을 것 같아요.'

떠나기 전날 상현은 서의돈과 함께 왔었다. 밤늦게까지 상현은 술을 많이 마시었고 아니 죽어라 마시었고 주정도 심했었다. 종내는 울음을 터뜨리고 말았다.

"이 자식아! 좋으면 좋다고 토정하면 될 거 아니야! 못난 놈이, 뭐가 어쩌고 어째?"

서의돈은 상현이 기화에게 뜻이 있어 그러는 것으로 오해했다.

"까짓것 기껏해야 기생 그걸 마음대로 못해? 그래 기화야!

몇 짐이나 풀어놓으면 되겠냐, 응? 술자리에서 만난 손도 아니겠고 사연도 깊은 모양인데 그래 끝내 박절하게 굴 테냐?"

"서방님도, 그게 아니어요."

"그게 아니라니?"

"어찌 이부사댁 서방님께서 저 같은 걸 마음에 두시고 그러시겠어요?"

"그렇다면?"

"⋯⋯."

"그렇다면 저 자식이 왜 저러는 게야? 내 알기론 주정한 일이 없는 놈인데."

"제가 간도 간다니까 아버님 생각이 나서 그러시겠지요."

"그럴싸하게 말은 잘 둘러댄다마는 내 눈은 못 속인다. 사내가 계집 앞에서 눈물을 보인다는 것은."

"형님!"

"못난 자식!"

"네. 못난 놈입니다아!"

"이 자식아! 우는 눈구멍에 오줌을 쌀까? 에에라, 이 자식아! 그것 짤라서 시구문 밖에 내다 걸어! 다부진 놈으로 알았는데 사람 잘못 봤군. 기생 오입이 뭐가 어려워서 저 지랄이냐 말이다."

서의돈은 그러나 대추씨 같은 몸을 도사려놓고 지껄이는 사이사이 적당한 거리를 두며 술잔을 비우고 있었다.

"의돈형님!"

상현의 잘생긴 이마빼기에 정맥이 발딱 솟는다.

"그래서? 말해보아."

"……"

"노려만 보면 어쩔 텐가. 웃통 벗고 울 밖에 나가려느냐?"

서의돈 입가에 냉소가 감돈다.

"제 눈구멍에 오줌을 싸도 좋고 그것을 짤라서 시구문 밖에 내다 걸어도 좋소이다. 기생 오입 한 번 못하는 병신 놈이면 말입니다. 허나 형님은 동녘 동! 하고 계시오."

"동녘 동?"

"저는 서녘 서! 하고 있는데 말입니다."

"……?"

"형님께서 뜻이 있으시면 추호 사양하실 것 없소이다. 사실 형님 같은 분의 수청을 든다면야 기화도 이 장안에서 깃발 날릴 터이고 큰 배에 몸 실은 듯 든든할 터이니 저로선 오히려 형님께 부탁드리고 싶은 심정이오. 기화는 불쌍한 아이니까요. 불쌍한."

"이놈아! 불쌍하기는 네가 불쌍타! 사내자식이 마음에도 없는 그따위 허언은 아니하는 게야."

상현의 말은 오히려 서의돈 심사에다 불을 지른 것 같다. 찢어발기듯 산적을 가르다 말고 젓가락을 소리 나게 놓는다.

'머리빡에 피도 안 마른 녀석이 상통 하나 벤벤하다고 뭣이

어쩌고 어째? 추호 사양할 것 없다구? 가소롭다 가소로워.'

술잔을 들고 쭈욱 들이켠다.

"무엇 때문에 제가 허언을 합니까? 오핸 마십시오."

"오해할 것도 없지. 허언을 하건 아니하건 나하고는 상관없는 일이니까 말이야. 자아 술이나 부어."

"왜 상관이 없습니까. 형님이야말로 억지 쓰지 마십시오. 좋으면 좋다?"

술김에 상현도 술상을 두드린다. 여염집처럼 조용한 집 안, 밤새 우는 소리가 들려온다.

"진정으로 부탁드리는 것입니다. 기화는 불쌍한 아이, 최참판네와 더불어 도매금으로 넘어갔지요, 네. 역시 조준구 놈의 희생물이니까요."

백자 술병을 들고 술을 따르던 기화는 갑자기,

"서방님!"

하고 불렀다. 힐난의 어조다.

"말씀이면 다 하시는 줄 아셔요?"

상현의 취안이 기화를 의아하게 쳐다본다.

"두 분 나으리께서 기생 하나를 두고 서로 양보하시는 우의를 제가 모르는 바도 아니요. 선비님네 풍류를 모를 만큼 촌년도 아니옵니다. 하지만 조준구 희생물이라는 말씀만은 듣기가 민망하옵니다. 그자한테 몸버렸다는 뜻으로 남이 들을까 봐서요."

상현을 빤히 쳐다본다.

"내가 어디 그런 뜻으로 말했겠느냐? 그간의 사정이야 의돈형님께서도 다소 아시는 터이고, 너의 고적한 처지가 딱해서 그랬느니라."

약간은 당황하는 듯, 술잔을 기울이는 상현은 뜻밖에 심약하고 비애스런 일면을 노출한다. 새삼스런 일도 아니건만 새삼스럽게 날이 밝으면 간도를 향해 떠날 기화였기 때문에 그러는 걸까. 기약 없는 여정도 아니며 친정 다녀오듯 다녀올 것을. 그러나 상현은 그리워 찾아가는 낯선 땅에서 기화가 직면하게 될 그곳 사정을 생각한 것이다. 전혀 예기치 못한 일은 아닐 것이지만, 찾아가는 정과 맞이하는 정이 엄연하게 다를 것을 모를 기화도 아닐 터인데, 돌아올 때는 시베리아에서 불어오는 바람이 등을 치겠지. 두만강 물살은 거셀 것이다. 그 여름날, 의남매가 되자면서 최서희가 길상과의 혼인을 선언한 그 여름날, 밤과 낮을 방황하던 용정의 거리가, 이를 갈면서 연추로 가는 마차에 흔들리던 일이며, 상현의 눈앞에 선하다. 아니 불에 달군 철판처럼 저리도록 뜨겁게 떠오르는 광경, 그 산야, 다시 조선땅을 향해 두만강을 건널 때 상현은 거센 물살을 내려다보며 울었었다. 분해서 울었다.

"딱하기론 서방님이십니다. 찾아가는 저도 딱한 계집이지만요."

"쓸데없는 소리 말아!"

소리를 버럭 지른 상현은 기갈 든 사람처럼 술을 벌떡벌떡 들이켰다.

고개를 수그리는 기화 무릎 위에 눈물방울이 후두둑 떨어진다.

"아아니, 이 계집이 어떻게 배워처먹었기에 술상머리서 눈물방울이야? 술맛 떨어지게시리. 귀신이 운감하러(맛보러) 왔냐!"

이번에는 서의돈이 소리를 지른다.

"잘못했습니다, 나으리."

기화는 얼른 눈물을 닦는다.

"보자 보자 하니 노는 꼴들 차마 못 보겠다! 뭣이 어쩌고 어째? 두 분 나으리께서, 뭣이 어째? 언중유골이냐?"

"아, 아니옵니다."

"자긍심이 그만했으면 기생이 되긴 왜 되었누! 건방진 년 같으니라구! 푼수 없이 굴었다간 없다, 없어! 서울 바닥에서 싹 지워줄 테니,"

"그런 게 아니옵니다."

"아니긴 뭐가 아냐! 나를, 이 서의돈을 뭘로 알구, 법당에 앉은 목불로 봤더냐? 요망한 계집년 같으니라구!"

서의돈은 고래고래 소리를 질렀다. 결국 기화 얼굴에 술을 끼얹고 뺨을 때리고 술상을 엎고 이만저만한 주정이 아니었다. 서의돈의 행패는, 장안의 망나니로 놀면서도 아직은 여자에 대한 숫기가 남아 있어서 그 나름대로 관심의 표시였던지— 어젯밤의 일이었다.

기적이 울린다. 정거장이 가까워오는 모양이다. 생각에서 풀려난 기화 눈에 창밖 풍경이 들어온다. 들판이 전개되고 있었다. 야트막하고 부드러운 산세(山勢)는 풍요한 감을 주고 들판에 나도는 농부들의 백의(白衣)가 유독 희게 보이는 것은 흙빛깔이 짙어서일까. 다시 기적이 운다. 코를 골며 잠이 든 시늉의 혜관이 머리를 쳐들었다. 입맛을 쩍쩍 다시다가 늘어지게 하품을 한다.

"개경이 가까워진 모양이라."

"개경요?"

기화가 되묻는다.

"개성 말이야."

"어떻게 그걸 아세요?"

"알지."

"스님도 초행길 아니신가요?"

"서울 떠나서 장단 지났으면 개경이지 뭐."

"정거장 하나 더 지나갔는데?"

"알어."

"그럼 평양 가서 전 어쩌게요?"

"묘향산을 다녀올 동안 기화는 조용한 객사 잡아놓고 평양 구경이나 하면 되는 게야."

"묘향산까지 따라가면 안 되나요?"

혜관은 대답을 하지 않았다. 안 된다는 뜻이다. 기화는 혜관이 왜 묘향산으로 가는지 알 수 없었다. 묘향산에는 보현사라는 절이 있으므로 절에 볼일이 있나 보다 대개 그렇게 생각했다. 혜관이 묘향산으로 가기 때문에 여정은 복잡해졌지만 기화는 부탁하여 따라가는 처지여서 불평할 수 없고 자신도 유람하는 기분으로 묘향산까지 따라가고 싶지만 혜관은 떠날 때부터 그 일에 대해선 애매했었다.

"그럼 간도까지는 어느 길로 가죠?"

"원산 가서 배 타는 게야."

혜관의 음성은 뚝뚝했다. 기차는 어느덧 개성으로 들어가고 있었다.

제4편

용정촌과 서울

1장 - 15장

1장 묘향산 북변의 묘

상현으로부터 소상하게 설명을 듣고 왔으므로 용정촌 최서
희의 집을 찾는 일이 어렵지는 않았다. 역두에서 짐꾼보고 물
었을 때 서슴없이 방향을 손가락질해 보이며 이리저리 해서
가면 근방에서 제일 두드러진 새 기와집이 있는데 그것이 바
로 최부자네 집이라는 것이었다.

"오나가나 최부자라."

변발한 청인 모습에 혜관의 눈은 쫓아가는데 입술에 묘한
웃음이 번졌다.

"해가 지는구먼. 기화야 가자."

"네."

들어서 이미 알고 있는 터이지만 용정촌 역두에서부터 최서희의 콧김이 세다는 것을 혜관과 기화는 실감하며 걸음을 내딛는다. 비대해지면서 생긴 버릇인데 땅바닥을 지신지신 짓누르듯 걸어가는 혜관 뒤를 여행 가방을 든 기화가 계집아이처럼 조르르 따라간다. 회령여관에서 당목 치마는 벗어버리고 법단 남치마에 옥색 주의(周衣)로 갈아입고 미색 비단 목도리를 목에 감은 기화는 서울서도 다방골 일류 기생의 면모가 약여하건만 그의 걸음걸이는 혜관의 법의 자락이라도 거머잡아야 온전할 것처럼 불안전해 보인다. 그리운 사람을, 사람들을 만나러 가는 마음이면 훈훈한 열기에 싸였어야 했을 것을 기화는 오소소 떨며 한기를 느끼듯 마음이 추운 것이다. 자꾸만 움츠러드는 것이다. 하긴 만주땅 벌판을 불어젖히는 바람은 아직 매웠고 건너온 두만강 나룻배에 몸을 실은 고향 잃은 백성들 모습은 황량했었다. 기화의 화사한 봄 의상도 이곳 풍토에선 너무 일렀었고.

"기화야."

"네."

"아무래도 저것들이 반중인갑다."

"반중이라뇨?"

"머릴 반만 깎지 아니했느냐?"

기화는 끼루룩 웃는다. 혜관은 변발의 청인들이 신기해서 못 견디겠다는 눈치다.

"그는 그렇고, 이 큰길에서 꺾이면은……. 여보시오 행인, 길 좀 물읍시다."

우렁우렁 울려 퍼지는 혜관 목소리에 앞서 가던 사내가 돌아본다. 얼굴이 거무튀튀한 응칠이다.

"뉘기 말입매까?"

"댁이오."

혜관은 턱을 주억거렸다.

"어째 그러지비?"

응칠의 거무튀튀한 얼굴에 빨끈거리는 기색이 있다. 혜관의 태도가 너무 거만했기 때문이다. 그러면서도 응칠이는 기화에게 곁눈질하는 것은 잊지 않는다.

"오면서 얘기는 들었지만 되놈의 땅이라, 뭐 그는 그렇고 경상도서 온 최참판네."

미처 말이 끝나기도 전에,

"앙이, 댁은 뉘기시오?"

응칠의 눈이 휘둥그레진다.

"보다시피 응, 이쪽은 중이고 저쪽은 꽃다운 여인네, 그러니까 고향땅에서 온 사람인데 댕그마니 높이 솟았다는 새 기와집 알거든 가르쳐주오."

"그리하옵꼬망. 날 따라오시기요."

응칠이는 여태껏 고향땅에서 주인댁을 찾아온 손님을 본 적이 없어 허둥지둥 머리에 올려놓은 털모자를 고쳐 쓰며 걷는다. 털모자는 러시아 제품으로 썩 훌륭했다. 얼마 전 상전 혼인날에 썼던 신품이다.

"스님."

"왜 그래."

"어째 겁이 나네요."

"되놈이 채 갈까 봐서?"

"스님도, 차암."

"좋지 뭘 그래. 되놈들은 여편네 세숫물까지 떠다 바친다더 구나. 하하핫."

응칠이 핼끔 돌아본다.

'무시기, 무실 하는 안깐이지비? 되세 잘으 생겠궁.'

"스님이 그러심 시주 못 받으셔요."

"중도 사람이니라. 오장육부 한 푼 다를 것 없네."

응칠이 얼른 맞장구를 치며 나선다.

"옛꼬망, 그렇습매."

"……."

"여기 운흥사 중도 남으 안깐하고서리 정으 통하쟪앴슴? 그렁이 길이 좁다아 쬟겨났지비."

"대체 안깐이 뭐요?"

혜관이 묻는다.

"여자라는 말입매다."

"흐응, 여자랑 정을 통하고 쫓겨났다아?"

"옛꼬망, 그 중 땜서리 집안이 콩가리 됐쟎앴슴? 용정서 천
하절색으로 잘으 생겐 안깐이 무시레 그따위 중하고서리 눈
맞았다이. 여자 맴으 무시라 했음…… 모르겠슴둥."

응칠이는 서희의 경우도 그렇거니와 날로 변모되어가는 송
애를 두고서도 그저 여자라면 모르겠다는 말밖에 나오질 않
았다.

"그러면은 이곳에도 절이 있다 그 말인데,"

"그렇습매. 절이 있소꼬망. 친일파들이 설동으 해서리 지은
절이니끼, 부처도 친일파, 무시기, 그 이용구라? 그자가 부처
님도 보내주었쟎앴슴? 그렁이 중놈도,"

하다 말고 응칠이는 아차 싶었던지 입을 다물고 허둥지둥 털
모자를 고쳐 쓴다. 혜관이,

"중놈치고 친일파 아닌 놈이 없지."

"어째 그리 스님은 어깃장만 놓으셔요?"

응칠이는 또다시 기화를 핼끔하니 돌아본다.

'집난이* 같쟎구, 취화루(聚和樓) 난관(蘭官)보다 월등으 미인
으로 생겠슴.'

"헌데 친일파 이용구라면 일진회 그자일 터인데 하눌님을
앞가림하고 나선 그자가 불상을?"

혜관이 고개를 갸웃하는데,

"이제 다 왔습매다. 여기 기다리고 계시오다."

응칠이는 두 사람을 대문 밖에 세워놓고 급히 집 안으로 들

어간다.

"오나가나 최부자라."

혜관은 집 둘레를 살펴보며 아까 역두에서 한 말을 되풀이
한다.

"스님."

"왜 또 겁이 나나?"

"네, 어쩐지."

"겁이 나기는 뭐가 겁이 나아."

두 번씩이나 겁난다는 말을 토로하는 기화 심정을 혜관은
잘 알고 있었다.

"여기, 낯선 땅처럼 사람들도 그렇게 날 대하잖겠어요?"

"그런 생각이 든다면은 따라오긴 왜 따라와."

사람들이라 했으나 서희와 길상을 두고 한 말인 것도 혜관
은 알고 있다.

"안 그렇다 장담할 순 없지. 되놈의 땅에 와서 이만큼이나
재물을 모았다면 더 말할 나위 없지. 독사같이 모질지 않고서
야."

"그건 스님이 모르시고 하시는 말씀, 애기씬 맨주먹으로 오
신 게 아니어요. 다 이리될 만큼,"

하는데 응칠이 달려나왔다.

"들어오시라 하옵꼬망."

혜관과 기화는 별채처럼 된 곳으로 안내되어 간다. 뒤꼍에

서 새침이와 달래어망이 쑤군쑤군 귀엣말을 하곤 한다. 문전에서부터 손님대접이요, 안내되어 가는데도 시종 손님대접이다. 손님임엔 틀림이 없었지만.

"오고 보니 이 집에 사는 사람인가 본데 왜 아무 말 안 했을꼬?"

"묻지 않는 말으 무시기 자청해 할 수 있겠슴둥?"

지신지신 걸어가며 혜관이 묻고 응칠이 대꾸한다. 그들 뒤를 따라가는 기화는 된서리를 맞은 것처럼 여전히 떨려오고 때론 머릿속이 화끈 달아올라 아이처럼 울음을 터뜨릴 것만 같기도 하다. 오목한 뒤뜰이 있는 별채의 사랑 비슷해 보이는 방은 사람이 거처한 흔적이 없는데 훈훈하고 따스했다. 한참을 기다렸건만 바깥에선 아무 기척이 없다. 혜관과 기화는 무거운 침묵으로 빠져들어간다. 이때 서희는 신문을 읽고 있었다. 그러나 활자 하나하나는 선명하게 눈에 보였지만 뜻은 모른 채 다른 생각에 깊이 잠겨 있었다. 응칠이가 사십 넘어 뵈는 중과 이십 안팎의 어여쁜 여자가 경상도에서 찾아왔다 했을 때 서희는 혜관과 봉순이라는 것을 직감했다. 그 직감이 너무 강렬했기 때문에 성명도 알아보지 않고 거래를 올리는 응칠의 실수를 나무랄 겨를이 없었다. 실상은 직감이 강렬했다기보다 한순간 감정이 강렬했었다 하는 게 옳은 성싶다. 엉겁결에 별채에 안내하라 일러놓고 서희는 읽던 신문을 들여다본 채 생각에 빠져들어가고 있었던 것이다. 봉순아! 부르며 달려가고 싶은 충동이 전혀 없었다 할 수는 없다. 봉순아! 하고.

'내가 이만 일로 마음이 약해져? 봉순이가 누구야? 내 곁에서 시중들던 아이 아니냐?'

그리운 정을 손아귀 속에서 뭉개버린다. 서희에게 그것은 어려운 일은 아니었다. 확고부동한 권위의식이 잠시 동안 거칠었던 숨결을 잠재워준다.

'봉순이…….. 하인하고 혼인을 했다 해서 최서희가 아닌 거는 아니야. 나는 최서희다! 최참판댁 유일무이한 핏줄이야. 이곳 사람들은 호기심에 차서 나를 바라본다. 고향 사람들은 힐난의 표정으로 내 얼굴을 외면한다. 모두들 나를 격하하려 들고 있다. 봉순이 그 아이는 더욱더 그러하겠구나. 최참판네 가문이 시궁창에 던져졌다 생각할 게 아니냐? 시녀였던 그 아이가 사모하던 하인이 지금은 내 남편이야.'

서희는 웃는다.

'그도 내 편에서 애걸복걸한 혼인이라면? 모멸의 뭇시선 속에서 그러나 난 이렇게 높은 자리에 앉아 있는 게야. 나는 손상당하지 않아! 최참판 가문은 손상되지 않는단 말이야! 알겠느냐? 나는 피투성이가 되어 지키는 게야. 최서희의 권위를. 최참판 가문의 권위를 지키는 게 아니라 되찾는 게야. 영광도 재물도.'

권위의식의 뿌리는 깊게 아주 깊은 곳으로 뻗어만 가는데 그러나 서희는 날이면 날마다 깊은 뿌리에서 뿌리를 쓸어대는 톱질 소리를 듣는다.

'필경엔 종놈 계집이 될 최서희! 그 어미에 그 딸이로구려?'

상현이 마지막 던지고 간 말은, 그것은 비단 상현 혼자만의 비웃음이겠는가.

'으음. 나는 그 종을 최서희의 머리칼 하나 안 다치고 최서희 윗자리에 앉힐 테다!'

날이면 날마다 보이지 않는 뭇시선 속에서 서희는 깊은 곳을 뻗쳐 들어가고 있는 뿌리를 쓸어대는 톱질 소리를 듣는다. 그럴 때마다 뿌리는 더욱 깊은 곳으로 뿌리는 더욱더 강인하게, 그것은 서희의 욕망이요 생리요 아집이다. 불도 살라 먹으려는 무서운 집념이다. 서희는 신문을 문갑 위에 얹어놓고 일어섰다. 경대 앞에서 얼굴을 비춰본다.

'조준구 놈! 홍가 그 계집!'

오만과 존엄을 뿌리째 뽑으려 들던 지난날의 사건들이 만화경처럼 일시에 눈앞에 펼쳐진다. 만화경 한 귀퉁이에 내민 기괴한 꼽추의 모습도.

'나를, 그 병신 놈한테?'

증오의 불길은 끈덕지게 멎지 않는다. 더욱더 치열하게 타오른다. 주홍빛 감댕기에 금봉채를 찌른 쪽머리가, 하얀 목덜미가, 흔들린다.

"새침아."

"옛꼬망!"

새침이 이내 달려왔다.

"손님 여기 건넌방에 오시라구."

"옛꼬망!"

새침이는 다시 달려간다. 이윽고 혜관과 기화는 몸채 건넌
방으로 들어왔다. 그들을 기다리고 앉아 있던 서희는, 그러나
습관된 신심 때문이겠지. 몸을 일으켜 혜관을 맞이하였다. 합
장한 혜관은 헛기침을 하였고 기화는 말뚝처럼 서서 넋을 잃
고 서희를 바라본다. 서희의 얼굴은 몹시 창백했다.

"오래간만이군, 봉순이."

손을 내민다.

"애기씨!"

손은 싸늘했다. 기화의 울음은 목구멍에서 아래로 심장으
로 내려가 응어리진다.

'아아, 애기씬 혼인을 했구나. 길상이하고…….'

시새움도 일지 않았고 그리움도 사라진다. 여태껏 만나본
일이 없는 타인이 손을 내어 밀었다.

"스님, 앉으시오."

"네, 앉겠소이다."

혜관은 방문을 등지고 앉고 기화는 소매 속의 명주 손수건
을 꺼내어 손에 쥐며 앉는다.

"먼 길 오시느라 수고가 많았소."

"세상 밖에 나온 후 처음 밟는 남의 땅이니 수고는 당연한

것 아니겠소이까?"

"그는 그렇겠소."

서희는 기화에게 눈길을 보내며 말했다.

"이곳에 오는 길, 묘향산 북변 쪽에 들렀다 왔소이다."

"묘향산 북변? 그곳엔 어째서요?"

"별당아씨 묘소를 찾느라구요."

"뭐라구요!"

서희는 두 주먹을 불끈 쥔다.

"별당아씨, 애기씨의 어머님 말씀이외다."

혜관은 서희의 독기어린 눈을 응시한다. 기화의 얼굴이 핼쑥해진다.

"무덤을 찾아서 어쩌시겠다는 건가요, 스님께서?"

서희의 음성은 냉랭했다.

"소승이 어찌어찌 하겠다는 말씀드릴 계제도 아니거니와 어쩌겠다는 생각이 있을 수도 없는 일, 애기씨께 말씀드리는 것으로 소승의 소임은 끝나는 것이오."

"어느 누구의 지시였나요?"

"우관선사께서 현몽하시었소."

"뭐라구요? 우관선사께서 현몽하셨다구요?"

"네. 분명 그렇소이다."

혜관은 눈 한 번 깜박이지 않고 거짓말을 한다.

"허 참."

서희는 실소하듯 웃었으나 그의 창백해진 양 볼엔 희미한 경련이 일고 있었다. 기화는 묘향산의 무덤 얘기며 현몽 얘기며 모두가 다 뜻밖의 일이었다. 어째서 혜관이 서희를 만나는 벽두부터 그 말을 하는 것이며 별당아씨의 무덤이 어째서 묘향산 북변에 있다는 것인지 놀랄밖에 없다.

"그렇다면 우관스님께서는 극락왕생을 못하신 모양이오. 사바의 일을 그토록 궁금해하시어 현몽까지 하셨다니 말씀이오."

서희는 혜관의 말을 철저히 무시한다.

"네, 옳은 말씀이오."

"성불은 못할지언정 그따위 잡귀의 흔적을 찾아다니셨다니."

"왜 아니랍니까. 염라국의 수문장이 하품을 할 일이지요."

"염라국의 수문장보다 아귀지옥 옥졸들이 하품을 할 일이오."

약이 올라서 서희의 입매가 뱅글뱅글 돈다.

"네. 바로 그렇소이다. 소승 생각에도 우관선사께서는 삼악도에 거하심이 분명할 터인데, 중생을 섬긴다 하옵시고는 갖은 허언을 떡 먹듯, 그뿐이겠소? 나무토막이나 쇠붙이로 만든 가짜 부처를 내세워 어진 백성들 주머니나 훑어먹는 중이고 보면 하하핫…… 네. 우관선사께옵서는 죄인들과 거하심이 분명할 것이오. 관음보살은 중생을 제도하기 위하여 스스로 부처 되기를 사양하신 것이온데 우관선사를 말씀드리잘 것 같으믄 관음보살까지 이르자면 수백유순(數百由旬) 밖에서요, 오백만억천 삼천대천세계(三千大千世界)의 티끌이온데 염라국의 수문장과 벗하기는커녕 삼악도 옥졸들과 썩은 고기나 나누어 잡숫는 게 고작일 것이오. 하니 고독 지옥을 소요하시다 묘향산 북변에 있는 무덤의 주인을 만났을지 모를 일 아니겠소?"

혜관은 말대꾸를 그만두어버린 서희를 깊이 응시하며 농담이라기엔 너무 진지한 얼굴이요, 진담이라기엔 얘기가 황당하고, 성한 사람이라 할 수도 없고 미친 사람도 아닌, 중도 속도 아닌 종잡을 수 없는 너스레를 떠는 것이었다.

"애기씨, 못난 자식도 내 자식 아니겠소이까? 나쁜 부모도 내 부모요, 삼세(三世) 인연을 사람으로서 어찌 끊을 수 있겠소이까. 목련존자께서도 악모(惡母)를 꺼리지 아니하고 석존께 애걸을 하셨사옵니다. 넓은 천지간에는 자식을 돈으로 팔아먹는 부모도 있고 기근에 자식을 잡아먹는 부모도 더러는 있사옵니다. 그와 같은 인면수심(人面獸心)의 중생도 법력으로 회심시키려는 게 불법이온데 애욕에 눈이 어두웠다고는 하나 어머님께서는 패륜을 범한 그 시각으로부터 눈을 감으실 때까지 살아 지옥을 겪었을 것이요, 한 점 핏줄에 대하여는 뜨거운 눈물을 흘렸을 것은 의심할 여지가 없을 것이오. 애기씨께선 어머님을 용서하시고 법사로서 극락왕생을 비옵소서. 그것은 어머님을 위하기보다 첫째는 애기씨 자신을 위함이요 자손을 위하는 일이오이다. 소승 듣건대 애기씨계선 칠서(七書)에 통달하시고 경전도 널리 섭렵하시었다 하니. 뿐이겠소? 신학문에도 조예가 있으니 소승 구구한 말씀 더는 아니 올리리다."

혜관의 의도하는 바가 무엇이든 하여간 대단한 열변이다. 서희는 어렸을 때 본 혜관을 생각한다. 많은 중들 중에 무지렁이 같았던 혜관이, 외모도 관록 있게 비대해졌거니와 가마를 타고 할머니 윤씨와 함께 절에 가면은 항시 우관스님의 주위를 맴돌며 심부름이나 하던 중이, 말주변도 별로 있을 것 같지 않았던 중이 어느새? 그러나 서희는 혜관의 언변이 두드러져서 인내심 깊게 들어주는 것은 아니었다. 심상찮아서다. 생모의 얘기를 하는 때문만도 아니다. 어딘지 심상찮고 만만찮은 것을 서희는 직감한 것이다.

"그러면은 대사께선,"

스님이라던 칭호가 대사로 승격했다. 비꼼도 있었으나 새롭게 인식한 점도 없지 않았다.

"최참판네 묵은 사연을 들추기 위하여 이곳까지 오시었소?"

"아, 아니외다. 소승 그리 한가한 몸도 아니옵고 두루 만주 벌판으로 해서 아라사라든가 눈알이 시퍼런 인종이 사는 나라까지 주유할 심산으로, 네, 석존께서도 설산수도(雪山修道)를 하시었는데. 하하핫…… 그렇지마는 이 북국에서도 겨울은 이미 지나가고 있으니 주유하다 보면 염천수도(炎天修道)가 되지 않을까 하는 생각도 들긴 듭니다만 그는 그러하옵고, 길상이는 이곳에 있지 아니합니까? 아까부터 하마나하마나 하고 인사 있길 학수고대하였는데, 네, 그 아이를 말할 것 같으면 어릴 적에 소승이 업어 기르다시피 하였고 소승의 영분(領分)이 금어이고 보니 길상이는 이른바 소승의 직제자라."

숨넘어갈 듯 한바탕 지껄여대는데 서희는 능청을 떠는지 구경을 하는지. 혜관의 광대기엔 여유가 없어졌다.

"수천 리 땅을 찾아오게 된 이유 중에는 길상이 그 녀석 멱당가지(멱살)를 거머잡고서 절로 끌어가고 싶은 심정 그것도 있었고, 왜냐 할 것 같으면 우관선사께서는 돌아가시기 전에 천수관음 조성을 절실하게 원하셨으니까. 결국은 뜻을 이루지 못하고 돌아가셨소. 우관선사께서는 늘 길상이 얘기를 하시었소. 천수관음을 조성할 자 그놈밖에 없노라고. 소승도 동감이었구요. 그는 그렇고, 길상이는 지금 이곳에 있지 않소이까?"

혜관은 비로소 말을 중단하고 기화에게 재빠른 시선을 던진다.

"서방님께서는 회령 나가셔서 안 계시오. 내일께나 오실는지요."

기화의 머리가 앞으로 확 수그러지고 혜관은 파리 잡아먹은 두꺼비처럼. 혜관이나 기화가 다 같이 예상했던 대로다. 그러면서도 충격이었다. 능글맞은 혜관도 숨이 막히는 듯 짓눌린 한숨이 가느다랗게 새어 나왔다.

"그러면은 스님께선 별채에 가셔서 쉬시겠소?"

서희가 침묵을 잡아젖혔다.

"쉬기보담 허기부터 달래야겠소."

혜관은 얼버무린다.

"네. 저녁을 곧 올리도록 하겠소. 봉순인 나랑 함께……."

"네."

기화 얼굴은 온통 눈물에 젖어 있었다. 혜관이 부산스럽게 나간 뒤,

"애기씨!"

"응."

서희 눈에 처음으로 눈물이 핑 돈다.

"애기씨! 전 기생이 되었답니다."

"짐작은 했다."

"저도 짐작은 했어요."

"……."

"서울서 이부사댁 서방님께 이곳 소식은 들었구요."

"내가 혼인한다는 얘기도 하시더냐?"

"그 말씀은 아니하셨소. 하지만,"

"그분은 왜 서울에 계시는고?"

"일본으로 공부 가실려구 준빌 하시는가 보지요."

"그래?"

서희는 웃었다.

"저도 서울 온 지는 얼마 되지 않았고 이부사댁 서방님께서 여기저기 줄을 놔주셔서 지내기가 편안합니다."

"편안하기만 해서 쓰겠니? 기왕 그 길로 나갔으면 명기가 돼야지. 국창도 되구. 그래 그곳엔 못 가보았느냐?"

"이부사댁 서방님이 간도에서 오셨다는 소식을 듣고 찾아 갔었지요. 하동까지만. 서울 오기 전엔 진주에 있었고요."

"조준구가 여지껏 살아 있다더냐?"

"죽진 않았소."

서희와 기화의 눈이 강하게 부딪친다.

"하지만 망할 날이 머지 않았을 게요. 소문에 의할 것 같으면 광산을 해서 땅이 절반은 남의 손에 넘어갔다 하더이다."

"절반,"

"그자는 거처를 서울로 옮겼고 꼽추 그 병신만, 그보담 평사리 사람들은 다 어떻게 됐지요? 월선아지매는 어디 계시어요?"

"밤이 길어. 차차 얘기하자꾸나."

드디어 말아놓았던 지나간 세월은 풀어지고 연못가 그 자리로 돌아온 서희와 봉순이는 한 사내를 의식 밖으로 몰아내 버린다. 공동의 기억이란 순수한 것이다. 특히 어린 날의 그 공동의 기억 때문에 형제 자매 부모 자식이라는 의식의 유대가 지속되는지도 모를 일이라면, 이들이 비록 혈육이 아니요 신분의 도랑이 깊다 하여도, 서희가 남다른 아집의 여자라 하여도 이들의 해후가 슬프지 않을 수는 없는 것이다.

이윽고 저녁상이 들어왔다. 별 기척도 없이 집 안은 호젓했었는데 저녁상은 그 색채에서부터 호화스러웠다. 하긴 저녁상뿐인가, 가옥이며 방 안의 세간이며 청나라풍을 곁들인 호화스러움이 알맞게 조화되어 품위를 유지하고 있다. 차츰 마음을 가라앉힌 기화 눈에 그런 모든 것이 보이기 시작했고 서희의 생활이 아름답게 느껴지기도 한다. 일상에 쓰이는 물건 하나하나 식기에 이르기까지 대개가 박래품이면서도 섬세한 서희 취향을 엿볼 수 있다. 생활의 풍도는 옛날 최참판댁 시절보다 월등하고 새롭다는 것을 깨달으며 기화는 서희가 고향도 잊고 조준구에 대한 보복도 잊어버리고 이곳에 눌러살 작정이 아닌가 생각해보는 것이다.

'최서희, 그 여자는 자기 일문밖엔 도통 다른 생각이라곤 없어. 어찌하여 최참판네가 몰락을 하였느냐, 아니할 말로 열 손톱이 다 빠져나오는 한이 있어도 종국엔 조준구 목을 누르고야 말걸? 무슨 수를 써서라도 최참판네를 일으켜 세울 것이며 옛날보다 더한 번영과 영광을 누릴 게야. 으음…… 그렇지. 최참판네 여인 아니냐? 서희는 오대 육대 최참판네 여인들의 마지막 꽃, 야차 같은 여자지.'

상현은 그런 말을 했었다.

'아니다. 이부사댁 서방님은 여자의 마음을 몰라. 애기씬 고향에 안 돌아갈 작정을 하시고 길상이랑 혼인하신 거야. 그렇

141

지 않고서는 천년만년 살 것같이 이렇게 좋은 집을 짓고…….'

기화는 산해진미가 실린 저녁상을 내려다보며 마음속으로 중얼거리는 것이었다. 늘 각박한 심정의 서희에게 있어 호사스런 생활이 그 각박함의 중화제(中和劑)라는 것을 기화는 알 턱이 없고 더더군다나 용정촌 조선인 사회를 휘어잡기 위한 일종의 신화(神話)를 서희가 의도하고 있다는 것을 알 턱이 없다.

잣죽이 든 옥식기*를 들고 새침이 들어온다. 리리얀* 실에 물방울 같은 구슬을 끼워서 만든 전등갓이 흔들린다. 귤 빛깔의 전등불이 방 안 구석구석을 비춰주고 유리 들창에선 시꺼먼 바깥 어둠이 방 안을 넘겨다본다. 서희는 잣죽을 들다 말고 별안간,

"우관선사라니? 호호호호…… 우관선사께서 현몽을 하셨다구? 봉순아, 아까 그 혜관인가 하는 중 미친 중 아니냐? 호호훗……."

기화는 드높은 서희 웃음소리에 질린다.

"묘향산에 무덤이 있다는 것도 해괴한 얘기구, 그래 너도 그 무덤이라는 걸 보았느냐?"

"아니옵니다. 금시초문이오."

"그렇다면?"

"……."

"그 중이 거짓을 말했단 말이냐? 물론 거짓임에는 틀림이 없겠으나 동행한 너도 보지 못한 무덤이 그럼 공중에 둥실 떠

142

있었더란 말이냐?"

"아니옵니다. 저어,"

서희는 숟가락을 든 채 기화를 빤히 쳐다본다.

"이상하지 않나. 거짓 치고도 해괴망측하구나."

"저, 저는 묘향산엔 가지 않았습니다. 스님이 다녀오시는
동안 평양에 머물렀어요."

"그렇다손 치더라도,"

"스님은 제게 아무 말씀 안 하셨구요. 함께 가보고 싶었던
곳이지만 스님은 굳이 저를 떼어놓고 가셨어요. 다만,"

"다만?"

"저는 묘향산에 있는 절에 볼일이 있어 가시나 부다 하구."

"그래?"

서희는 죽을 들기 시작한다. 위장이 좋지 않아 죽을 먹노
라 하면서 서희는 무엇인가 골똘히 생각하는 얼굴이다. 생각
한다기보다 혜관의 말이 거짓 아님을 깨달은 얼굴이다. 별채
에서 역시 산해진미의 저녁상을 받은 혜관은 말끔하게 그릇
들을 비우고, 혀를 두드리며 입 속에 남은 뒷맛을 음미하더니
나간다는 말도 없이 밖으로 나가버렸다.

이 무렵 공노인의 여인숙을 빠져나온 송애는 운흥사 뒤 숲
쪽으로 숨어들듯, 백양나무 밑으로 간 그는 나무를 의지하여
몸을 바싹 붙이고 선다. 밝은 한낮에도 행인이 뜸한 외진 곳
의 밤은 칠흑같이 어두웠고 나무숲을 타고 지나가는 바람 소

리, 밤에 우는 새소리, 모두가 음산하고 기분에 좋지가 않다.

"내가 나올 때 아버지가 보지는 않았을까?"

손바닥으로 입술을 막고 바람을 피하며 송애는 중얼거린다. 어둠과 바람 소리와 인적기 없는 외딴곳이 송애는 불안하다. 기다리는 사람에 대해서도 불안하다. 그러나 이제는 어쩔 수 없는 일이다.

"아버지가 날 보았을지도 몰라. 나중에 물으면 뭐라 하지?"

며칠 전에 공노인은 요새 송애가 왜 그리 덤벙대느냐고 했다. 심상치 않다는 말도 했다. 속마음을 뚫어보듯 쳐다보던 공노인의 눈이 무서웠다. 냉정한 눈이었던 것이다. 마음이 심란할밖에 더 있겠느냐 하며 마누라가 감싸듯 했으나 공노인은 영 마땅찮아하는 표정이었던 것이다.

"아버지가 안다 해도 이젠 할 수 없어. 난 버린 몸이야. 이게 다 누구 때문이지? 기왕지사 이렇게 된 걸…… 어쩔 수 없어. 없단 말이야! 죽을 수도 없잖아. 왜 죽어? 나도 살길 찾아서 보란 듯이 사, 살아보는 거야."

그러나 송애는 자기 한 말이 믿어지지 않아 흐느낀다. 어떻게 보란 듯이 살 수 있단 말인가. 백옥 같은 양반댁 규수, 아름다운 최서희는 또한 거대한 자산가, 그를 상대하여 송애가 어떻게 보란 듯이 살 수 있단 말인가. 칠흑 같은 어둠은 시꺼먼 먹물같이 송애 심장을 타고 내려간다.

"나는 부모도 모르는 객줏집 양딸, 하인인 길상이는 그런

곳에 장갈 들었지만 내게도 그같은 천운이 있을 리 만무. 그
것들이 망하고 망해서 거지꼴이 안 되는 이상 어찌 보란 듯
내가 살 수 있을꼬."

송애는 마치 노래라도 부르듯 처절하게 웅얼거린다.

"왔어?"

어둠 속에 불쑥 솟아난 사내가 송애 등을 툭 친다. 김두수
다.

"많이 기다렸나?"

"아, 아니오."

송애는 몸을 웅그린다.

"누가 잡아먹겠다나? 떨기는 왜 떨어."

"추우니까 떨죠. 잡아먹긴 누가 잡아먹어요!"

"허허어. 땡삐같이 그리 쏘지만 말고, 모로 가나 옆으로 가
나 볼일은 다 본 처지 아냐? 추우면 내 목도리 끌러줄까?"

등을 어루만진다.

"일없어요."

"윤가 생각이 나서 그래?"

"그 사람하고 나하고 무슨 상관이게요."

"그랬던가? 하하핫……."

김두수는 너털웃음을 웃는다.

"그렇담 더욱 좋고, 어디 따끈따끈한 방에나 들어갈까? 절
방을 하나 말해놨으니 우리 거기 가서 얘기하자구."

김두수는 송애의 손목을 잡아끈다.

"싫어요. 얘기가 있음 여기서 하세요."

"물론 얘기야 있지. 그동안 송애가 일 자알 해주었으니 치사도 하구 말이야."

송애는 더 이상 버티지 않고 김두수를 따라서 걷는다. 중도 없이 절지기만 사는 절 마당으로 그림자처럼 들어간다. 절지기에겐 돈푼이나 집어주었는지 김두수가 방문 열고 방 안으로 들어가는 동안 기침 소리 한 번 나지 않는다. 등잔의 기름이 타고 있었다. 무장을 풀어버린 듯 송애의 몸짓은 나른해 보였으나 눈빛에는 험악한 자취를 남기고 있다. 목도리를 풀고 두루마기도 벗어 한구석에 밀어놓고 자리에 앉으면서 김두수는,

"불이 난 지 일 년이 다 돼가는데 용정엔 아직도 불탄 자리가 그냥 있는 곳이 있더구먼. 공가 그 늙은이 요즘도 깐깐한가?"

"……"

"하긴 명색이 양아버지라. 그럼 나한텐 장인뻘이 되는가?"

"쓸데없는 소리 말아요."

"흥, 그 늙은이 마음만 돌리면 이런 사위 둔 것도 과히 나쁘진 않을 텐데 말이야."

싱글벙글 웃는 김두수 얼굴을 송애는 빤히 쳐다본다.

'돼지 같은 놈. 뭣이 어쩌고 어째? 윤선생을 말할 것 같으면

사람 똑똑하고 유복하고 가문이 어떻고 시집을 가면 썩 잘 가는 거라구? 그러던 놈이 인두겁을 써도 유만부득이지.'

윤이병이 똑똑한 사내도 아니고 유복하고 가문 좋은 집안의 자식도 아닌 것을 이제는 다 알아버린 송애다. 뿐인가, 좋아 지낸 여자가 있었다는 것도.

"왜 그리 원망스리 쳐다보냐. 윤이병 생각이 나서 그런가?"

"그래요!"

"그래? 그러잖아도 이번 길은 윤이병을 만나러 가는 길이야. 하얼빈에서 만나기로 했거든. 그렇지만 그 말 거짓말이지?"

"……"

"길상이 그놈 생각하는 거지?"

"……"

"부질없는 짓이야. 윤이병이라면 내 애초부터 말하지 않았어? 그날 밤 일은 싹 묻어둘 수 있지. 내야 뭐 여자에 궁한 처지도 아니니까 말이야."

"듣기 싫어요! 남의 신세 망쳐놓고."

참다 못해 송애는 울어버린다.

"그건 송애 너 마음먹기에 달린 거야. 나도 윤이병이 빈털터린 줄은 몰랐고, 자아 자아, 한 번 엎지른 물을 줏어담을 수 없고,"

순간 김두수는 짐승처럼 송애한테 달려든다. 첫 번째보다 두 번째는 심적으로 육체적으로 저항이 약할 수밖에 없다. 예상하지 않았던 일도 아니었고.

"내 말만 들어. 내 말만 들으면 되는 게야. 호강도 할 수 있고 큰돈도 만질 수 있고 장차는 큰 요릿집 안주인 노릇도 할 수 있는 게야. 송애도 알지? 새로 지은 영춘관 말이야. 겉으론 주인이 따로 있지만 말이야."

김두수는 둔중한 몸뚱이로 짓누르면서 송애 귀에다 대고 속삭였다. 그러나 혼인하여 같이 살자는 얘기만은 하지 않는다. 어느덧 송애는 자신이 그 말을 기다리고 있는 것을 깨닫는다. 한 번 몸을 버린 이상 그 남자하고 해로해야겠다는 생각보다 윤이병에게 걸었던 희망이 산산이 쪼개지고 만 것에서 온, 자기 자신에 대한 타협적 심리라 할 수도 있다. 예쁘장하고 글방 도련님 같은 윤이병에 비하여 산돼지같이 생긴 김두수지만 사내로서의 능력은 김두수 편이 월등하리라는 새로운 희망 같은 것도 없지 않았다. 옷을 챙겨 입고 담배를 붙여 문 김두수는 부숭하고 조맨한 눈을 지레 감듯 만족스럽게 송애를 바라본다.

"나, 아버지가 이 일 알면 쫓겨나요."

송애는 가렵지도 않은 손등을 긁으며 중얼거렸다.

"쫓겨나면 걱정인가? 이 김두수가 있는 한."

"나 어서 가야 해요."

"그렇겠군. 당장엔 쫓겨나도 곤란하니까. 그럼 말이야, 종전같이 앞으로도 내가 보내는 사람한테 좀 더 자세히 보고할 것이며."

송애는 떼쓰는 아이처럼 갑자기 몸을 흔든다. 그동안 송애는 객줏집 손님으로 가장하여 하룻밤씩 묵고 가는 정체 모를 사내에게 길상을 위시하여 공노인에 이르기까지 그들의 동정을 보고해왔었다. 송애는 결코 능동적으로 그랬던 것은 아니었지만 객줏집에 묵고 가는 김두수의 끄나풀들은 교묘하게 협박도 하고 김두수가 굉장한 인물이며 그에게 순종하는 것이 장래를 위해 좋을 것이라는 둥 무엇보다 윤이병이란 대수로운 인물 아니며 김두수의 부하라는 말이 송애에게 절망을 안겨준 대신 김두수를 평가하는 데 효력이 있었던 것이다. 아무튼 윤이병을 빙자하여 송애를 불러들여 능욕한 후 두 번째 만나게 된 김두수였으나 그간 싫든 좋든 김두수가 송애 머릿속에 큰 비중을 차지한 것은 사실이다. 해서 운흥사 뒤 숲에서 김두수가 만나잔다는 전갈을 받고 어김없이 나오게 된 것이기도 했다.

"왜? 내 말이 마땅찮아 그러는 게야? 왜 몸을 쩔쩔 흔들어대누."

"이 이렇게 된 바에야 호, 혼사를 해야 하잖겠어요?"

"뭐?"

김두수의 부숭하고 조맨한 눈이 둥글해진다. 입가에 비웃음이 지나간다.

'흥, 한두 번 건드렸다고 혼인을 한다면 이 김두수 골백번이나 장갈 갔겠다. 어리석은 계집애.'

"아아니, 송애 너도 딱한 계집애로구나."

"뭐라구요?"

송애는 나락으로 떨어진 절망의 눈을 들어 김두수를 쳐다본다.

"윤이병은 어떡허구 나하고 살자는 겐가? 싹 덮어주고 묻어주고 한다지 않았나."

"하, 하지만 내 몸은,"

"그렇지. 길상을 생각하면서 윤이병한테 시집갈려 했고오, 윤이병한테 시집갈 작정을 하고서 몸은 다른 사내, 하하핫…… 참말로 뜻같이 되지 않는 게 인간사로군. 하하핫……."

송애의 눈알이 시뻘게진다. 김두수는 소의 혀를 연상케 하는 허연 혓바닥을 드러내며 이목을 가리는 밀회인 것도 아랑곳없이 너털웃음이다. 김두수는 이곳을 떠나면 하얼빈으로 간다. 윤이병이 데리고 왔을 금녀를 만나러 가는 것이다.

"아무튼 좋아. 송애 마음먹기 탓이니까. 내 너의 진심을 알기 때문에 한 얘기지."

송애는 김두수의 눈을 피한다. 속을 환하게 들여다보고 하는 말에 질린 것이다. 더 이상 확약을 받으려고 바둥거릴 수 없다.

"너 하기 탓이야. 일일이 보고를 받는 터에 널 구태여 만나야 할 일도 없으련만 생각이 달라서 만난 거니까 앞으로 내 시키는 대로만 해. 좀 더 길상이 동태를 자세히 알아보도록, 알겠나?"

"나를 의심하는 눈치던데……."

"그러니까 조심을 해야지. 그 집에 응칠이라는 일꾼 있잖아?"

"응칠이를 어떻게 알지요?"

"내 모르는 일 없지. 응칠이란 놈이 송애를 마음에 두고 있는 것도 알구 말이야."

"어머."

"응칠이를 슬슬 구슬려보면 그 집에 드나드는 사람을 알 수 있을 게야. 눈치채지 않게, 알았어? 길상이 놈이 잘되면 너도 배 아플 것 아니냐 말이다."

"한데 저어 그 사람을 어찌 그리 잘못되길 댁은……."

"아아 그건."

처음으로 표시한 송애 의문에 김두수는 당황한다.

"그건 내 개인의 원한 같은 건 아니고 또 그자가 잘못되기를 바라는 것도 아니야. 한마디로 까놓고 얘기하잘 것 같으면 내 임무가…… 마 그런 건데, 더 이상 송애는 알 필요가 없어."

김두수는 무섭게 눈알을 굴린다.

"송애가 쓸데없이 이런 얘기 남한테 함부로 했다간 귀신도

모르게……. 흐흐흣…… 알겠나? 윤선생 같은 사람도 나한테
는 찍소리도 못하지. 흐흣…… 흣."

송애는 떤다. 그만큼 김두수의 형상이 무서웠던 것이다.

"그 대신 잘하기만 하면 사내는 출세하고 돈 벌고, 계집은
호강하고 좋은 서방 얻는 거라. 자아, 그럼 송애는 가보아. 윤
이병을 만나면은 송애를 단념하라 할 터이니."

마지막 한 김두수 말에 송애는 한 가닥 희망을 걸고 절문을
나섰다.

'국밥집에 들렀다 가야겠구나. 아버지가 물으면 거기 갔다
온다 하구.'

내리막길을 내려오는 송애 마음에 차츰 생기가 돌기 시작
한다.

'윤이병을 만나면은 송애를 단념하라 할 것이라구? 그렇담
자기 사람이다 그 말이겠네.'

발길이 바빠진다.

'그 사람 밑에서 움직이는 사람이 많은 것만 보아도…… 이
마는 좁고 뻐드렁니, 눈은 조그맣고 생긴 거는 꼭, 하지만 사
내가 인물 뜯어먹구 사나 뭐. 우리 집에 다녀간 그 사람들도
자기를 상전만큼이나 떠받드는 모양이던데 생각해보면 그래.
내 진심이 자기한테 없다는 것 때문에 혼인하자는 말을 입 밖
에 못 내는 거야. 사내 오기에 그럴 수도 있겠지. 나를 겁탈해
놓고서 차츰 맘을 돌리려 했던 거야.'

자기 유리한 곳으로만 생각을 몰고 가는 송애 마음에 그러나 검은 구름이 없었다 할 수는 없다. 남한테 함부로 얘기했다간 귀신도 모르게, 했을 때 김두수의 무서운 형상이 떠오르곤 했으니까.

"그 사람이 그래 봬도 꽤 여자가 딸는 편이라구. 하지만 비윗장 한 번 거슬러놓으면 없지, 없어. 황소 같은 사내도 뻥뻥 나자빠지는데에."

하룻밤을 묵으면서 송애로부터 서희네 사정을 소상하게 들은 김가라는 사내가 이튿날 아침 세수하러 나와 송애에게 한 말이다.

"그렇게 힘이 센가요?"

"힘이 세냐구? 하하핫, 힘이 센 게 아니구 옆구리에 찬 육혈포 힘이지."

그 말을 들었을 때도 송애는 그다지 무섭다는 생각을 하지 않았었다. 상대가 무섭다는 것은, 헤어날 수 없다는 체념으로 낙착된 때문이요 자신에게 이득이 된다는 것도 무서움만큼의 유혹이다. 이득이 개재된 이상 진실은 없고 진실이 없는 한 자애심(自愛心)은 두려움을 수반하기 마련. 송애는 그 함정에 깊숙이 빠져들어갔고 김두수는 아주 쓰기에 생광스런 끄나풀을 하나 불렸고 또 그것은 향략의 도구도 되어준다.

송애가 국밥집 월선옥으로 들어섰을 때 가게에 손님은 아무도 없었고 보기 드문 중이 한 사람 월선이와 마주 보고 앉아 있었다. 월선의 옆에는 홍이가 붙어 앉아서 중을 힐끔힐끔 쳐다보고 있었다.

"언니."

"아아 송애가?"

울고 있는 모양이다. 월선의 눈이 시뻘게져 있었다.

'웬일일까?'

월선은 연신 눈물을 닦으며,

"시님을 이곳서 만나볼 줄은 참말 몰랐십니다. 그저 그만 아무 말도 못하겠십니다. 이곳에 온 후로는, 아이구 참."

월선은 눈물을 주체할 수 없어 말을 잇지 못하고 다시 한다는 것은,

"그저 그만 아무 말도 못하겠십니다."

"많이 늙었구면."

"예."

"이 아이는……."

"예. 이시방 아들입니다."

"그거 참 잘생겼구나."

눈에는 눈물이 가득했으나 잘생겼다는 말이 반가워서 월선은 입을 크게 벌리고 웃는다.

"얼굴만 잘나믄 뭐합니까. 공부도 잘해야 하고 말도 잘 들어야 할 긴데."

"치이, 옴마는 넘 보믄 언제든지 그러더라. 치이."

홍이는 여위어서 보다 가늘어진 월선의 팔을 머리빡으로 쿵쿵 찧으며 입을 불어댄다.

"운냐, 운냐. 하지마는 옴마 때리는 아아 시님이 숭보신다."

"옴마는 숭 안 볼까 봐서? 와 자꾸 우노."

"반갑아서 안 그렇나. 자아 니는 송애아지매한테 가거라. 옴마한테 이리 치대쌓으믄 이야기도 못하고."

"치이, 없었이믄 인사하라꼬 막 찾아댕깄일 기믄서, 사돈 팔촌이 와도 인사하라꼬 찾아댕기믄서."

"이놈아 여기 사돈 팔촌이 어딨노."

월선은 또 웃고 혜관도 빙그레 웃고 홍이는 착잡한 얼굴로 우두커니 서 있는 송애 곁으로 간다.

"애기씨랑 길상, 아니 저어,"

월선이 하던 말을 되마시듯, 그러더니 어색하게 미소한다.

"시님을 만내시믄 얼매나 좋아하실는지, 거기 지하고 가실까요."

월선은 봉순이가 온 것을 모른다. 혜관이 가게에 들어선 것을 우연으로만 생각하고 있다.

"거기서 오는 길이구먼."

혜관은 입맛을 다시며 눈을 들어 송애를 한번 쳐다본다. 송애 얼굴이 다소 빳빳해진다.

"거기서 차담상을 받고서 거리 구경을 나온 셈이지요."

"아아 그라믄 역부러 여까지 오싰구마요."

"뭐 최참판네 손녀를 찾아온 것은 아니고 청국땅에 와서 조선 중이 포교를 할 수 있을까 하고 온 길에 들렀는데 길상이가 장가를 들었더구먼."

"예―."

음성이 모깃소리 같은 대답이다.

"천대 만대 참판 하라는 법도 없고 하인 하라는 법도 없으니 못 할 일도 아니지요."

혜관은 느긋하게 봉순이도 함께 왔다는 얘기를 미룬다.

"기왕 이리 왔고 만났으니 이곳에 온 사람들이 어떻게 사는지 그 얘기나 물어보아야겠소. 길상이를 만났더라면…… 회령인가 어디 가고 없다더구먼."

"예, 회령 가싰다 카더마요. 여기 사는 사람들이사…… 모두 고생 안 한다 할 수 없십니다."

"이동진 그 양반 자제한테 대강 얘긴 들었소만."

"그, 그라믄 이부사댁 서방님을 만냈십니까."

"서울서 만나보고 오는 길인데요."

"일전에도 이부사댁 나리가 연추서 오싰다가."

송애는 이동진이란 이름을 기억한다. 연추에서 손님이 온 것은 새침이를 통해 알고 있었으나 이름은 중 입에서 처음 듣는다.

"지가 그만 정신이 없어서 무신 말을 해야 할지, 저어, 저어, 거기서는 모두, 봉순이랑……."

"봉순이는 음, 그러니까 함께 와서 지금 최참판네 손녀하고."

"머라 카십니까? 보, 봉순이가 와, 왔다고요!"

2장 부부

저녁을 먹고 여관을 나선 길상은 어디를 간다는 작정도 없이 걷는다. 볼일은 다 보았고 내일 아침에 떠나기로 된 이런 전날 밤이면 길상은 견딜 수 없는 고통을 느낀다.

'회령엔 오지 말까 부다.'

매번 뇌어보는 말이었으나 길상은 한 달에 적어도 한두 번은 상무(常務)로 회령에 오게 된다. 매번 고통을 느끼고 오지 말까 부다 마음속으로 뇌면서. 군이 싫다면 얼마 전에 채용한 서기를 보낼 수도 있는 일인데 군이 자신이 오는 것은 무슨 이유에설까. 행여 옥이네를 만나게 될지 모른다는 희망 때문일까. 만나서 어쩌겠다는 건가. 돈이나 몇백 원 집어주면, 그러면은 편한 잠을 잘 수 있고 꿈에 보지도 않을 것이란 생각 때문일까. 그것만은 아닐 것이다. 길상은 고독했다. 고독한 결혼이었다. 한 사나이로서의 자유는 날갯죽지가 부러졌다. 사랑하면서, 살을 저미듯 짙은 애정이면서, 그 누구에게도 주고 싶지 않았던 애기씨, 최서희가 지금 길상에게는 쓸쓸한 아

내다. 피차가 다 쓸쓸하고 공허한가. 역설이며 이율배반이다. 인간이란 습관을 뛰어넘기 어려운 조물인지 모른다. 그 콧대 센 최서희는 어느 부인네 이상으로 공손했고, 지순하기만 하던 길상은 다분히 거칠어졌는데.

"허어 김주사, 신색이 훤합니다."

"어이구 김선생, 웬일이시오."

김주사도 되고 김선생도 되고 김길상 씨도 되고 면전에서 웃고 굽실거리는 얼굴들이 돌아서면은 퇴! 하고 침 뱉어가며 하인 놈 푼수에 개구리 올챙이 적 모르더라고 거들먹거리는 꼴 눈꼴시어 못 보겠다, 고작 한다는 말이 그 말일 터인데. 서희라고 예외일 수 있는가. 시기와 조롱을 면전에서는 교묘히 감추는 뭇시선 속에 상처받기론 마찬가지다. 그 상처를 서로 감추고 못 본 척한다. 왜 드러내 보이고 만져주고 하질 못하는가. 길상은 가끔 옥이네와의 생활을 생각할 때가 있다. 올망졸망 바가지를 달고 보따리를 인 유랑민들을 생각할 때가 있다. 혹은 만주 벌판을 횡행하며 싸우는 사내들 무리에 몸을 던지고 이따금 바람처럼 찾아가는 옥이네를 상상할 때가 있다. 공상은 옥이네에 대한 애정 때문이 아니다. 연민 때문도 아니다. 사랑의 고통, 사랑의 질곡에서 빠져 달아나고 싶은 마음, 옥이네는 아무것도 길상에게 걸어놓은 것이 없다. 만주의 벌판은 넓다. 황사가 나는 공간은 무한하며 말굽 소리가 가슴을 떨리게 하는 대륙이다. 강물도 산림도 얽매이기에는 너무

158

나 광활하다. 길상은 또 하동의 지리산, 그 지리산 속의 절을 생각할 때가 있다. 상자 속에 들앉은 불상처럼 답답함이 재생되는 추억이다. 산 밖에는 세상이 없는 줄 알았었던 어린 시절이었다. 우관스님의 애정, 그런 애정의 형태밖에는 몰랐었던 어린 시절을 길상은 아픔 없이 되새길 수가 없는 것이다.

'지금도 나는 상자 속에 들앉은 불상이다. 이 생활은 주판알이다. 몇 개가 올라가고 몇 개가 내려오고…… 그러면은 서희를 떠나 나는 살 수 있을까?'

길상은 잠재된 탈출에의 욕망이 고개를 더 이상 쳐들까 봐서 걸음을 급히 한다. 뛰듯이 급히 한다. 어둠이 입 속으로 파도처럼 밀려오고 또 밀려온다.

'서희는 태어날 아기에 대해 희망을 걸고 있다. 나도 그렇다! 나는 털모자를 깊숙이 쓰고 수염 끝에 얼음방울이 달렸었던 연해주 사내들을 잊는 거다. 주판알 튕겨가며 자금이나……'

길상은 길게 한숨을 내쉰다. 그는 어느덧 옥이네가 세 얻어 살던 집 앞에까지 와 있었다.

"앙이 어째 또 왔습매?"

주인집 중늙은이가 마을 갔다 돌아오면서 말했다.

"안녕하십니까?"

길상은 허리를 굽힌다.

"별일 없소꼬망."

"무슨 소식 못 들었습니까?"

"소식으 무시기, 있을 리 없지비. 들어오시기요. 밤바람이 되세 차다잉."

흰 수건을 쓰고 팔짱을 낀 중늙은이는 등을 구부정하게 기울이며 마당으로 들어가고 길상이 따라들어간다. 별로 깨끗지도 못한 방에 앉은 길상은 담배를 꺼내 붙여 문다.

"알다가도 용정 손님으 맘 모르겠슴. 어찌 그러지비? 응?"

"뭐 별 뜻이 있는 건 아닙니다."

"그러이 이상하쟎소? 그까짓 과수집 잊어부리쟎고."

"못 잊어 그런 건 아니지요. 돈이나 좀 전하고 싶어서…… 옥이가 가여워서 그럽니다."

"제 싫음 페앙감사아도 그만 앵이오? 딱해서 그러지비."

"글쎄요……. 행여나 싶어서……."

"저녁은 들었슴둥?"

"네."

"옥이어망이한테는 야속하겠으나 그 사람으 용정 손님으 짝이 앙입매. 멀쩡한 새총각이 과수집 장개도 앙이 될 말인데 그런 거 앙이래도 영 기운다 말이. 꽃 같은 신부, 소문 들어이…… 용정 손님 여기 찾아오는 거를 알면은,"

"압니다."

"무시기 안다아?"

"네. 그 사람도 옥이네를 도와주어서 고생 안 하고 살길 바라지요."

덤덤하게 대답하는 길상은 옥이네보다 황야의 바람 소리를
생각하고 있었다.

"자아 그러면 가볼까요? 할 일이 없고 여관에선 심심해서
나와본 거요."

"말이 그렇지비. 갈 곳 없어 이곳을 찾는 건 앙이잖소."

밤길을 휘적휘적 돌아왔는데 한양여관에서는 응칠이가 기
다리고 있었다.

"웬일이야? 내일 갈 텐데?"

"행여 안 오실까 아씨께서 걱정으 하셨슴둥. 고향 손님이
기다리고 계십매다."

"고향 손님?"

"옛꼬망. 하동서 중하고,"

"중!"

혜관이라 생각했다. 가슴이 마구 뛴다. 방망이질하듯 뛴다.
기쁨 슬픔이 함께 얽혀 목이 메는 것 같다.

"그리고 우리 아씨만큼 잘으 생긴 안깐이 함께 오셨슴매다."

상기된 얼굴이 구겨진다.

"봉순이라 하더냐?"

"옛꼬망. 아씨께서 그리 불렀슴매다."

"알았다. 어차피 내일은 떠나려 했어. 가서 일찌감치 잠이
나 자거라."

"옛꼬망."

응칠이 물러간다. 길상은 담배를 붙여 문다.

'봉순이가 왔다구? 봉순이가⋯⋯.'

또 하나의 묵은 상처에서 피가 흐른다.

'봉순이 넌 내 누이야.'

길상은 옷을 벗고, 불도 끄고 자리에 든다. 조용하다. 밤은 초저녁을 지나가고 있었다.

"아이고 추서방, 이제 오시오?"

조용한 밤을 찢고 주인 사내의 음성이 들려온다. 좀처럼 언성을 높이지 않는 사내였었는데.

"허 참, 이번에도 죽지 않고 살아서 돌아왔소."

나직하지만 굵직하여 잘 울려 퍼지는 음성이다.

"김두수 그도 버젓이 살아 돌아왔는데 산신이 노했을 리도 없고,"

"산신만 가지곤 안 돼. 목신 석신 수신, 귀신이 한둘이라야지요. 김 아무개 그 사람은 진작 떠났으니까."

"그는 그렇고 이번 행비엔 재미보았소?"

"글쎄, 장사하는 사람치고 재미보았다는 얘기하는 것 못 들었소. 하하핫⋯⋯."

호탕한 것 같았지만 까칠한 심지가 있는 웃음소리다.

"헛허어, 누가 구전이라도 뜯어먹자 덤빈 모양인데,"

흐물흐물 감겨드는 것 같은 여관주인의 음성.

"투전판도 아니겠고 구전 먹을 장사가 따로 있지. 이 추가 못 가본 곳 없고 못 해본 장사 없지만 아편장사만은 한 일 없으니까. 그는 그렇고, 이번 행비엔 영 뒷맛이 좋질 않구면."

"그건 또 어째서요?"

"주인장이 부탁하는 일이라 동행하긴 했으나…… 왜 그 김두수라는 사람, 그 사람 말이오."

'음, 또 김두수라 했겠다?'

길상은 베개에서 머리를 쳐들고 양 귀를 세운다.

"그 사람, 왜요?"

"장삿길 알아보려고 간 사람은 아니지요?"

"그, 글쎄올시다. 내 듣기론 장삿길 터보겠다 하던데요?"

"아닐 거요. 틀림없소."

"장사…… 아니면 일부러 그곳까지 갈 리 있겠소?"

"장사도 하긴 하겠지…… 아편장사."

"그럴 리가?"

"그러나 장사는 새치길 게고 본업은 밀정일 게요."

"설마 하니, 사람 잘못 보셨소."

"주인장하고는 전부터 잘 아는 사이시오?"

"잘 안다면 안다 할 수 있고, 그 사람 원래 성미가 좀 그렇지요. 고약하긴 해도…… 아마 추서방 비윗장을 몹시 긁은 모양이구면."

"비윗장 긁었다고 남 모함할까. 나 그따위로 좀스러운 사내는 아니외다."

여자 웃음소리, 다른 남자의 음성이 얽혀들면서 두 사람의 대화는 알아들을 수 없게 되었다. 얼마 후 사내는 길상이 누운 옆방에 드는 기색이었다. 방문 열어젖히는 소리가 나고 침구 들여가는 기척, 타둑타둑 나는 발소리.

"석아!"

"예—."

발소리는 되돌아온다.

"내 심부름 좀 해다오. 소주 한 병하고 안주 한 접시, 알았냐?"

주기가 있는 음성이다.

"예—."

타둑타둑 들려오는 발소리.

"석아."

이번에는 길상이 불렀다.

"예—."

"거기 좀 섰거라."

"용정 손님 안 주무셨어요?"

"음."

어둠 속을 더듬어 돈을 꺼낸 길상이 방문을 연다.

"나도 소주 한 병, 뭣이든 안주 한 접시하구."

"불 꺼졌기에 주무시는 줄 알았어요."

옆방 불빛에 그늘진 석이 얼굴이 사라진 뒤.

'도모지 무슨 악연인지 모르겠다.'

길상은 어둠 속에서 담배를 붙여 문다. 작년 십이월 초순이었지, 회령서 서희와 함께 고통스런 밤과 낮들을 보내고 서로가 제정신이 아닌 상태에서 회령을 떠나 용정촌으로 돌아갈 때 학성과 안미대 중간 지점 험한 계곡에서 마차가 뒤집힌 일은. 그때 서희는 회령 병원에 입원을 했었고 길상은 얼굴에 찰상을 입었었다. 월선이 용정서 서희를 간호하기 위해 달려왔으며 오는 도중 노상에서 우연히 만났었다는 사내, 윤이병과 함께 있었더라는 사내 얘기를 월선은 했었다.

"무심결에 눈이 마주치는데 하마 내 입에서 말이 나올 뻔했다. 머리끝이 좁으당하고 눈두덩이 부숭부숭하고 뻐드렁니, 그게 앞으로 나오고 좁은 이마에 줄 간 것까지…… 김평산이 그 사람을 바로 면대하는 것 같아서, 돼지 상…… 음, 그런 얼굴이 어디 흔해야 말이지 섬찟한 생각이 들면서도 자꾸만 치다봐지는데, 그쪽서도 마음이 씌어 그럴까? 나를 아는 것 같은, 아는……."

생각을 하고 또 해보며 뇌었었다. 그런 뒤 정초가 되어 길상은 공노인을 찾아갔던 것이다. 그때 세배 온 거간 권서방을 공노인은 다글다글 볶아대고 있었다.

"내 눈을 속일 자가 어디 있을 거라구, 이놈의 권가야. 정신 맑게 가져야 하느니. 당장엔 입에 달다구 굴덕굴덕 삼키지마는 결국은 내 살 뜯어먹는 일이라. 그래 본색을 알고서도 구전 탐나서 땅거래 또 들어줄 텐가?"

"형님은 요소요소에다가 땅을 사서 집을 짓는다 그렇게 말하시지마는 각각 그 임자가 다른 거는 어찌 된 일입니까. 그거 모르겠습니다. 무슨 뚜렷한 증거가 있는 것도 아니겠고, 영문 모르겠네요."

"숭물스런 놈. 훤히 알면서, 무쇠 신발 신은 그놈이 병아리 오줌 갈기듯 그따위 구전, 아 거기 미련이 남아 그러는 게야? 그 임자라는 것들이 모두 허세비라는 걸 몰라 수작인고? 요소의 땅이 팔렸다아 싶으면 집이 덜컥 들어서고 그럴 때마다 무쇠 신발 신은 놈이 얼씬거린다는 건 집일 하는 일꾼들도 다 아는 일이라."

"이상하지 않다는 건 아니지마는요 글쎄요, 신색도 썩 부하게 뵈지는 않던데 무슨 놈의 큰 권셀 가졌다구, 에이 모르겠소. 한번 실수는 병가상사라 했는데 두고두고 깨씹으니 형님도 어지간하오. 요소요소에 땅을 사고 집을 짓는다 하지마는 그거 모두 내가 중개한 것도 아니겠고 시초에 한 번인데 에이, 모르겠수다."

"좌우지간에 큰일이라. 사람들이 생각이 없어서, 함께 똘똘 뭉치도 뭣할 긴데 그놈이 일본영사관에다 줄을 달고서 앞으로 무슨 횡악[行惡]을 할지 모르는 일, 애초에 자릴 잡게 한 것부터가."

"어이구, 또 저 소리."

"처음 어디 매가(賣家)가 없겠느냐고 물어올 때부텀 그 조맨
한 눈이 좋질 않았어. 눈두덩이 부숭부숭하고 입술이 튀튀하
고 흡사 돼지 상인데,"

이때까지 얘기만 듣고 있던 길상이,

"혹 이름이 김거복이라 하지 않았는지요?"

하고 공노인에게 불쑥 물었다.

"김가는 김간데 김두수라 하더구마. 태생은 경상도라 하던
가?"

"고향은 어디라고 말하지 않았습니까?"

"고향은…… 가만있자, 응 함안이라 한 것 같군. 맞어, 함안
이라 했어."

길상은 고개를 끄떡였다.

"그럴 겁니다."

"뭐가 그럴 거라는 게야?"

공노인은 의아해하며 물었다.

"차차, 차차 아시게 되겠지요."

길상은 얼버무렸으나 김두수라는 자가 월선이 만났었다는
바로 그 사내임에 틀림없고 김평산의 아들 거복임을 확신했
다. 함안댁이 자살한 뒤 김평산의 아들 형제가 외가인 함안으
로 간 일이며 이백 리 길을 걸어서, 더러는 소달구지를 얻어
타기도 하며 노숙하며 풀모기에 찔려서 얼굴이 딸바가지가

된 어린 한복이, 평사리 생가(生家)를 찾아오던 그 불쌍한 한복이를 길상이 잊을 리 있겠는가. 형 거복은 외가에서도 바람 잡아 나갔노라던 한복의 말도 똑똑히 기억하고 있다.

'인연이란 기기묘묘, 이럴 수 있을까? 김의관 자손이 최참판댁 핏줄, 서희가 피신해온 간도에 나타나다니…… . 장난치고도, 도대체 운명의 실꾸리를 어디다 숨겨놨기에 얽히고설키고.'

저도 모르게 한숨을 쉬었던 것이다. 길상의 확신은 얼마 후 사실로 밝혀졌다. 해란강 상류에 벌목꾼으로 들어갔던 용이가 돌아와서,

"길상이 니가 그런 말을 하니께 나도 말하지 않을 수 없거마."

하며 거복이를 만났던 일을 처음으로 털어놨던 것이다.

'김두수라…… 김두수라 했겠다? 옆방에 든 추서방이란 어떤 인물일까?'

길상은 손끝에 잡히는 재떨이를 끌어당겨 담배를 눌러 끄고, 성냥을 그어 유리 등피를 치켜들며 불을 켠다. 발소리가 들려온다.

"손님, 용정 손님, 여기 술 사왔어요."

"음."

방문을 열고 석이는 술병과 안주 접시를 디밀었다.

"석아."

"예."

"너 옆방 손님보구 말이야."

"예."

"과히 실례가 안 된다면 함께 술을 마실 수 없겠는가 여쭈어봐라."

"그, 그러지요."

길상이 시킨 대로 말하는 석이 목소리가 옆방 쪽에서 들려온다.

"그래? 괜찮지."

사내 목소리다. 그리하여 두 사람은, 생면부지의 두 사내는 합석하게 되었다. 합석하게 되면서 술상도 새로 마련해 왔다. 길상은 술잔을 내밀며,

"저는 용정에 사는 김길상이올시다."

"아, 그러시오? 나는 추풍이오."

"네?"

"춘풍이 아니라 추풍(秋豊)이오. 하하핫……."

수염을 기른 깡마른 사내는 만주인의 복장이다. 전작이 있었던 모양이다. 추서방의 눈은 게슴츠레했다.

"뭐하십니까?"

"장사꾼이죠."

"장사꾼이긴 저도 마찬가지올시다만 무슨 장사를 하시는지요?"

"무슨 장사를 한다기보다 누굴 상대해서 장사를 하느냐, 왜 그런고 하니 팔고 사고 하는 게 일정치 않으니까."

"네에—."

"이곳 토종들 상대하는 장산데 말씀이오, 그러니까 뜨내기 장돌뱅이지요."

"토종이라면?"

"소위 오랑캐라 하는 인종 말이오."

"결국 청인이구먼요."

"만주족이라고도 하고 여진족이라는 말도 있지만 내가 토종이라 하는 것은 외지의 물이 안 든 종자 말인데, 실은 그것도 오지로 들어가면 상당히 여러 족속들이 있고 갈래가 많아요."

"그러니까 교역이군요."

"그렇지요. 소금, 곡식, 담배 같은 것 외에도 자질구레한 걸 가져가서 녹용이나 여러 가지 모피하고 바꾸는 장사지요."

"자아, 술 드십시오."

길상은 간곡하게 추서방에게 술을 권하고 자신도 마신다.

'말이 많을 것 같은 얼굴이 아닌데…… 아까는 김두수를 아편장수 밀정일 거라? 어째서 그런 말을 했을까?'

"실은 오래간만에 술을 좀 했소이다. 밖에서 말이오. 술이 들어가니까 이 일 저 일 참았던 일들이 막 터져 나오려고만 하니, 그래 또 술을 마시기로 한 거였죠."

추서방은 길상의 인물이나 하는 말에 대해선 별반 관심이

없는 듯싶었고 상대가 길상이 아니었어도 한판 떠들어볼 심산인 것 같다. 연달아 술을 마셔대면서,

"형씨, 보아하니 나보다는 새까맣게 젊은 양반인데 거 요즘 젊은 놈들 못쓰겠습니다."

"죄송합니다."

"아아니, 죄송할 건 없고, 술상 함께하자 자청해온 것도 요즘 젊은 사람 기백인 듯하긴 하오만."

"뵙기 전엔 이렇게 연만하신 줄은 미처 몰랐습지요. 객사에서 쓸쓸하기로, 실례가 많습니다."

"허 그 정도는 돼야지. 내 오늘 밖에서 술 좀 했소. 장삿길엔 술은 안 하기로 돼 있으니까, 아무튼 너 나 할 것 없이 조선놈들! 나 술 마시면 술버릇 고약하오. 내 버릇 내 알기 때문에……. 흥, 뭐라구? 오랑캐라구?"

하더니 추서방은 수염에 묻힌 입을 크게 벌리고 입에 담지 못할 욕설을 내갈긴다.

"여보 젊은 양반, 내 이런다고 장바닥을 굴러다니는 장돌뱅이로만 보지 마슈. 이래 봬도 홍범도 장군한테 탄약 총포를 날라다준 사람이오. 뭐 홍범도라고 근본이야 별수 있소? 지가 산포수지 뭐겠소. 하지만 장하기야 장하지. 아암, 장하구말구. 세상을 가다 보면 야인(野人)에 큰 재목들이 많은 법이오. 어이크! 내 술버릇 고약해서, 뭐 어차피 뚝은 터졌고, 그러니까 모두들 그래요. 추서방 입은 초병 마개만큼이나 탄탄한데

그놈의 술 때문에 못 믿겠다구. 하하하핫, 하하핫핫핫, 아무
튼 조선놈의 새끼들, 이래가지고는 안 되겠다 그 말이오. 오
랑캐? 이번에도 어떤 놈 하나하고 동행을 했는데 그놈은,"
하다가 추서방은 아까처럼 입에 담지 못할 욕설을 퍼부었다.
욕설이 멎는 것을 기다려서 길상이 묻는다.

"어디까지 가셨는데요?"

"어디긴 어디? 오론촌들이 사는 흑룡강 지방,"

"굉장히 먼 곳까지 가셨군요. 오론촌이란 뭡니까?"

"그곳에 사는 여진족 중의 한 족속이오. 아주 깨끗하게 남
아 있소, 깨끗하게 말이오. 중국 본토로 따라들어간 여진놈들
은 불알까지 다 썩었지마는. 아, 그뿐이오? 가깝게는 용정촌에
사는 놈들도 도방이랍시고, 흥! 본시 오랑캐라 일컬은 사람들
을 말할 것 같으면 말 잘 타고 수렵에 능통하고 물을 찾아 짐
승들을 몰고 다니면서 정처 없는 생활을 하니만큼 재물을 탐
내지 않고 인심이 후하단 말이오. 도시 그 사람들은 의식에 소
용되는 것 이왼 내 것이다 하는 생각이 옅단 말이오. 철 따라
수렵하고 어망 풀어 고기 잡고. 그게 그런데 근래에 와서는 중
국땅 한인들이 슬금슬금 기어들어 갖은 술수로 망쳐놓더니 글
쎄, 이제는 조선놈까지 덩달아 아편을 팔아볼 생각이라니? 천
하에 온 그런 죽일 놈의 죄가 또 있겠느냐 그 말이오."

추서방은 여전히 연달아 술을 마시며 떠들어댄다. 대단한
주량이다. 그 술을 장삿길에는 안 마신다 하니 의지가 강한

사람인가 보다 길상은 생각한다.

"그러면은 곡물이나 소금이나 기름, 화약 대신 아편 먹고 아편 가지고 사슴 잡고 담비 잡고 그러란 말인가? 세상에 그런 악랄한 짓이 어디 또 있을라구. 그 사람들은 말이오, 그 사람들은 한번 언약하면은 문서 이상으로 약조를 지키는 사람들이오. 남을 배신하고 남의 빚돈 떼어먹고 속임수 같은 것 쓸 줄 모른단 말이오. 이를테면 얏사 같은 경우도,"

"얏사가 뭐지요?"

"공세(貢稅)요. 모피를 바치는 거지요. 그 얏사를 내지 않고 도망치는 경우는 그들 씨족들이 보상하게 돼 있고, 그러니만큼 간악한 놈들이 그런 기풍을 이용해서,"

"어른께서는,"

"뭐 어른? 나는 그 정도론 늙진 않았고,"

"아, 네."

"하여간에 사악한 놈들이 그곳을 유린하여 값비싼 녹용이나 귀한 모피를 갯값으로 뺏아가니,"

"뭐 그런 것쯤이야, 중국 본토의 한족으로 말할 것 같으면 만주족에 나라도 빼앗기지 않았습니까?"

추서방은 말문이 막힌 듯 취기 어린 눈이 퀭해진다.

"그 그거야, 물고기나 잡아먹고 짐승 잡아서 사는 사람들의 소행은 아니니까, 나라의 용상 같은 거는 어차피 어느 도둑놈이든 걸터앉게 마련이고 백성들 배 안 곯리고 잘살게 하면은 성군이 되는 것, 백성들 못살게 다글다글 볶아대는 자는 폭군이 되는 것. 아, 그래 그렇담, 흑룡강 유역까지 제 나라 들어먹은 원수 찾아 한인들이 왔었다 그 말이오? 청나라 임금한테는 만 번이라도 이마방아를 찧을 좀도둑 같은 놈들이,"

길상은 빙그레 웃는다.

"추선생께서는 그곳 여진족들을 지극히 사랑하시는군요."

"여보시오, 나 선생 말 들을 만치 유식하지도 않소. 그러나 나는, 나는 말이오? 나는 어진 백성을 좋아하거든. 내 비록 장사꾼이지만 말이오. 그래 생각해보슈, 젊은 양반. 사시사철 열심히 정직하게 욕심 없이 일해서 사는 사람이 여진족이라 해서 밉고 아편장사에다 밀정 노릇까지 하는 자가 조선사람이라 해서 어여쁘겠소? 내 자식이라도 도둑놈은 도둑놈이요, 남의 자식이라도 성인은 성인이오. 아 그래 절에 모셔놓은 부처님을 조선사람이라서 예배하는 거요?"

길상은 껄껄 소리내어 웃는다.

"아편장사랄 것 같으면 청국을 망해 먹자는 건데 밀정이라면 좀 더 우리하고 관계가 깊은 것 같습니다. 우리 독립지사를 잡아먹는 게 밀정이니 말씀이오."

"암, 그렇지."

"그렇다면 대안의 불구경하듯 할 순 없겠군요. 대체 그자는 누구이며 흑룡강 유역까진 왜 갔을까요?"

"아니 내가 뭐라 했기에요?"

취중에서도 정신이 드는 듯 추서방은 길상을 쳐다본다. 그 얼굴은 도무지 흥분하고 많은 말을 지껄인 것 같지가 않다. 과묵해 보이고 고집이 세게 보인다.

"제가 잘못 들었나요?"

"뭐 말이오?"

"동행한 뭐 김? 김두수라던가요?"

"내가 그 얘길 합디까?"

여관 주인하고 주고받은 얘기였으나 길상은 시치미를 떼고,

"네, 그런 말씀하신 것 같습니다. 그래서 밀정이니 아편장수니 하는 말이 나오지 않았습니까?"

추서방은 입맛을 다시며,

"내 짐작이지만 나쁜 놈이지요."

하고는 입을 꾹 다물어버린다. 길상은 술을 권하고 자신도 천천히 술잔을 들면서,

"이렇게 만난 것도 무슨 인연인지, 저 같은 사람 알아서 과히 해 될 것도 없는 성싶어 드리는 말씀입니다만."

"무슨?"

"저는 용정서 장사하는 사람입니다. 앞으로 용정에 들르는 일이 있으면은 찾아주십시오."

"용정이야 더러 가지요."

"김길상을 찾아도 되구요. 객줏집 하는 공노인을 혹 아시는 지요?"

"알다마다, 그 깐깐한 늙은이!"

"아아, 아시는군요."

"더러 그 집에 숙박한 일도 있소."

"그곳을 찾아오셔도 됩니다. 꼭 다시 한번 만나뵙고 싶습니다."

"그러지요."

공노인 얘기가 나오자 추서방은 다소 느긋해지는 기색을 보인다.

3장 목도리를 두르고 온 여자

어수선한 바람이 며칠을 두고 불어젖히는데 해가 막 떨어지려는 무렵, 포염시에서 전당포를 하던 양서방이 찾아왔다. 문 사이로 비대한 몸을 비스듬히 디미는 양서방을 보았을 때 윤이병의 낯빛은 싹 변했다.

"난 송장이 된 줄 알았더니 멀쩡하구먼."

"학교서 막 돌아왔소."

창백해진 얼굴에 일그러진 웃음을 띤다.

"그까짓 것, 학교랄 것도 없고 서당이지, 서당."

양서방은 새삼스럽게 방 안을 휘이 둘러본다. 낡은 침상이 하나, 나무 의자가 둘, 난로가 있을 뿐이다. 그리고 윤이병 체

격에 비해서는 엄청나게 큰 외투가 벽면에 마치 교수형을 당한 사람같이 축 늘어져 있었다.

"어떻게 오시었소?"

"이 사람 돌았나?"

"……"

"몰라서 그러는 게요? 정말로?"

기름이 흐르는 유들유들한 양서방 얼굴에 아편쟁이 같은 비밀스런 웃음이 흐른다. 웃을 일이 아닌데. 윤이병은 종잇조각을 꺼내어 말아서 난로에 넣고 몸을 일으켰다. 침상 밑에서 나무 몇 토막과 석탄 한 삽을 떠넣은 뒤 성냥을 그어대고서 난로 문을 소리 나게 닫는다.

"하여간 앉으시오."

양서방은 좁은 의자를 끌어당겨 앉는다. 비걱거리는 소리가 난다.

"강물이 다 풀렸는데 날씨는 여전히 쌀쌀하구먼. 윤씨는 학교에 나간다니까 굶어 죽을 염려는 없겠소."

"……"

"아무튼 그 여자 신원보장이 대단한 효력을 가진 모양인데,"

"그 여자 신원보장? 흥, 용정 상의학교서 교사질한 게 유리했던 거지요."

윤이병은 시부렁한 태도로 내뱉는다.

"어떻게 해서 쫓겨났느냐, 그 사연은 모를 테니 말이죠?"

"……."

"그건 그렇고 윤씨, 이번이 마지막이오. 마지막 통고다 그 말이오."

"……."

"이미 김주사는 하얼빈으로 떠났으니까."

"떠나요?"

"떠나지 않고. 그럼 훈춘에 죽치고 앉았는 줄 알았소?"

"……."

"하긴 떠난다 기별해놓고 안 간 윤씨 처지고 보면 김주사가 떠났다는 말도 미덥지가 못할 게요만. 대관절 떠난다고 훈춘에 기별해놓고서 못 떠난 이유가 뭐요?"

"나도 지금은 뭐가 뭔지 모르겠소. 될 대로 되라는 기분이오. 구워 먹든 삶아 먹든 마음대로 하시오."

"그렇다면 진작이나 그럴 일이지. 훈춘에 기별은 왜 했소?"

"재촉이 성화 같으니 낸들 어쩌란 말이오!"

윤이병은 갑자기 포악해지며 석탄 그릇 위에 놓인 삽을 집어들 기세다. 그러나 양서방은 가만히 말라빠진 윤이병의 손등을 바라보며,

"성화가 아니라 선풍(旋風)이라도 그렇지. 안 될 일은 안 되는 것,"

"안 될 일이었다면 기별했을 리 없지. 될 듯했으니까."

"그게 지금은 할 수 없게 됐다, 그 얘기요?"

"……."

"설마 속임수 쓰자는 거는 아니겠지?"

양서방의 눈알이 빙그르르 돈다. 김두수와 공통된 표정이다. 윤이병은 그것을 느낀다. 하는 일이 같다 보면 표정 같은 것도 닮아지는지 모를 일이라고 윤이병은 생각한다. 급박한 속에 묘한 여유 같은 것, 어쩌면 자신도 저런 표정을 할 때가 있을지 모른다는 서글픈 생각이 들기도 한다.

"그간 시일은 충분했고 죽자사자 하던 계집인데 달고 달아나지 못하고서 민적거리는 까닭이 뭐요?"

"양서방."

"날 부를 게 아니라 사정 얘기부터 들읍시다."

"양서방은 도대체 얼마만 한 돈을 받았기에 그리 열심이오?"

"<u>ㅎㅎㅎㅎ</u>…… <u>ㅎㅎㅎㅎ</u>……."

그럴 것 같지 않은데 양서방은 매끈매끈해 보이는 손으로 입을 가리며 수줍은 듯 웃는다. 침상과 의자와 난로밖에 없는 좁은 방, 난로 안에서 타는 석탄 열기가 퍼져나기 시작한다. 양서방은 웃다가 털모자를 벗어 침상을 향해 던지고,

"윤씨."

"……."

"당신도 어리석지만은 않을 게요. 그래서 이곳까지 오게 됐

을 텐데, 뭐라구? 날보구 얼마만 한 돈을 받았느냐구? 돈이야 받았지. 돈 안 받고 일할 시례비자식*은 없을 테니까. 그러나 먹고 떨어져도 좋은 돈이 아닌 것만은 명심하고."

"그, 그야."

윤이병은 당황한다.

"그, 그러니까 이곳 일은 꼬박꼬박 보골 하지 않았소."

"그 일은 윤씨 아니라도 할 사람은 있으니까, 금년가 뭔가 하는 그 여자 일만은 윤씨 아니면,"

"그러니까 아까 내가 한 말도,"

조급하게 꺼내는 윤이병의 말을 가로막으며,

"안 된다 그건데, 그렇기 때문에 윤씨는 이곳까지 왔던 거고, 괜히 마음이 흔들려 이곳에 눌러앉을 생각한다면 그보다 어리석은 일은 따로 없지. 윤씨가 할려는 말 나 다 알어. 남의 계집에 관한 일 뭘 그리 열심이냐, 그거 아니겠어? 그렇지. 내 일은 아니지. 하나."

양서방은 협박을 놓을 때 흔히 하는 그 버릇, 눈이 아래로 미끄러지면서 윤이병의 가슴팍에 못 박힌다. 가슴에다 총을 겨누겠다는 것인지 아니면 일말의 가책 같은 것이 있어 상대방 눈을 정시하지 못하는 때문인지.

"민적거리지 말고 빨리 해치워야 할 사정은 윤씨 쪽이 급박하다 그거요. 말귀가 어두운 사람도 아니겠고, 당신이 그렇다는 걸 이곳에다 귀띔만 해주어도 살아남지 못할 것이 뻔한 일

이지만 귀띔이고 자시고 할 것 없이 용정촌과 연락이 닿는 날
엔 윤씨가 어떤 처신을 할 사람인지 결과는 말할 필요가 없지."

윤이병은 잠자코 만다. 양서방의 말은 윤이병의 근간 사정
을 들이쑤신 것이기 때문이다.

지난해 여름 그러니까 김두수가 윤이병 하숙에 도망쳐온
금녀를 빼앗아 훈춘으로 갔을 때, 김두수에 의해 체포되고 살
해당한 의병장 박재수의 아우 박재연과 점박이 사내 장인걸
에 의해 금녀는 납치되었고 김두수는 간신히 몸을 피했는데,
금녀를 뒤쫓아 포염까지 간 김두수는 그들 일행을 놓치고 보
복의 일념으로 끈덕지게 뒤쫓던 박재연을 해삼위에서 역습을
하여 그에게 중상을 입힌 바 있다.

그 사건으로 하여 연해주 방면에는 발을 들여놓지 못하게
된 김두수, 궁여지책으로 윤이병을 연추로 보내어 금녀를 유
인해오게 했던 것인데, 흑룡강 방면을 돌다가 추서방보다 한
발 먼저 돌아온 김두수는 훈춘에 머물면서 연추의 소식을 기
다렸던 것이다. 윤이병의 처지로선 훈춘서 김두수가 기다리
고 있다는 사실이 늘 목에 걸린 가시처럼 느껴왔었다. 그러던
참에 행선지를 알리지 않고 이동진이 연추를 떠났다. 필시 용
정촌에 갔거나 아니면 다른 곳에 갔다 하더라도 용정을 거쳐
서 갈 것이 분명했으므로 윤이병은 연추를 떠나야겠다는 생
각에 이르렀던 것이다. 금녀를 동반하는 데는 자신이 없었다.
그렇기에 금녀를 동반한다는 말은 하지 않았지만, 상대편

에선 으레 그러려니 생각했던 것이다. 윤이병이 기별까지 해놓고 눌러앉아 있는 데는 그로서의 계산이 있었다. 그도 자신이 약다고 자처하는 사내였으니까.

"이봐요, 윤이병!"

양서방의 음성은 별안간 높았고 반말지거리다.

"김두수, 그 사람을 너 잘못 보았어. 김두수의 손을 피해 이곳에서 꼼짝만 안 하면 계집과 함께 잘 지낼 줄 알지만 말이야. 가령 협박에 못 이겨 그랬노라, 그자들을 피하기 위한 방법이었노라 하며 손이야 발이야 빌고 보면 혹 모르지, 이곳에서 널 용서해줄지도. 그러나 한 번 해치운다 하면은 김두수 그 사람, 자기 손 아니라도 조반 먹기 전, 그건 쉬운 일이라는 걸 알아야 해. 이곳이 어떤 곳인데? 이쪽이건 저쪽이건 사람 하나 해치는 일쯤, 코쟁이 뭐랄 줄 아냐? 되놈이 나설 줄 아냐? 결국은 계집이냐 너의 생명이냐 두 가지 중 하날 택하면 되는 게야. 내 이 얘기도 그러니까 이곳에서 널 허용해줄지 모른다는 얘기도 만에 하나 있을까 말까, 어차피 한 번 밀정으로 낙인찍혔으면 그 길로밖엔 살길이 없는 게야. 배신도 쉽지 않은 일이지만 배신하는 순간부터 등바닥 가슴팍 두 곳에 총구멍 나게 마련이야. 이건 내가 생각해서 해주는 얘기지. 연해주 일대 만주 벌판을 오가는 사람이면 그쯤 무법이구 사람들 간댕이도 큰 게야. 나 솔직히 말하자면 김두순가 뭔가 그잘 과히 좋게 생각는 처지도 아니지만 어차피 그 길로 살아왔으니."

한마디 말없이 양서방의 장광설을 듣고 있던 윤이병은,

"그걸 누가 모르나요? 내가 그 여자한테 미련이 있는 건 사실이지만 이곳에 눌러살 수 없다는 건 잘 알아요."

"그렇다면,"

"나도 심각하단 말입니다! 내가 뭐 되지도 않은 일 기별한 줄 아시오? 도대체 그럴 필요가 어디 있어요!"

양서방은 반신반의의 표정이다.

"가기로 돼 있던 일이 점박이 장가 놈한테 방해 받았단 말이오!"

"뭐!"

"그놈이 금녀한테 야심을 갖고 있단 말이오!"

"허허 참, 그렇담 그 계집 서방이 몇 개야?"

"뜻이 맞은 뒤 서방이지."

"그럼 혼자, 사내 혼자 달았다 그 말이야?"

"양서방도 말조심해요. 당신하고 나하고 언제 그리 친했었다고 반말이오!"

"허허허, 이거 뻑세게 나오는군."

"불난 집에 부채질이지요. 양서방도 생각해보아요. 그 여잔 애초부터,"

"어어, 그런 소리 날 보고 해야 소용없어."

"아무튼 늦어도 열흘 안엔 이곳을 뜰 테니까 김두수 그 사람한테 하얼빈서 좀 기다리라 할밖에 없지 않아요?"

"자신 있소?"

"설득해봐야지요. 여잔 이곳 떠나기를 꺼리니까……. 싫다는 여잘 그자가……. 양서방, 내 처지도 생각해보아요."

윤이병 눈에 눈물이 고인다.

"세상에 여자는 얼마든지 있고 목숨은 하나밖에 없으니 아무튼 운수가 나쁜 게요. 김두수…… 그놈은 독사야. 상판은 돼지 같지만, 그런 놈도 세상에 흔치는 않을걸. 나도 내심으론 윤선생을 동정하고 있지."

한동안 지껄이고 다짐을 두고 하다가 양서방은 밖이 어둑어둑해졌을 때 일어섰다. 내일 아침 일찍 떠난다면서 그는 떠났다.

"병신 같은 놈! 흥 네깟 놈들."

윤이병은 양서방이 떠나기가 무섭게 혼자 주먹을 휘두르고 욕설을 퍼부었다. 그러나 난롯가에 도로 주질러 앉은 윤이병은 욕설을 퍼부을 만큼 기세가 등등해 뵈지는 않는다. 초조한 빛이 역력했다. 윤이병이 정체를 감추고 연추에 있는 금녀를 찾아갔을 때 여자의 마음은 이미 변해 있었다. 비겁하고 소심하고 약아빠진 사내에게 환멸을 느끼고 있었던 것이다. 다만 일말의 동정이랄까, 김두수의 추적을 피해 왔다는 사나이 말에 금녀는 책임 같은 것을 느꼈던 것 같았다. 이곳 조선인학교에서 한글을 가르치고 있던 금녀는 윤이병을 장인걸에게 소개했다. 용정서 교사를 했었다는 이력을 곁들여 말하고 일자리를 얻어주었던 것이다. 그것뿐 금녀가 윤이병을 대하는 태도는 타인과 다름없었다. 감정도 차디차게 식어서 돌이킬 수 없었다. 자기 자신이 취한 행동이야 여하튼 간에 여자 마음은 떠나지 않았으리라 믿었던 윤이병이었던 만큼 자신이 띠고 온 임무가 좌절되고 출세에의 꿈도 이루지 못하리라는 실망에 앞서 여자를 잃었다는 패배감 때문에 충격은 컸었다. 그것만이 아니었다. 금녀는 점박이 사내 장인걸을 경모(敬慕)하는 기색이어서 윤이병은 질투의 괴로움마저 겪지 않을 수 없게 되었다. 놓친 가오리가 뭣만 하다던가, 금녀를 유인하여 김두수에게 넘겨주고 출세의 길을 트려 했었던 사내가, 아무튼 금녀는 이제 윤이병의 손에 닿지 않는 곳에 핀 꽃이었다. 손에 닿지 않기 때문에 한층 요염하게 핀 꽃이었고, 욕망으로써도 꺾을 수 없는 꽃을 방편으로 어찌 꺾을 수 있을 것인가. 그럼에도 훈춘에 있는 김두수에게 연추를 떠난다고 기별해 보낸 것은, 윤이병이란 사내가 짜낼 수 있었던 지혜의 결과다. 그는 자신이 떠나기 앞서 김두수가 훈춘에서 떠나주길 바랐던 것이다. 두수를 멀리 하얼빈으로 쫓아 보내놓고 자신은 이동진이 돌아오기 전에 연추를 떠나 중국 본토로 달아날 생각이었던 것이다. 금녀를 동반하지 않는 자신을 김두수가 그냥 놔두지 않을 것 같아서다. 설령 그냥 놔둔다 하더라도 이용할 대로 이용하고 언제인가는 처치하고 말 것이 분명하다. 그것도 그것이지만 밀정이라는 낙인은 일제의 녹을 먹고 그 길에서 출세 못한다면 결코 바람직한 직업은 못 된다. 그 낙인을 사양하고 싶은 심정도 강렬했다.

'아무튼 금녀만 끌어내가면 만사는 잘 되는 건데 오늘 밤 다시 한번 시도해보자.'

양서방이 금년가 뭔가 하는 그 여자 일만은 윤씨 아니면, 했을 때 이제 내 힘으론 어쩔 수 없다는 말을 하지 않았던 것을 윤이병은 생각한다. 점박이 사내 장가가 금녀에게 야심을 갖고 있다는 말도 거짓이었다. 금녀 쪽에선 뜻이 없는데 사내 혼자 그런다는 것도 은근히 풍겨주었다. 모두 거짓이다. 왜 그랬을까. 자존심에 상처를 받기 싫은 때문일까? 금녀에게 희망을 버리지 않았기 때문일까? 그런 것도 물론 작용했으리. 그러나 무엇보다 윤이병의 거짓들은 자기방어의 본능에서다. 왜냐하면 금녀와의 관련 때문에 자신이 쓰여졌고, 당분간 얼마 동안이나마 금녀와의 깊은 유대의식을 상대방에게 인식시킴으로써 무사히 존재할 수 있는 것을 윤이병은 알고 있었기 때문이다.

'아무튼 금녀만 날 따라와준다면……. 그렇게 마음이 돌아설 수 있을까? 내 말이라면 금녀는 무엇이든 들어줄 줄 알았다. 그래서 가슴이 아팠다. 희생은, 사랑하는 사람을 위한 희생은…… 수많은 여자들이 그러했고, 그래서 남자들은 크게 성공할 수도 있었다. 봄바람같이 그리 쉽게 마음이 변해? 내가 크게 잘못한 건 뭐 있누? 이게 다 지 땜에 겪는 고초 아니냐 말이다. 나쁜 계집이다! 지를 찾아서 왔는데 그 빌어먹을 년만 아니었다면 내가 왜 김두수한테 이런 꼴을 당하누. 나도 혁명지사로 활약할 수 있었다. 상해 같은 곳에 가서 공부도 더 할 수 있었다. 부잣집 딸한테 장가들 수도 있었고, 장래가 양양했던 내 신세를 누가 망쳤어? 술집에 팔려간 계집년 하나 땜에, 결국 이런 걸 두고 불운이라 하는가? 그 상놈 하인 놈! 길상이한테 매 맞은 걸 내가 어찌 잊을 수 있단 말인가. 개처럼 쫓겨난 것을 내가 어찌 잊어? 그게 다 금녀 너 때문이다! 너 때문이야! 응당 보상해주어야지! 아암, 네가 날 좋아서 날 찾아다녔기 때문에 그래서 내가 화를 입은 게다! 나, 나, 널 끌어서라도 데리고 갈 테야! 내가 살아야겠어! 그놈을 멀리 하얼빈으로 쫓아 보내고서 상해건 어디건 달아나려 했지만 널 끌어다 주고, 그까짓 순사 같은 건 안 해. 상해 가는 여비나 두둑이 받아야겠다! 이렇게 된 바에야 너를 위해 가슴 아플 이유가 없지. 피해자는 나니까.'

그러나 윤이병은 금녀를 데리고 가는 일에 자신이 없었다. 목에 새끼줄을 걸고 끌어갈 수도 없는 일이다. 어쨌든 마음이 와야 몸도 온다. 윤이병은 하숙집 노파에게 저녁은 아니하겠다 이르고 밖으로 나온다. 마을에는 행복한 불빛들이 새어 나와 뿌옇게 길을 비춰주고 있었다. 건초를 싣고 늦게 돌아가는 마차가 있다. 밤바람은 차지만 나올 때 걸쳐입고 온 우장같이 큰 외투가 무겁다. 한겨울 동안 애용해온 낡은 외투.

'내가 왜 이리 구질구질 살아야 하나. 난 이렇게 천하게 살수는 없다. 젊고 앞길이 길단 말이야! 망할 놈의 계집년! 너 때문이다! 너 때문이야! 그러고도 날 배반하고 딴 남자를 생각해?'

윤이병이 간 곳은 학교였다. 학교라야 민가를 개조해 만든 초라한 건물이지만. 교지기에게 열쇠를 받아 사무실 문을 열고 들어간 윤이병은 불을 켜놓고 책상 서랍 속에서 종이와 펜과 잉크를 꺼내 편지를 쓴다. 사랑하는 금녀, 했다간 지우고 몇 줄 쓰다간 찢어버리고 결국 금녀, 나는 지금 죽느냐 사느냐 기로에 서 있다. 만나자, 너를 만나지 않고는 이 밤이 무사할 것 같지 않다. 그 말만 쓴 편지를 봉투에 넣고 봉한 뒤 교지기한테 가서,

"할아범."

부른다.

"예, 선상님."

"이거 편진데 말이오."

"예."

"심선생한테 가서 전해주시오. 직접 전하셔야 합니다."

"예."

"그리고 내가 학교 사무실에 기다리고 있다구요. 학교 일 땜에 그러니까."

윤이병은 구차스런 변명을 덧붙인다. 다시 사무실로 돌아온 그는 난로에 불을 피워놓고 외투를 벗는다.

'지가 그런 편지 받고 안 나오진 못할 거야.'

여유를 찾으려고 윤이병은 빙그레 혼자 웃어본다.

'끝내 안 되면은, 제에기, 이판사판이다! 이동진인가 이선생 부친인가, 그 사람 오기 전에 이곳을 떠야 해. 상해를 가든 아니면 고향으로 돌아가든, 제에기, 계집 하나 때문에 내 청운의 꿈은 산산조각이다! 교회당에서 만난 것부터가 불행의 씨앗일 줄이야, 빌어먹을. 고집이 센 것도 불행을 자초하는 게야. 기왕 그렇게 된 바에야 김두수하고 고분고분 살 일이지. 술집에까지 팔려갔음 끝장 다 본 건데, 흥 점박이 장가 놈, 그 중년 사낼 지가 좋아한다고 무슨 뾰족한 수 날 줄 아나? 독립이고 개나발이고 지지리 궁상인데 어차피 어느 고랑창에서 총 맞아 죽을 게 고작인 걸, 미친년!'

하나부터 열까지 타산으로만 사려 하는 윤이병이 또 질투하는 감정을 무어라 해석했음 좋을지 그것은 그 자신도 알지 못하는 감정의 갈등이다. 질투. 밖에선 바람 지나가는 소리가 들려온다. 숲에서는 부엉이가 울고 메마른 땅을 구르며 지나가는 러시아인의 마차 소리. 성곽처럼 넓고 훌륭한 러시아인의 저택이 윤이병 눈앞에 스친다. 철책에 둘러싸인 넓은 정원 아득히 깊은 곳에 솟아 있던 저택, 백설같이 고운 피부의 소녀가 모피 외투에 몸을 싸고 미사를 드리기 위해 성당으로 향하는 마차에 오르던 광경, 윤이병은 꿈나라를 바라보듯 우두 커니 서 있곤 했었다. 우장같이 크고 낡은 외투를 걸치고서.

'한때 난 누구에게든 귀여움을 받았다. 명랑한 청년이라 했다. 싹싹해서 만나고 나면 기분이 좋다고들 했다. 교회에 나오는 딸 가진 어머니들이 특히 날 좋아했다. 그땐…… 그 사람들 딸들을 난 거들떠보지도 않았어. 내 꿈은 더 컸고 더 높았으니까. 금녀를 좋아한 건 사실이야. 금녀의 집안이 망하지 않았다면 결혼을 했을지 몰라. 처가의 후원을 받아서 일본으로 유학하고, 결국 금녀도 나도 불운했던 거야. 교회당에 나오는 처녀 중에 금녀가 젤 예뻤지. 감히 김두수 같은 놈, 언감생심이지. 찬송가를 부를 때 금녀는 천사 같았어. 그런 금녀가 점박이 병신을 좋아해? 아닐 거야. 독립투사라고 존경하는 거겠지. 아니다, 그 사내 냉정한 것 같지만 어딘지 사람의 마음을 따습게 하는 것이 있어. 어딘지 월등하고 의지적인 큰 기둥 같은 것이 있어.'

윤이병은 일어서서 창밖의 어둠을 내다본다. 사람이 다가오는 기척이 있다. 말소리도 있다.

'오는구나!'

"선상님 오십매다."

교지기 늙은이 목소리가 들려오고 사무실 문이 열렸다. 금녀는 목도리 속에 얼굴을 파묻고 들어왔다. 새까만 눈이 반짝반짝 빛나고 있었다. 목도리 속의 얼굴 피부가 생동하는 것 같았다. 연추에 온 후 변모된 금녀의 모습인 것이다.

"금녀!"

윤이병은 금녀 곁으로 다가가며 간절한 목소리로 불렀다. 금녀는 목도리를 풀기 위한 것처럼 윤이병의 뜨거운 분위기에서 비켜선다.

"자아, 여기 앉아. 춥지?"

"조금."

금녀는 난롯가 의자에 앉는다. 목도리를 접어서 무릎 위에 올려놓고 단정한 자세로.

"저녁은 먹었어?"

"먹었어요."

"그 댁 아주머니가 엄해서 말이야. 좀처럼 찾아갈 수 없더군."

"엄한 분이에요. 오늘 밤도 나오기가 어려웠는데, 윤선생한테 중대한 일이 있는 것 같아서."

윤이병은 또박또박하는 금녀 말투에 초조함을 느낀다.

"중대한 일이야."

한숨을 푹 내쉰다. 가장만은 아니었다. 윤이병으로선 나오는 게 한숨뿐이었으니까.

"김두수 그놈 때문에 우린 노상 수풀에 앉은 새야."

금녀는 발끝을 내려다본다. 김두수 말이 나와도 별반 동요를 나타내지 않는다.

"금녀."

"네."

"우리 도망가자, 응?"

"저는 도망 안 가요."

발끝을 내려다본 채 주저 없는 대답이다.

"그럼 난 어쩌라는 거야, 응? 죽으라는 게야?"

"몇 번이나 말씀을 드렸잖아요. 윤선생님은 다른 분과 결혼하시라구요. 그러면 김두수가 윤선생님을 노리지 않을 거 아니에요?"

"널 잊고?"

"전 일평생 결혼 안 할 거예요. 누구든 저하고 결혼을 하면은 불행을 겪어야 하니까요. 전 결혼할 자격도 없구요. 술집에서 술 팔던 여자,"

"그건 잠시 아냐. 며칠, 술이나 제대로 팔았나 뭐? 지금 금녀는 학교 선생님이야."

"……"

"나하고 달아나자, 응? 난 너 없인 못 살아. 그러니까 이곳까지 찾아온 거 아냐?"

"윤선생님."

"말해봐."

"전엔 저한테서 달아나기만 했었는데 요즘 전 그게 의문으로 자꾸 떠올라와요. 윤선생이 전과는 다르다구요."

윤이병은 움찔한다.

"그, 그건…… 널 잊으려고도 했었지, 이를 악물고. 하지만 안 되더군. 내가 예까지 왔을 땐 어떤 고난도 함께 하리라는 결심을 했기 때문이야. 어떤 고난이라도, 한데 넌 전과 같지는 않았다."

"……."

"난 밤낮으로 질투했다! 가슴을 치며 질투하고 괴로워했다!"

"……."

"넌 마음이 변했어. 넌 장인걸 그 사람을 사랑하는 거야. 난 어떡하면 좋지? 나도 자존심은 있어. 사내란 말이야. 혼자 떠나야 했을지도 몰라. 넌 장인걸 그 사람을 좋아한다!"

"좋아하는 게 아니라 존경해요. 나를 살아가게, 희망을 갖게 해주신 분이니까요. 세상을 사는 일에 눈뜨게 해주신 분이니까요. 그분은 은인이에요."

"은인? 다만 그것뿐이야?"

"네, 그것뿐이에요."

"금녀!"

윤이병은 무릎 위에 단정히 놓인 금녀의 손을 덥석 잡는다. 찬 손이다.

"놓으세요. 여긴 학교 사무실이에요."

"금녀, 내 말 들어. 김두수가 우릴 쫓고 있어. 우리가 여기 있는 걸 알았나 봐."

"그걸 윤선생은 어떻게 아셨죠?"

"포염에서 협박편지가 왔다."

"포염에서요? 보여주세요."

"찢어버렸어. 누구라도 보게 되면 말이야, 우리들 사이가 소문나지 않겠어?"

"……."

"우린 이미 부부나 다름없어."

"이제사요?"

금녀 입가에 서글퍼하는 웃음이 감돈다. 난로 온도에 여자 양 볼은 붉게 타고 있었다.

"넌 내게 처녀를 바쳤어. 우리의 사이가 비밀 될 게 뭐 있나? 이곳서 신세진 분들께 떳떳이 인사하고 둘이서 떠나자. 상해나 그런 대도시에 가서 숨어 살아, 응?"

숨을 할딱이며 윤이병은 금녀에게 덤벼든다.

"이거 놓으세요!"

"안 놓겠다! 함께 간다는 약속 없인."

"소릴 지를 테요!"

"질러. 얼마든지! 조만간 김두수 놈은 우리에게 자객을 보낼 거야. 그걸 생각한다면 뭐가 무섭겠어? 우리가 남이야?"

윤이병은 한 팔로 금녀의 허리를 누르고 한 팔로는 가슴을 잡으며 마룻바닥에 여자를 쓰러뜨리려고 발버둥친다. 몇 달

동안 성에 굶주린 욕정이 광증으로 발작을 일으킨 것이다. 그러나 금녀는 만만치가 않았다. 혼신의 힘을 다하여 윤이병을 떠밀었다. 윤이병은 제 힘에 겨워 마룻바닥에 흉한 꼴로 나자빠졌다.

"나 소리 못 지를 것도 없지만 윤선생을 망신시키고 싶진 않았어요."

몸을 일으키며 윤이병은 신음한다. 분노의 신음이다.

"혼자 떠나세요. 혼자 떠나시기만 하면 김두순 결코 윤선생을 해치지 않을 거예요. 아무도 내 불행한 길을 함께 가자 안 하겠어요."

"그, 그게 진심이야? 변명 말어!"

"변명 아닙니다! 어느 곳 어느 때든 나는 혼자서 당할 거예요! 김두수의 칼이라도 좋구요. 총이라도 좋구요. 그동안 나는 내 인생을 착실히 살아갈 거예요."

"거짓말 마라, 이년아!"

"윤선생이야말로 거짓말 마세요!"

"그럼 한 가지 묻자! 나를 사랑하기 때문에 네 불행에서 나를 밀어낸다는 그거냐?"

"꼭 듣고 싶으시다면, 윤선생은 타인이기 때문이지요. 옛날은 어리석은 계집아이의 착각이었구요. 나 윤선생한테 정 없어요."

"으으음, 이년! 갈보 같은 년!"

이지러진 윤이병의 얼굴은 추악했다. 금녀 눈에 증오의 빛이 이글거린다. 김두수를 보던 바로 그 눈이다.

"나는 갈보가 아니지만 윤이병은 밀정이오!"

"뭐라구? 이년!"

"난 김두수 그놈한테 몸 팔지 않았어! 하지만 윤이병은 양심을 팔았단 말이에요!"

윤이병은 금녀를 치려고 덤빈다. 금녀는 사무실 구석으로 몸을 피하면서 음성을 낮추어 말했다.

"내가 소리 지르면 당신은 연추를 못 떠나, 알겠어요? 소리 지르면 할아버지가 달려올 거예요. 그걸 몰라서 이러는가요?"

윤이병의 얼굴이 새파랗게 질린다.

"난 최근에 당신이 김두수 손발이 된 걸 깨달았지요. 끝내 모르는 척하려 했지만."

"증거를 대!"

그러나 윤이병은 한풀 꺾이어져서 중얼거렸다.

"이동진 선생님이 떠난 후 연추를 떠나려고 무척 애를 썼어요. 왜 그러셨어요?"

"난 처음부터 널 데리고,"

"아니지요. 날 데리고 도망가는 거 아니지요. 김두수한테 넘겨주려 했던 거예요."

"아니야!"

"용정촌 하숙방에서 김두수가 협박한 대로 네, 맞아요. 그

런 처신하다가 학꼴 쫓겨났지요? 나 윤선생을……. 나 때문이
겠지요, 시작은. 아무 말씀 마시고 떠나시는 거예요. 김두수
손아귀서 벗어나 어디든 가시는 거예요."

금녀는 목도리를 집어들고 나가버렸다.

이튿날 윤이병은 양서방에 앞서 연추를 떠났다. 크고 무겁
고 낡아버린 외투를 걸치고, 역시 낡은 가방 하나를 들고서.

4장 그들의 만남

해가 꼬박 넘어간 직후 마차는 용정촌 역두에 당도하였다.
회색 두루마기 차림에 회색 모자를 눌러쓰고 검정 구두를 신
은 길상이 마차에서 내렸다. 그의 뒤를 따라 응칠이가 내렸
다. 멋을 내느라고 삐뚜름하게 쓴 털모자를 한번 만져보며 응
칠이는 까닭 없이 씩 웃는다.

"너 먼저 가거라."

길상은 마차에서 내린 손님들이 흩어져가는 역두 풍경을
바라보며 말했다.

"아씨한테 무시기라 말합매까?"

"잠깐 들를 데가 있어."

응칠이를 먼저 보낸 길상은 국밥집 월선옥에 들어섰다. 뜨
내기 일꾼 서너 명이 국밥을 먹고 있다.

"앙이 어떻기?"

하다 말고 막둥이, 그러니까 작년 여름 길상에게 면상을 얻어
맞고 코피를 쏟았던 젊은이, 그리고 또 한 사람 곱슬머리의 사
내가 어색하게 웃는다. 등을 보이고 앉은 두 사람이 돌아본다.

신전 하던 박서방과 엿도가 주인이었던 홍서방이다. 그들
도 앉은 자세를 고치는 시늉을 했으나 역시 어색한 미소를 띤
다. 모두 서희네 집을 신축할 때 날품팔이로 모여왔었던 일꾼
들이다.

"저기, 저어 혜관스님이……."

국솥에서 국을 뜨다 말고 김이 안개처럼 서려 오르는데, 월
선은 상기된 얼굴이다. 이미 알고 왔으니 서둘 것 조금도 없
다는 시늉으로 길상이 고개를 강하게 끄덕인다. 다분히 신경
질적이다. 잘못을 저지른 듯 월선은 당혹해한다.

"일들 끝냈소?"

모자를 벗어놓고 일꾼들 사이를 가르듯 들어앉으며 길상이
묻는다.

"이럭저럭 하루해를 넘기긴 했소만,"

얼굴은 여전히 두리넓적하고 판대기처럼 가슴팍이 탄탄해
보이는 홍서방이 코를 홀짝거리며 대꾸했다. 박서방과 막둥
이, 그리고 또 한 사람의 일꾼은 공연히 서로를 살피듯 힐끔
힐끔 쳐다보며 국밥을 먹는다.

"아지매."

"그, 그래……."

"저한테도 국밥을, 아니 술 한잔 주십시오."

해놓고 의아해하는 월선을 외면하듯,

"한잔들 하시겠소?"

길상은 일꾼들을 둘러본다.

"두꺼비가 파리를 싫다 안 할 게고, 뱀이 두꺼빌 싫다 안 할 게고 허허헛, 마다할 리 있겠습니까? 하하핫핫……."

드높은 웃음소리를 내며 홍서방은 웃어젖힌다.

"하긴 그렇군요. 실컷들 한번 마셔보슈. 아지매, 여기 술."

"그동안 술배 많이 곯았으니, 열흘 굶은 호랑이가 절도(絕島)섬을 생각하겠습니까?"

박서방이 헤헤거리며 말했다. 자신이야 술을 즐기는 성질이 아니지만 술고래 홍서방이야 염치 차리겠느냐는 뜻이다. 엉성한 상투에서 몇 가닥 머리칼이 이마 쪽으로 흘러내려 그 머리칼 사이에서 땀방울이 희번덕인다. 시장기가 심했던 모양이다.

"술배 곤 것만은 틀림없지마는 박씨 성 가진 어떤 놈처럼 투정부린 일 없지."

"그럴 게야. 부뚜막에 올라서 똥 싸는 강아진 원체 얌전하니까."

"암, 암. 점잖은 선비 뒷구멍에서 호박씰 까구, 그럴지언정 박씨 성 가진 어떤 놈처럼 투정하다 쥐어박힌 일 없구."

"흥, 얌전한지 점잖은지 그놈의 주둥이는 내 매값으로 나온 술 안 마셨다 그 말인고?"

"매값으로 돈 몇 냥 받은 홍부 얘긴 들었지마는, 아무리 팔아먹을 신주도 족보도 없는 갖바치로서니 매값으로 술 얻어먹었다는 얘긴 금시초문이라. 굳이 그 술 내력을 얘기한달 것 같으면 그 건들건들 가을바람에 흔들어대는 수숫대, 전라도 사내 덕분이지. 그 나그네 아니더면 술은커녕 박가 놈, 네 골통이 박살났을 게야."

"저, 저 도끼부리 맞을 놈의 심사 보게나? 의리가 없어도 유만부동이지."

홍서방과 박서방이 입씨름을 벌이는 동안 소주 몇 잔씩을 한 일꾼들의 표정은 한결 느긋해졌다.

"어떻소. 박서방은 술보다 국밥 한 그릇 더 하는 게?"

입만 살아서 활기차 보이지만 식은땀을 흘리는 박서방을 보고 길상이 권한다.

"아, 아니오. 쫄아든 배창자에 짐이 무거우면 탈나기 십상이오. 아, 배탈나서 일 못하면 어쩔려구요? 기왕지사 먹은 국밥값이나, 헤헤헷……."

"그나저나 큰일이구먼. 신전도 내구 엿도가도 다시 차려얄 텐데."

"차리자니 땅이 있어야지요. 땅임자도 코가 석 자 오 치나 빠졌는데 우리네 사정 봐줄 리도 없고,"

하는데 순간 갸름하게 찢어진 박서방 눈이 모이를 발견한 새 새끼처럼 둥글해진다. 심술궂은 웃음이 번진다.

"이보게, 홍서방."

박서방의 저의를 알았는지 홍서방은 모르는 척한다.

"거, 떡 벌어지게 차렸다는 엿도가 어찌 됐누?"

"뭐, 뭐?"

모두 싱긋이 웃는다.

"떵떵거리더니 그놈의 엿도가 어디로 날라갔지?"

"지랄하네. 곰팡이 쓴 애기 뭐할려고 또 꺼내!"

소리를 바락 질렀으나 홍서방은 풀이 죽는다. 지난여름 동업자가 나타나서 엿도가를 크게 차렸노라 소문을 퍼뜨리고 다닌 홍서방은 실상 고공살이에 불과했고 결국 보수가 날품팔이만큼 못하다 하여 슬그머니 공사판으로 돌아왔던 것이다. 그 일을 두고 박서방이 놀려댄 것이다. 홍서방의 사기(邪氣) 없는 허풍도 허풍이려니와 박서방의 낙천도 어지간하다 아니할 수 없다. 길상이 걱정을 했으니 뭔가 도와줄 맘도 있을 법한데 홍서방 놀려먹는 일에 대한 흥미를 느꼈으니, 조상대대로 핍박받는 천업이지만 장인기질 탓이었을까.

"좌우당간에 전라도 그 사내 말 하나 자알하더구먼."

웃음거리가 된 홍서방은 그러나 비윗살 좋게 얼렁뚱땅 화제를 돌린다.

"흥, 귀둥냥 가지구."

"잔말 말어. 귀동냥 아냐!"

"엿도가 주인이 공사판엔 왜 왔던고?"

"구경을 했단 말이야. 술까지 얻어먹지 않았어? 그래 그 친구 말재간에 탄복을 했지. 가려운 곳을 시원하게 긁어주더군. 거짓말 아니라구."

"말도 잘하기도 합두마네두, 그 두생이 뵈기보다아 심이 장사였답매. 이렇게 잡고서리 앙이 놓잖앴슴?"

막둥이 멱살 잡는 시늉을 한다.

"장사라기보다 깡다구지."

길상은 그들의 대화를 들으며 급하게는 아니었으나 쉴 새 없이 술을 마시고 있었다. 월선은 멍청히 어두운 거리를 바라보고 있었다.

'하동 생각을 하는군. 아지매 당신이나 내나 못 잊어할 게 뭐 있소? 우린 고향 잃은 사람…… 아니지요. 고향이 없는 사람들이오.'

갑자기 두만아버지 생각이 난다. 길상은 왜 하필 두만아버지 생각이 났는지 알 수 없었다. 허풍 떠는 홍서방, 한 그릇 국밥에 식은땀을 흘리면서도 낙천인 박서방, 이들 때문인지 모른다. 풍전등화 같은 목숨, 하루살이 같은 인생의 이들. 연해주를, 만주땅을 유랑하는 백성들이 품팔이 일꾼뿐일까마는 독립지사든 장사꾼이든 혹은 서희 같은 자산가, 심지어 김두수 등속의 앞잡이까지 풍전등화의 목숨이며 하루살이 같은 인생임엔 대동소이한 것, 남의 땅 위에 뿌리박기도 어렵거니와 뿌리가 내린들 튼튼할 까닭이 없다. 길상은 끝까지 살아남을 사람은 두만아버지 같은 그런 사람일 거라고 생각한다. 죽은 윤보는 번갯불에 콩 구워 먹을 놈이니 약은 쥐가 밤눈 어둡다느니 했었지만.

'이들 날품팔이도, 연해주의 이동진 그 양반도, 최서희, 김두수, 용이, 영팔이아재, 김훈장, 모두 허상이란 말이냐. 조준구도 봉순이도 이상현 모두 다 허상이란 말이냐. 악인도 선인도 모두 허상이란 말이냐. 좋은 일 나쁜 일 남의 일이라면 거리에 굴러 있는 개똥 보듯 오로지 꿀벌처럼 불개미처럼 제 일족의 성을 쌓고 먹이를 비축하고 그게 실상이란 말이냐? 크게는 한 국가 한 민족도 그래야만 오래 살아남는다. 지금은 허허한 곳을 많은 조선백성이 방황하는데 꿈을 위해서, 원수들 때문에, 한과 정 때문에…… 살아남으면은 얼마나 더 살아남을 것이며, 허허헛…… 허허헛.'

"재미있고 사귀어볼 만한 사람인데 뭐라던가? 뭐 조갑이라던가?"

"조갑이 아니고 주갑이요!"

골방에서 얼굴을 쑥 내민 홍이 몹시 마땅찮다는 투로 말했다.

"옳지. 그때 홍이아버지하고 함께 왔었지?"

"그래요. 울 아부지하고 함께 왔소. 주갑이아재는 사탕도 사주고 나랑 강가에 가서 옷도 빨아 입고,"

하다 말고 홍이는 킬킬 웃는다.

"그 사람 그러니까 여러 해 전 우리 신전에 온 일이 있었지. 두 번이던가? 그러니까 용정에도 있었던 일이,"

박서방 말이 끝나기도 전에 홍이,

"그 아재는 말이오, 주갑이아재는 말이오, 노래도 참 잘해요!"

"홍아, 어른들 말씸하는데 그라믄 못쓴다. 니는 공부나 해야제?"

월선이 나무란다.

"치이, 이름도 조갑이라 캄시로."

홍이 얼굴이 골방 속으로 쑥 들어가버린다.

"말이 났으니, 그래 홍이아버지는 요즘 뭘 합니까?"

홍서방이 월선에게 묻는다.

"농사짓지 뭘 하겠십니까."

"산판에 갔다는 소문이던데요?"

"게울 동안이지요."

"그러면 주갑인가 하는 그 사람도 함께 갔소?"

박서방은 용이 소식보다 주갑의 행방이 궁금한 눈치다.

"야, 함께서 농사짓는가 배요."

"하긴 우리도 어떻게 해보긴 해봐야겠는데,"

"그렇소꼬망. 어디르 가기는 가야지비. 어이구 이놈으 세사

앙으 어찌 살겠음? 나는 장개도 앙이 갔으이."

그동안 얌전했던 막둥이, 술이 오르면서 울분도 오르는가,
얼굴이 벌겋게 상기된다. 서희 얘기를 이렇고 저렇고 하다가
길상에게 면상을 쥐어박힌 기억도 새로워지는 눈치다.

"농사도 지어본 사람이 짓는 게야. 아무나 하는 줄 알어?
갖바치 놈이 그래 송곳 갖고 땅 파겠냐?"

"지랄하네. 그러면 홍가 네놈은 엿도가의 주걱 가지고 땅
파려 했었나?"

"내가 언제 농사짓겠다 했어?"

"나도 농사짓겠다는 말은 안 했어."

"그럼 송곳 가지고 벌목하러 갈 작정이었군그래."

"네놈이 주걱 가지고 간다면야 나도 송곳 가지고 못 가란
법 없지."

"앙숙이구먼요."

길상이 술잔을 들며 웃는다.

"아, 글쎄 내 말 좀 들어보시오, 주인양반."
하다가 홍서방은 주인양반이란 자기 말이 어색하여 큼! 하고
코똥을 뀐다.

"저놈의 인사가 말입니다, 내 아니면 벌써 옛날 옛적에, 아
글쎄 공사판에 끌어다 놓기만 하면 술투정에 밥투정 샀투정,
걸핏하면 쌈질이요, 그러나 지가 아무리 그런다고 앉은뱅이 용
쓰기*지 뭐겠습니까? 보시다시피 저놈의 몰골 가지고서 그래도

이 형님이 뒤에 뻐티고 있으니 한번 울어보는 거다, 그거지요."

"흥, 뱃속에 든 할아버지 있다는 애긴 들었어도 나이 어린 형님 있다는 건 금시초문인걸? 그보다 앉은뱅이 용쓰기라구? 앉아서라도 용을 쓰는데 넌 그럼 서서 뭘 했냐, 응? 그놈의 판대기 같은 가슴팍 말짱 헛거다 그거야? 하긴 수숫대같이 헌들헌들하더라만 힘은 그 조갑인가 그 친구가 쓰더만. 외양 가지고 힘자랑 말라."

"조갑이가 아니고 주갑이라 카이!"

또다시 골방에서 얼굴을 내민 홍이 참견이다. 화가 잔뜩 난 눈이다.

"아아 아, 내가 또 실수를 했군. 그래 그래, 조갑이 아니라 주갑이."

홍이는 어른들 대화에 끼어들고 싶어 못 견디겠던지 뚱딴지 같은 말을 한다.

"주갑이아재는 일가 찾을라꼬 대국에 왔다 카데요?"

"뭐 일가?"

"주천자가 일가래요. 주천자 찾으로 왔다 캄시로,"

모두 폭소를 터뜨린다. 길상도 웃었다. 월선이도 웃는다. 얼굴이 시뻘게진 홍이,

"시이, 누가 거짓부리 할까 봐서? 나 들었단 말이오!"

"하하핫, 하하하핫, 전라도 그 나그네 크게 한판 노는구먼. 성씨가 주가니까 주천자 일가임에는 틀림없는 일이고, 하하

핫, 하하하하! 뱃가죽 늘어지겠다, 하하핫……."

"시이, 누가 시이, 우섭기는 머가 우습소!"

마치 제 자신이 조롱당한 것처럼 홍이는 입을 불며 울상을
짓는다.

"홍아, 니 정말로 어른 앞에서 그럴 기가?"

"옴마는 아무것도 모름시로, 주갑이아재는 여기 저, 저 사
람들보다 훨씬 몇 배나 그, 그래요! 마음씨 좋은데 그런데 와
놀리대노 말이다!"

"그래 그래, 홍이 네 말이 옳을 성싶다."

달래듯 하는 길상의 얼굴을 힐끗 쳐다본 홍이 난처해하는
표정이다. 누가 뭐 길상이아재보고 그랬나? 변명 비슷하게 그
러고는 슬그머니 골방 안에 숨어버린다.

"하하핫 하하, 그렇긴 하군. 홍천자 박천자 소린 못 들었으
도, 빈말은 아냐. 주천자 일가라는 것."

"홍이가 잘못 들었는가 배요. 그 사람이 그런 말 한 게 아니
고 고향서 집 떠나올 때 그 사람 아버지가 대국 땅에 가거들
랑 주천자를 찾으라고……."

월선이 웃음을 참으며 변명을 해준다.

"주갑이라는 사람으 말이 앙이래두, 사세에가 불리하잉까
순임금도 독장사르 했다잽매? 사람으 일 모른다잉. 안 그렇습
매?"

막둥이 길상을 두고 긁는다.

"그렇지이. 우리가 비록 막벌이꾼이라지만 사람 팔자 알 수 없는 게야."

홍서방 역시 길상에게 비양치듯 말했다. 술잔 얻어마셨다고 쓸개까지 뽑아버릴 나일쏘냐, 그런 가락을 품고 으쓱해져서 목을 뽑았다.

"그렇소꽝이. 사람으 팔자 모른다이? 돈으 벌면 양반 되쟎소? 뉘기 알겠관디? 내일이라도 금덩이 줏어 부재 앙이 된다는 법 없답매. 나두 부잿집 처네한테 장개 못 간다느 법두 없지비."

막둥이는 곱상스레 생긴 얼굴을 일그러뜨린다.

"암, 암, 인연이란 모르는 게야."

홍서방이 말을 더 잇기 전에,

"막둥이."

하고 길상이 불렀다.

"무시기, 무슨 일입매까?"

볼멘소리다.

"젊은 혈기에 자네한테 손찌검한 일 잘한 일이라 생각지는 않아. 그러나 부자 빈자하곤 상관없는 일이야. 내가 자넬 업수이여긴다면 이 자리에서 이런 말 하지도 않겠네만 사내들이란 치고받고 싸울 수도 있는 일 아니야?"

"무시기, 그기야 그렇소꼬망."

"암, 그럴 수도 있는 일이지."

힐끔힐끔 눈치를 보아가며 홍서방도 건성으로 거든다.

"그땐 자네도 막일꾼이지만 나도 남의 집 하인이었다. 지금 같으면 자네도 그런 말 안 했을 거고 나도 널 치지는 않았겠지."

나도 남의 집 하인이었다는 말에 모두들 적잖게 놀란다.

"하여간 돈 많고 지체 높은 여인의 남편이 되고 보니 공연 히들 죄인이 되는 것 같아서, 옹졸해 그렇겠지만."

길상은 자조의 웃음을 짓는다.

"그, 그야 못 되어 한이지."

홍서방은 얼버무리고 이 눈치 저 눈치 본 박서방은 딴전을 피운다.

"아 글쎄, 그때 얘긴데 도급 놈이, 넌 누구야! 하니까 주갑 이 그 사람 대답이란 게 허 참. 누구긴, 조선사람이여라우 하 더란 말이야."

"도급은 무슨 놈의 도급, 친일파 졸개 놈이지."

"졸개건 달개건, 그놈이 또 이 새끼! 하니까 하따 천지간에 새끼 아닌 게 있더라고? 사람 새끼냐, 짐승 새끼냐, 조선놈 새 끼냐. 하 이거 아부지한테 미안스럽소이. 용서하시쇼. 아무튼 조선사람 새끼냐 왜놈으 새끼냐, 그거는 구별되얐이믄 쓰겄 소잉. 따깔모자 썼다고 까불지 마시라 그 말인디."

박서방은 주갑의 음성까지 흉내 내며,

"그라고 또 그랬었지. 합심을 혀얄 것인디 한 사람은 매를 맞고 다른 사람들은 기경만 혀고 어디 이런 인심이 있을 것이오? 다 같이 손해보는 처지랄 것 같으면,"

"허허어, 점입가경이구면."

"뭐라구? 점입 뭐? 서당 개도 아닌데 제법 풍월을 아는구면."

"갓바치라 할 수 없군. 문자만 나오면 풍월이야?"

"헷! 양반님네 쓰는 문자 치고 풍월 아닌 것이 어디 있어서."

"제법일세. 박가 네놈도 그만했으면 입에 거미줄은 안 치겠네."

"동곳 빼는군(항복하는군)."

돈 안 내는 술이라 하여 무작정 마시지는 않았다.

"허, 고맙습니다. 국밥값도 안 내고 가겠습니다."

적당한 시기를 가늠하여 일꾼들은 일어섰다. 묘하게 염치는 이런 가난한 사람들이 유독 잘 차린다. 말없이 웃기만 하던 곱슬머리의 사내와 막둥이, 그리고 홍서방 박서방은 거리로 나가고 국밥집에는 길상이 혼자 남았다.

"아지매."

"와."

"봉순이가 왔다구요."

"응, 저어 혜관시님도 함께 오싰더마."

월선은 남들 앞에서 어정쩡해하던 말투와는 다르게, 길상이 장가가기 전과 마찬가지로 내 붙이를 대하듯 스스럼없이 말했다.

"뭐하러 왔는가요?"

신경질과 우수가 어지럽게 감도는 길상의 표정이다.

"시님은 이곳 사정 둘러보러 오싰다 카고 봉순이는 서울서 마침 시님을 만내서 동행해 왔다 그러더마."

"서울서요."

"응."

"왜 서울입니까."

"그거는 저기,"

"얘기하십시오."

"봉순이가 저기, 기생이 됐더마."

"내 그럴 줄 알았소."

"……"

"그 기집애가 그렇게 될 줄 알았소."

"어미가 없으니,"

"네."

길상은 웃을 일도 아닌데 웃으며 무릎을 내려다본다. 크고 뼈마디가 길쭉한 두 손을 깍지 껴보다가 푼다.

"다 지 팔자지."

"네."

"……"

"지 팔자지요."

골방에선 홍이 잠들었는지 아무 기척이 없다. 봉구가 기명통* 물을 거리에 뿌리고 들어온다. 서투른 휘파람을 불며 씻은 그릇들을 헹구고 마른 행주로 닦는다.

"아즈망이."

"와."

"파르 다 쓰구 없습매다. 내일 아침 국에 넣을 거 사와야겠습."

"진작 말하지 않고, 저문데,"

월선은 돈을 꺼내준다.

"장날까지 쓸 만큼만 사오너라."

"옛꼬망."

봉구는 물 묻은 손을 바지에 슬쩍슬쩍 문지르며 나간다.

"하동 얘기는 좀 들었습니까?"

"듣기야 들었지마는⋯⋯."

"두만이아버지는 잘 산다 하던가요?"

"두만이가 야물어서 땅도 사고, 진주 가서 산다 카더마는."

월선은 쪼깐이집이라던 비빔밥집 얘기는 하지 않는다. 자기 처지와 흡사한 얘기여서 말하기 민망스러운 것이다.

"하필 두만아버지 얘기는?"

"⋯⋯."

"죽은 정한조 그 사람 식구들이 진주서 고생을 한다 카더마. 그라고 나는 잘 모리지마는 관수라고,"

"네, 그런 놈이 있었지요. 죽지 않고 살아 있었군요."

순간 길상의 눈 밑 근육이 떨렸다.

"그 사램이 정한조 그 사람 아들을 많이 보살펴준다 카던지……. 어서 가봐야 안 하겠나? 집에서 기다리고 계실 긴데."

"가봐야지요."

모자를 쓰고 길상은 거리에 나왔다.

'이 못난 놈아, 온정신 가지고 만나볼 배짱이 없었다 그 얘기겠는데.'

길상은 트림을 한다. 술 냄새가 역겹다. 모든 것이 역겹다. 슬프고 애처롭고, 자책감이 비틀어져서 여기저기 마구 터져나올 것만 같다. 슬프지도 않고 애처롭지도 않고 자책감도 아닌 것처럼.

'못난 놈! 사내자식이 감당 못할 짓을 왜 저질렀으며……감당 못할 일은 또 어디 있누.'

막둥이를 보고 한 자신의 말도 되새겨보면 구역질이 날 지경으로 메스껍다. 이기고 지고 할 이유도 없는 것을 스스로 종기를 만들어서 고름을 터트린 것 같은 불쾌감. 무엇 때문에 그들을 두려워했던가.

'흥, 길서상회라. 길서상회의 임자가 김길상.'

흐미한 밝음, 사무실 안에서 비쳐나온 불빛 아래 길서상회(吉西商會)라는 먹글씨의 간판이 꺼무꺼무 들떠 보인다. 창고 가까운 곳, 그러니까 연립으로 지어 전포*로 세낸 건물 중 왼쪽 끄트머리에 자리한 곡물 무역의 사무실이다. 문을 드르르 열고 길상이 들어선다.

"앙이!"

응칠이 앉은 의자에서 뛰어오르듯 일어선다. 서기의 자리이
긴 했으나 놀랄 것까지는 없겠는데. 그러나 송애가 그의 옆에
의자를 끌어당겨 놓고 앉아 있었다. 길상은 송애를 본체만체,

"이서기는 어디 갔어?"

"밥으 먹으러 갔소꼬망. 상기도 앙이 오쟎이, 기, 기다리고
있습매다."

송애는 꼼짝 않고 앉아 있었다. 난처해서 그러는지 독을 피
우느라 그러는지 분간하기 어렵다. 길상은 송애를 향해 몸을
돌린다.

"송애는 여기 웬일루 왔어?"

"......."

"송애가 이러면 안 될 텐데?"

힐끗 쳐다본다. 흰 숙수 반회장저고리를 입고 있었다. 몹시
추워 보인다.

"응칠이도 마찬가지야. 뜻이 맞다면 공노인을 찾아갈 일이
지."

응칠의 얼굴은 빨개졌고, 송애 얼굴에는 노기가 떠오른다.
길상은 김두수나 윤이병에 대하여 설불리 말할 수 없는 것이
다. 송애가 응칠이 혼자 있는 곳에 와서 노닥거리는 이유를
뻔히 알면서도. 송애는 내갈기듯,

"그런 걱정 누가 해달라 했어요?"

"걱정 안 할 수 없지."

"그러다가 머리카락 세겠어요!"

미움에 눈이 이글이글 탄다.

"송애, 그, 그러는 거,"

응칠이 당황한다.

"너 밥줄 떨어질까 봐서 그러니? 난 이 세상에 무서운 것 없어."

길상이,

"누가 너한테 무섬증을 주었나? 응?"

송애는 찔끔한다.

"무서운 것 없으니까 없다 한 거예요!"

"세상 다 살았냐?"

"왜 다 살아요? 앞날이 구만리 같은데, 이를 악물고 살아야죠. 살구말구요."

길상은 껄껄껄 웃는다. 그러나 눈빛은 날카롭다.

"대체 우리 송애한테 누가 한을 그리 안겨주었을까?"

"누구 놀리는 거예요!"

"송애, 그, 그러면 앙이 된다이."

"병신 육갑하네."

송애는 응칠에게 욕지거리를 하고서 몸을 일으키려 한다. 그 순간 길상은 송애의 뺨을 때린다.

"왜 이래요?"

송애는 의자에 주저앉으며 울음을 터뜨린다. 응칠의 얼굴은 새파래진다.

"내 일전에 좋게 타일렀지. 망신당하기 전에 정신 똑똑히 차려. 네가 응칠이를 왜 찾아왔는가 그걸 모를 만큼 세상이 어리석지도 않고, 꼬리가 길면 밟히는 법이야."

송애는 울음을 뚝 그친다. 여자의 눈은 무섭도록 빠르게 생각이 회전하고 있다는 것을 나타내었다.

"아무래도 모를 일이에요."

일그러진 미소를 띤다.

"혼인까지 해놓고서 무슨 까닭으로 강짜 부리는지 말예요."

아연했던 길상이 별안간 크게 소리내어 웃는다. 응칠의 얼굴은 더욱더 파아래진다.

"하하핫…… 하 송애, 관두지. 너도 그만했으면 헤엄질 잘 치겠고 걱정이 안 돼서 좋다. 그러나 허사야. 네 하는 짓이, 하하핫…… 강짜라……?"

길상은 웃어젖히는데 눈물 한 줄기 흘러내린다. 송애를 동정한 것도 아니었건만. 너무 웃어서 눈물이 나는지 모른다.

"미안하게 됐네, 뺨을 때려서."

어두운 거리에 나온 길상은 드디어 취기가 돈다.

'어이구우 이놈의 세상을 그만, 중도 아니고 속도 아니고 음 그, 그렇구나. 내 나면서부터 중도 아니고 속도 아니고 만사가 그런 식이다. 음, 지금부터 내 중 형님을, 아니지 중 선생님을 만나보고 또 봉순이 그 계집애를 만나보고오 그러면 되는 거 아냐? 제에기, 용정촌에선 별반 인심도 못 얻은 중이 뭐하러 왔을까? 중하고 기생하고 기생하고 중, 어이구 봉순이, 너 잘했다. 하인 놈이 상전아씨 서방 된 것보다 훨씬 낫다야.'

길상은 이리 비틀 저리 비틀 갈 지 자로 걸으며,

'신발이란 발에 맞아야 하고 사람의 짝도 푼수에 맞아야 하는 법인데 이공의 말씀은 없었던 것으로 하는 편이 상책인 성싶고, 야합이 아닌 다음에야 그런 일은 있을 수 없지요.'

혼인하기 전 김훈장이 하던 말을 마음속으로 뇐다.

"하하핫…… 하인 놈이 상전아씨 서방 된 것보다 낫다야. 하하핫…… 하하……."

행인이 뜸한 밤거리, 하늘엔 별도 잘 보이지 않고 흐린 날씬가 본데 웃음을 터뜨리는 눈자위에서 불이 번쩍번쩍 튀는 것을 길상은 느낀다. 온통 하늘이 시뻘겋게 타고 있으리라는 착각에 빠진다. 언제였던가. 용정촌에 불이 난 뒤 꿈에서 보았었던 진홍빛 노을보다 더 짙은 빛깔, 아니 하늘에서 억겁의 불이, 죄업의 불이 활활 타고 있는 것 같은 환각과 환청이 귀를 울린다. 수백 수천의 승려들이 독경하는 높고 낮은 음색의 함성이다.

길상은 땀에 젖어서 대문 앞에 섰다. 혜관이 있다는 사랑으로 곧장 향한다.

"스님."

기침 소리가 난다.

"혜관스님."

"들어오게나. 자네 집 아닌가."

길상은 방문을 열고 들어섰다.

"행차가 매우 어렵군그래."

"네."

길상은 고개를 깊숙이 숙이면서,

"스님께서는 연갑(年甲)이 어찌 되시옵니까?"

혜관은 어리둥절해하다가,

"중놈이 연갑 헤이게 생겼어? 마흔너댓 되는지 모르겠네."

내뱉듯 말했다.

"저는 육십이 다 된 노스님인 줄 알았사옵니다."

한참 동안 길상을 쳐다보고 있던 혜관이 입을 쩍 벌리고 웃는다.

"하하하핫…… 역시, 내 밑천을 아는데, 하하하핫…… 풍진 세상을 살다보니 그렇고 그런 거 아니겠느냐?"

길상은 얼굴을 들었다.

"뭐하러 오셨습니까?"

"한밑천 긁으러 왔네."

"한밑천 나올 듯하더이까?"

"그건 내가 물어볼 말이고, 어디다 쓰겠느냐는 말은 묻질 않으니."

"스님께서 절 짓겠다는 말씀은 아니하실 터이고."

"과연."

"……."

"만주 벌판의 바람은 다르군그래."

"네, 다르지요. 김평산의 큰아들 김거복이 밀정으로 횡행하는 곳이니."

"뭐이라구?"

혜관은 눈을 크게 벌리고 길상을 쳐다본다. 그러나 이내 씨익 웃는다.

"그런 조물(造物)들이야 어느 곳엔들 없을까마는 그보다 김평산의 아들이라니 놀랍구먼. 나무관세음보살."

혜관은 널따란 법의 소매 속에 한 손을 쑤셔넣고 긁적긁적 긁는다.

"오나가나 그놈의 조물과 빈대, 벼룩이가 귀찮기는 귀찮지. 그렇다고 구데기 무서워 장 안 담글 순 없는 일이고오."

"많이 달라지셨습니다."

"그렇지? 말주변이 늘었고 속임수가 늘었고, 화적단을 따라다니다 보니 이것저것 느는 게 많아지더구먼."

"……."

"그는 그렇고, 한 밑천 긁으러 왔다는 아까 그, 그건 빈말일세. 진 빚도 솔찮으니* 무슨 염치로."

"진 빚이라뇨?"

"차차 알게 될 테지. 밑천이야 많을수록 좋은 거지만 이쪽도 바쁠 테니까."

길상은 진 빚이라는 말을 곰곰이 생각해본다. 짐작이 가지 않는 말이다.

"이동진 선생 자제분이 이곳 사정 얘길 안 하던가요?"

"체면치레가 소중한 그 젊은 양반이 미주알고주알 얘기할 리 없지. 내가 또 여기 올 심산이었으니 백문이 불여일견이라, 그는 그렇고 안에서 봉순이가 기다리고 있을 테니."

"네. 알고 있습니다."

길상은 몸을 일으켰다. 휘청거린다. 머릿골이 띵! 하니 무거워온다.

"수천 리 멀다 않고 왔는데 섭섭하게 대해선 안 될 게야. 알겠지?"

"잠시 들어갔다 오지요."

불이 환하게 비쳐나온 서희 방을 향해 길상은 다가간다. 방엔 팽팽하게 불빛이 들어찬 것 같고 넘쳐서 굴러 나올 것만 같은 긴장감을 길상은 느낀다. 섬돌 아래서 기침을 한다. 그리고 방 앞에 가서,

"들어가도 좋소?"

"네."

짤막한 서희의 대답이다. 방문을 열고 들어섰을 때 봉순은

자리에서 일어섰다.

"서방님, 오래간만이오."

조용한 음성, 조용한 몸가짐, 역시 봉순은 기생이었다. 서희는 두 사람을 지켜보고 있었다.

"오래간만이군. 그간 별일 없었겠지?"

길상은 엄청나게 변모한 봉순에게 놀라움을 금치 못한다. 별일이 없었느냐는 말도 실수였고, 봉순은 배시시 웃었다.

"별일이 왜 없었겠습니까?"

길상도 실소한다.

"앉지."

"네."

비로소 길상은 서희에게 눈길을 돌린다.

"속이 안 좋다고 했는데 괜찮소?"

"괜찮습니다."

길상의 시선이 서희에게 옮겨진 뒤 봉순이는 자리에 앉는데 아랫도리가 후들후들 떨리는 것을 간신히 견디어낸다. 전등이 두 개, 세 개, 네 개로 보였고 움직이지 않던 서희의 까만 눈동자도 여러 개로 엇갈려 흔들린다.

"오면서 잠시 들었는데 서울에 왔다며?"

길상의 음성이 먼 곳에서 울려오는 것 같다.

"네."

"관수가 살아 있다 하던지?"

"진주에 있어요. 얼마 동안은 숨어 있었지요."

"음……."

"한조아재 아들이, 그러니까 열아홉 살이어요. 진주서 물지게품을 팔아 사는데 고생이 말할 수 없고, 그래도 제 아버지,"
하다가 봉순은 말을 끊어버린다. 옛날로 끌어당기는 감정의 줄을 뚝 끊어버리듯이. 옛날의 말투, 옛날의 습관이 뛰쳐나올 듯 두려웠던 것이다.

"그 아이도 칼을 갈겠군, 조준구한테."

서희가 봉순이 하려는 말을 이어주듯 말했다. 길상이 중얼거린다.

"원수는 원수를 낳고 또 원술 낳고, 끝없는 놀음인가 부다……."

모두 외양은 평이했다. 다 같이 하고 싶었던 말을 하지 않았다. 대결도 냉전도 아니었다. 미움은 물론 아니었다. 옛날 상태로 돌아가지 않으려는 세 사람의 노력이었을 뿐이다. 그러나 자기 감정에 가장 냉혹한 사람은 최서희였다.

5장 해는 저물어가고

다음 날 김훈장을 찾아가자는 약속을 했는데 다음 날이 되어 떠나려 했을 무렵 봉순이는 별안간 골치가 아프다 했고 자신은 월선아지매랑 내일 가겠노라 고집을 피웠다. 아프다는 것은 빈말이었고 조신을 한 것이다. 남녀 간의 애정은 이미 바랄 길 없다 하더라도 오누이같이 자란 정이야 없다 할 수 있겠는가. 사오 년간 나누어져 살아온 데 대한 회포나마 풀고 싶었겠지. 길상과 함께 가면 따사로운 위안 정도는 받을 수도 있겠는데 봉순은 그 욕망조차 참는 것이다. 서희 눈을 꺼려한 때문은 아니다. 투기할 만큼 자신 없는 서희는 아니었으니까. 다만 봉순은 기생 나름의 처신을 체득한 조신이었을 것이다. 혜관은 길상과 함께 집을 나서면서,

"사람이란 환경 따라서 몇 번이든 변성(變性)하는 모양이야."

봉순이를 두고 한 말인 줄을 아는 길상은 먼 산을 본다.

"아무리 환경이 바뀌어도 변성 안 되는 사람도 있지요."

"그럴까?"

"훈장어른도 그렇고 최참판댁 손녀도 그렇지요."

"듣고 보니……."

혜관은 며칠 사이 용정촌을 구석구석 찾아다니며 살펴보았을 텐데 호기심은 여일한 모양이다. 청인들이 지나갈 때마다 돌아보았고 히사시가미*나 혹은 마루마게의 큰 머리에다 책보를 끼고 게다 소리를 딸각딸각 내며 왜녀가 지나갈 때에도 돌아보곤 했다.

"왜인들도 꽤 많군."

"아직은 많은 편 아닙니다만 자꾸 기어나올 겁니다."

"그럼 청국도 먹자는 겐가?"

"말할 것도 없지요."

"그럼 우리는 어떻게 되나."

"중국땅에 한 치 두 치 밀고 오는 만큼 조선 독립은 멀어져가겠지요."

길상은 대답하면서 마차를 빌려 타고 갈까 말까 생각는다. 김훈장의 독설이 무서웠던 것은 아니나, 상대가 노인인 데다 그곳에서 고생을 하는 만큼 걸어가는 편이 도리라 생각하고 마차가 즐비하게 줄지은 곳을 지나쳐버린다.

"일본에 먹힐 만큼 청국이 허약한 건 설마 아니겠지?"

"글쎄요. 개미가 몇 마리 달겨들면 굼벵이도 못 견디지요. 일본뿐이라면…… 지금은 중국의 내정도 머리 골치 아프게 돼 있고,"

"황제가 물러나고 미국식으로 대통령이 들어앉았다면?"

"그러나 군벌 때문에 앞으로 어려운 일이 중첩되겠지요. 손문(孫文)이 할 수 없이 물러나고 원세개가 들앉았는데 그야말로 재주는 곰이 넘고 돈은 중국인이 받는다는 실정입니다. 백성들도 갈피를 잡을 수 없게 돼 있지요. 정세변화가 무상하구 숱하게 피를 흘렸는데 그것도 개죽음이 될 판국으로 몰리고 있으니까요."

"그러나 워낙이 땅덩어리가 크니 여기저기서 뜯어먹고 찢어먹는다손 치더라도 조선 꼴이야 되겠는가. 뜯기면서 찢기면서도 새 살이 돋을 거구 종기가 나면서도 연신 터지고 아물고, 그러는 동안 엉망진창이 되었다 하더라도 차츰 성한 몸으로 돼가겠지. 조선처럼 송두리째 먹히기야 할려구."

두 사람은 시내에서 빠져나와 들판으로 걸어나온다.

"마차로 갈까 했습니다만 훈장어른께서 웨낙이 고생스럽게 지내시니까."

"최참판댁 귀한 사위 자네가 보행인데…… 진수성찬 배불리 먹어서 고맙기야 하다만, 산골짝에서 죽은 사람들의 가속이나 살아남은 사람들의 고생이 이만저만해야지."

"……."

"최참판네 은덕이야 아직 받고 있는 게 사실이나……. 산에서 숯을 굽고 백정네 사위로 은신하고 물지게품 빨래품 등짐장수 객주업에다 노름꾼, 잘해야 괭이 이마빡만 한 땅을 의지하구 그래도 그 사람네들 지성으로 뛰고 있으니, 의병이란 빛 좋은 개살구야. 문어 제 다리 짤라먹는 격이지 뭐겠나. 순절(殉節)이 의로운 일이긴 하나 그보다 나라가, 백성이 살아나느냐 영영 죽어버리고 마느냐 그게 화급한 지금 사정이거늘 이름만 높이 나고, 선비들의 하는 양이란 나 죽고 보겠다는 게지 너 죽이겠다는 독념(毒念)은 모자란단 말씀이야. 자고로 묘비명도 없는 수많은 일꾼이 일을 이룩하게 마련이지만 혈기와 비분강개만으로 되는 일 하나 없고……. 하기야 나라 사정이 다급했던 만큼 제 몸 부딪칠 방안밖에 없다 판단할 수도 있지. 그러나 지그시 늦추고 늦추어서 땅굴을 파야, 기백 명 기십 명 이끌고서 쳐들어간다고, 그건 다 죽자는 게고 꿀벌의 경우도 죽음의 침을 함부로 찌르는 건 아니야. 벌집을 잃은 벌은 벌집부터 만들고 제제가끔 해야 할 일을 정한 뒤 결사대 든 불사대든…… . 모두 하는 양이 전멸의 길을 택한 것밖에, 일한 게 아니라 허울 좋은 이름 석 자 남기는 것."

"…… ."

"보나 마나 김훈장 그 양반도 꼬장꼬장 말라 죽는 날을 기다리고 있을 게야."

하다가 혜관은 껄껄 웃는다.

"스님."

"왜애? 비윗장 상하냐?"

"어젯밤에도 그런 말씀을 하셨는데 최참판네 은덕을 아직 받고 있다는 말씀, 무슨 뜻이지요?"

"그거라면 얘기가 좀 길지. 내 땅 내놔라 해도 곤란한 일이구 내놔라 한다구 내줄 사람도 아니겠으나, 한땐 그런 생각 안 해본 것도 아닐 게야. 최참판네 최서희애기씨가 만주 벌판에서 비럭질이라도 아니할까 싶었던 게지."

길상은 혼란을 느낀다.

"여기저기 다아 돌아본 연후에, 무방하면은 자네한테 얘기 해줌세."

"혹,"

혜관은 길상의 옆모습을 힐끗 쳐다본다.

"혹 별당아씨께서 살아 계시는 거…… 아닌지요."

"별당아씨? 허허어, 이 사람아, 장모님을 별당아씨라니 하하핫……."

혜관은 헛웃음을 웃는다. 혜관의 얼굴 따로, 웃음소리 따로, 넓은 들판을 호탕한 웃음이 굴러간다. 멀리 멀리까지 굴러가서 씨 뿌리는 청인농부 발밑에 웃음은 멎어버린 것 같다.

"이곳에 땅은 어떤가?"

집게처럼 코를 잡고 코를 탱! 푼 혜관은 앞섶에 손가락을 문지르며 물었다.

"척박한 편은 아니지요. 추위가 길어서 어려울 경우가 많지만 수백 년 일구어 먹은 땅이 아니니까 이삼십 년 전만 해도 이곳은 무인지경이었고, 만주족이란 대체로 농사보다 목축을 많이 하던 모양이더군요."

얘기를 하면서도 길상은 혜관이 별당아씨 죽음에 대하여 명백한 답을 해주지 않는 것에 의심을 품었다. 의심을 품었다기보다 살아 있을지 모른다는 가능성을 생각하는 것이다. 그 수수께끼 같은 거지가 와서 별당아씨는 죽었노라고 전한 소식 이외 어느 누구도 별당아씨 생사에 관해 아는 이 없다. 한 번 더 따져보고 싶지만 길상은 참는다. 무방하면은 얘기해주겠다고 혜관이 말했으니 기다리는 수밖에 없다.

정호네 집에 들어갔을 때 곱게 늙은 백발의 노마님이 내다보았다. 그러니까 김두수에게 잡혀가서 살해당한 의병장 박재수와 형의 원수를 갚겠다고 김두수를 쫓다가 해삼위에서 역시 김두수의 반격을 받고 부상한 박재연의 어머니다.

"안녕하십니까."

길상은 공손하게 인사한다.

"어인 스님께서 함께 오시오?"

"네, 고향서 오신 손님이십니다. 생원님께서는 출타 중이신 지요."

"몸져 계시나 분데 들어가보시오."

길상은 작은방 앞으로 간다.

"생원님."

"왔거든 들어오시지."

쌀쌀한 음성이다. 길상은 방문을 열었다. 누운 자리에서 일어나 앉은 김훈장은 부스럭거리며 버선을 신고 탕건을 집어 쓴다.

"하동서 혜관스님이 오셨습니다."

"뭐이라?"

눈을 크게 뜨는데 김훈장의 눈엔 아무런 빛이 없다.

"스님, 들어오십시오."

"허, 이거 안 되겠는걸. 나무관세음보살."

혜관은 합장을 하고 자리에 무거운 몸을 내린다.

"최참판네 손녀께서 영 잘못하시는 일이구먼."

혜관은 김훈장의 초췌한 모습을 곁눈질하며 짐짓 괘씸하다는 시늉이다.

"하동서 오셨다니, 내 정신이 아직은 맑은데 초면이구먼."

김훈장은 빛 잃은 눈을 들어 혜관을 응시하며 말했다.

"네. 소승은 우관선사의 법제자오이다. 나무관세음보살."

또 한 번 합장한다.

"우관이라면 나도 잘 아는 터이나, 우관은 아직도 건재하시오?"

"입적하셨습니다."

"그래요?"

김훈장은 길상에게는 눈길을 보내지 않는다. 요즘은 어떠냐는 안부도 묻지 않는다. 그런 김훈장 태도에는 익숙해진 듯 길상은 덤덤히 앉아 있다. 혜관으로부터 눈길을 떼고 장죽을 찾아 담배를 넣으며 김훈장,

"요즘 중들 믿을 수 없더구먼."

뼈와 살가죽만 남은 손에서 담뱃가루가 방바닥에 떨어진다. 언젠가 한번, 담배 제가 넣어드리지요, 했다가 쌀쌀하게 거절당한 일이 있는 길상은 김훈장의 힘없이 흔들리는 손만 쳐다보고 있다.

"글쎄올습니다. 중놈들이 앞장서서 친일들을 하니까 이놈의 땡땡이중 동냥하기도 매우 난감하게 됐소이다."

"중들이 유부녀를 유인하여 해괴스런 패륜을 자행함은 이조 오백 년 비일비재한 일이나, 그래 이제는 친일의 앞장이라?"

세사에 어두운 김훈장도 운홍사 중 본연의 행적을 들어서 아는 모양인데 혜관의 입에서 친일을 한다는 말이 나왔으니, 빛 잃은 눈에 잠시 동안 불꽃이 인다.

"지옥이 터질 지경이지요. 하하핫……."

"그러면은 비구는 그런 중들의 아류가 아니라 그 말이오?"

김훈장은 스님 대신 비구라는 호칭으로 중 당자인 혜관에 대해 모멸감을 나타낸다.

"친일도 관대론 안 되는 일입죠. 내로라하는 중놈들, 하하핫! 빈도 같은 땡땡이, 입이나 벙긋하겠소이까?"

비구라는 호칭에 응수하여 소승 대신 빈도(貧道)라는 말을 쓰고 혜관은 입이 찢어져라 벌리다간 하품을 깨문다.

"하긴 우관의 법제자라니."

담배에 불을 붙이고 빨다가 기침을 한다.

"좀 드물긴 드문 인물이었지. 중 되기 아까웠어."

김훈장은 혼잣말처럼 뇌었다. 다소 기가 꺾인 것을 우관을 내세우며 방패 삼은 것이다.

"그러나 돌아가신 노장께서는 한 가지 잘못한 일이 있습지요."

"……."

"최참판네 그 마님께, 네, 시주로선 으뜸이시니 덕택에 지리산 중놈들 연명한 일도 여러 번 있사오나."

"……."

"여기 이 길상이를 내주신 것이 잘못이었다 그 말씀인데, 왜 그런고 하니 멀쩡한 놈 하나 하인배로 만들었고 절로서는 대덕 될 인물 하나 잃은 셈이었지요. 하, 그뿐이겠습니까? 돌아가신 노장께서는 만백성을 특히나 학정에 시달리고 나라는 기우는데 갈 곳이 없이 방황하는 백성들을 위해 팔뚝 두 개의 관음상으론 도저히 미치지 못할 일인즉 천수관음(千手觀音)을 조성코자 소원하시었소. 허나 천수관음을 조성할 자 길상을 두고 달리 없었으니 후회막급이라. 그러하니 불계에서는 아사달을 놓친 셈이요, 길상이 본인으로선 하인배로 전락하여 뼈아픈 설움을 맛보았으니 우관선사께서 그 일만은 매우 잘못하시었소. 하하핫…… 지나간 일 얘기하면은 무슨 이득이 있겠소이까마는, 오늘 최참판네 사위가 되어 개인으론 영달이나 불계의 손실은 크오이다."

길상은 여전히 덤덤하게 앉아 있었고 김훈장은 의외란 얼굴이다. 말하자면 혜관은 말의 쌍칼을 쓴 셈이다. 길상이 사바로 나간 것은 불계의 손실이라 한 말은 우관을 두고 중 되기 아깝다 한 김훈장 말의 답변이요, 멀쩡한 놈 하나 하인배로 만들었다는 말은 짐작건대 최서희와 길상이 혼인하였다 하며 백안시하는 모양이니 그것을 쑤셔댄 것이다.

'흠, 우관의 법제자라구? 제법 능수능란하군그래.'

김훈장은 인식을 달리한다. 옹고집은 흙 속에 들어간다면 모를까, 그러나 문벌에 대한 경모심에 못지않게 학덕이 있는 사람, 출중한 사람에겐 서슴없이 말석에 물러나 앉을 줄 아는 김훈장인 만큼, 뭐 그런다고 혜관에게도 그렇다는 얘기는 아니지만 왕시 목수 윤보에게 가슴을 열어주었던 그런 심사와 비슷한 것이라고나 할까. 그리고 길상을, 바로 보기 싫은 그 옹고집으로 하여 사실 김훈장은 쓸쓸하기도 했었던 것이다. 그러나 무엇보다 김훈장은 고향의 소식이 궁금하였다. 체면에 물어보는 것을 참고 있었지만 화제가 자연스럽게 그곳으로 옮겨지자면 날을 세우거나 심드렁해하거나 해서는 안 되겠기 때문이다.

"절 형편이야 내 소관이 아니니, 우관은 입적했다 했고오, 그래 평사리 마을 사람들은 다 편히들 있는지 모르겠소오?"

"편히들 있을 리 없지요. 참 빈도가 이곳으로 떠나오기 전에 생원님 댁을 한번 찾아갔어야 하는 건데 오나가나 왜놈들 앞잡이 그놈의 조물 때문에 근접을 못하고서 왔소이다."

"그, 그러면 죽진 않고,"

별안간 김훈장의 눈알이 시뻘게진다.

"아무리 칼끝에 사는 세상이기로, 가속이 늘었다는 얘길 들었소이다. 아들 형제라던가……? 며누님을 잘 두셔서 밤낮으로 길쌈하구."

김훈장은 미친 사람처럼 담배를 빨아댄다.

"조준구 그놈이 그, 그놈이 해악질을 할 줄 알았더니……."

"마을에 있어야 해악질을 하지 않겠소?"

"그렇담?"

"큰 집엔 꼽추 아들만 남아 있고 서울로 솔가하여 내려오는 일이라곤 좀체 없는 모양이오. 생원님을 말씀드리자면 의병장으로서 이름이 나 있는 만큼,"

하다가 혜관은 심술궂게 김훈장을 곁눈질해 본다. 김훈장 얼굴엔 수줍은 미소, 비장한 감회, 그런 것이 오락가락하는 것 같았다.

"네, 그러니만큼 왜놈 순사가 더러 들락거린다는 얘기도 있었으나 세월이 지나고 하면 차츰,"

"왜놈 순사가? 죽일 놈들!"

신음하듯 했으나 김훈장 얼굴에는 오래간만에 온기가 도는 성싶고 평온해진 듯싶었다. 자연 김훈장으로선 혜관이 반갑잖을 수 없다.

"그때만 해도 이 늙은 몸이 쓰였지. 이곳에선 이제 신다 버린 신발 신세라. 잘나고 똑똑한 젊은 양반들이 나한테 일거리 주어야 말이지. 참 법호가 어찌 되시오?"

"혜관이외다."

"혜관…… 그래 이곳엔 무슨 일로 오셨소."

"네, 별로 이렇다할 소임은 없소이다. 떠나올 적에 윤도집이라고 동학하는 사람이 중옷 벗고 아니 돌아오면 어쩌냐 하더이다. 그래서 소승 말하기를 청국여자 얻어서 살림 차릴지 뉘 알겠냐구, 하하하⋯⋯."

"저런, 부처님 돌아앉으실 소릴,"

김훈장은 참으려다 웃는다.

"부처님 돌아앉으실 일은 약과올시다."

"그러면은?"

"오종계(五種戒) 중 가장 엄한 계율을 범한 일도 허다했소이다."

"그러면은 살생을 하였다 그 말이오?"

"방조를 했지요."

"그러고도 염주를 목에 걸구 계시오?"

김훈장은 농인지 진인지 헤아리지 못하고 어리둥절해하는 표정이다.

"서산대사나 임진왜란 때 승병들이 환속하였다는 얘긴 못 들었소."

"아아,"

비로소 김훈장은 깨닫는다.

"하하핫 하하하핫⋯⋯."

길상은 김훈장이 웃는 것을 처음 보는 것같이 생각되어 얼굴을 숙인다.

'고집스런 늙은이 같으니라구.'

눈시울이 뜨거워진다.

"하하하핫, 대사 반갑소."

"허 참, 양반님네 체면치레가 있지. 비구에서 대사로 건너 뛰시면 어쩌지요? 대사도 비구임엔 다를 바 없겠으나."

"비양일랑 그만 치시구. 나일 대접해서 그쯤 해두시오. 이 거 술 생각이 간절하구먼. 그래 길상이는 오래간만에 날 찾아 오면서 응,"

기분이 좋았던 참이어서 길상에게 말을 걸긴 했으나 손핼 본 생각이었던지,

"하기야 전과 다르니 이리 찾아온 것만도 영광으로 알아야 하겠지이?"

비튼다.

"생원님께선 술을 드시면 건강에 해롭고 스님께서는 아시 다시피,"

길상은 쓰게 웃을 수밖에 없다.

"중들도 곡차라 하구선 잘 마시더군."

"네. 술이면 오종계에 걸리겠습니다만 곡차랄 것 같으면, 하하핫…… 그러나 소승 워낙이 대식이라 술 들어갈 구멍이 없는 모양인지 입에 대질 않소."

"거 참, 하긴 나도 요즘엔 영 술을 못하고 있소. 그래 얼마 나 머물 생각이시오."

"작정한 바는 없으나,"

"졸지 간에 이리 만나니 알고 싶었던 것도 무엇이었나 잘 생각이 나질 않소. 그러면은 어쩐다아? 아무튼 모처럼 기운이 나는구먼. 오래간만에 용정촌에 나가봐야겠소."

김훈장은 일어섰다. 허리는 여전히 꼿꼿했다.

"오랫동안 못 만난 친구도 있고, 나 혜관을 모시고 그 양반들한테 가보고 싶어 그러는 게요. 젊은것들은 신다가 버린 신발같이 생각들 하지만 고향도 선영도 버리고 이곳까지 올 때는 마음으로야, 그렇지 내 나라를 찾는 일이라면 태산이라도 떠멜……."

하다가 김훈장은 목이 메는지 말끝을 맺지 못하고 눈에 먼지가 든 것처럼 슬쩍 눈물을 닦아낸다.

"우리도 모르는 바는 아니지. 늙은 사람들, 일하는데 발에 걸거치기만 한다는 걸."

수건을 찾아 얼굴을 문지른다. 주의를 걸치면서,

"누가 그런 말을 하더구먼. 늙은이들한텐 저이들 하는 일을 토설 안 하는 이유를 말이오. 단근질을 해도 해서는 안 될 얘긴 안 하겠지만 어리석고 고지식하여 걸려든다는 게지. 하기는 손이 떨려 육혈포도 쏘지 못하는 늙은네들, 안중근이 될 수도 없고 구령 하나 외치지도 못하니 군관인들, 그러나 우리네 애국충정마저 주착 없고 빈 책상만 뚜디린다고 허물해야 쓰겠는가, 그 말 아니겠소?"

"설마한들 누가 그런 말을 했겠소."

"길상이한테 물어보슈. 그간의 사정 잘 알 터인데, 그리고 또 한 가지 내 속을 뒤집는 것은,"

옷고름을 여민 김훈장은 기침 한 번 하고서,

"길상이는 듣기가 거북하겠으나 최참판네 그 아이요. 이젠 낭군 맞아서 어른이 됐으나 그래도 명색이 내가 사부요. 평사리 있을 적에 천자문에서부터 내가 가르친 아이였소. 돌아가신 윤씨부인을 말하면은 치마 두른 게 한이었지. 분명하시고 담대하시고 과히 남자로 치면 두령감, 그것도 일급이오. 한데 서희 그 아인 조모님을 닮지 않았소. 그게 큰 실망이오. 하여간에 나갑시다."

밖으로 나온 김훈장은 노부인에게 다녀오겠노라 정중히 인사하고 덩달아서 혜관도 인사하고 두 사람이 앞서 나가자 길상은 노부인에게 하숙비가 든 봉투 한 장을 건네준다.

"그럼 안녕히 계십시오."

"잘 가오."

길상이 바삐 걸어나왔을 때 김훈장은 하던 말을 계속하고 있었다.

"그 아이는 제 일문 생각밖엔 도통 안 하는 성미요. 일문도 내 나라가 있은 뒤의 일문이요, 내 자신도 일문이 있은 후의 내 자신이라. 이렇게 말하면은 내가 편히 못 있는 데 대한 불평으로 생각할지 모르나 그게 아니오. 실상 내가 그 아이 덕분으로 먹고 자고, 그걸 거절 못하고서 주체스런 목숨을 부지

하자니 심히 괴롭소이다."

김훈장은 징징거리며 늘어놓기 시작한다.

"앙사부육(仰事俯育), 그것도 인간의 도리요. 그러나 경우에
따라서 그 인간지사를 버릴 수도 있는 일이오. 물론 만주땅
연해주에 온 사람들이 모두가 독립투사일 순 없소. 밀정 놈
도 많고 왜놈 밑에 경찰질하는 자들도 있고 친일 나팔을 부는
부자 놈들도 더러는 있소. 그러나 혜관도 들어 아시겠으나 이
부사댁, 그 왜 이동진이라는 그 양반 말씀이오. 그분이 이곳
에 오신 지도 아마 십 년이 넘을 게요. 모든 것을 초개같이 버
리고서 그 양반이 이곳에는 뭐하러 왔겠소. 더군다나 서희 그
아이 부친과 이공은 죽마고우 아니오?"

서희가 군자금을 거절했다는 얘기가 나오기까지 사설이 길
다. 길상은 말뚝처럼 뒤따라간다. 그는 김훈장 얘기를 듣고
있지 않았다. 들었다손 치더라도 이미 귀에 못이 박히도록 들
은 얘기.

'좀 있으면 장마철이 된다. 저기 저 좁은 강도 범람할 거야.
난 지금 실개천같이 조용하다. 바다같이 조용한 게 아니고 저
실개천같이⋯⋯. 내게도 언젠가는 장마철이 찾아올 거다. 범
람할 거다. 음⋯⋯ 이선생께선 윤이병이 그자가 연추에 와 있
다고 하셨던가? 선생질을 한다구? 거긴 왜 갔을까? 송애는
또⋯⋯ 망할 놈의 계집애! 추풍이라던 그 장사꾼은 과연 날
찾아올까? 쓸모 있는 사람 같았다.'

길상의 생각은 뛴다. 바쁘게 뛴다.

'관수가…… 하하핫…….'

간밤에 혜관한테 들은 얘기가 생각나서 길상은 웃을 뻔했
다. 관수의 장인이 소 잡는 칼을 들고 혜관을 죽이겠다고 소
리 지른 장면이 눈앞에 선하다.

"생원님."

갑자기 부르며 길상은 걸음을 빨리하여 김훈장 곁으로 다
가간다.

"왜 그러는 게야."

삐딱하니 꼬부라진 심사가 그대로 돋쳐 있는 음성이다. 김
훈장으로서는 이미 이루어진 혼사, 아니꼽고 기찰 일이지만
왈가왈부할 시기는 지났고 다소는 화해하고 싶은 기분도 없
지 않은 눈치다. 그러나 그게 수월찮은 일이어서 유독 군자금
을 거절한 서희 험담의 사설이 길어지는 것 같고, 그 최서희
가 너의 여편네 아니냐, 그러니 내 마음이 쉽게 풀리겠느냐,
식으로 몰고 가는 모양인데 그 심리는 아이들의 쌈질 후의 그
것과도 비슷하여 길상은 마음속으로 웃음이 났다.

"관수를 아시지요?"

"알구말구."

순간 김훈장의 미간이 찌푸려진다.

"그놈아아가 살긴 살았는가?"

"고생은 했으나, 실팍한 일꾼이지요."

혜관이 대신 대답했다.

"하긴 담력이 있고 해서 되바라진 게 흠이었으나, 산에 있을 때는 사사건건 불평이었고 양반을 짤라낸 상투만큼도."

김훈장 얼굴에는 불쾌한 빛이 역력하다.

"원래 관수 그자는 양반을 좋아하질 않았으니까 생원님이라고 예외일 순 없었겠지요. 그래 그자가 상놈도 심에 차질 않아서 백정네 사위로 들어갔지 뭡니까?"

"백정네 사위? 허허, 저 일을 어쩌누. 자식들을 어디다 써먹으려구."

"백정질 시키겠지요."

"허 참, 기벽이구먼. 내 한땐 그놈을 죽이려 한 일이 있었소."

"군령을 어겼구먼요."

"군령을 어겼을 정도가 아니지. 명색이 의병장인 나를 두고,"

김훈장은 더는 말하고 싶지 않은 눈치였다.

'저 늙은이 또 토라졌구먼. 하필 관수 얘길 잘못 꺼내었어.'

길상은 뒤늦게 김훈장의 상처를 선드린 것을 깨닫고 후회를 한다. 자긍심 하나 가지고 살아온 김훈장이 치명적이던 관수의 언동을 잊었을 리 없다.

'저놈의 늙은이, 떠메다가 평사리에 갖다 놔야겠다. 누구 산에 유람온 줄 아나? 백미에 뉘 한 톨 섞이듯, 상놈 판에 양반이 무신 소용고.'

꼭이 들으라고 한 말은 아니었으나 그런 악담이 전혀 김훈장 귀에 안 들어가는 것도 아니었다.

'이노옴! 이 고야안 노옴! 감히, 아무리 양반이 홍챙이가 되 얏기로 세상에 이런 법도 있나?'

헝클어진 상투를 흔들며 고함치던 김훈장 음성이 귓가에 살아난다.

'이놈 아아야, 니 정말 그래서는 안 된다? 그놈의 독기 좀 뽑아부리야만 무슨 일을 해도 할 긴데, 참말로 니 그래서 못 씬다아. 기운만 가지고 일하는 거 아니고 사람을 싸안을 온기 라는 기이 있이야제. 니 정말 앞으로도 또 그라믄 나한테 맞 아 죽을 줄 알아라. 생원님은 우리캉 똑같이 보리밥 자시고 미명옷 입고 들일 함시로 사신 거를 알아야제. 못난 놈이 관 에서 매맞고 집에 와서 계집치는 거라. 설음은 설음대로 삭히 고오 노옴(노여움)도 노옴대로 삭히고 합심해서……. 이 골짜 기꺼지 온 우리들 사나아장부가 계집들맨치로 찌작짜작 쌈질 이나 해야 하겠는가.'

관수를 타이르던 윤보의 음성도 들려온다.

'어이구우, 어매요 아배요. 이자아는 물밥도 그만이고 이 윤 보 까마귀밥 되게 생겼소.'

팔베개를 하고 하늘에 돋아난 별을 바라보며 흥얼거리던 윤보의 음성도 들려온다. 김훈장도 윤보 생각을 하는지 말이 없고 혜관은 지신지신 무거운 체중을 옮기며 사방 산천을 바 라보며 얼굴은 무념무상이다.

"혜관대사아."

김훈장이 불렀다.

"네."

"불가에선 자결이 죄가 되오?"

"그렇소이다."

"그러면은 고려장은 어떠하오?"

"그것도 살생이 아니오니까?"

"왜란 때 서산대사 승병들은 환속하지 아니했다 하시었소."

"글쎄올습니다. 빈도가 높고 높은 부처님의 뜻을 터럭만큼은 안다고 할 수 있겠으나 광대무변 억조창생 속에서 터럭 하나 가지고 무슨 말을 할 수 있겠소이까. 목탁 뚜드리는 것밖엔 능이 없소이다."

"개명바람이 불어와서 나라가 망하얏는데 나라 잃은 설움을 안고 이곳까지 건너온 사람들조차 온통 개명바람에 취하여서 제 나라의 전통을 헌신짝 버리듯, 그러고서도 나라를 찾을 수 있을 것인지 그 말 내 묻고 싶소. 내 이 구차한 목숨 양잿물 한 사발이면 그만이겠으나 왜적 앞이라면 모를까 젊은 놈들 인심이 각박하다 하여 어찌 소인배 같은 그 짓을 하겠소오? 차라리 어떤 때는 이놈들아아! 늙은것 쓸모 없이 되었으면 고려장이나 시켜라, 하고 외치고 싶소. 내 산천, 윤보 놈이 죽은 골짜기 그곳에서 송장이 되지 못한 것이 한이오. 산송장이 되어서 곡식이나 축내는 이 육신이 주체스럽소. 내 잘은 모르나 이곳은 개판이오. 혜관께서는 기댈 가지지 마시오. 늙은것들은 육신이 말을 아니 들으니 탁상공론으로 비방하지마는 젊은것들은 어찌하여 탁상공론이냐 그 말씀이오. 탁상공론도 해괴망측, 갈래갈래 흩어지고 슬기 있고 분명하고 선비의 귀감인 이동진 같은 그 사람조차 이제는 퇴물로 왈가왈부니, 이래가지고 무슨 일을 하겠소? 듣자니까 모금한 독립자금을 착복하였느니 아니하였느니 왜놈하고 내통하였느니 아니하였느니 싸움보다 교육을 먼저 하여 장차를 내다보느니, 아라사 편이냐 청국 편이냐, 심지어는 선비 놈들이 나랄 망해먹었으니 선비 놈들 국으로 있으라. 자유다 평등이다! 상감이 무엇이냐! 서양에선 상감이란 없고 고깃간 주인도 제 잘나면 우두머리가 된다! 그야말로 해괴망측한 탁상공론이 아니고 뭐겠소? 보라! 청나라도 임금을 몰아내고 농사꾼 아들이 대통령 되지 않았느냐. 허허허. 나라는 왜놈에게 뺏기고서 개판이오, 개판. 그래 아니할 말로 백정이 우두머리가 되어 백성에게 소 잡는 법이나 가르치겠다 그 말이오? 모름지기 우리 이조 오백 년은 유교를 바탕하여 삼강오륜, 사람이 사람으로 살아가는 도리를 가르치는 정사였었소. 탐관오리, 역신들로 하여 백성이 도탄에 빠진 일을 아니 생각하는 것은 아니나 이렇게 타락한 지경은 아니었소. 그것도 나라 찾겠다고 망명을 한 지도층 인물들이 말이오."

김훈장은 숨이 찬 듯 말을 끊고서 크게 숨을 내쉬었다.

"곳이 다르면 인심도 변하는 법인가, 내 존경해 마지않던 이부사댁 그 양반조차 자제한테 일본으로 건너가서 공부할 것을 당부하였다 하니 원수 놈 나라에 보내는 일도 대경실색 할 노릇이거늘, 그러면은 나라의 독립을 백 년 후 늦잡는다, 그런 요량 아니고 뭐겠소? 일각이 여삼춘데 이러다간 왜놈 되고 아라사놈 되고 청국놈 되고 뿔뿔이 흩어져서 조선은 그, 그렇소! 없어지기밖에 더하겠소?"

6장 집념은 그의 고독

기화는 눈시울을 좁힌다. 서편으로 기우는 햇살이 눈에 부셨던 것이다. 햇살뿐만 아니라 바람에 펄럭이는 서희의 연회 색 망토 자락과 머리에 쓴 순백색 새틴 머플러도 눈부셨다. 서울서 볼 수 없었던 특이한 복장 때문이지만 근접을 허용치 않는 위엄과 성숙한 아름다움은 너무 현란하였다. 옛날의 서희는 꽃 같고 구슬같이 영롱하였는데 북변의 바람 탓일까, 낯선 남의 땅, 남의 산천이기 탓일까. 바람은 부드러웠다. 강물 엔 완연한 봄빛이 어려 있었다. 기화가 용정촌에 온 지 어느 덧 십여 일이 지나갔다. 십여 일은 세월인가 나날인가 시각인 가, 자취 없이 달아나고 소망도 없이 기화는 허기를 느낄 뿐 이었다.

"절에 가련?"

해서 기화는 서희를 따라 거리에 나온 것이다. 오가는 사람들 대개는 눈을 들어 외경(畏敬)스런 표정으로 서희를 훔쳐보았으며 기화에게는 호기심의 일별을 던지곤 했다. 무인지경을 가듯 서희의 망토 자락 머플러가 바람에 나부끼고 펄럭인다.

"아씨."

서희는 잠자코 걷는다.

"아씨는 부처님 은덕을 믿으셔요?"

"글쎄…… 별로."

"하면은?"

"은덕은커녕,"

모멸의 웃음을 입가에 흘린다.

"부처나 신령 그런 것이 있었으려니 생각해본 일 별로 없어. 어째서 그런 말을 묻는 게지?"

멀리 운흥사 지붕에 눈길을 돌리며 서희는 말했다.

"그렇다면 알 수 없어요. 절에는 어째 가시는지……."

"습관 아니겠느냐? 할머님과 옛날에."

서희는 말끝을 맺지 않는다.

"저는 큰 나무만 보아도 무서워요. 눈, 비, 구름, 나는 새를 보아도, 산천 구석구석 넋이 있는 것 같아서,"

"무당 같은 말을 하는군. 넋이 어디 있어?"

"……."

"저기, 저 절을 지을 때 시조(施助)한 얘길 들은 모양이구나."

"그 얘긴,"

"그 늙은네 주책이 이만저만 아니야. 사람을 만났다 하면 그 얘기거든. 나를 친일파로 몰아붙이지 못해 몸살이 나는가 보더라. 내가 일본영사관에 헌금을 한다면 아마 기절초풍 돌아가실 게야."

"생원님 말씀을 듣고 여쭙는 건 아니어요. 하지만."

"하지만?"

"……."

"이부사댁 그 어른이 요청한 군자금을 어째서 거절하였는가, 그게 못마땅하다 그 말이냐?"

"예. 그 어른은 돌아가신 나으리께서도 존중하시던 분이온데,"

"다 지나간 일들이야."

"하오나 그 어른한테 그러실 수는 없습니다. 당돌하다 꾸중하시겠지만,"

"나는 고향으로 돌아가야 해. 이 땅에 뼈 묻을 생각 추호도 없느니라."

기화는 발끝을 내려다본다. 나뭇짐이 지나갔을까, 잔가지들이 땅에 흩어져 있다. 기화는 사람이 사는 곳은 다 마찬가지라는 생각을 한다.

"기백, 기천의 돈이 문제겠느냐? 군자금을 내고서 일본 손아귀에 들어간 내 고향으로 돌아갈 수 있을까······."

"알리지만 않으면, 누가 알겠습니까."

"아, 아니야. 세상에 비밀은 없어. 이곳엔 밀정들이 우굴우굴해. 조선에는 제복 입은 순사 헌병이 백성들을 감시하겠지만 이곳에선 별아별 차림의 밀정들이, 모를 일이지, 우리 신변에도 있을지 그건 모를 일이야."

"저어 만일에 서방님께서 군자금을 대신다면 그때 아씨께서는 어쩌시겠습니까."

서방님이란 길상을 두고 한 말인데 어조는 깍듯했으며 주저의 빛이 없었다. 서희는 그 말 대꾸는 아니했다. 심중을 짚어볼 수 없는 침묵이다. 한참 후,

"얼마간의 군자금, 기천의 사병으로 잃은 나라를 찾겠다? 어리석어. 하물며 남의 땅에서 흠,"

이것이 답변인지도 모른다.

"너는 이곳 물정을 몰라."

"······."

"어디 조선뿐이겠느냐? 일본은 멀지 않은 앞날 중국도 먹어치울 게야. 그런 힘 앞에 네가 믿는 신령이 밤새 군량미를 쌓아주고 산을 무너뜨려 왜병을 몰살이라도 시켜준다면, 그야 모르지. 두 주먹과 심장 하나 가지고 목이 터지게 외쳐보아. 단 한 명의 왜병도 죽어 넘어지진 않어. 혜관이라는 중, 비록 시주걸립(施主乞粒)하는 빈승(貧僧)이나 세상사에 문리가

나 있어서 이곳 김훈장보담 시계가 넓어서 씨원하더군."

"하오나, 천한 계집이 뭘 알겠사옵니까만 장부라면 뜻을 잊고 보신만 하며 세월을 보낼 수 없는 일 아니오이까?"

"나는 내 힘으로 내 잃은 것을 찾을 거야. 그래 이상현 그 선비님께서 최서희라는 계집, 천하의 악종이란 말씀 아니하시더냐?"

"설마하니."

그러나 기화는 얼굴을 붉힌다.

'최참판네 여인 아니냐? 서희는 오대 육대, 최참판네 여인들의 마지막 꽃, 야차 같은 계집이지.'

상현의 음성이 귀에 쟁쟁하다.

"옹졸한 사내니까 그런 말 아니했을 리 없지. 허나 눈썹 하나 까딱할 최서희겠느냐? 실속 한 푼 없는 주제 이마빡에 핏대 세우는 무리들한테 동조할 나 아니니라. 그랬을 양이면, 그리 심약한 최서희였었다면 벌써 옛날 최참판네 내당에서 목을 매었을걸?"

입매가 뱅글뱅글 돈다. 두 눈동자에 암담한 정열이 일렁인다. 기화는 한순간이나마 깊은 착각에 빠졌다. 최치수를 대하고 있다는 착각이다. 버마재비 같은 최치수가 무덤 속에서 벌떡 일어나 가는 길을 막고 서 있는 환상이 겹친다. 그리고 착각과 환상이 썰물같이 물러간 자리에 다소곳하였던 길상이 앞에서의 서희 모습이 나부끼는 머플러처럼 흔들리며 정지한

다. 지금 엇비슷한 사이를 두고 걷고 있는 여자와 그 서희는
과연 동일인물일까. 상상할 수가 없다. 일찍이 다소곳하였던
서희를 상상해본 일이 없다.

"아씨께선 잘못 생각하고 계셔요."

"아무럼 어떠냐. 그러나 수모를 잊을 내가 아니니라."

"무슨 일이 있었는지 모르겠습니다만 상현서방님 진심을 저
는 알 것 같습니다. 서방님은 아씨를 마음속으론 염려하시,"

차마 그리워하고 있다는 말은 입 밖에 낼 수가 없다. 서희
는 기화의 저의를 알았으나 그러나 위로받지는 못한다. 참담
했었던 지난여름이 가시처럼 핏속에 곤두서는 것을 참았을
뿐이다. 미친 듯 웃어젖히던 상현의 웃음소리, 내 일전에 송
장환이 그 위인더러 서희하고 혼인하라 권한 일이 있거늘, 하
하핫…… 무서워서 싫다더군. 무서워서 말이오! 서희는 어금
니를 꽉 깨문다. 관골이 움직인다. 여름만 참담하였던가. 겨
울도 참담했었다. 길상과 동서하던 과부를 찾아갔었던 길목,
앙상하게 여윈 여자의 얼굴, 어망이 뉘기야? 묻는 아이를 무
섭게 노려보던 여자 머리엔 솜가루가 뿌옇게 앉아 있었다. 서
희는 부르르 몸을 떤다. 위기였었다. 서희는 그 일을 생각할
때는 언제나 몸을 떤다. 자신이 송두리째 무너지려는 찰나였
었다. 어쩌면 그때는 자유를 향해 달릴 수 있는 길목이었는지
모른다. 집념의 질곡에서 풀려날 순간이었었는지 모른다.

"봉순아."

"예."

"너의 창(唱)을 한번 듣고 싶구나."

기화는 어리둥절하다. 왜 갑자기 얘기 방향이 엉뚱해졌는가 싶어서다.

"어릴 적에는 재간이었지만 이젠 천기(賤妓)온데 어찌 아씨 앞에서."

쓴웃음을 띠는데 서희의 화제는 다시 한번 회전한다.

"조준구가 토지를 절반이나 작살냈다 했었지?"

"예."

"남의 손에 넘어간 그 땅 되살 수는 없을까?"

"아씨께서?"

"내 벌써부터 공노인을 한번 보내리니 했었다."

"월선아지매 삼촌이라던 노인 말씀이셔요?"

"음."

"노인이 어떻게."

"노인이지만 빈틈없는 사람이야. 젊어서부터 사방을 떠다녀서 견문이 넓고 사세에도 밝아. 이곳에서 거간업도 하고 있으니까, 누구 말론 시정잡배라지만…… 신실하여 마음 놓고 일을 맡길 수 있었지."

"월선아지매 삼촌이시니까."

그 대답은 없고,

"당분간 그 땅을 모조리 거둬들이긴 어렵겠지. 그러나 서서히 이제부터 시작하는 게야."

서희는 실성한 사람같이 별안간 웃어젖힌다.

"나 그럴 줄 알았다. 호호홋…… 호호홋호, 오 년이 지나갔고 앞으로 또 오 년, 십 년 안에 나는 그 땅을 모조리 거둬들일 테니 두고 보아라. 조준구 놈! 이미 절반 작살이 났다구? 그랬을 게야. 나는 그놈을 알거지로 만들 테다! 아암, 그리고 말려 죽이는 게야."

입매가 뱅글뱅글 돌 때 기화는 최치수로 착각하고 무서웠었는데 서희의 미친 듯한 웃음소리는 기화의 가슴을 아프게 한다. 애기씨는 불쌍하다, 불행한 여인이다. 마음속으로 뇌는 기화 눈에 범접할 수 없는 위엄과 아름다움으로 현란하였던 서희 모습은 한갓 허깨비로 보여진다. 자신을 내려다본다. 발등에서 흔들리는 남빛 비단 치마, 하얀 버선발이 눈부시게 움직이는데 역시 자신도 허깨비인 것을 깨닫는다. 비로소 기화는 용정에 온 이후 처음으로 서희가 자기에게 무척 가까운 사람인 것을 느낀다. 별당 연못가에 상복 입은 계집아이 둘이 서로 마주 보고 앉았었던 그 시절처럼. 서희도 기화가 아니었었다면 미친 듯 허한 웃음을 웃었을 리가 없다. 서희는 그런 웃음을 웃은 적이 없었으니까.

"절반이 작살났다지만 아주 남의 손으로 넘어간 것은 아니라더군요. 서울 가서 들은 얘깁니다만."

기화는 서희의 흩어지려는 마음을 부축하듯 침착하게 허두를 꺼내었다.

"상현서방님이 주선을 해주셔서 저의 집에 자주 오시는 손님 몇 분이 계십니다. 그분들 주석에서 조준구의 얘기를 많이 들었어요."

"어째서 그 사람들이 조준구 얘길 한다더냐?"

"예, 모두 이래저래 관계가 있는 눈치더군요. 그리고 상현서방님께서 조준구의 정체를 소상히 아시니까 자연 얘기가, 그러니까 좋은 얘긴 아니 나오지요. 서울서의 그자 행적도 빈축을 사는 모양이구요. 이 일 저 일 손을 대느라 장안의 친일파 졸개들 명문의 놀량패 자제들과 밤낮 어울려 다니는 것도 좋게 볼 사람이 없습지요."

"그래 무슨 얘길 들었느냐?"

"얘기가 아주 복잡해서 소상하게 전해드리기가 어려워요. 그러니까 금도 나오지 않는 광산을 속아서 샀다는 거였습니다. 그걸 사기 위해 장안의 갑부 황춘배라는 사람한테 땅문서 절반을 잡히어 빚을 냈다는 얘기구요. 그 황춘배 아드님이 황태수라고 역시 저의 집에 상현서방님과 함께 오십니다. 그러니 그 말은 빈말이 아닐 거여요."

"그러니까 팔아버린 게 아니라 그 말이냐?"

"하지만 갚을 길이 없으니 팔린 거나 다름없고 광산으로 일확천금을 꿈꾼 조준구는 급한 나머지 시세 절반도 못 되게 땅을 잡혔다던가, 해서 엄청난 손해라 하더구먼요. 광산을 속아

서 사는 데는 일본인도 끼어 있었다던가, 쳐놓은 그물에 걸렸
다 그런 말들도 하고."

"음…… 이상현이 그 사람도 팔자가 늘어졌나 보구나."

"예?"

"기방 출입이 잦으니까 말이야."

"그분들은 일본 유학 갈려고 일본말을 함께 배우신다 하더
이다. 그러니 자연 젊은 혈기에, 또 저를 도와주시는 배려도
있을 것이옵니다."

서희는 더 이상 말하지 않았다. 눈이 어떤 생각에 골똘히
잠겨 있는 것 같았다.

두 여인은 운흥사 절문을 들어섰다. 중이 없는 절이지만 절
지기한데 법당 문을 열라 이르고 서희는 망토를 벗는다. 소복
의 모습이 그림자 같고 얼굴이 창백하다. 성난 눈으로 기화
를 쳐다본다. 법당 안은 썰렁했다. 흑탱(黑幀) 한 폭에 본존(本
尊)도 없는 법당은 지난여름과 달라진 점이 있다면 단청을 한
것하고 일진회의 이용구(李容九) 소장이던 한 자 여섯 치가량
의 관음상이 한 구 더 는 것이다. 절지기 늙은이가 놋쇠 촛대
에 꽂힌 초에 불을 붙여준다. 서희는 그 촛불에 향을 사르어
향로에 꽂는다. 합장하고 배례한 뒤 몇 발짝 물러서서 예배를
올린다. 기화도 함께 예배를 올린다. 그런 뒤 정좌한 서희는
경을 외기 시작했다. 평이한 음성으로 정구업진언(淨口業眞言)
을 왼 서희는 금강경을 송하기 시작한다.

"여시아문하사오니일시에불이재— 사위국— 기수급고독원하사여— 대비구중천이백오십인으로구하시다이시에세존이식시에착의지발하시고입— 사위대성하사걸식하실세."

조금 물러서서 손을 맞잡고 기화는 독경 소리에 귀를 기울인다. 드높으면서 쇳소리 없는 둥근 음성이 법당 안을 가득 메운다. 촛불이 곧게 발돋움하듯 천장을 향해 타고 향에선 가는 몇 줄기 자연(紫煙)이 맴을 돌며 피어오르고 있었다.

"불고수보리하사되제보살— 마하살이응여시— 항복기심이니소유일체중생지류에약난생— 약태생— 약습생— 약화생— 약유생— 약무색— 약유상— 약무상— 약비유상—비무상을아개영입무여열반하야."

일진의 바람, 바람 소리와 함께 법당 문풍지가 운다. 촛불이 좌우로 흔들리고 향연(香煙)이 어지럽게 흩어진다. 낭랑한 독경 소리, 관음상만이 요지부동이다.

'나는 이 세상에 뭘 하러 나왔는가. 몸단장하고 술잔에 술을 따르기 위해 나왔나? 가무로 사내들 마음을 기쁘게 하기 위해 나왔나. 어릴 적엔 좋은 옷 입고 춤추고 노래하는 것을 꿈꾸었다. 기쁠 줄 알았었지. 엄마가 무서운 눈으로 날 보던 것을, 이제사 알겠구나. 때리던 엄마 마음도 이제사 알겠구나. 부평초 같은 서러움, 죽어서 망령 되면 난 어딜 갈까?'

어릴 때 쌍계사 명부전에서 본 지옥변상(地獄變相)의 탱화 생각이 난다. 어린 마음이 마구 떨리던 그때 일이 생생하게 살

아난다. 서희의 손을 잡고 절 마당에 뛰어가면서,

'애기씨!'

'왜 그래.'

'이 세상에서 말입니다. 나쁜 짓 하믄 아까 본 그런 지옥에 떨어진다 안 캅니까? 우리도 지옥 가믄 우짤꼬요? 내사 마 무섭어서 벌벌 떨었십니다.'

'나는 안 무서. 염라대왕 불러다가 야단을 칠 테야. 수동이랑 돌이랑 복이 삼수 또오. 또오 육손이 김서방 길상이 또오 개똥이, 모두 다아 데리고 가지, 몽둥이를 들려가지고 날 따라가는 거야.'

'치이, 개똥인 덩신인데요?'

'동네 사람 다 데리고 가지 뭐. 난 안 무서!'

'그라믄 나는 우짤꼬?'

기화는 바닥에서 스며드는 차가움에 몇 발짝 발을 떼어놓곤 한다. 차츰 기화는 부처님 존재를 잊어가고 있었다. 그의 눈에는 소복한 서희 뒷모습만 보인다. 금봉채에 진주를 박은 국화잠이 쪽머리에서 빛을 발하고 있다. 유연한 두 어깨, 물결처럼 부드럽게 잡힌 치마의 주름. 그의 아름다움은 그의 권위요 아집이요 숙명이다. 그의 아름다움과 위엄과 집념은 그의 고독이다. 일사불란 독경하고 있는 서희의 모습은 애처롭다. 책에 열중할 때는 책이 부처님일 것이요, 자수에 열중할 때는 바늘이 부처님이었을 것이다. 어쩌면 그에게는 신도 인간도 존재치 않았는지 모른다.

절 마당 쪽에서 얘기 소리가 들려온다.

부친 최치수의 피 때문일까. 묘향산 북변에 묻힌 어미의 배신 때문일까. 서희는 독경을 끝내고 일어섰다. 침착해진 얼굴이다. 망토를 입고 머플러를 머리에 감고 법당 밖으로 나서며 서희는 절지기와 얘기를 하고 있는 최기남의 처를 흘긋 쳐다본다.

"어이구! 지금 막 부인께서 와 계시다는 말을 들었던 참이지요."

까무잡잡한 얼굴 가득히 웃음을 띠며 호들갑이다.

"그간 안녕하셨어요?"

서희로서는 매우 상냥한 편이다.

"네, 덕분에. 부인께서는 더욱더 아름다워지시고 뵐 적마다 참말 우리 조선사람들의 자랑입니다요, 네."

투박스런 외투를 입었는데, 아첨이 과히 밉잖다.

"자랑 될 게 뭐 있겠소, 친일파로 지목된 사람이?"

비꼬는데 서희는 교묘하게 자기 자신의 위치를 천명한다. 일본영사관 서기 최기남의 처에게.

"부인께서 그러신다면 우린 어쩌게요? 앞잡이니 주구니 매국노니 별의별 말을 다 한답디다. 하지만 이곳에서 우릴 보호해주는 것은 뭐니 뭐니 해도 일본영사관밖에 더 있겠습니까?"

최기남의 처는 적이 만족해한다. 마치 백만 군병을 얻은 것처럼.

"그럼 일 보십시오. 먼저 가보겠소."

가볍게 눈인사를 하는데,

"아, 아닙니다. 저도 일은 다 보았어요. 함께 가겠세요."

허둥지둥 따라붙는다. 절문을 나섰다. 해는 산마루에 아슬아슬 걸려 있었다.

"절 일을 맡으셔서 수고가 많소."

"수고랄 건 없으나 네, 시초 우리가 설동해서 시작한 일인 만큼 그냥 내버려두고 몰라라 할 수는 없는 일 아니겠세요? 뭐니 뭐니 해도 절 일이라면 부인의 도움이 크지요."

"시주 좀 한 걸 가지고 뭘 그러시오."

기화는 잠자코 걷는다. 세정에 빠른 기남의 처는 기화에게서 풍겨오는 것을 재빨리 알아차렸는지 묵살한다. 하기는 서희에게 일구월심 관심을 쏟다 보니 안중에 기화가 없었는지 모른다.

"하여간에 그 송씨댁 자부 때문에 지가 안 해도 될 고생을 하는 셈인데 하 참, 중이 없는 절 있으나 마나 안 그렇습니까, 부인."

"그 스님은 아주 가셨소?"

"갈 수밖에 별도리 없지요. 듣자니까 훈춘에 있다던가, 일을 저질러도 유분수 아니겠습니까? 하기는 중도 사람이고 보면 상사병에 안 걸린다 장담할 수 없는 일이죠만, 그러니 왜

중처럼 조선의 중들도 장가를 가야 할까 봐요."

서희는 쓴웃음을 띤다.

"가숙이 있었다면 본연스님도 상사병에 걸렸겠습니까? 또 한곳에 누굿하게 발붙였을 거구요."

"그도 그럴 법하군요."

"꽤 신도들도 생기고 잘되나 부다 싶었는데 글쎄, 우리 조선사람들한텐 뭐니 뭐니 해도 불교가 젤 아니겠세요? 야소교다 천도교다 뭐다 하고 판을 치고 있는 이곳에 젤 형편없는 게 불교인데 그나마 중까지 도망쳐버렸으니."

줄 한끝을 잡고 힘껏 잡아당기듯 여자는 화제를 놓지 않는다.

"절의 형편도 딱하게 되긴 됐지만 그보다 송씨네 집안이 더 딱하게 됐세요. 쑥밭이 됐지 뭡니까. 시아버지는 돌아가셨고 지금 당주는 변변치가 못하지요. 우리끼리니 하는 말입니다만 사람은 작은아들 편이 똑똑하지요. 우릴 못 잡아먹어서 악악거리지만요."

서희 얼굴에 아까 쓴웃음과는 다른 엷은 조소가 번진다.

"큰아들은 위인이 인색하고 속도 좁은데, 재물이란 아낀다고 모이는 것만은 아닌 모양이더군요. 사업이 연달아 실패라지 뭡니까? 가정이 불화하여 그렇기도 하겠지만요."

하다가 최기남의 처는 사방을 둘러본다. 여전히 기화 따위는 안중에 없다는 건지. 이런 여자의 경우 저보다 아름다운 사람

258

에 대한 시기심은 자신의 신분과 비교해본 뒤 발로되고 그것은 선망이 아닌 모멸로 표현되는 모양이다. 최기남의 처는 목소리를 줄였다.

"글쎄 들리는 말로는 송씨댁 자부 몸에 매 자국 가실 날이 없고, 부정을 했으면 갈라서버리는 게 상식 보통인데 그것도 아니고 하여간에 사내가 못나도 아주 형편없는 모양입디다."

"학교는 잘돼나가잖소?"

"그건 그럴 만한 사정이 있다더군요. 돌아간 송병문 씨가 큰아들 사람됨을 알고서 따로 작은아들 몫을 갈라놨다잖아요? 그러니까 그걸 학교에다 밀어 넣었다는 거지요. 학교라는 게 무슨 돈 버는 일입니까? 그러니 당장엔 기름이 돌아서 잘되는 것 같지만 한두 해 지나면, 밑 빠진 독에 물 붓기 아니겠세요? 이래저래 집안은 쫄딱 망하게 돼 있세요. 송병문 씨 그 양반 생시에는 길에서 우릴 만나면 어떻게 한 줄 아세요? 마치 똥이라도 본 듯 침을 뱉았답니다. 용정에선 그 사람을 모두 우러러봤구요. 그렇지만 집안이 망할려면, 아 글쎄 그것만이라면 또 모르겠는데 이건 헛소문인지는 모르겠습니다만, 그 못난 큰아들 매질도 매질이고 아 글쎄 아편을 내외가 한다잖겠습니까?"

"그건 그렇고 아주머닌 영사관의 일본여자, 그러니까 영사 마누라를 아시오?"

나불거리는 주둥이를 쥐어박듯 서희는 딴전을 피웠다.

"안다면은,"

"친분이 있으신가 그 말이오."

"아암요, 알다마다요. 바쁠 때는 가서 일도 도와주고 지가
일본말을 조금은 하니까요."

7장 그리웠던 사람들

퉁포슬 근처 문루구, 용이와 영팔이 사는 마을이 멀리 보이
기 시작한다.

"옴마! 이자 다 와가는갑다!"

킬킬거리며 주갑에 대한 애기를 기화에게 들려주던 홍이
껑충 뛴다.

"제발 좀 까불지 마라."

보따리를 이고 홍이 손을 잡고 가던 월선이 비틀거린다. 홍
이는 설빔이던 옥색 바지에 자줏빛 마고자를 입고 염낭을 차
고 설날보다 더 기분이 좋은 것 같다. 들에서 일하던 청인 농
부가 이들 일행을 넋 빠진 듯 바라본다. 띄엄띄엄 산재해 있
는 조선인 농가에서도 사람들이 놀란 눈들을 하고 내다본다.
특히 옥색 두루마기 자락과 비단 목도리를 바람에 휘날리며
작은 가죽 가방을 든 기화의 멀어지는 뒷모습엔 안타깝고 아
쉬워하는 눈들이 따라간다. 사람들의 경이에 찬 눈이 기화에

게 쏠릴 때마다 홍이의 코는 아마 한 치쯤 높아지는 듯.

"에헴! 우리 누님이란 말이다, 에헴!"

그동안 기화를 보면 공연히 성이 난 시늉을 하다가 휭하니 달아나버리기도 했던 홍이가 함께 용정촌을 떠나오면서부터 입 속에 굴려보던 누님이 차츰 입 밖으로 나오고 다음부턴 썩 기분이 명랑해졌다. 잘 웃고 잘 지껄이고, 학교 얘기며 친구들 얘기며 밑천을 다 털어버린 것이다.

"제발 좀 까불지 마라. 옴마 손을 놓고 혼자 뛰든지, 니가 그라믄 옴마는 보따리 이고 밭구덕에 나자빠질 기다."

"옴마는 와 그리 생각이 없노."

"머라 카노?"

"내가 손을 꼭 잡았는데 머한다꼬 나자빠질 기고."

"그냥 걸음사?"

"그라믄?"

"껑충껑충 용천을 한께,"

"껑충껑충 뛰지마는 다 생각하고 뛴단 말이다. 핵교에선 언제든지 말타기라 카믄 난 기수가 되거든."

"그거는 머 니가 나이도 적고 몸도 작은께 그렇지."

"그래도 이자는 날 업수이 안 본다! 큰 아이들도 날 보믄 응, 꼬마대장 카고 또오, 또 날 풍뎅이라 카는데?"

"와 풍뎅이라 카노?"

홍이는 월선의 팔을 놓고 위이잉! 하고 입을 불면서 몇 바퀴 맴을 돈다.

"아이구우, 어지럽다! 그만 못 두겄나?"

"옴마만 야단이제. 왜놈핵교 새끼들 책보 뺏고 나선 날 보고 모두 풍뎅이라 안 카나. 날쌔고 그렇다고."

홍이는 그 내력을 엄마가 대신 설명해주었으면, 하고 기화에게 곁눈질하며 씩 웃는다.

"풍뎅이가 날쌔기는 머가 날쌔노. 뺑뺑 돌기만 하지."

"왜놈학교 아이들 책보는 왜 뺏았는고?"

기화가 묻는다.

"그러세, 저눔우 아아 땜에 큰 난리가 한번 날 뻔했다. 그래 놓고 저리 잘했다고 기고만장 아니가."

월선이도 생각하니 우스웠던지 웃는다.

"무슨 일이기에요?"

"아아 그러세, 왜놈핵교 댕기는 조선아이는 매국노다 하는 말을 어디서 들었던지 무담시 가는 아아 책보를 뺏아가지고 강에다가 던져부린 기라. 그래 쌈이 붙고, 어디 그 아아 부모가 가만있을라 캐야제? 영사관에서 알기만 하믄 티끌이를 못 잡는 판에 얼씨구나 말썽을 부릴 기라 카더라. 그러니 핵교 선생님이랑 길상이가 나서서 그 아아 아부지를 만내가지고 술까지 사줌시로 안 달랬겄나? 참말로 친일파였다믄 말썽이 많았일 기구마는."

"그러고 보니 홍이도 여간내기가 아니구나."

기화 말에 홍이 코가 벌름해진다.

"옴마는 아무것도 모른께, 왜놈우 새끼들이 머라 카는 줄 아나?"

"머라 카더노."

"시나진 고로세! 마나마냐 고로세에에— 한단 말이다."

"그기이 무슨 말고?"

"되놈들 직이라! 모두 모두 직이라아!"

"조선사람보고 안 그라는데 니가 와 그라제?"

"우리 조선사람들은 벌써 다 직이비릿인께, 그래서 우리도 여기 도망 안 왔나."

기화의 낯빛이 확 변한다. 월선도 잠자코 만다. 도랑물이 햇빛에 희번득이며 흐르고 오리들이 떼지어 놀고 있다. 들판엔 파릇파릇한 새싹이 돋아나고 잘 썩어서 포스라운 흙에선 따스한 김이라도 서려 오르는 듯.

"누님."

"와?"

기화는 벌겋게 상기된 홍이를 바라보며 미소한다.

"지금 생각이 하나 나요."

"무신 생각?"

"그 와 떡장시 할매하고 개똥이라고,"

"생각이 나?"

"야. 할매는 얼굴이 새까맣고 구신같이 뵈던데, 개똥이는 침을 질질 흘리믄서 팽이를 참 잘 치고 할매는 올 적마다 나한테 떡을 주었소."

"홍이는 참 명념이 좋구나."

기화는 한숨을 쉰다. 월선이,

"그때가 그런께 일곱 살이었인께 알 기구마."

"홍이가 그때 일곱 살이었소?"

"음, 일곱 살이었제."

"그때 우린 읍내 살았소. 참 생각한께로 고구매 많이 묵었다."

홍이는 또 껑충껑충 뛴다. 기화는,

"그라믄 와 이 누부는 모르노?"

"조맨치 생각이 나기는 하지마는."

"하기는 김서방댁처럼 나는 자주 가지 않아서 그런갑다."

"봉순이는 변하기도 많이 변했인께…… 김서방댁도 죽었다카이 참말로 무상하다. 얼매나 고생을 했일꼬."

"말이 많고 시산이라 그렇지 사람은 착했지요."

"욕심이라곤 없었지."

"그런 사람이 죽을 때까지 염불하듯 조준구를 저주했소."

"김서방 공덕이 있는데 알거지로 쫓아냈이니 와 안 그러겄노."

"옴마 이자 다 왔다! 내 쫓아가서 아부지 데꼬 오께!"

홍이는 월선의 손을 풀고 뛰어간다. 추위를 탄 것같이 월선의 얼굴이 오소소해지고, 자그맣게 된다.

"봉순이 니를 보믄 홍이아배가 놀랠 기다."

홍이 모습이 어떤 삽짝 안으로 사라진다. 이윽고 성큼한 키의 용이가 삽짝 앞에 나와 이쪽을 바라본다. 아비를 따라나온 홍이는 어딘지 막 뛰어간다. 용이는 다가오지 않고 삽짝 앞에 장승처럼 서 있었다. 용이 집에서 좀 떨어진 그곳 삽짝으로 홍이 사라진다.

"꼭 팔랑개비 같네."

기화 말에,

"와 아니라. 홍이 들어간 삽짝이 판술네 집이다."

"아아."

하는데 영팔이 허우적거리듯 뛰어나오고 영팔의 아낙 판술네가 허둥지둥 쫓아 나온다. 기화는 헉! 하고 흐느낀다. 여전히 용이는 장승처럼 삽짝 앞에 서 있었다.

"보, 봉순아."

영팔의 얼굴은 창백하였고,

"봉순아―. 으흐훗……."

판술네는 울음을 터뜨리며 다가왔다.

"아지매, 그, 그만 울지 마소."

그러는 기화도 처음으로 격렬히 오열한다.

"이기이 꿈가 생시가. 니가 우찌 여기로 으흐훗훗……."

"여기서 이러지 말고 집 안으로 들어가자."

봉순의 등을 미는 용이의 손은 열병 앓는 것처럼 뜨거웠다.
집 안으로 들어섰다. 임이네가 맹숭한 얼굴인 채 마른 빨래를
걷고 있었다. 살이 쪄서 통통한데 얼굴은 햇볕에 그을리어 거
무튀튀하다.

"무신 바람이 불어서 봉순이가 여까지 왔는고?"

"그동안 임이어매 잘 있었십니까."

"죽지 않았이니 잘 있었다 할밖에."

임이네는 월선이를 힐끗 쳐다본다.

"임도 보고 뽕도 따고 흥,"

입속말로 중얼거리더니,

"방에 들어가거라."

모두 방으로 들어가고 월선이만 보따릴 마루 끝에 내려놓
고 어깨를 두드린다. 느적느적 빨랠 걷으며 임이네는,

"초록은 동색이라 간도댁이 든든하겄네."

꼬집는다.

"든든하나 마나 그 아아가 여기 있을 기건데? 잠시 다니러
왔거마는,"

"어떤 사람은 팔자가 좋아서 찾아오는 사램이 다 있고,"

"임이네는 안 보러 왔다 말가?"

"흥, 나는 임이네고 거기는 홍이네다 그거구만? 이놈의 새
끼는 오래간만에 에미 보러 와가지고 어디 갔노?"

"아까 또술이하고 뛰어가더마."

"온갖 것들이 날 괄시한께 내 속에서 빠진 새끼조차."

중얼거리며 돌아선 임이네는 마루 끝에 놓인 보따리에 눈이 간다.

"그건 뭔고?"

"참 이거 개기하고 머 좀 사왔는데."

"그럼 이리 주지. 어차피 저녁은 여기서 해야 할 긴께."

임이네는 보따리째 옴싹 받아 안고 부엌으로 들어간다.

"아지매는 안 들어오요?"

기화가 안에서 말했다.

"아지마씨, 들어오소."

영팔이도 거들었다.

"괜찮소. 여기 좀 앉았다가."

"아 임이네랑 모두 안 들어오구?"

판술네가 방문을 열고 내다본다. 울어서 눈이 시뻘겋다.

"내 걱정 말고 들어가지?"

부엌에 보따릴 갖다 놓고 나와서 마당을 싹싹 쓸어 붙이며 임이네가 말했다. 월선이는 울타리 너머 먼 하늘을 바라보고 앉아 있었다. 하는 수 없이 판술네는 방문을 닫는다.

"흥, 죽은 할애비가 살아온 것맨치 반갑고나."

싹싹 비질을 한다. 임이네의 언동은 옛날보다 한층 더 거칠다. 도무지 도리에 닿지 않는 앙탈인 것이다. 그는 꿀같이 달콤한 지난날의 그 돈의 맛을 잊을 수 없었던 것이다. 그는 아직도 속주머니를 차고 있다. 불 속에 전 재산을 잃었다고는 하나 여기저기 남에게 빚준 돈을 거뒀고, 살림에서 뜯어내고 주갑이 하숙비에서 뜯어내고 곡식을 몰래 내고 또 길쌈을 하여서 팔고 그러나 속주머니 속의 돈이 불어나는 것은 거북이 걸음보다 더디니 말이다. 십 전짜리가 일 원짜리 지폐가 되고 일 원짜리 지폐가 십 원짜리 지폐가 되고 하던 국밥집 시절의 호경기는 꿈도 꾸어볼 수 없으니 말이다. 임이네는 베틀에 앉았다가도 화를 벌컥벌컥 내곤 한다. 도무지 가소로워 견딜 수 없는 것이다. 하동서 고구마장살 하며 한 푼 두 푼 전대 속에 밀어 넣을 때 임이네는 그것이 즐거웠었다. 그러나 지금은 지전 은전 동전 손에 닿는 대로 품속에 넣던 월선옥 시절만이 눈앞에 오락가락 도무지 살 재미가 없는 것이다. 그래서 느는 것은 병적인 신경질이었고 월선이가 부모 죽인 원수만큼 미운 것이다. 옛날같이 임이네는 용일 두려워하지도 않았다. 두려워하지 않았다 뿐인가, 마치 짐짝이라도 떠맡은 듯, 그러니까 비교겠는데 월선옥이냐 남편이냐, 할 적에 남편의 존재는 썩돌 같은 것이며 월선옥은 황금덩이 같은 것, 월선은 황금덩이를 가졌는데 나는 썩돌을 주웠다는 억울함, 도무지 도리에 닿지도 않는 억지요 욕심인 것이다. 그는 말끝마다 되놈 나라에 끌어다 놓고서도 어떤 년은 그늘에 앉아 돈이나 셈하는 도방생활이고 어떤 년은 햇볕 속의 품팔이하는 촌구석 생활이냐, 이따금 용이와 대판 싸움이 벌어질 때가 있다. 그러나 임이네의 상사병과도 같은 돈에 대한 집념은 고쳐지질 않았고 용이는 용이대로 용정서의 그 지긋지긋한 생활에서 놓여난 것만을 다행으로 여기듯 대개는 임이네 신경질에 무감각인 편이었다. 그리고 월선을 위한 바람막이 같은 자신을 깨달을 적에 용이는 일상의 추악한 단면을 외면할 만큼 인내심이 깊어지기도 했던 것이다.

'내가 너에게 무엇을 해줄 수 있단 말고, 불쌍한 것.'

순수하게, 옛날과 같이 순수하게 용이는 월선을 위해 눈물을 흘릴 수 있었다. 지난겨울 벌목일을 끝내고 용이는 월선에게 먼저 갔었다. 많지 않지만 품삯의 일불 내놓았을 때 월선의 얼굴에선 빛이 났다. 그러나 다음 월선은 당황하여 얼굴을 붉혔다.

"머 내사 어렵울 기이 없는데 집에 가지가소."

"나는 여기가 내 집인데?"

월선의 눈에 눈물이 글썽 돌았다.

"걱정 말고 넣어두어. 양식 팔 만큼은 따로 내놨으니까."

"그, 그래도 지는, 돈 씰 데가 어디 있십니까."

"씰 데가 없이믄 신주맨치로 뫼시놓으라모."

그러고는 오래간만에 용이는 소리를 내어 웃었다. 월선은 죄지은 사람처럼 도둑질하는 것처럼 돈을 집어들고 손아귀 속에 꼭 감추어버린다. 삼십 원 남짓한 돈이 결코 적은 것은 아니었으나,

"우리 홍이 크면 장개 밑천 할라요."

비질하는 임이네 손끝에 신경질이 더럭더럭 붙은 양을 멀거
니 쳐다만 보고 앉았는데 홍이가 가서 알렸던지 임이가 왔다.

"왔십니까? 오시노라 욕봤네요."

우선 월선에게 내키지 않는 인사를 한 임이,

"어매, 봉순이가 왔다믄서요?"

"왔단다. 와? 사돈 팔촌이나 된다고 숨이 들심날심(들숨 날
숨) 쫓아왔나?"

빗자루를 울타리 곁에 홱 집어던진다.

"어이구 참 어매도, 내 땅 까매기만 봐도 반갑다 카는데,"

"그래 반가운 까매기가 방에 있다. 들어가 봐라. 내 속에서
빠진 자식도 세를 따르는 세상인께."

임이는 홀작홀작 걸어서 마루로 올라가더니 방문을 두르르
연다. 그러고는 끼르룩끼르룩 웃으며,

"아이구 참 세월 빠르다. 봉순이가 어른이 다 되구! 참말 하
이카라구나."

판술네는 들어오라고 권하고 영팔이와 용이는 외면을 한
다.

"머 안 들어가도 좋십니다. 비잡은 방에 지까지 들어갈 거
머 있겠십니까."

"허허 안 들어오겠으믄 방문이나 닫지."

영팔이 입맛을 다시고 눈살을 찌푸린다.

"야."

해놓고,

"참말이제 봉순이 니는 용 됐고나. 거기 남은 사람들은 다 죽을 줄 알았더마는, 보니께 더 잘된 것 같구마는."

"잘되기는 뭐가."

"아, 차림만 봐도 우리네사 순 촌년이라도 그렇기 촌년일 수가 없는데 얼굴은 흑국 놈맨치로 새까맣고 손은 갈구리고,"

"들오든지 나가든지,"

"야. 그라믄,"

임이는 방문을 닫아주고 마루에 걸터앉은 월선의 뒷모습을, 그의 주변을 유심히 쳐다본다. 뭐 가져온 거나 없는지 살피는 눈초리다.

"아이구 내사 마, 머가 먼지 모리겠네. 간도댁 엄마요."

"와."

"봉순이는 부자한테 시집갔는가 배요? 주산이(비단)를 감고 찬물에는 손도 안 넣는 팔자걸이 뵈니께."

"……."

"사램이 심사가 따로 있소? 내 팔자 생각한께 천양지간이고, 부모 없는 봉순이도 팔자가 저리 쭉 늘어졌는데 나는 와 이렇겠소? 세상에 촌놈도 그런 촌놈은 없일 기고 살림이 넉넉한 것도 아니고 군식구라고 아무 데나 치았인께. 야속하요."

"씰데없는 소리."

부엌에서 달가닥거리는 소리가 들려온다. 임이는 사냥개처럼 그 소리에 민감하다. 신발을 끌고 부엌으로 급히 간다.

"어매 멉니까?"

"머기는 머라?"

임이네는 부엌 바닥에 보따리를 펼쳐놨다가 얼른 덮어버리려 한다.

"모녀간에 인심도, 누가 뺏아갈라 카요?"

하면서도 임이는 보따리 한 곁을 재빨리 걷어 젖힌다. 쇠고기 꾸러미, 간청어가 한 뭇, 과일에서 나물거리, 푸짐하다. 마치 제사장을 봐온 것 같다. 임이의 입이 헤벌어진다.

"오래간만에 솟정 풀겄소."

"너거 집에 갈 기이 어디 있노? 국이나 끓이거든 한 사발 얻어묵고 가거라."

"어매도 참 너무하요. 사위 생각도 좀 안 하고요?"

"가지가믄 니 서방 입에 들어가겄나? 니 아가리 들어가기도 모자랄 긴데."

"그러지 말고 좀 주소."

"돈 많은데 사묵으라모?"

"누구 말을 하는지 모르겠네."

임이는 쇠고기 꾸러미를 풀어헤치려 한다.

"야가 와 이라노?"

딸의 손을 밀어내며 임이네는 마지못해 소고기를 조금 썰어서 내밀고 짚으로 엮은 간청어 한 마리를 빼내준다.

"어매도 손이 작아서 부자 살기는 글렀다."

"제발 니나 손이 커서 부자 살아라. 나 너거 집에 몇 달 있었다마는 내 묵는 양식은 내났으니께,"

"또 그 소리, 귀에 못 박히겠소. 어매는 내 시집갈 때 해준 기이 머 있어서 그러요."

"키운 공만도 태산이다. 양식 짊어지고 니가 세상에 나왔더나?"

"자식 안 키우는 부모도 있소?"

"안 키우는 부모도 있지."

그 어미에 그 딸이다. 먹을 것을 놓고 으르렁거리는 꼴이란 짐승만도 못하다. 임이는 종이 한쪽을 쭉 찢어 고기 한 토막과 청어 한 마리를 싸면서,

"어매."

"와."

"봉순이 그 가시나 용 됐더마요."

"부럽다 그 말가?"

"안 부러울 사람 있겠소?"

"니도 한분 그리 되보라모."

"임우(임의)로 되는 일임사,"

"때는 늦었다마는,"

"야?"

"갓똑똑이(알은체) 말 마라."

"무슨 소리요."

"기생 되믄 호강하는 거사 정한 이치 아니가."

"그, 그라믄 봉순이 기생이 됐다 그 말이오?"

"보믄 몰라? 지가 무슨 수로 부자한테 시집을 가노."

"아아, 그렇구나."

임이는 고개를 끄덕끄덕한다. 그러나 선망의 눈빛은 여전하다.

"잔말 그만하고 물이나 한 동이 길어 오너라. 저녁이나 해 묵어야제."

"우리 저녁은 누가 하고요."

"그라믄 가거라?"

"그라믄 구야아배 밥 한 그릇만 주소. 나 거들어주고 저녁은 얻어묵고 갈라요."

"누구 잔치 치나?"

"어매도 참, 마당에 풀 나겄소."

"니나 안 그렇게 해라."

임이는 물동이를 들고 나간다. 그새 임이네는 나뭇단 속에 보따리를 감춘다.

"아니, 이 집이 왜 이리 시끄럽다냐?"

주갑의 목소리다.

"손님 왔소."

임이 대꾸한다.

8장 낭패한 주갑이

홍이 학교 때문이라면서 하룻밤을 묵은 월선이 홍이를 데
리고 황황히 돌아간 뒤 기화는 며칠을 더 영팔의 집에 머물러
있었다. 이제는 서울로 돌아가야 하며 더 이상 지체할 이유도
사정도 없었는데 민적민적 날을 보내고 있는 자신에 대하여
기화는 다만 막연했을 뿐이었고 기약 없이 어디로 무슨 일로
떠났는지 알 수 없는 혜관을 기다리고 있다는 것도 자기 자신
에 대한 구차스런 구실에 지나지 못하였다.

아침 일찍부터 영팔이는 소를 몰고 들에 나갔고 아이들은
산에 땔감이나 하러 갔는지, 판술네도 방금 빨래통을 이고 시
내에 나가버린 집 안은 텅 비어서 산중처럼 고요했다. 마당은
넓었지만 움막 같은 집에 세간이라곤 겨우 끓여 먹을 수 있을
정도의 솥단지 그릇에 버들고리가 하나, 이불 그리고 일 원
팔십 전을 주고 사들였다는 베틀이 전부였다. 기화가 오면서
부터 영팔이 아이들과 함께 자는 작은방엔 춘궁을 넘길 얼마
간의 곡식이 있는 모양이었으나.

"돼지하고 머가 다르겠노. 나을 거 하나 없제. 하기사 이 몇
해를 우떻기 살았일꼬 싶으니 꿈 겉기는 하다마는 너 남 지간

275

에 고생은 다 마찬가지니께 없는 놈은 오나가나."

무료하게 앉아 있던 기화는 판술네 말을 생각하곤 한다.

"겨울 동안 산판에 가서 번 돈은 고향 가믄 땅 살 기라고 벌벌 떰시로,"

"앗따! 별소리 다 하네, 배 안 곯고 사는 거만 해도, 봉순아, 판술네 말이야 노상 하는 염불인께 귀담아듣지 마라. 니 있고 접은 대로, 묵는 기이 힘해서 그렇지."

"아아니 그기이 무슨 말이오? 지가 그, 그라믄 봉순이 와 있다고 군담을 했다 그 말이오?"

"군담은 군담이제."

"아이구 참, 세상에 그런 모함이 어디 있소? 너무 반갑아서 밤에 잠도 안 오는 사람보고, 봉순이가 머 밥이 기럽아서(아쉬워서) 우리 찾아왔겄소? 옷이 기럽어서 우리를 찾아왔겄소? 가다오다 이녁도 노망든 소리 잘하더라."

판술네는 영팔에게 눈을 흘겼다. 고생에 찌들어 나이보다 늙은 판술네의 그러는 모습엔 뜻밖에도 처녀 같은 수줍음이 남아 있다.

"밤낮 하는 얘기가 그 얘기 아니가. 허허허어 참. 이쪽 형편이야 말하나 마나. 그쪽 소식을 듣고 본께 맴이 반분쯤은 풀리는 성싶구나. 쥐구멍에 볕들 날 있더라고 설마하니 우리라고 고향 돌아갈 날이 없겄나. 돼지겉이 살든 쇠겉이 살든 고향 돌아갈 희망만 있으믄."

"그라믄 그렇기 말을 하믄 될 긴데 남우 속에도 없는 말을 우찌 그리 사스럽게 하는고."

판술네가 당황하여 남편을 윽박지르지 않더라도 그들의 마음은 기화가 잘 안다. 이제 가야겠다는 말이 나올 것을 두려워하는 그들 마음을. 어차피 떠날 사람이지만.

손때가 묻은 베틀을 무심히 쓸어보던 기화는 슬며시 베틀에 올라가서 앉아본다. 정답다.

'지아비는 밭 갈고 지어미는 길쌈하고…… 어머닌 나더러 그렇게 살기를 바랐다. 지아비는 밭 갈고 지어미는 길쌈하고…… 사람이 사는 이치가.'

땅 밑을 흐르는 물줄기처럼 지맥(地脈)의 굼틀거림처럼 기화는 요동을 느끼기 시작한다.

'나는 누굴 위해 비단옷을 입었나. 내 가장 내 자식 등을 덮기 위한 길쌈이라면 주야장천 긴긴 밤도 길지 않을 것을.'

세월이 꿈틀꿈틀 움직이며 지나간다. 사람들, 흘러가버린 사람들, 남아 있는 사람이 지나간다. 무리를 지어가는 얼굴들, 그 낯설지 않은 얼굴들이 지나간다. 외롭게 홀로 가는 사내 구천의 얼굴도 지나간다. 그 들판, 그 강물, 얼음 녹은 강물 소리, 떼지어 앉은 보리밭의 까마귀들이 지나간다. 미친 또출네, 동학을 찬미하던 노랫소리, 곳간을 부수던 그 흉년의 밤, 날마다 지게 송장이 나가던 마을 길, 담뱃대를 든 김훈장이 지나가던 논둑길, 아침 이슬이 듬뿍 실렸던 풀잎들, 지

하수처럼 지맥처럼 흐르고 굼틀거리며 마음 밑바닥에서 요동하기 시작한다. 기화는 어느덧 자신이 지난 역사의 운행(運行) 속을 흐르고 있는 것을 깨닫는다. 그것은 피의 운행이요 남의 피인 동시 자신의 피. 서희가 간도로 떠난 후 오 년간은 망실의 폐쇄의 세월이었음에 틀림없다. 하동에서 진주로, 진주에서 다시 서울로 격변한 생활의 오 년간은 해 저문 날 낯선 길손이 휘적휘적 걸어가던 세월임이 분명하다. 과거에 걸어놓은 고리가 오늘 이 손때 묻은 베틀 위에서 처음으로 연결되고, 과거를 운행하던 피는 비로소 지금 이 자리에서 이어져 흐르고 망실된 오 년간, 안개처럼 침침하며 까마득하며 떠나버린 밤배처럼 자취가 없다. 이상한 일이다. 한데 이 격렬함은 어디서 오는 것이며 이 안쓰러움은 어디서 오는 것이며 밑바닥에서부터 거슬러 오르는 삭막한 바람 소리는 어디서 오는 것이며 아아 또 이 한(恨)은 어디서 연유되어 맺힌 것이며 어디로 가는 것인지를 기화는 알지 못한다.

밀짚 더미만 수북히 쌓인 마당을 서성거리다가 기화는 삽짝 밖에 나간다.

"아니 제술아, 돼지밥 얻어오나?"

둘째 제술이 물지게 지듯 돼지 밥통을 지고 온다.

"나는 산에 간 줄 알았지."

"아니오."

돼지우리 앞에서 지게 걸빵을 풀며 제술은 유순한 음성으로 말했다.

"돼지밥은 어디서 얻어오지?"

"노대인 집에서요."

"그럼 청국사람이냐?"

"야. 우리 땅임잡니다."

사람의 기척을 알고 꿀꿀대는 돼지우리를 들여다보며 기화는 또 묻는다.

"그냥 주니?"

"아니오. 새낄 치믄 반씩."

"음, 그렇겠구나, 그 사람들은 돼질 안 치는 모양이지? 돼지밥을 남 주는 걸 보면."

"아니오. 청국사람들은 모두 놔먹이니께요."

우리 기둥을 짚은 기화의 하얀 손과 풍겨오는 향긋한 체취에 제술은 당황한다. 돼지우리 문을 열고 허둥지둥 돼지밥을 구유통에 붓는다. 열일곱 된 소년치고는 꽤 몸집이 완강한 편이다.

"제술아."

"야."

"너 석이를 아나?"

"압니다. 성하고 동갑이오."

"그래? 난 너하고 동갑인 줄 알았다."

"물지게품을 판다 카지요?"

"음."

"그때, 석이아부지 왜놈한테 잽히갈 때 석이가 짚신 벗고 따라가던 일…… 나도 그때 봤이니께요."

"제술이 너는 석이한테 비하면 복이 많다. 어릴 적에는 부모 없는 설움이 젤 크지. 넌 최참판댁 애기씨보다 복이 많아."

"말도 안 되는 말입니다. 아무리 그러까요."

제술은 실소하듯 웃고,

"아니다. 그건 정말이야. 비단 금침보담 엄마의 팔이 더 따뜻하거든."

기화는 발길을 돌린다. 아침나절에 잠시 뿌린 빗물이 움푹 팬 길에 고여 있다. 파란 하늘이 빗물 속에 있고 구름도 빗물 속에 있고 바람이 불어와서 웅덩이의 빗물은 호수같이 흔들린다.

"아니다. 그건 정말이야……."

기화는 걸으며 혼자 중얼거린다. 제술은 빈 통을 양손에 들다 말고 당목 치마를 바람에 나부끼며 가는 기화의 뒷모습을 쳐다본다.

'아무도 없나?'

용이 집 삽짝을 들어서며 기화는 집 안을 둘러본다. 임이네가 반가워하지 않는다고 발걸음을 끊을 수 없어서 기화는 하루 한 번씩은 찾아온다. 부엌에 사람의 기척이 있다.

"아지매."

부르며 부엌을 들여다보던 기화는 기겁을 하며 물러선다.

"아, 아니!"

오갈솥*을 손에 든 채 주갑이 벌떡 일어섰다.

"난, 난 임이어맨 줄 알구서,"

"아아, 조선서 온 손님이여라우?"

태연스럽게 말했으나 주갑의 목덜미는 벌게진다. 부엌 바
닥에 주질러 앉아서 주갑은 정신없이 뭔가를 먹고 있었던 것
이다.

"하 참, 못 배운 도둑질을 헌께로 동티가 날밖에 더 있겄으
라우?"

"무, 무슨."

하며 기화는 꽁무니를 빼듯 돌아서려는데,

"손님 내 말 좀 들으시쇼. 기왕지사 망신은 당했인께로 분
통 터지는 이야그 혀야지. 혀서 살풀일 안 헌다면은 참말로
병날 것이여."

비쩍 마른 사내가 주먹으로 제 가슴을 치며 말하는 꼴이 하
도 우스워 기화는 저도 모르게 실소한다.

"손님 들으시쇼. 이 오갈솥에 뭣이 들었는고 허니 개깃국
도 아니고 쇠개기 볶은 거다 말시. 야들야들헌 살개기만 듬북
듬북 넣어서 환장허게 맛나게시리 볶은 거다, 그 말 아니여라
우? 그라면 이게 어디서 나왔다냐? 바로 저거 나뭇단 속에서
나왔단 말시. 이 개기는 어디서 온 개기냐? 용정 있는 홍이오

매가 사갖고 온 개기라. 손님 내 말 들으시오?"

하다가 주갑은 기침을 한다.

"손님도 잡숫지 않었더라고? 첫날, 그런께 손님이 오시던 저녁상에 쇠털이 매욕한 개깃국, 야, 생각이 날 것이여잉? 그러니께로 임이넨가 그 천하 악독한 제집이다, 그 말이여라우. 오갈솥에 보굴보굴 끓여서 혼자 처먹다가 이 나뭇단 속에 숨겨놓고 시시로 들면나면 혼자 처먹는다 그건디, 아 생각해보시쇼? 기왕지사, 손님이나 내나 어차피 나그네 아니여라우? 그런께 그거는 그렇다 치겠어라우. 밥값을 내건 아니 내건. 욕심 없는 사람이 그리 흔할 것이여? 허나 그 제집은, 이거 용서하시쇼. 그 제집은 제 가장한테도 나그네 대접을 한다 그거여. 세상에 칼벼락을 맞어도 그 죄가 사해지겠어라우? 기왕에 망신은 당했고, 아 사내장부가 부석에 들어와서 이게 무신 꼴이겠소잉? 허나아 내 오늘은 요놈의 개기를 몽땅 묶어부리고 오갈솥도 탕탕 부시부릴라 작정혔어야."

기화는 더 이상 웃을 수가 없었다. 임이네가 그런 여자라는 것을 모르는 것도 아니었고 그런데 새롭게만 들리는 것은 무슨 까닭일까. 그런 짓을 하는 임이네 성정을 도저히 이해할 수 없기 때문이다. 주갑의 경우는 여느 날과는 달랐다. 그 역시 임이네 성정이 조금치도 새로울 것이 없었건만 흥분했다. 아무리 화가 나도 느릿느릿 약 올려주며 골탕을 먹이는 것이 주갑의 장기였는데, 하기는 그 장기가 임이네에게만은 통하질 않는 것을 알고는 있었으나 그것 때문에 흥분할 주갑은 아니었다. 기화에게 들킨 것이 부끄러웠던 것이다. 선녀같이 보이는 기화에게 들짐승 같은 꼴을 보인 것이 창피하였던 것이다. 뿐만 아니라 당황한 나머지 여자에게 여자 욕을 하는 불출이 자신을 느낀 때문이다. 창피하고 못났다는 생각이 들면 들수록 함정에 빠진 듯 자신을 다스릴 수 없는 것에 화가 났고 화를 내다 보니 또 당황하고, 한마디로 갈팡질팡이었다.

'헷 참, 언제는 주갑이 잘났더란가? 언제나 요 모양 요 꼴인디 새삼스럽기, 각시 얼굴이 하강한 선녀 같다고 제에기릴! 내 제집 될 것이여?'

별안간 주갑은 부엌 바닥에 퍼질러 앉더니 오갈솥을 들여다본다. 멍청히 서 있는 기화에겐 아랑곳없이 손가락으로 남은 고기를 집어먹는다.

"손님."

"……."

"손님도 개기 한 점 잡수려오?"

"아, 아니에요."

"여거 오래 있으면 솟정 날 것이오."

씩 웃는다. 그 웃음에 따라 기화도 피시시 웃는다. 별안간 주갑의 얼굴이 환해진다.

"용이형님 참말로 복 없는 사람이란께."

밑도 끝도 없이 한마디 불쑥 뇌다가 오갈솥을 들고 일어선다.

"이자 반년은 견디겄소잉."

부엌을 나온 주갑은,

"어이 배 터지겠네. 호랭이 잡어라 혀도 잡겄는디, 허허허 하하핫!"

한바탕 웃어젖히더니 주갑은 정말 오갈솥을 깨버릴 심산인 지 그것을 든 채 횅하니 나가버린다. 이번에는 기화가 견디지 못하고 배를 잡으며 웃는다.

"호호호호홋…… 아이 우스워라. 무슨 사람이 호호홋…….." 하다가 기화는 임이네가 올 것 같아 가슴이 뛴다. 겁이 나서 라기보다 어떤 꼴을 할까 하는 호기심인데 차마 바로 보기 민 망스런 광경이 두려워 기화는 급한 걸음으로 집을 나섰다. 저 만큼 개천가를, 주갑이 건들건들 몸을 흔들며 걸어가는 모습 을 볼 수 있다. 개천가에서 오갈솥은 박살을 냈는지 손에 든 것은 없었다.

'홍이 말이 썩 노랠 잘한다던가?'

계집아이처럼 낄낄 웃는다.

'강가에 가서 어디 병창이나 한번 해볼까아? 흐흐홋…….'

기화는 냇가로 내려간다.

"심심해서 나왔고나."

빨래를 하다 돌아보며 판술네가 말했다.

"아침에 비 한줄기 하더니 날씨 참 좋소."

나무에선 움이 트는가, 보기엔 여전히 나목(裸木)인데 보리밭은 푸르다.

"와 아니라, 시절 빠르지. 엊그제만 해도 냇물이 손에 시리더마는, 봄이 올라 카이 이리 바쁜데 우짜믄 겨울은 그리 길었던고 모르겠네."

판술네는 냇물에 빨래를 휘휘 저으며 헹군다. 기화는 돌팍 위에 걸터앉는다.

"아닌 게 아니라 봄이 막 쫓아오는 것 같소. 처음 왔을 때는 바람이 어찌나 차던지 하동의 겨울 날씨 같았고 언제 풀리나 싶더니……. 옛날 어릴 적 생각엔 오랑캐 사는 곳엔 사시사철 얼음이 얼고 모진 바람이 불고 사철 짐승 가죽을 둘러쓰고 그렇게들 사는 줄만 알았소. 집도 없이 굴이나 토막에서 사는 줄만 알았는데 사람 사는 곳은 다 마찬가진 것을."

"봄 가을이 짧지. 봄이다 싶으면 이내 여름이고 가을인가 싶으믄 금시 눈이 쏟아진께. 그래서 너 남 지간에 남정네들은 긴 게울 한동안 집 떠나서 벌이를 하는데 또 그렇게들 안 하믄 살 수도 없고, 대신 식구들은 강물이 풀릴 때꺼지 근심이라. 강이 얼믄은 언제 마적단이 들이닥칠지 한시도 맘을 못 놓네. 너 남 지간에 이런 곳에 와서 땅 파묵는데 가진 기이 머 있겠노? 내일이라도 떠난다믄 지고 이고 더 남을 기이 없는 살림 아니겠나? 단지 무섭은 거는, 아 그놈의 마적놈들은 늙고 젊고가 없는, 제집이라 카믄 말귀에 싣고 내빼니께 참말로 사람 살 곳이 아니니라. 날씨만 해도 그렇지. 세상에 우리 고향 겉은 데가 어디 또 있일 기라고."

"한겨울이면 얼마나 춥소?"

"말도 못한다."

"운신 못할 만큼? 밖에 나가면 얼어 죽을 만큼 추울까?"

"얼어 죽는 일도 흔히 있었지. 하지마는 사람겉이 영악한 거는 없는갑더라. 처음에사 많이 울었지. 새끼들 불쌍하고 애비 에미 잘못 만내 내 새끼들 직이는갑다 싶고…… 머할라꼬 남 안 하는 의병인가 먼가 해가지고 고향도 집도 잃고 선영도 버리고 이리 됐노 하믄서 원망도 많이 했다마는 새까맣게 탄 판술아배 얼굴 보믄 또 가심이 아프고."

"애기씨는 조금도 도와주시지 않았소?"

"안 도와주셨다고 말할 수는 없일 기구마. 거기 있었임 하기사 우리 판술아배도 석이아배 꼴 안 났겠나? 그러이 도망온 것도 그분 덕택이고 용정 있일 적엔 짚신을 삼아 팔았지만 그 것 가지고 다섯 식구 입치레가 됐겠나? 다 음으로 양으로 그 분 덕을 보았지. 처음에사 용정서 장사 해보라고…… 밑천을 얼마간 주시겠다는 말이 있었지마는 판술아배겉이 용한 성미에 장사는 무신, 여기 들어올 적에도 홍이아배가 한사코 말렸는데, 송충이 솔잎을 묵어야제 갈잎 묵으믄 죽는다 함시로, 뿌리쳤지. 아니나 다를까 홍이아배도 끝장에는 장살 때리치우고 작년서부터 우리 옆에 오기는 왔제. 그래도 땅이 걸어서 농사는 짓기 수울한 편이고 씨 뿌릴 때만 하느님이 변덕 안 부리믄, 그라고 또 그 샛바람만 곱기 지나가믄 가을걷이는 실팍하지."

"언젠가는 돌아가야지요."

"하모 돌아가야 하고말고. 마음 겉에서는 지금이라도 그만 훨훨 날아서 가고 접다. 바가지를 들고 빌어묵더라도 가고 접다."

흐르는 시냇물을 물끄러미 바라보며 돌팍에 부딪쳐서 영롱하게 구르는 물보라를 바라보며 기화는,

"아지매."

하고 새삼스럽게 불러본다.

"와."

"나는 아지매하고는 다르요."

"다르다니?"

"나는 낯선 땅에서 이곳저곳 헤매다가 죽고 싶소. 고향에는 돌아가고 싶지 않소."

"니사 거기서 왔인께 그렇지."

"아니오. 그래서가 아닙니다. 고향, 누가 날 반기줄 기라고…… 여기 올 때 나는 고향 가는 기분이었소. 친정 가는 새댁 같은 마음이었소."

판술네는 기화의 눈치를 살핀다.

"마땅한 사람이 있으믄."

"있이믄?"

"팔잘 고치야지. 니만 한 인물에,"

"노류장의 계집이 팔잘 고치면 어떻게 고치겠소?"

"그렇게 맘 묵으믄 못쓴다."

판술네는 빨래를 짠다.

"팔잘 고친다 해도 남의 첩이겠지요. 첩이라도 좋으니 미칠 만큼 좋은 사내가 나타난다믄, 그것도 내 처지에 오래가겠소?"

"올리보지 말고 내리다보믄 사람이사 얼마든지 안 있겄나. 남의 첩이라니? 내사 마, 용정의 홍이어매만 보믄 불쌍해서, 참말로 서글픈 세상을 산다아. 사람이 사는 낙이란 한 가장 밑에서 자식 낳고, 고생이 되더라도 그렇기 살아야지. 좋고 궂고가 어디 있노? 우리도 어디 정분나서 만낸 부부가? 부모가 짝지어주니께 얼굴도 모리고 시집와서…… 자식 낳고 살 믄은 절로 제 가숙 소중한 거 알게 되고 사람 사는 기이 별거 아니네라. 잘산다고 밥 두 그릇 묵겄나?"

"저기 가는 기이 임이 아니오?"

판술네가 고개를 들어 본다. 밭둑길을 임이가 가고 있었다.

임이는 검정 치마에 자줏빛 저고리, 나들이 차림으로 부지런히 걸어간다.

"어딜 가는 걸까."

"노대인 집에 가는 게지."

"노대인이라니? 아지매 땅임자 말이오?"

"니가 우찌 그걸 아노?"

"아까 제술이가 돼지밥 얻어오길래 물어봤지요."

"음 청국사램이다. 이 근동에서는 젤 부잔데 저 빌어묵을 제집이 또 꼬릴 치고 가는고나. 사나아가 덩신이니께 망정이지."

"왜요?"

"사람이 막말을 하믄 안 되는 줄 안다마는, 핏줄은 못 속이는 거라. 저것도 화냥기가 있어서 큰일이다. 일 거들어준다고 가기는 간다마는 일은 무신 일, 왔다 갔다 하다가 노대인을 낚는 거지. 그래 돈푼이나 얻어 오고, 우리 판술아배는 그걸 못 봐서⋯⋯. 그래도 홍이아배는 속이 깊어서 아예 내색을 안 하지마는 에미라는 건 또 어떻건데? 조세질을 해서 그리 안 하도록 해얄 긴데 나하고 무신 상관이냐, 개가죽을 썼는지 도리어 우리가 남사스럽어서 얼굴을 들 수가 없다."

기화는 팔짱을 끼고 꾸부정하니 걸어가는 임이 뒷모습을 바라볼 뿐이다.

"우리 판술아배가 밉다고 눈엣가시처럼 해도 임이 저 아는 비우가 좋아서, 나 겉으믄 발걸음도 안 할 긴데 아지매, 아재요, 하고 조석으로 찾아와서 어쩌고저쩌고 사설을 한바탕 까고 가기가 일쑤지. 어딘지 저 아아는 골이 빈 기라. 화냥기에다가 게을러서, 지 에미야 성정이 그래 그렇지 야물기는 예사로 야물건데? 인물도 에미만 못하고 촌구석에서 농사꾼 제집이 분이 다 멋고? 시꺼머둥둥한 얼굴에 헛덕벗덕 분칠하고 나"

오는 꼴이라니 상판대기뿐이지 모가지를 보믄 까매기가 할아 배야 할 기거마는."

"아지매."

"와."

"노대인이란 청국사람 얼마나 부자요?"

"그러시, 누가 속 살림이야 알까마는 이 근동의 땅이 다 그 사람 거라 한께 여간 부재가 아닌갑더라."

"아지매? 나 겉으면 좀 비싸게 팔리겠지요?"

"야아가 무신 소릴 하노?"

"임이는 푼돈이지만 난 목돈 받겠지요?"

"미쳤나?"

"유부녀가 그러는데 난 기생 아니오?"

"와 그런 말을 하제?"

"아지매가 부모뻘이면 노대인인가……. 하하핫…… 내가 얻으면 사위뻘 될 거 아니오? 사위 덕 좀 봅시다."

"꿈에도 그런 소릴랑 마라!"

"그보다 아지매, 나 가고 싶지가 않소."

"가고 싶지 않으믄 안 가믄 될 거 아니가."

"그라고 또 길상이…… 하하핫…… 그 사람이 용정 사니까. 여자 맘은 아무래도 표독스런가 부지요?"

판술네는 입을 다물어버린다.

9장 발병

"아부지 나 죽소잉! 어이구 배야! 어이구우우—."

아이를 트는 아낙처럼 누군가가 계속하여 소리를 질렀다. 분명 사내의 음성이긴 했지만.

"어이구우— 속절없이 죽네요오! 어이구 배야! 어구구—."

'아니 저기는 주갑이 소리 아닌가? 어디서 또 진탕 마싰구마. 빌어묵을 자석. 헌데 내 팔은 와 이리 천 근겉이 무겁노?'

"아부지이! 갑이 놈 정녕 죽을 것인개 비여? 고향산천도 못 보고 늙으신 아, 아부지 얼굴도 못 보고오 씨종자 하나 없이 객사 죽음이라, 어이구 몽다리귀신 돼야 물밥 한술 못 먹고 불쌍한 혼백이 처처를 헤맬 것인디 분하고 억울하야 참말 눈을 못 감겠으라우! 어이구 배야! 어구구!"

'지랄하네. 또 지랄해.'

용이는 눈을 떴다. 꿈이 아니었다. 육중한 무게가 오른팔을 짓누르고 있었다. 임이네의 무거운 머리통이었다. 신음은 옆 방에서 들려오고,

"제에기!"

용이는 화가 나서 왼팔로 임이네를 떠밀어낸다.

"밉은 강아지 웃주둥에 똥 싼다* 카더마는,"

임이네는 입맛을 다시며 잠꼬대하듯 중얼중얼 중얼거린다.

"어이구, 어이구 배야!"

용이 벌떡 일어나면서,

"보래!"

임이네를 흔들어 깨운다.

"와요!"

잠은 임이네가 먼저 깨어 있었던 눈치다.

"썩은 나무둥지맨치로 떠덩구칠(떠밀) 때는 언제고 깨우기는 와 깨우요."

판자 덧문에 가려 달빛도 막힌 방 안은 굴간처럼 칠흑이다. 용이는 바짓말을 추키며,

"주서방이 벵난 모양이다."

"……."

"어서 일어나라고,"

"이 밤중에 벵이 난들 우짤 기요? 나는 의원 아닌께."

돌아눕는다.

"소가지도,"

하나 말고 주갑이 신음 소리에 용이는 허둥지둥 방문을 떠민다. 달빛이 소나기처럼 방 안에 들친다. 서늘한 야기(夜氣)가 밀려들어 온다.

"주갑이! 와 그라제?"

"어이구 배야! 성님 나 죽소! 창자가 막 터지는 것 같소. 어이구, 이게 무슨 날벼락이란가?"

"곽란이까?"

방 안으로 들어간 용이는 등잔에 불을 켜 대고서 방문을 닫는다.

"아니, 이 땀 좀 보게?"

산발한 머리칼이 엉겨붙은 주갑의 얼굴은 땀에 흠씬 젖어 있었다. 새우처럼 모로 꾸부리고 누운 주갑은 연신 허우적거린다.

"이랄 기이 아니라 좀 주물러보자."

"주물러서 나을 벵 아닌 성싶소. 어이구 배야! 서, 성님 이렇그름 아픈디 어디 살겄으라우? 어이구 배야!"

"아프다고 관대로 죽나? 배나 한분 주물러보자."

"아, 아니여라우."

용이 손을 뿌리치고 주갑이는 데굴데굴 구르며 벽에 가서 쾅 부딪는다.

"허 참, 그라믄 객구(객귀)나 한분 물리보까?"

"객구나 손구나 무슨 소용 있을랍디여? 그보다도 성님."

"……."

"나 죽거들랑 양지바른 곳에 묻어주고."

"미친 소리 마라!"

"머리털 한 줌 짤라서 행여 늙으신 울 아부지 만내시면은 날 본듯이 으흐흐훗훗…… 어이구우 으흐훗……."

"허허어, 와 이리 청승이고. 아프다고 저저이 다 죽었이믄 세상에 사람 씨나 남았겄나. 그만 시끄럽다. 가서 내 영팔이를 깨워 올 긴께 좀 참아봐라."

용이는 급히 방을 나섰다. 신발을 찾아 신으며,

"봐라! 임아!"

"……."

"좀 일어나서 토장물 맨들고, 사램이 아파서 죽는다 산다
하는데 처자빠져서."

그러나 임이네는 못 들은 척,

'내 그럴 줄 알았지. 게걸 든 거맨치로 뒤져서 그걸 다 처묵
었으니 소배지가 아닌 다음에야, 몰독다(잘됐다), 몰독해.'

이불자락을 끌어당기며 두 다리를 쭉 뻗는다.

'꼴에 꼴방망이 차고 남해 노량 간다 카더마는 제집 천신도
못하는 주제에 머 우쩌고 우째? 성님, 성님은 다 좋은데 단이
없이야. 합당허지 않으면은 부모 자식도 딱 의절을 하는 법인
디 그까짓 계집, 나 겉으면은 벌씨 옛날 고릿적에, 아 그까짓
되놈한테나 주어버렸일 것이요잉, 급살해 뒤질 놈의 인사, 고
놈의 간당간당하는 쇳바닥 생각을 하믄 당장에라도 내쫓고
싶지마는 다달이 내는 밥값이 적잖으니 그럴 수도 없고, 가만
히 있자, 그눔의 인사가 뒤져도 큰일이제? 송장 치다꺼리는
누가 할 기며?'

임이네는 부시시 일어나 앉는다.

'팔자 사나운 년은 간데 쪽쪽, 빌어묵을, 한 나이나 젊었이
믄 청국놈 첩이나 돼서 호강이나 하제. 이 세상에 내 일신 하

나뿐 자식이고 소나아고 다 소용없다. 무신 소용 있노.'

용이는 등을 꾸부리고 영팔이네를 향해 급히 걷고 있었다.

"환장하게도 밝다! 어이구우!"

끝없이 펼쳐진 것 같은 들판은 한낮처럼 밝았다. 멀리멀리 저승골짜기까지 이어지는가 싶게.

"그자가 지 말대로 죽지나 않을란가?"

영팔이 집 큰방에는 불이 켜져 있었다.

"영팔이!"

큰방 문이 열렸다.

"이 밤중에 웬일입니까?"

판술네가 내다보며 말했다. 기화, 임이도 얼굴을 내민다. 그들은 잠들지 않았고 밤 깊은 줄 모르게 얘기를 하고 있었던 모양이다.

"주서방이 다 죽게 생깄소. 영팔이가 객구나 한분 물리봤이 믄 싶어서,"

"이 밤중에 큰일 났구마. 보소! 판술아배요!"

판술네가 작은방으로 건너가서 남정네를 깨우는데,

"아이구 참, 노대인댁에 의원이 한 사람 와 있다 카던데,"

임이가 높은 목청으로 말했다. 용이는 임이 말은 귀담아듣지 않았다.

"니는 와 여기 와 있노. 밤 가는 줄 모르나?"

나무란다.

"우짭니까. 구야아배가 막 때리 직일라 카는데, 피신 안 왔
십니까. 멧돼지맨크로 한분 성이 나믄 물불을 안 가린께 집에
있다가는 맞아 죽십니다."

"니 행사가 좋음사? 찬물 마시고 속 채리야 할 기다."

"누가 살고 접어 사는 줄 압니까. 짝도 거이방해야."

뾰루퉁한다.

"주서방이 아프다고?"

잠이 덜 깨어 눈을 비비며 영팔이 나온다.

"가서 객구 좀 물리야겄다."

기화는 부엌 바닥에 앉아 쇠고기볶음을 먹던 주갑이 생각
이 나서 웃음이 치민다. 영팔이 임이를 보고,

"아니 임이는 우얀 일고?"

"피신 왔십니다."

"흠! 허서방도 사나아 구실 하는구마. 시작한 김에 다리몽
댕이 딱 뿌질러 앉히잖고."

침을 퉤! 뱉는다.

"어서 가자."

용이 재촉한다.

"아이 참 내 정신 좀 봐. 노대인 집에 의원이 와 있다 카던
데 그라믄 거기 가보고 와야겄소."

그러나 두 사내는 임이 말은 들은 척하지 않는다. 삽짝을
나서면서 영팔이,

"한 가랑이 두 다리 끼고 가볼 일이다, 제에기이."

"아재는 내 말이라 카믄 자다가도 장대 들고 나온다 카이."

하면서도 영팔이 말마따나 한 가랑이 두 다리 끼는 심정인지 임이는 사람이 아픈데 어쩔 거냐, 중얼거리며 밤길을 나갔다.

"언제부터 저리 인정이 많아졌는고? 노대인 집만 아니었다 봐라, 숨이 넘어간다 캐도 갈 기든가."

판술네 말이었다.

"그래도 지 엄마보담은 독하진 않지요?"

기화 말에,

"그건 그렇다. 칠칠치 않고 눈치코치 없고 제집치고는 파철이지마는 에미보다는 악기가 적은 편이지. 그나저나 주서방이 아파서 큰일이구마."

"체했는가 부지요."

기화는 오갈솥을 안고 손가락으로 고깃덩이를 집어먹던 주갑이 꼴이 생각키어 웃음이 나올 것 같다.

"밤인데 제집들이, 우우 몰려갈 수도 없고…… 우리가 간다고 벵이 낫일 것도 아니겄고 큰일이구마."

"임이엄마하고는 새가 안 좋은가 보던데,"

"앙숙이제. 하기야 임이네하고 잘 지낼 사람이 어디 있겄노. 건들건들하고 실 없는 소릴 해쌓아서 그렇지 주서방 그, 사람 좋네라."

"예, 좋은 사람 같았어요."

기화는 낮에 있었던 일을 얘기할 수 없었다.

"그런데 봉순이 니 와 그리 웃어쌓노?"

"내가 웃어요?"

용이 집에서는 한 바가지 토장물에 식은 밥 한 덩이를 말아서 임이네가 들고 나왔고 마당에 끌려나온 주갑은 배를 움켜쥔 채 어이구 배야 어이구 배야! 영팔이는 식칼을 들고 서 있었다.

"머하노? 어서 안 해오고."

용이 임이네를 노려보았다.

"어디 몸뚱이 두 개요?"

"악다구니는 무신 악다구니고! 사램이 아파 죽겄는데."

"내가 벵나라 캤소! 날 보고 와 이라요!"

"멋이!"

"여 있소! 해갖고 왔는데 공연히 트집이네."

임이네는 토장물 든 바가지를 쑥 내민다.

"아따 쌈은 나중에 하고."

영팔이 이맛살을 찌푸리며 말했고 주갑은 동헌 뜨락에 끌려나온 중죄인같이 땅바닥에 웅크리고 앉아서 연신 앓는 소리였다. 이때 삽짝을 한 사내가 들어섰다. 그의 뒤를 임이가 졸졸 따라 들어왔다.

"의원이 왔인께 객구는 나중에 물리이소!"

임이 언동은 전리품을 들고 오는 병사처럼 의기양양했다.

"머라꼬?"

용이와 영팔이 동시에 말했고 주갑이 소리를 질렀다.

"어이구! 의원님! 날 살려주시쇼!"

"야아가? 니는 우짠 일고? 의원은 또 우찌 된 거며?"

임이네가 딸을 빤히 쳐다본다.

"노대인 집에서, 나중에 얘기 다 하께요."

하며 임이는 싱글벙글이다.

"아픈 사람 방으로 옮기시오."

의원이 말했다.

"예!"

영팔이와 용이 주갑의 겨드랑이를 잡고 두 다리를 떠메듯 급히 방 안으로 옮겨놓는다. 그리고 용이는 등잔의 심지를 돋우었다. 의원은 신음을 참으며 땀을 흘리고 있는 주갑의 얼굴을 내려다본다. 두 사내는 장석같이 선 채 주갑을 내려다본다. 벽면에 비친 상투머리 그림자가 등잔불 따라 가늘게 흔들린다. 이윽고 의원은 염낭 속에서 침을 꺼내었다. 그리고 주갑의 손을 끌어당겨 엄지손가락 사이에 침을 꽂았다. 장골 두 사람은 숨을 마시듯 의원의 동작을 내려다보았고 주갑은 눈알을 빙글빙글 돌렸다. 트림을 한다. 배에서 꾸르륵 소리가 난다.

"어, 어이구우 쬐깬 숨이 트이누마요잉."

의원은 다시 다른 쪽 손의 혈(穴)에다 침을 꽂았다. 주갑의 배에선 맹렬한 소리가 났다. 배에서뿐만 아니라 아래서도 방

귀 소리가 연달아 났다.

"어이구매 이자 살겠어라우!"

"체했던가 배요?"

용이 물었다. 의원은 아무 대꾸를 하지 않았다. 한참 후,

"사관(四關)을 틀 것도 없구먼."

의원은 침을 거두었다.

"고맙구만이라우. 이 은혜를 워쩔 것이여?"

주갑은 벌떡 일어나 앉으며 의원에게 절을 했다.

"온 사람도,"

용이는 어이없는 듯 웃었고 영팔이는 화난 음성으로,

"넘은 십년감수 시켜놓고 지 혼자 멀쩡하네."

"아, 아니란께요. 내가 엄살부린 거 아니란 말시. 편작 겉은
선상님을 만냈인께로 씻은 듯,"

비로소 용이와 영팔은 당황해하며 의원에게 인사를 한다.

"고맙십니다. 선상님."

의원은 빙그레 웃을 뿐이다. 머리는 깎았고 턱수염도 깎았
는데 돋아나기 시작한 수염과 머리털은 반백이었다. 갸름한
얼굴에 크고 꼬리가 긴 눈은 아주 유순해 보인다.

"여기 오신 지 오래되셨소?"

묻는다.

"오래됐다 할 수는 없고 조선서 온 지는 사오 년 되는가 배
요."

영팔이 대답한다.

"음, 그러면…… 나는 여기서 자고 갔으면 좋겠는데 괜찮겠소?"

"괜찮고말고요. 잠자리가 험해서, 노대인댁이,"

용이 당황한다. 이부자리가 없다.

"아무 데나 자야 할 길손인데 청인보담이야 우리 동포 집이 마음은 편하겠소."

"너무 누추해서,"

"나를 의원 대접 마시오. 한방(韓方)을 좀 배우긴 했으나 장사꾼이오. 병자 옆에서 잠시 눈 붙였다가 떠날 테니까."

"이거 황송무지하야 참말 워쩐디여잉?"

잠시 눈 붙였다가 떠날 거라 말한 의원은 잠잘 채비를 하지 않고 단정히 앉아 있었는데 영팔이와 용이 역시 무릎을 꿇고 앉아서 무엇인가를 경청하는 것 같은 모습이다.

"헌디 떠나신다면 워딜 떠나실란가요?"

"해삼위로 가는 길이오."

"아이구매 그런디 이렇그름 생명의 은인 아니여라우? 성씨에 이름 함자라도 알아야 쓰들 않겠소잉?"

"성은 강가요. 돌팔이 의원 이름은 아나 마나."

"하, 지는 성이 주가구마요. 그런께로 주갑이고 여기 기신 성님은 이씨 성에 이름은 용이, 저기 저 성님은 김씨 성에다 영팔이여라우. 아따! 경상도내기 뚝뚝하다는 걸 모를까 봐서 그러고 있소?"

"무신 소릴 하노? 죽거든 양지바른 곳에 묻어달라 카던 주둥이가, 어이구우 잘도 나불거린다."

모두 웃는다.

"참말이여. 이런 경우를 두고 천행이라 하는 건디, 언제 그랬더냐, 날아보라면 날 것이여. 하하핫……."

말이 많아도 구수하고 능청스러웠는데 오늘 밤 주갑이는 적잖게 수다스럽다. 고통에서 벗어나 기뻐서도 그랬겠지만 낮에 기화에게 초라한 꼴을 보였을 때부터 주갑의 신경은 안정하질 못했던 것이다. 병의 원인을 알고 있는 만큼, 그것 때문에도 마음이 온전할 수 없었다.

"체증이니 망정이지 창자라도 터졌더라면 별수 없었지요. 양지바른 곳에 묻힐 수밖에."

"어이구 선상님 말씀 낮추시쇼. 보니께로 우리보담 한 돌금(십 년)은 연세가 위실 텐디."

"소년 대접이 어렵다오. 그보다 사는 형편은 어떠시오?"

"고생이지요."

영팔이 말했다.

"경상도에서 어찌 여까지 오시었소? 혹 철도공사,"

"아니여라우."

주갑이 손을 내저었다.

"이 성님들은 의병질하다 쫓겨왔었지라우."

"아아 그러시오?"

"저 사람 말 믿지 마시이소. 허풍이 심해서, 저거들이 무신, 그런 인야(인품)나 되겠십니까?"

"허어, 사람은 첫눈에 보면 안단 말시. 걱정 안 혀도 좋겠구마. 철도공사라면 이 주갑이 경우란께요. 본시부텀 동학인디, 저이 부친을 말씸드리잘 것 겉으면은 민란 때마다 앞장섰었지라우. 이 못난 자석이 속아서 왜놈 노가다 일을 하지 않겠소! 천상 이리 되고 본께로 오랑캐 땅의 거름밖엔 될 게 없을 것이여."

"그렇게 말한다면 다 마찬가지 아니겠소? 고생을 낙을 삼고 살아야지. 당신네들 보기에는 염낭에 침이나 넣어 다닌다고 고생을 덜하려니, 나라 없는 백성의 설움은 다 마찬가지요. 이리 다니다가 밤이슬 맞으며 돌베개하고 잠자는 것도 한두 번이 아니며 차마 말로는 다 못할 고초가 있소이다. 또 나만 그렇다는 것도 아니오. 많은 사람들이 고생을 낙으로 삼는 마음가짐 아니고서는 하룬들 어디 부지하겠소? 오로지 나라 찾을 일심으로, 그게 또 보람 아니겠소? 우린 배부른 돼지는 될 수 없으니 말이오."

"그, 그러니께 선상님께서는 독립운동,"

"독립운동이랄 것도 없고 내 마음이 그렇다는 얘기요."

"암요, 암으니라우. 배부른 돼지는 될 수 없을 것이여, 사람인디."

"나도 본시는 농군의 자식으로 태어나서 조실부모하고 서럽게 자랐소. 지금은 소싯적에 배운 한방으로 호구지책을 삼고는 있으나 한때, 기천 원 자본금으로 장사도 했소만 내 품에 넣을 돈도 아니요, 그럴 시절도 아니잖소? 기천 원 아니라 기십만 원 기백만 원인들 이 시국에 내 돈이거니 믿어서도 안 되고 양전옥답을 자손에게 물린다는 생각 자체가 욕스러운 것 아니겠소? 나라를 빼앗긴 못난 백성이 가산 지키기에 급급, 그게 얼마나 가겠느냐 그 말이오. 다만 자손들을 가르칠 일이오. 피가 나게 가르쳐 깨우쳐야 할 것이오, 내 나라를 잊지 않고 내 나라 찾을 길을. 당신들의 고생스러움이야 내 물으나 마나 훤히 알고 있소이다. 제발 낙심 마시고 가난과 고통을 낙으로 삼으시오. 당신들은 순결합니다. 이렇게 다녀보면 입으로만 큰소리치면서 동가식서가숙하는, 일없는 무리들이 여간 많지 않소."

"지가 바루 동가식서가숙하고 있구만이라우."

주갑이 풀죽은 말을 했다. 의원은 빙긋이 웃는다.

"그렇게 말한다면 나도 마찬가지, 동가식서가숙이오. 일이 없는 것은 아니나."

"그, 그야 이 몸도 남의 공밥은 안 먹은께로, 허기사 공밥도 쬐깬은 골통에 먹물이 들어야 흐흐흣…… 안 그렇지라?"

"얼씨구? 주갑이 신나누마."

방 안에 웃음소리가 터진다. 혈에다 침을 꽂아 기(氣)가 통하여 체증을 고치듯 사람들의 마음도 그 기가 통했음인지 한결 편안하고 비록 누추한 방이나마, 네 사람이 무릎을 맞댈 만큼 그득히 들어찬 방이나마 느긋한 여유가 감돈다.

"참말로 이런 밤에 술이라도 있었이면은 얼마나 좋을까잉?"

"양지바른 곳에 묻어달라는 얘기는 작년 이맘때쯤 했는지 모르겠네?"

시치미를 딱 떼고 하는 용이 말에 또 한바탕 웃음소리다.

"미련한 사람 객담 내놓을 것 겉으면은 참말이제 감당할 재간 없단께로. 그보담 선상님 술상은 없지만도 좋은 말씸 더 듣고 접은디."

"내가 여기 오기론 작년, 재작년인데 당신들은 사오 년 나보다 선배구먼. 뿐이겠소? 왜놈들과 싸운 경력을 보나, 허허 어헛……."

"저이들이야 머, 눈먼 말이 요령 소리 듣고 따라간 기지요."

"바로 그거요. 요령 소리 듣고 따라간다는 그것, 따라가는 백성이 많았으면 우린 내 나라를 빼앗기진 않았을 게요. 오소리감투가 둘*이라는 말이 있지만 어중간히 눈 밝은 자들이 큰일이라. 결국은 순결한 마음 순박한 열정만이 저어 수만 리 장천을 나는 철새처럼 목적한 곳에 당도할 수 있는 게요. 그리고 수만 리 장천같이 왜놈이 망하여 내 땅에서 물러가는 날도 멀고 험난하니 우리는 우리 당대만을 생각해서는 안 되지요. 우리가 싸우다 죽으면 우리의 아들딸들이 독립정신을 이

어주어야 하고 양전옥답 물릴 어리석은 생각 말고 피땀 나게
자손들을 가르쳐야 하는 게요. 내가 이런 애길 하는 것은 밤
이 길어서도 아니요 잠이 안 와서도 아니오. 이 얘기가 즉 내
게는 일이란 말씀이오. 당신네들이 내 얘기를 듣고 자식들을
가르치고 또 남에게도 그러기를 권한다면 나는 조그마한 씨
알을 하나 뿌린 것이 될 것이오. 내가 만주 벌판 이곳저곳을
방황하며 침이나 찔러주고 약처방이나 해주고 하는 것은 반
드시 호구지책을 위한, 그것만이라곤 할 수 없고 한 푼이라도
교육사업에 보태 쓰자 그 심정인 만큼."
하는데 강의원 눈에 눈물이 핑 돌았다.

"헌디 지헌티는 그놈의 가르쳐볼 아들딸이란 게 없들 않겠
이여? 철천지 한이구만이라우."

주갑은 영팔이를 바라보며 맥없이 말했다.

"아들딸이란 반드시 내 아들딸만이겠소? 조선의 아들딸,
일꾼이면 모두 내 아들 내 딸이거니 생각해야. 가르친다는 것
도 옛날같이 사서삼경을 외게 하는 그따위는 아니지. 우선은
우리가 뒤진 신학문을 배우게 하는 거지만 그보다 근본을 가
르쳐야. 근본이 뭔고 하니 애국애족하는 마음, 내 나라 내 겨
레를 잊어서는 아니 되고 배반해서는 아니 되고 한길 한마음
빼앗긴 조국을 찾아야 한다, 그 근본을 심어주는 것이 가르치
는 것 아니겠소. 그것은 학교 선생님이 아니라도 누구든 아이
들에게 가르칠 수 있는 것이오. 낫 놓고 기역 자 모르는 사람

도 가르칠 수 있는 일이오. 고되다 하지 말고 서럽다 하지 말고 정직하게 부지런히 내가 조선사람인 것을 잊지 말고, 그게 다 교육이오. 당신네 같은 사람이 한 사람이라도 더 많아지기 위해서는 내 자신 발바닥이 닳아빠지는 한이 있어도 만주땅 산산골골······. 훌륭한 사람들도 많소. 왜놈이 먹어 들어온다고 실망 마시오. 밀정 놈들이 우굴거린다고 겁낼 것 없소. 한 겨울에 모포 한 장 어깨에 둘러메고 내 겨레를 위해 뛰는 사람이 많다는 걸 항상 염두에 두시오."

밤 가는 줄 모르게 강의원은 나직한 음성으로 얘기를 했다. 그간 국내에서의 의병 동태에 관한 것으로부터 혁명이 일어난 청국의 사정도 알기 쉬운 말로 얘기해주었다. 얘기를 듣는 동안 용이는 용정촌의 최서희가 이런 사람에게 군자금을 주었으면 얼마나 좋을까 생각했다. 그러나 연추에 있는 이동진의 청도 거절한 서희고 보면.

"참말이여라우. 조선의 닭 돼지가 될지언정 어쩨 왜놈이 될까 보냐, 그렇그름 말씸혔다니, 암이라우. 종자가 있는디 골백분 죽어도오 왜놈 될 것이라? 그 의병장은 참말로 지당한 말씸 혔소. 조선사람은 성씨도 안 바꾸는디."

"하지마는 이곳에서는 청국사람으로 넘어간 사램이 적잖다 카던데."

영팔이 강의원을 힐끔 살펴본다. 강의원은 가는 한숨을 내쉬었고 말은 없었다.

"그거야 머 땅 때문이고 몇몇 사람이 그렇기 해주었으니 조선사람이 땅을 가질 수 있는 거 아니겠나."

1909년 청일(淸日) 간에 맺어진 소위 간도협약(間島協約)이라는 것에 의해 표면상으론 조선인의 토지소유권이 인정된 것이었으나 여전히 청국 관헌에서는 귀화하지 않는 조선인에게는 토지소유권을 인정치 않았으므로 결국 귀화치 않는 조선인 토지 소유자는 지방 주인이라 칭하는 귀화 조선인의 명의를 빌려 지권(地卷)을 받을 수밖에 없는 실정을 두고 한 용이의 말이었다.

"말하잘 것 겉으면 정조를 팔아서 동포를 도와준다 그것인디, 어디 내실이 그렇단가? 횡폐[橫暴]가 여간 아니란 말 들었지야. 고런 놈 중에 친일파나 없었으면 쓰겠는디 아 용정촌에선 고놈의 앞잽이가 조선인 탈을 쓰고 내밀히 왜놈의 돈으로 땅을 산다 말시. 청국놈의 핍박이 심허다 혀도 그러나 대국 아니더라고? 나도 지금은 청인헌티 품팔일 허고 있지마는, 더럽다는 생각도 허지마는 그따위 섬놈들보담이사 나을 것이여. 가만히 본께로 청국사람들은 우리 조선사람들을 의심하는 것이여. 성님 생각혀보더라고? 그 양가죽을 쓴 왜놈우 새끼들이 까매귀 깐치집 채듯이 남의 나라를 뺏아 들앉아서, 아 금매 성님 생각혀보더라고? 그런 놈의 새끼들이 청국허고 시비만 헌달 것 겉으면 뭐이 워쩌고 워째야? 간도에 있는 조선사람을 보호헌다? 참말로 웃일 일 아니란가? 그건 그렇다 허고 따지고 보면은 억울한 일 한두 가질 것이여? 여그는 본시 우리 조상의 땅 아녀? 선상님 그렇지라우? 여그를, 칠칠한 숲을 쳐헤치고 농토로 맨든 것도 조선사람 아니여라우? 헌디 청인이 와서 내놔라! 허니 복통 칠 일이여. 그런 사연을 생각헌달 것 겉으면은 피눈물날 일이여. 허나 과거지사를 생각혀서 왜놈의 영사관으로 모일 것이여? 싸가지 없는 놈들! 옛말에 도둑을 피한께로 강도를 만낸다 안 헙디여. 왜놈은 조선사람 보호한다는 새빨간 거짓말을 허고 지각 없는 조선놈은 얼씨구 허고 늑대 품을 어미 젖줄 찾듯이 몰리가니 청국놈 눈에 쌍심지 안 켜질 것이여?"

강의원은 다소 놀란 눈으로 주갑을 쳐다보고 있었다. 신이 난 주갑은,

"내가 이래 뵈야도 성님들맨크로 착하지는 안 혀요. 안 댕기본 데가 없인께로 보고 듣고 무식혀도 알 만치는 안단 말시. 일진회 놈들 땀씨 속아도 보고오 왜놈우 새끼 거둥도 많이 봤이야! 결국으는 고놈의 새끼들 대국도 들어묵을 판인디 당하는 사람끼리 손잡아야 혀. 말도 안 되는 소리여. 아 섬놈의 새끼, 언감생심이제? 대국을 먹어야? 선상님 말씸대로 가르쳐야 허는디 대국사람들허고 손잡아야 허는 것도 가르쳐헐 것이여. 그렇지라?"

닭이 홰를 친다. 달은 엄치 기운 모양이다.

"주씨 말이 옳소, 옳아요. 모두 한마음 한뜻으로 그런 생각

을 한다면 백만대군이 무섭잖을 것인데……."

날이 희뿌옇게 밝아왔을 때 강의원은 떠나야겠다면서 나섰다. 세 장정은 무척 아쉬워하는 얼굴로 문밖에까지 따라나왔는데,

"들어가보시오. 내 지나는 길이 있으면 또 들르리다."

"예. 꼭 그렇기 해주시이소."

주갑이만은 아무 말이 없었다. 강의원이 눈으로 인사하며 돌아서려는데 주갑이 힐쭉 웃는다. 몇 발짝 걸어가다가 주갑의 웃음이 마음에 걸렸던지 강의원은 돌아보았다. 이번에도 주갑은 힐쭉 웃었다. 웃고 나서 주먹으로 코언저리를 쑥쑥 문지르는 것이었다.

'저 사람이 웃긴 왜 웃어? 묘한 사람이구면.'

강의원은 어이구! 배야! 엄살만은 아니겠으나 간밤의 그의 모습을 생각하며 미소를 흘린다.

'아무튼 재미있는 친구야. 그러면은, 짐을 찾아서 떠나보는 거다.'

크고 꼬리가 긴 눈을 깜박거린다. 새벽녘에 잠시 눈을 붙였을 뿐인데 눈동자는 씻긴 듯 맑고 빛났다. 성큼성큼, 젊은이 못잖게 힘찬 걸음걸이다. 초로에 다다른 사람답지 않다. 노대인과 안면이 있어 유하게 된 강의원은 조그마한 손가방을 그 집에서 찾아들었다. 비대한 노대인은 조반을 먹고 가라고 권했으나 강의원은 그것을 정중히 사양하고 대신 소작하는 조

310

선인들 특히 용이 일행을 보살펴줄 것을 부탁했을 때 노대인은 묘하게 웃었다. 그는 그 자신보다 더 적극적인 임이를 떠올렸던 모양이다.

강의원이 들판길을 나서서 얼마나 걸었을까. 동편 산 언저리가 벌겋게 물드는데 길편에 한 그루 늘어진 버드나무 아래 한 사내가 앉아 있다가 가까이 가는 강의원을 보자 벌떡 일어섰다.

"아니! 이 사람이."

"선상님, 여그서 선상님을 기다렸지라우."

"왜?"

"선상님 따라가겠거만이라우."

"뭐라구?"

"여그 돈도 쬐깐 있인께로."

주갑은 작은 보따리 하나를 쳐들어 보였다.

"선상님 귀찮게는 안 헐 것이여."

"덮어놓고 그러면 쓰나."

"어차피 지는 덮어놓고 살아왔인께요. 선상님 따라갔다가 여의찮으면은 돌아올 것이여. 저그 성님들이 나를 안 받아줄 이유도 없인께."

"허허어, 참, 딱한 사람을 보았나."

"하여간에 걸어가기나 합시다요."

두 사람은 함께 걷기 시작한다.

"그래 그 사람들이 가라 하던가요?"

"가라 마라 할 것도 없는디, 허 참 그게 좀,"

"……"

"살짝 나왔구마요."

"왜?"

"놀라지 마시쇼. 살짝 나왔다고 혀서 뭐 훔친 건 없인께로,"

"그렇지만 온다간다 말도 없이 나오다니,"

"나는 본시 그런 놈이여라우."

주갑은 묘하게 수줍은 몸짓을 한다.

"선상님."

강의원은 주갑을 힐끗 쳐다본다.

"실은 나 거거 있기가 부끄럽어 나왔지라."

"……?"

"하하하핫…… 늙고 젊고가 없는개 비여. 언감생심 되지도 않을 일인디, 도망쳐 오는 이 맘 아무도 모를 것이요잉."

"무슨 일이 있었던가?"

"선상님 지가 처음으로 이야그허는디, 따지고 보면은 어젯 밤 벵난 것도 그러니께 그게 상사병이다 그 말일시."

"하하하핫……"

강의원은 길 가득히 웃음을 퍼뜨린다.

"하기는 홀아비라,"

"왜 아니여라우?"

"그러면 상사병 앓을 것 없이 도망할 것도 없이 장가들어 살면 될 거 아니오."

"말도 마시쇼, 그럴 수 있다면은 상사병은 워찌 났을 것이여? 도망은 칠 것도 없고."

어느덧 해가 솟아오르고 풀잎의 이슬들이 보석같이 눈물같이 반짝거린다.

"그런께 그게 다름이 아니라 영팔이성님 집에 고향 사람이 와 있지라우. 그 사람이 여잔디 여자일 뿐만 아니라 천하절색 기생아씨란 말시. 생각혀보더라고요 선상님. 오늘 이때꺼지 많은 곳을 떠돌아다녔지마는 지를 좋다! 따라 살겄다! 하는 여자 한 마리 없었는디 천하절색 기생아씨가 나를 거들떠나 볼 것이여? 결국 어젯밤에 상사병이."

"그건 상사병이 아니라 급체요, 급체."

"아 글씨, 오간장이 터질 지경으로 뇌심을 혔더니 먹은 게 삭을 리 없지라. 그러니 무신 일이 있었는고 허니 이거 차마 민망스러워서 이야그하기가."

주갑은 어제 낮에 있었던 일을 강의원에게 대충 설명해준다. 강의원도 아까처럼 길 가득히 웃음을 퍼뜨린다.

"그렇그름 일이 되얐는디 워찌 얼굴을 대하겄소잉?"

"하하핫하하…… 듣고 보니 그렇기도 하겄구먼."

"지가 본시부터 여자헌테 반허기는 잘 반허요만 이번에는 참말로 반했지라우. 인생이 허무허고 한이 맺혀 잠이 오덜 않고."

"낙심 말아요. 이젠 떠났으니 날 따라가는 수밖에 없고 해삼위에 들렀다가 연추로 가는데 가면서 생각해보도록 하지, 주씨 일을."

"그 씨 자는 빼시고 주갑이라 불러주시쇼, 예."

10장 부자(父子)

무성한 구레나룻이 희끗희끗했다. 골격은 완강했으며 손은 크고 힘줄이 솟은 손등은 거칠었다. 오십에서 육십을 바라보는 늙은이는 소년 하나를 데리고 용정촌 장터를 향해 걸어 들어오고 있었다. 노인은 칡넝쿨로 엮은 크다만 망태를 한쪽 어깨에 걸머졌고 소년은 바랑을 진 상좌처럼 보따리 하나를 짊어지고 있었다. 소년의 꺼무꺼무한 눈은 주의깊게 사방을 살폈고 경계하는 기색을 나타냈다. 이따금 호기심에 눈은 영롱하게 빛나기도 했었다. 소년과 노인은 다 같이 수피(獸皮)로 만든 신발을 신고 있었다.

"아부지."

"와."

"여기는 조선사램이 참 많소."

"많을밖에. 여기가 무인지경일 적에 우리 조선사람들이 먼지 들어와서 땅을 파고 살았인께."

말을 할 때 무성한 수염에 덮인 노인의 입술은 다소 실룩거리는 것 같았다.

"아부지. 저거는 총포 아니오?"

"음."

노인은 이미 그곳에 시선을 보내고 있었다. 청인의 총포상(銃砲商)이었다. 점두에는 죽은 꿩이 몇 마리 매달려 있었고 박제한 새랑 작은 짐승도 진열되어 있었다. 꽤 큰 점포였으며 그러니까 수렵에 관한 일체의 물건을 매매하는 모양이다.

"아부지."

"……."

"한분 들어가서 구겡하입시다."

"아서라. 구겡은 무신, 사지도 않을 김서,"

노인은 침을 굴꺽 삼키며 총포상을 외면한다.

"그래도 구겡 한분 하는 거사 머,"

"어 가자. 그런 일로 여기 안 왔인께,"

어깨로 바람을 끓듯 노인은 걸음을 빨리한다.

"내사 마 아부지맨치로 사냥이나 함서 살고 접은데,"

"머라꼬?"

"와 못 그라라 카는지 모르겠소."

"사람은 한곳에다가 발을 붙이고 살아야 하는 기라. 정처가 없는 놈만큼 팔자 사나운 놈도 없인께. 몇 분이나 얘기를 해야 알아들을 기고오!"

노인은 화를 낸다.

"공부하믄 머할 기요? 나라도 없어서 쫓기와가지고."

"나라가 없일수록 눈이 밝아야, 그래야 살제."

"그까짓 공부 쬐끔 했다고 나라도 없임서 임금이 될 깁니까?"

"이눔 아아가 머라 카노!"

노인은 걸음을 멈추고 소년을 쳐다본다. 노인의 축 늘어졌던 눈꺼풀이 별안간 말려 올라가기라도 하였는가, 눈알이 커다랗게 불거져 나왔다.

"니 지금 머라 캤제?"

나지막하게 속삭이듯 묻는다.

"나라도 없임서 임금이 될 깁니까, 그랬소!"

"어이서 그런 말을 들었노?"

"……."

"그런 말을 와 하노?"

"임금이 젤 높으다 칸께요."

소년은 고개를 돌려 먼 산을 보고 노인의 얼굴은 새파래진다.

"두메야."

"야?"

"그라믄 니는 젤 높은 사램이 되고 접다 그 말가?"

"그렇기 안 될 긴게 사냥꾼 되겠다 안 합니까."

노인은 잠자코 걸음을 옮긴다. 총포상에서 몇 집 안 가 이번에는 전포가 나타났다. 검정 바탕에 금박 글씨의 간판이 나붙었고 처마 끝에 장대를 걸어놓고 그 장대에는 첨(籤)이 매달려 있었다. 소년 두메는 시큰둥한 표정으로 그걸 한 번 보고 나서 구레나룻이 무성한 아비의 얼굴을 힐끔 살핀다. 아버지도 옛날엔 화살로 짐승을 사냥했느냐고 묻고 싶은 표정이다.

'지 에미를 닮았이까? 지 에미를……'

노인 눈에 눈물이 어린다.

'그렇지마는, 아 그렇지마는 반은 내 피가 섞있는데 자석이 영악해도 지 에미 같기야 할라고. 하기는 나도 내 평생이 살생인데 안 되지, 안 된다. 우리 두메 손은 피에 젖으믄 안 된다. 글 배와서 선상질이나 시키야제. 그기이 마 제일이다.'

"아부지, 장터가 다 끝나가는데 어디로 갑니까."

"초행이고 한께 우선 객줏집에 들어서 형편도 알아보고."

솜 든 한복에 여진족의 원시적 수피 신발을 신은 노인과 소년은 공노인의 객줏집을 찾아 들어갔다. 방을 정하고 짐을 푼 텁석부리 노인은 주인 보기를 청했다.

"들어오시오."

공노인은 방문을 열고 내다보며 말했다.

"이거 미안스럽구마는,"

강한 경상도 사투리에 공노인의 표정이 조금 움직인다. 노인을 따라 소년도 방 안으로 들어왔다. 아비가 자리에 앉자

두메도 앉는다. 그리고 공노인을 주의 깊게 쳐다보고 공노인
마누라가 하다 만 바느질 거리에 눈길을 옮긴다. 두메는 그것
을 오랫동안 바라보고 있었다. 통성명을 한 공노인은 물었다.

"손주요?"

"아니오. 아들이구마요."

"하아 그렇소?"

"늘그막에."

노인은 눈길이 방바닥으로 내려간다.

"거 한자리 할 얼굴이구면."

"예?"

놀란 듯 방바닥으로 떨어졌던 눈이 황망하게 공노인 기색
을 살핀다.

"장차 기골이 장대하겠소."

"예⋯⋯."

"나는 자식이 없어놔서 총기 있게 생긴 애들만 보면 하하
핫⋯⋯ 물건 같으면 훔쳐서라도 갖겠으나."

두메의 꺼무꺼무한 눈매를 즐기듯 쳐다보고 쳐다보곤 하며
공노인은 말했다. 두메는 칭찬에도 별로 동하는 기색 없이 태
연히 앉아 있었다.

"총기 있게 생기나 마나 부모 잘 만내야 앞길이 열릴 긴데."

지나는 말이 아닌, 서글픈 독백 같다.

"그는 그렇고 어째 날 보자 하셨소, 손님?"

"예. 그기이 다름 아니라, 그러니까 나는 산포순데."

"그런 성싶었소."

"우떻기?"

"객줏집을 하다 보니 반은 관상쟁이 점쟁이, 그는 그렇고 말씨를 들으니 영남태생인가 본데."

하면서 공노인은 김두수를 떠올린다. 이곳에 와서 두 번째 만나는 경상도 사람이란 생각을 한다.

"말씨란 다 그렇지마는 유독 영남사람은 태생을 못 속이지요."

김두수를 생각하며 한 말이었는데, 순간 텁석부리 노인의 눈빛이 날카로워졌다.

"속일 기이 머 있겠소. 샐인 죄인도 아니겠고."

하는데 노인의 얼굴이 별안간 새파래졌다.

"아니 손님을 보고 한 얘기가 아니라 이곳이 타국이니 자연 각처 사람이 모여들고오 해서, 아 생각해보시오, 좋은 뜻으로나 나쁜 뜻으로나 태생뿐이겠소? 성명 삼 자도 속이고 오가는 사람이 많소. 나라 찾겠다고 주야로 독심 먹은 독립지사들은 말할 것도 없고, 또오 그 양반들을 잡겠다고 날뛰는 밀정 놈들도 한둘이겠소? 하야간에 이곳 사정이, 그는 그렇고 손님은 경상도 어디시오?"

"경상도가 아니라 강원도요."

"한데?"

"어릴 적에, 크기로, 경상도였소."

노인은 떠밀어내듯,

"아 그래요? 실은 나도 소싯적에 떠나서 고향이랄 건 없으나 강원도 태생이오. 이거 반갑소. 강원도면은 어디시오?"

"어디랄 것도 없고 저절로 떨어져서 저절로 자랐인께 소백산 어느 골짜기겠지요."

발끈거리는 성미를 누르듯,

"아무튼지 간에 나는 산포수 강간데 내가 주인장을 보자 한 것은 여기가 초행이고,"

"어디서 오시는데 그러오?"

"가야하에서 오는 길이오. 그러니,"

"그곳에 사시오?"

강노인의 눈알이 툭 불거진다. 안늙은이처럼 조신스런 공노인 얼굴을 노려본다. 번번이 얘기를 잘라먹는 상대방에 참을 수 없이 화가 치민 것이다.

'나도 성질 많이 달라졌구나. 빌어묵을 늙은이, 좁쌀 양식 오지랖에 싸 다니겄다. 우짠 잔소리가 그리 많노.'

강노인은 슬며시 외면하며 중얼거리듯,

"짐승 쫓아다니는 산포수 놈이 정한 거처나 있겄소?"

"그러니까 그 뭐냐, 한마디로 물건 거래를 해달라 그 얘기구먼."

우직한 인품인 것을 시험한 공노인은 고삐를 늦추듯 슬그머니 웃으며 대신 말은 훌쩍 뛰어 넘긴다.

"물건은 물건이오만 이곳 형편이,"

"그건 어렵잖은 일이오. 내일이 장날이니까 장에 내놔도 쉬운 일이고 날더러 흥정 붙여달라면 그도 그럴 수 있는 일이오."

아주 수월하게 말했으나 실상 강노인은 별 관심이 없는 것 같다.

"물건은 어떻게 되오?"

"담비가 너덧 장, 웅담 좀 하고 녹용이 열 냥쭝이나 될란가······."

"짭짤하구먼."

"헐한 거는 근가죽에서 팔았인께."

"아 참, 그렇지. 밤이면 추서방이 돌아오겠군. 그 사람이면 억울찮게 처분될 거요."

그 말을 흘려듣는다. 강노인은 무슨 생각을 하는지 한참 동안 생각에 잠기다가,

"어차피 물건은 팔아야 학자금을 매련할 기고,"

혼자 중얼거린다. 어른들이 얘기하는 동안 두메는 평정한 표정으로 앉아 있다.

"주인장."

"예."

"이거는 딴 얘기요만 실은 자식놈을 좀 가르키보까 싶어서 오긴 왔는데 그걸,"

"이곳으로 이살 하시려구요?"

"그렇담 주인장보고 말씸할 것도 없고……. 나는 산에 가서 벌이를 해야 한께."

"그 나이에?"

"나이야 보기보담은 많잖소. 아직은."

"학교에 들어가는 일이라면 어려울 것 없고 이곳 학교 사정이야 한 사람이라도 학생을 더 받아서 가르쳐볼려고 애쓰는 터이고, 그러니까 아이를 어디다 맡기느냐."

"바로 그기이 걱정이구마요."

"욕심 같아서는 내가 맡아도 좋은데 객줏집이라…… 뭐 그것도 어려울 것 없소. 선생하고 의논하면 되니까, 내가 자알 아는 선생님이 계시오."

공노인은 두메를 쳐다보며 공연히 혼자서 만족해한다.

해나절이 지나서 강노인, 그러니까 강포수는 두메를 데리고 거리에 나섰다.

"한 바퀴 돌아보고 니 가지고 싶은 거 있이믄 말해라."

"무신 돈이 있어서."

"돈 있다."

"늙으믄 우짤라꼬."

"늙으믄…… 그라믄 죽제."

강포수는 좁혀진 눈꺼풀을 깜빡거린다.

"나도 아부지 따라댕기믄서."

"또오 그 소리……. 이자 니가 여기서 핵교 댕기게 되믄은 명년 봄에나 만날 기구마."

"산중에서 아부지 혼자 벵나믄 우짤 기요."

"벵이 와 나노? 안 난다."

"그걸 우찌 알겠소."

"안 난다 카이!"

"……."

"어디 가서 점심이나 사 묵자."

해서 이들 부자는 월선옥으로 들어갔다.

"어서 오이소."

강포수는 찔끔하며 본능적으로 두메의 손목을 잡는다.

"국밥 잡술랍니까?"

강포수는 고개만을 끄덕인다. 그리고 월선을 빤히 쳐다본다. 월선도 강포수를 쳐다보고 또 두메를 본다. 서로 알 턱이 없는 모르는 얼굴이다. 잠자코 이들은 내놓은 국밥을 먹기 시작했다.

'이곳이라고 경상도 사람 못 오란 법 없제. 경상도 사람이라고 저저이 나를 아는 것도 아니겄고, 하지마는 주거니 받거니 말하는 기이 귀찮거든. 모리고 지내는 기이 상수라.'

강포수는 국밥을 우악스럽게 입 속으로 떠밀어 넣으며 생각했고, 월선은 또,

'버부린가? 우째 이상타?'

그러나 말이 없는 여자며, 설령 강포수가 경상도 사투리로 얘길했다손 치더라도 이러니저러니 물어볼 성미도 아니거니와 자신에 관한 설명도 없을 것이 뻔했다. 이력이 밝혀지는 것을 꺼리는 때문이었다. 최참판댁을 습격하고 입산하여 왜병대들과 싸운 소위 의병이라는 행적을 지닌 이력이, 그리고 그 일로 인하여 이역 수천 리, 고향을 등지고 온 일행을 생각할 때 일본인 없는 세상이라면 모를까, 비밀로 아니해도 좋을 일까지 의식은 노상 비밀스럽게 움츠러드는 것은 어쩔 수 없는 일이었다. 강포수 역시 마찬가지였다. 아들 두메의 어미가 누구인가를, 두메의 출생지가 어디인가를, 그것은 엄숙한 비밀이다. 두메의 전도를 위해서, 두메는 살인 죄인의 아들일 수 없는 것이다. 강포수는 자신이 생존해 있음으로 하여 두메 생모에 대한 비밀 누설의 가능성이 있는 것을 늘 염두에 두고 있다. 자신의 이력이 추적당한다는 것은 즉 두메 생모의 정체가 밝혀지는 결과가 된다. 세상에 두메를 보고 이 아이가 옥중에서 났거니 알아차릴 사람은 없지만 그 핏덩이를 안고 자취를 감춘 강포수를 알아볼 사람은 많을 것이 아니겠는가. 강포수는 자기 자신이 살인 죄인으로 쫓기는 처지가 되었다 하더라도 이렇게 필사적인 도피는 못했으리란 생각을 할 때가 있다.

　두메에 대한 무량한 사랑 때문이다.

　'아부지. 나는 와 엄마가 없소.'

　'니 에미? 죽었제. 니를 낳아놓고 벵이 나서 죽었구마.'

강포수는 힐끗 월선을 쳐다본다. 그새 월선은 다른 손님의 국밥을 말고 있었다.

"아즈망이 저분 때는 내가 잘못했지비?"

국밥 마는 것을 기다리고 있던 젊은 사내가 말했다.

"머를요?"

"국밥이랑 술이랑 인심 후히 사주었잖았소?"

"아아."

"무시기 돌아감서리 생각하이 맴이 좋잖았습매."

"앞으로는 착한 사람보고 그러지 마소."

"그러기로 했습매. 우리 조선사람끼리."

이때였다. 책보를 끼고 학교에서 돌아오던 홍이가 문턱에 들어서자 제 어미를 놀래주기 위해 한 짓이겠으나 종이로 접은 제비를 월선을 향해 날렸던 것이다. 공교롭게 그게 두메 얼굴에 와서 부딪쳤다.

"무시기 뉘기야!"

두메 입에선 이 지방 사투리가 튀어나왔다. 한쪽 눈썹이 치올라갔고 얼굴이 벌게졌다. 놀랐다기보다 자존심이 상했던 것 같다. 놀란 것은 홍이 편이었으나, 상대가 저보다 큰 아이라는 것을 깨닫자 순간 도전적 표정을 짓는다.

"어째 그럽매?"

홍아! 하며 질책하는 월선의 음성과 동시 두메는 두 주먹을 쥐고 벌떡 일어섰다.

"앙이 내가 시켰슴? 제비가 날아갔지비."

홍이 입에서도 이 지방 사투리가 튀어나왔다.

"무시래?"

"홍아, 이놈아! 잘못했다 빌어라. 손님 아아한테 그라믄 우짜노."

강포수는 못 들은 척 앉아 있었다.

"제비보고 빌라 카지 와 내가 비노?"

책보를 후딱 던지고,

"한판 하겠슴 나 따라오기야!"

가게서 쫓아 나가며 홍이 약을 올린다.

"저 간나아르?"

일어서 나가려는데 강포수가 아들의 허리춤을 덥석 잡았고,

"아가아. 그만 니가 참아라. 니보다 나이 어린께. 내 들어오기만 하믄 그놈을, 철이 없어 그런 걸 우짜겠노."

두메는 월선을 가만히 바라본다. 눈이 젖가슴 쪽으로 내려간다. 분노, 절망, 그리움이 기차 창밖에서 지나가는 전봇대처럼 빠르게 지나간다. 두메는 방바닥에 털썩 주저앉았다. 숟가락을 들고 먹다만 국밥을 연거푸 입 속에 밀어 넣는다.

이 무렵 공노인 객줏집에선,

"그래 만나보았소?"

공노인은 들어서는 추서방을 보고 물었다.

"만나보나 마나."

슬그머니 자리에 앉는다.

"그건 또 무슨 소린고?"

"살림이 꽉 째여 있어서 우리 같은 장돌뱅인 몸 두기가 거북해. 나중엔 짜증이 나더구만요."

"그게 다 못살 징조다."

"잘사는 게 그리 귀찮은 거라면 심신이 편한 편을 택하겠소."

"잘살고 못사는 것은 한갓 물건에 불과한 거고 요는 사람이다."

"공노인도 구변 늘었소."

"아, 언제는 내 말 못하던가?"

"사람이야 똑똑하고 신중하더구면요. 첫눈에서부터. 허나 젊은 나이에 장자풍이 몸에 배서야 장래가,"

"그건 추서방이 몰라 하는 소리지. 부잣집에 장가갔다고 그 사람이 그런 게 아니고…… 오히려 심담이 약해진 편이지. 신중하면서도 고집세고 사내다웠는데…… 양새에 낀 나무 꼴이 되어 과연 장갈 잘 들었을까 나도 생각할 때가 있으니까. 부잣집 서방님이기보담 두령감인데, 재목도 적소에 쓰여야, 그래 무슨 얘길 하던가?"

"김두수 얘기를 자세하게 묻더구면요."

"음. 김두수 얘기라면 나하고도 한 적이 있지."

"그리고 장삿길을 바꾸어볼 생각이 없느냐구,"

"그러니까 곡물로,"

"그렇지요. 오지의 손 안 간 곳의 곡물을 거둬보라 그건데,"

"그거 좋지. 이문이 실팍하고 일정하니까."

추서방은 그 말 대꾸는 아니했다. 달가워하는 표정이 아니
다.

"아 참, 내가 깜박 잊고 있었구먼. 우리 집에 산포수 한 사
람이 찾아왔는데 물건을 좀 가져왔다고, 해서 내가 추서방 얘
길 했지."

"산포수요?"

"늙수그레한 사람인데,"

"수피를 가져왔던가요?"

"녹용도 열 냥은 된다던가?"

"어디서 온 사람일까?"

"가야하에서 왔다던가."

"거기서 왜 여까지 왔을까? 앉아서도 얼마든지 처분되는 건
데,"

"아들 공부 땜에 온 모양이라. 손주 같은 아들을 데려왔더
구먼."

"네? 손주 같은 아들을 데려왔다구요? 경상도 사투리 쓰지
않았어요?"

"경상도 사투릴 쓰더구먼."

"그럼 강포수구먼,"

추서방은 싱그레 웃는다.

"맞어. 성씨가 강이라 하더구먼. 추서방은 그 사람을 아누마."

"알다마다요. 괴짜지요. 그리고 명포수구요."

"참 세상 넓고도 좁네."

"사람은 진국인데 한 가지 버릇이 있지요."

"무슨 버릇? 추서방처럼 주사(酒邪)가 있나?"

"전엔 술을 한 모양인데 나는 강포수 술 마시는 걸 본 일이 없소. 버릇이란 지난 얘길 물으면 화를 내지요."

"음. 그렇더구먼."

"고향은 강원도란 말을 겨우 하긴 하는데 말씨는 갈데없는 경상도 사투리지요?"

공노인은 고개를 끄덕인다.

"자기 말로는 소백산에 오래 있었다고도 하고 아무튼 홍범도 산포대를 따라 강을 넘어온 모양인데 한때 홍장군을 따라다니다가 안 사람이지요."

"거 아들아이 하나 잘 두었더마."

"예. 개천에 용 난 셈이지요."

"눈치를 보아하니 아이 어미는 없는 모양이던데?"

"죽었다더구먼요."

"아마 곧 들어올 게야."

"아아니, 송애야! 너 거기서 뭘 하나? 응?"

공노인댁 방씨의 음성이다.

"아, 아니에요. 아무것도 아니에요."

송애의 음성은 바로 방 앞에서 들린다.

"쓸데없는 소리 마라. 나 거동이 수상해서 아까부터 보고 있었다. 니 요즘 와 그러제? 응?"

공노인이 방문을 활짝 연다. 송애가 거기 서 있었다. 얼굴이 푸르죽죽하다.

"허허어. 임자 무슨 목청이 그 모양이오."

"요즘 송애 저 아이가,"

"허허어, 손님 기시는데 왜 이러지?"

"무슨 연곤지는 모르나 아까부텀 방 앞에서 엿듣고 있지 않겠소? 전엔 그런 일이 없었는데 영 요즘 아이가 싹 변했소."

"그만두지 못하겠소오? 나무라도 옛날 말이지 다 큰 아일, 볼일이 있으니 왔다가 서 있었던 게지."

공노인은 마누라에게 눈짓을 하며 극력 송애 편을 든다.

"참, 그런 버릇은 좋은 거 아니거만."

방씨는 부르터서,

"전서방! 전서방! 볕 드는데 장독 뚜껑 좀 안 열어놓고 머하나?"

뒤안을 돌아가며 신경질이다.

"앙이 송애는 손이 없답매? 대세 높이 앉았음 밥 앙이 묵는 짐승이란 말이."

송애는 꼼짝 않고 선 자리에 그냥 서 있었다.

"나는 가서 낮잠이나 자야겠군."

추서방이 슬며시 자리를 비워준다.

"송애야."

"……."

"송애야."

"……."

"아니, 이리 좀 들어와."

송애는 방 안으로 들어와 공노인과 마주 앉는다. 옛날에 비하여 행동거지가 당돌하다.

'이렇게 자꾸 빗나가는데 윽박지르면 안 되지.'

'능청스럽구나. 아버지 맘속에 의심이 잔뜩 있으면서 안 그런 척, 누가 그걸 모를까 봐서? 길상이한테 얘기 다 들었을 텐데 흥!'

송애는 힐끗 쳐다본다.

'저 눈길이 좋잖아. 여자가 원한을 품으면 오뉴월에도 서리가 내린다더니 사내 잘난 것도 병이다.'

'나도 내 생각이 다 있어요. 날 키워주었다 하겠지만 나 앉아서 공밥 먹진 않았어. 나가라면 나갈 거구, 나가라 하지 않아도 나갈 때 되면 나갈 거구.'

"송애야."

"……."

"너 요즘 근심이 있나?"

"아니요."

"그럼?"

"……."

"아버지한테 속 시원하게 털어놔."

'어림도 없다. 어차피 내 신세는 망친 거구, 이젠 될 대로 되는 수밖에 없지. 하지만,'

송애의 눈이 빛난다.

"너 길상이 땜에 그러는 거지?"

공노인은 김두수 얘기는 입 밖에 내서 안 된다는 생각을 한다. 김두수와 직접 관련이 있는 것은 아직 모르지만 김두수와 함께 있더라는, 윤이병과 송애 사이가 수상하다는 얘기는 들어서 안다.

"왜 지가 그 사람 땜에 그래요?"

"글쎄. 아무렇지도 않다면 다행한 일이고, 우리끼리지만 혼삿말도 있었으니 너 마음이 좋을 리 없지."

"상관없는 일이에요. 장가갔으면 그만이지. 자기 사람도 아닌 날, 응칠이하고 함께 있었다고 막 야단하잖아요?"

"음."

"남이야 어쩌거나, 아버지 어머니가 나무란다면 듣겠지만 왜 그 사람이 그러는 거지요?"

"모르는 처지가 아니니 그랬겠지. 동생같이 생각하구서,"

"아니에요. 그것 아니에요. 강짜를 부리는 거예요."

손톱으로 길상의 얼굴을 할퀴듯.

공노인의 낯빛이 변한다. 소리를 지르려다 꾹 참는다.

"그건 너 생각이야. 너 말을 믿을 사람이 있겠나? 그런 말 하면 너 얼굴 쳐다봐."

"친아버지 같으면 그런 말씀 안 하실 거예요."

"양아버지나 친아버지나, 검정 것을 희다 하겠나? 마음 고쳐먹고, 너만 한 인물에 혼처는 얼마든지 있어."

"저는 시집 안 가요!"

갑자기 송애는 울음을 터뜨린다. 우는 송애는 길상이도 밉지만 김두수도 미웠다.

'개 같은 놈! 내 신세를 요 모양 요 꼴로 만들어놓고서 혼인 약속도 안 하고, 어이구 그만 물에 풍덩 빠져죽었음 좋겠다!'

"지는 시집 안 가요!"

울며 뛰어나가는 송애 뒷모습을 보며 공노인은,

'애가 안 저랬는데, 가망이 없구면. 오늘까지 기르면서 천성을 그리 몰랐을까?'

김두수와의 관계를 모르는 공노인으로선 절망에 쫓기는 송애 포악성을 이해하지 못한다.

밤에 송애는 은밀한 연락을 받고 강변 횟집으로 갔다. 김두수가 기다리고 있었다.

술상을 받고 앉은 김두수의 눈은 핏발이 서서 시뻘겋게 되어 있었다. 자포자기한 송애는 훨씬 대담해진 눈길을 김두수에게 던진다.

"왜 그리 눈이 퉁퉁 부었나."

"울었어요."

"왜, 내가 보고 싶어 울었나?"

"엿듣다가 들켰거든요."

"음. 직물 충실하게 시행하다 그리되었구먼. 그렇담 눈이 가라앉게 내가 쓸어주어야지."

김두수는 송애의 손을 슬쩍 끌어당겼다. 술 냄새가 끼친다.

"그래 무엇을 엿들었나."

"추서방이라고 장사꾼,"

"추서방? 그래서!"

"그 사람하고 아버지하고 하는 얘길 듣다가,"

"그래 듣다가, 무슨 얘기야?"

"똑똑히는 못 들었지만 김두수 이름도 나온 것 같아요."

"뭐라구?"

김두수는 가만히 생각을 다듬어보는 눈치다. 한참 후 그는 싱긋이 웃었다. 뭣 땜에 웃는지 알 수 없는 웃음이었다.

"골치 아프군."

말은 그랬다.

"송애,"

"예."

"너 윤선생 보고 싶냐?"

"싱거운 소리 말아요."

"흥, 보고 싶어도 이젠 할 수 없네."

"왜요?"

"멀리 갔으니까 멀리."

김두수의 눈이 번쩍 빛났다.

"술이나 부어. 객줏집에 있었으면 그만한, 기가 기카나이."

"예? 기가 기카나이?"

"눈치가 없다는 왜말이야."

김두수는 서투른 솜씨로 부어주는 술을 쭉 들이켠 뒤,

"윤이병이 어딜 간 것 같애?"

"그걸 제가 어떻게 알아요."

"계집이란 본시 그런 건지도 몰라. 송애!"

"귀청 떨어지겠어요."

"너 나이 깐엔, 하긴 구중궁궐 속에 있었던 게 아니지. 뭇놈
이 들락거리는 객줏집의 양딸!"

"사람을 업신여기는 거예요?"

송애는 빨끈한다. 낮에 일이 있었던 만큼.

"너 말이다!"

김두수는 송애에게 똑바로 손가락질을 했다.

"만일에 내가 멀리 가고 다른 놈이 네 앞에 나타나면은, 그

걸 제가 어떻게 알아요? 하겠지?"

"윤선생하고 저하곤 아무 관계가 없지 않아요."

찔끔해서 어세를 낮추었다.

"흥! 나한테는 몸을 바쳤다 그 얘기야? 윤이병이 죽었다면 어쩔래?"

"네?"

"칼로 옆구리를 푹 찔러서 어느 산골짝에 내다 버렸다면?"

"아이구 끔찍해라?"

"끔찍하지?"

송애 눈에 겁이 실린다.

"나를 배신하는 연놈의 끝장은 그것이야!"

김두수는 생각 없이 지껄이고 있었던 것은 아니었다. 송애에게 꼼짝할 수 없게 겁을 줄 필요가 있었던 것이다. 육체관계만 가지고 안심이 안 되었다. 앞으로 송애는 유용하게 더 써먹어야 했기 때문이다.

"나쁜 년들! 계집이란."

"제가 뭐 어쨌기에 이러는 거예요?"

"아아니 말대꾸를 자꾸 할 텐가? 너 나를 아직 모르는 모양이구나, 응?"

"……."

"술 부엇!"

송애는 할 수 없이 술을 부어준다.

"윤이병이 죽었는지 안 죽었는지 그건 모르는 일이고 이 만주 바닥에서 명 긴 놈들 많잖을 테니 한 말이야. 그는 그렇고 서울서 기생아씨가 왔다며?"

"그 얘긴,"

"다 알고 있어."

"그 사람은 지금 통포슬에 가 있어요."

"그래? 이름을 봉순이라 했지?"

"잘 아시네요."

"잘 알구말구. 어이구 속이 좋잖아."

김두수는 토할 듯하다가 발로 술상을 확 밀어붙인다.

"이열치열이란 말이 있지."

송애를 와락 끌어당긴다. 송애를 농락하면서 김두수는 윤이병을 생각하고 있었다. 윤이병을 살해한 것은 다분히 감정적 충동이 있었다. 그는 김두수를 배신하고 직무에 태만했다 할 수는 없었다. 비밀을 누설할 처지도 아니었다. 비밀의 누설은 즉 자기 비밀의 누설이 따르기 때문에 소심한 윤이병은 영구히 입을 다물었을 것이다. 그리고 더 엄격하게 따져본다면 윤이병은 앞잡이기는 했어도 전혀 김두수 개인을 위한 끄나풀이 아니었던가. 그리고 또 연적(戀敵)이었고, 그녀를 유인해오지 못했던 것은 이미 연적이 아니라는 증거다.

도망치고자 한 것 역시 그것을 뒷받침해주는 것이다. 한마디로 금녀를 데려오지 않았다는 것에 화가 치밀었다. 윤이병의 능력으론 어쩔 수 없었는데도. 구실은 끄나풀을 끊고 도망치려 했다는 그것이다. 이미 연적이 아닌 이상에 보복의 쾌감이 있을 리도 없다.

'금녀는, 금녀는 장가란 놈을 사랑한단 말입니다! 난, 난 어쩔 수 없었어요!'

겁에 질려 외치던 윤이병의 얼굴이 정사 중에도 김두수 눈앞에 떠오른다.

'넌 배신자야!'

'아닙니다! 형님! 앞으로 무슨 짓이든,'

'넌 믿을 수 없는 인간이다!'

'아, 아니오! 믿어주시오!'

'넌 내 비밀을 가지고 있어!'

김두수는 송애를 거칠게 다루었다. 남자를 알아버린 송애는 대담하게 매달려온다.

'이년! 내 너를 기어이 잡아온다! 죽이진 않어. 살려놓고!'

금녀에 대한 증오에 김두수는 이빨을 갈았다. 송애는 그것을 흥분에서 오는 것으로 생각한다.

11장 폐가처럼

구석지에 있는 침모 방에서 다듬이소리가 들려온다. 빠른

방망이 소리가 한동안 계속되더니 늘어지고, 숨을 돌린 듯 늘어졌던 방망이 소리는 다시 빨라지곤 한다. 빨라지고 늘어지는 다듬이소리는 단조롭고 권태스럽게 반복된다.

"해 안으로느 끝장이 앙이 나겠궁."

가마솥 옆에서 땅콩을 까먹으며 눈알이 조맨한 부엌아이가 말했다.

"무시레?"

삶은 돼지고기를 솥에서 꺼내어 그릇에 옮기다 말고 찬모는 힐끗 쳐다본다.

"다듬이 말입꼬망. 진종일 방맹이 소리 듣잲겠습둥?"

"맹추라잉. 뉘기 참견하는 사람 있슴? 쉬어감서리 하잲구."

"상으 받을라구 그러지비."

계집아이는 오독오독 콩을 씹으며 입을 비쭉거린다. 찬모도 하던 일을 멈추고 콩을 집어 먹으며,

"유모가 있었으문 손으 맞잡고서리 얼피덩 했지비. 다듬이질 혼자서는 지친다 말이."

"아주망이가 거들어주웁소."

"내가 맹추간디? 할 일 없음 낮잠으 자겠슴. 니나 유섭애기 보아주는 기야. 쥔아즈망이 무시기 정신 있겠슴."

"나도 맹추 앙입매. 유모도 앙입매다. 무시레 다섯 살 된 간나아 혼자 놀게 내비리두잲구 별스럽다이. 그렁이 점점 버릇이 나빠지잲소? 봐주재도 머리르 끌구 머리끼 앙이 남답매."

"귀한 송씨 자손이라 말이."

"유모는 어째 나가구선 사람으 속으 썩이는 기야."

"나가고 싶어 나갔슴? 나가랑이까 나갔지비."

"그렁이 하느 말입꼬망. 공연스레 쥔아즈망이 역성들어개지구, 유모가 나서서 흑백으 가리겠슴? 남자 여자 일으 남이 어째 알겠습매까?"

"에계? 시집도 앙이 간 처네가 망칙스럽다아?"

"중하고 만냈건 앙이 만냈건 유모 나설 자리 앙이다 그 말임둥. 눈에 불으 키고서리 미쳐 날뛰는 쥔양반한테 대든 기 잘못이 앙이겠느냐 그 말입꼬망."

"매질이 심하이까 그랬지비."

"주인아주방이느 미치구 주인아주망이는 넋 빠지구."

계집아이와 찬모가 일은 아니하고 잡담으로 시간을 허비하고 있을 때 송영환의 처 장씨는 뜰에 나와서 나무 밑동에 등을 붙이고 앉아 있었다. 아들 유섭(由燮)이 뛰놀고 있는 것을 보는 것도 아니요 안 보는 것도 아닌, 얼굴에 햇빛이 비친다. 굵은 쌍꺼풀이 풀어진 눈은 노곤한 피곤에 젖은 것 같았다. 은행알 모양의 얼굴도 많이 변하여 턱 끝이 날카로워졌고 주근깨가 솟아올라 초라해 보인다. 누리끼리한 짚베(바래지 않는 광목)옷을 입은 때문인지 모른다. 흰 댕기가 감긴 쪽머리에도 햇빛이 흔들린다. 바람이 불어 앙상한 때깔을 벗은 나뭇가지가 흔들릴 때 옷소매 속에서 나긋하게 뻗어난 손목에도 햇살은 노닐고. 창백하고 투명한 손은 창백하고 투명하기 때문에 전보다 더욱 아름답다. 다듬이소리가 빨라진다. 유섭이 객사 모퉁이를 향해 뛰어간다. 뭐라 외치며 머슴 점생을 쫓아서 간다. 뜨락의 나무엔 일제히 움이 터져 나오고 있었다. 여리고 연하면서 힘차게, 가늠할 수 없는 무서운 힘으로 생명은 공간을 향해 팽창해가고 있었다. 겨울을 견디고 어렵게 찾아온 봄은, 그러나 눈 깜짝할 사이에 지나가버릴 것이다. 나무들은 숨가쁘게 신록으로부터 녹음으로, 긴 여름이 계속될 것이다. 긴 여름이. 장씨는 머슴 점생을 쫓아서 간 아들도 잊고 시부(媤父) 송병문 씨 장례식 때 일을 생각하고 있었다. 굴건제복(屈巾祭服)을 한, 얼굴이 검은 남편의 모습과 울어서 평소보다 얼굴이 더 붉었던 시동생의 모습.

'아버님이 살아 계셨더라면……'

지금 생각은 그렇다. 그러나 장례식 당시 얼굴이 까만 남편과 얼굴이 시뻘겠던 시동생의 굴건제복한 모습에 웃음이 터질 뻔했었던 일을 장씨는 생각한다. 죽음이나 슬픔을 실감할 수 없었던 것이다.

'그땐 일가친척들이 와서 방마다 그득 들어차서, 마당에도 사람들은 그득히 들어차서…… 지금은 빈집인데, 아무도 없는 빈집만 같은데,'

일가친척과 낯익은 사람들이 모두 모여든 초상집에서, 그들 많은 사람들 앞에서도 상주 송영환은 저 계집이 왜 머릴 풀었느냐! 저 계집이 왜 상복을 입었느냐! 고래고래 소리를 지르며 광란을 부리고야 말았다. 분하다는 생각도 없었다. 억울하다는 마음도 없었다. 부끄럽지도 않았다. 장씨는 그때야말로 남편의 일그러진 얼굴과 핏발선 눈을 똑똑히 볼 수 있었다. 왜 그랬는지 알 수 없다.

"형님! 이 무슨 짓이오!"

송장환은 형의 팔을 비틀며 무서운 눈으로 노려보았다.

"죄 없는 분을 언제까지 이러시기요? 아버님 시신을 모시고서 이럴 수가 있소?"

낮은 목소리였지만, 송장환은 형의 팔을 잡은 채 귀 가까이 입을 바싹 들이대었다. 남 보기엔 속삭이며 감싸고 달래는 듯했으나,

"정히 이러실 것 같으면 내게도 생각이 있소. 아버님 생시엔 많이 참았지만 나도 남부끄러운 것 개의치 않겠소."

송영환은 순간 위축된 듯 기가 꺾였다. 이래서는 안 된다는 것을 엉환 자신이 더 잘 알고 있었다. 알면서 억제 못하는 것은 이미 어쩔 수 없게 된 병인지 모른다. 또 사람들이 많은 속에서 발작률이 높은 병이기도 했다. 못난 놈, 계집 단속도 못하고, 창피하지 않느냐? 그는 사방에서 그런 모멸의 눈길을 느낀다. 누구 한 사람 눈과 마주친 일이 없는데, 느낄 뿐만 아니라 영환은 그 눈길에서 도망치려고 갈팡질팡하기 시작한다. 아무도 그의 눈을 좇는 사람이 없는데, 몇 개 수십 개의

눈동자는 수백 개가 되고 수천 개가 되어 못난 놈! 치사한 놈! 하며 마구 웃어대는 소리를 영환은 듣는다. 내가 왜! 왜! 무엇 땜에 모멸을 받느냐! 저 계집년 때문이다! 계집년 때문이다! 오직 저 계집년 때문에 내가 행셀 못하게 됐다! 일찍이 감히 누가 내게, 나를! 그리고 집에 돌아오면 영환은 어김없이 장씨에게 매질이다. 아내의 부정이나 결백은 이미 문제가 아닌 것이다. 초상 때야 말할 나위 없지. 수십 수백의 눈동자, 웃음소리, 조롱 소리.

'방마다 그득그득 들어앉아서 내 흉을 볼 게야. 놀림감이 되고 웃을 게야. 음 얼마나 애통하시오? 하면서도 그네들은 날 비웃는다. 내 뒤에서 웃고 내 앞에서 웃고, 계집년 때문이다!'

장씨는 지척에 있지 아니한가.

"이 계집! 무슨 낯짝으로 머릴 풀었어! 상복은 왜 입고오!"

영환은 그렇다손 치더라도 쥐어박히든 떠밀리든 처분대로 하십시오, 그런 모습으로 멍청해 있는 장씨 태도도 괴이쩍긴 했었다. 노하거나 눈물을 흘리거나 아니면 억울하다는 말 한마디라도 있을 법한데, 그럴수록 많은 일가친지로부터 중놈하고 내통하기는 한 모양이로구나, 그러니 저리 죽여줍쇼 하지 않겠어? 풍문이 아니라 사실로서 받아들이리라는 것도 장씨는 깨닫지 않는 모양이었다. 그러니까 그 역시 영환과 마찬가지로 일종의 병인지도 모른다. 천성은 소심하고 판단성이 없는데 부잣집 맏아들로서 욕망의 좌절을 본 일이 없는 영환에게 비대한 혹같이 자라난 것이 자만심과 이기심이다. 그러니까 그것은 자질이 아닌 것으로써 예민하기보다 차라리 우둔한 편인 성품과는 반대로 자만심과 이기심에 한해선 어떤 경우에도 반응은 과민하였다. 과민하다는 것은 영환의 경우 우둔하다는 것과 통할 수 있는 것인지 모른다. 우둔하다는 말이 나왔으니 장씨의 경우 너무나 빠르고 쉽게 고통이나 불행에 무감각해져 버리고 습관화된다는 것도 우둔함과 통하는 것이라 할 수 있을 것이다.

'아버님 장례 땐 참 사람이 많았다. 왜 이리 집 안이 조용할까. 빈집 같네. 다듬이소리만 나고, 그땐 참 많은 사람이 왔었다. 상의학교 학생들까지 모두 상여 뒤를 따라서, 날씨도 추웠는데 바람이 막 불어쌓는데…….'

장씨는 눈을 들어 구름 가는 하늘을 쳐다본다. 하늘 높이 철새가 무리를 지어 날아간다.

"끝순아, 너 어째 그러냐? 얼굴은 솟아오른 보름달같이 훤한데 도모지 소견머리라곤. 그래 시집이나 가겠냐? 어디 부잣집에 화초(花草)며느리로 데려간다*면 모를까…… 그렇더라도 그렇지. 언젠가는 살림을 주관해야 하는데 아무리 하인들이 많아도 가모(家母)의 마음씀이 다 미쳐야 집안 살림이 되는 건데."

태생은 서울이지만 벼슬길에 그냥 눌러앉아버린 아버지를 따라 온성(穩城)에 와서 자랐고, 그곳에서 출가한 고모가 장씨

344

어릴 적에, 물끄러미 바라보며 하던 얘기였다.

"늦게 둔 자식이라 그럴까? 마음이 착한 건지 바보라 그런지……."

나중에는 혼잣말같이 뇌었다.

날아가는 철새를 보며 장씨는 고모의 말을 생각한다. 그때도 날아가는 철새를 보고 있었던가, 그랬을는지도 모른다. 맥락도 없이 옛날 말이 생각났을 리 없다.

'장례 때는 멀리서도 다 왔는데 그분은 못 왔다. 이선생 그분만 안 왔어. 고향 가신 후론 종무소식, 이제 용정에는 안 오시는 걸까? 아버님께서 연추에 계시는데 설마 한 번쯤은 오겠지. 유모도 그렇구먼. 왜 안 올까. 살짝 한번 오면 될 텐데…….'

장례식이 있은 후 몇 달 동안 영환의 병은 진일보하여 새로운 증상을 나타내고 있었다. 한번은,

"마나님으 죄 없습매다. 이러문은 참말입지 앙이 되오. 무시기, 사람으 이렇기 때리는 벱이 어디세 있습둥?"

유모가 말렸을 때,

"뭣이 어째? 옳거니? 그렇지! 이 계집! 네가 바로 그 중놈을 붙여주었구나!"

영환은 욕설에 주먹질까지 해서 유모를 내쫓았던 것이다. 이때부터 영환은 어떤 누구도 장씨에게 대한 동정을 용서치 않았고 장씨 부정(不貞)의 부인(否認)을 결코 용납하려 하지 않았다.

"나는 길 가다가 날벼락 맞은 거라구. 내 잘못이 뭐냐 말이야. 다 계집 하나 잘못 만난 탓이지. 저 계집 탓으로 내가 이 수물 당하는 게야."

장씨의 부정을 기를 쓰며 주장한다. 장례식을 끝내고 돌아가면서 일가친척이 못난 놈, 옹졸한 놈, 몰상식한 놈 하며 각기 내뱉은 말들을 들었기 때문이다. 이혼을 하면 될 거 아니냐는 말도 들었다. 그러나 이혼은 못한다. 이미 장씨를 학대하는 쾌감을 느끼는 때문이다. 주변에서 소외당하는 과잉 자각은 그의 설 자리를 좁혔고 숨구멍은 아내를 학대하는 행위에서만이 트이는 것이었으니까. 하여 영환은 날로 날로 불행해질 수밖에 없었고 황폐한 감정의 수렁 속으로 아편쟁이처럼 빠져들어가는 것이었다. 그것을 촉진한 것은 부친이 자기 몰래 동생 장환을 위해 재산을 따로 마련해둔 사실이다.

"뉘시오."

머슴 점생이를 쫓아가더니 그 길로 점생에게 업혀 밖으로 나간 유섭을 불러들여야지, 불러들여야지 마음속으로 연신 중얼거리며 그러나 장씨는 그냥 땅바닥에 가라앉은 채 움직이질 않는데 누군가 뜰 안에 들어선 사람이 있었다.

"지는 객줏집 공가올시다만,"

"예?"

'젊은 댁네 몰골이 말이 아니고나.'

물끄러미 올려다보는 장씨 얼굴을 피하면서 공노인은,

"송선생님께 객줏집 공가라 하면, 송선생님은 기시는지요."

"계실 성싶은데."

"좀 만내서 얘기드릴 게 있습니다만."

"예. 잠깐만 기다리시오."

의외로 상냥하게 말하며 일어서 객관 쪽으로 돌아간다. 공노인은 장씨 뒷모습을 바라보며 어떤 사람의 송병문 씨 집안 형편 얘기를 생각한다.

"집안이 망하려면 순식간이라. 그 왜 자부가 중하고 어쨌느니 하던 소문이 나돈 것이 그러니까 작년 여름이던가? 일 년이 못 됐지. 송 노인이 별세한 지도 반년이 채 못 됐었고……. 그야말로 쑥밭이라 쑥밭. 사업은 사고의 연발이요 하는 일마다 실패, 주인이 그 모양이고 보니 창고지기는 물건을 빼돌려, 서기는 장부를 속이고, 말짱 남 좋은 일, 남의 살림이 되고 만 게야. 집안은 집안대로 가모가 그 지경이니 하인들 세상, 말을 제대로 듣나, 구석구석 찾아다니면서 낮잠을 잤으면 잤지, 수챗구멍에 허연 쌀이 쏟아져 있고 연장은 여기저기 굴러서 그것 하나 간수하려 안 하거든. 연한 고기는 하인들 밥상에 오르고 질긴 고기는 주인 밥상에 오르고, 으레 집안이 망하기 시작하면은 젤 먼저 나타나는 게 집안 하인들부터 흥청거리는 게 상정인데, 고삐를 잡을 사람은 둘째 아들 그 송선생 말고 누가 있겠어? 한데도 그 사람은 학교 일에 미쳐 있고 또 설사 집안일에 관여하려 한대도 그 못난 위인이 펄펄

뛸 게야. 옆구리에 구데기 실린 것은 모르고 손끝의 까시 든 것만 안다던가. 그러니까 행여 동생이 살림 차지나 아니할까 벌벌 떠는 형편 아니겠어? 하 참, 송노인은 재산도 많이 모았고 좋은 일도 많이 하셨지…… 그 어른이 정정하실 때 넓은 객관은 손님으로 노상 붐볐었는데 지금은 헛간이나 진배없이 돼버렸고. 참말로 남의 일이지만 애석하단 말이야."

송장환은 부친이 별세한 후 객관의 방 하나를 치우고 그곳에 나와 기거하고 있었다. 그러니까 시끄러운 집 안에서 객관 쪽으로 피신한 것이다.

"되련님."

장씨는 문밖에 서서, 철새가 날아가던 하늘, 이젠 구름만 흐르고 있는 하늘을, 그 뾰족해진 턱을 쳐들고 올려다보며 시동생을 불렀다.

"주무세요? 되련님."

"안 잡니다."

대면하기 거북하여 송장환은 방문을 열어보지 않고 대꾸했다.

"누가 찾아오셨는데요?"

"누구지요?"

"뭐 객줏집의 공."

미처 말도 끝나지 않았는데 장환은 급히 말했다.

"네. 들어오라 하세요."

이윽고 공노인은 헛기침을 하며 조심스럽게 방 안으로 들어왔다.

"선생님, 여기 혼자 기시누만요."

"네. 조용해서요. 앉으세요."

"예."

앉는다.

"저녁에 올려 했는데 오늘은 주일이라 집에 기실 것 같아서."

"잘 오셨습니다. 그렇잖아도,"

장환은 애매하게 뒷말은 남겨둔 채,

"혜관이라던가요?"

"조선서 온 중 말입니까?"

"그 중 아직 안 돌아왔어요?"

"예. 돌아왔다는 얘기 못 들었소. 내 듣기론 시일이 오래 걸릴 거라 하지요? 아마,"

"그 중 재미있더군요."

"글쎄요. 길상일 업어 키웠다던가요? 중치고는,"

공노인은 싱긋이 웃는다.

"삼원보에 간다기에 소개장을 써주었습니다만 어떻게 됐는지 모르겠소. 나도 그곳 소식이 궁금하구요."

"중이니까 어디 일정(日程)이 있겠소?"

"웬만했으면 동행하려 했었는데, 늘 그곳 일이 궁금해서,"

공노인께서도 들어 아시겠지요?"

"예. 알고 있소. 조선서, 팔도의 모모한 사람들이 몽땅 그곳으로 옮겨왔다는 얘긴 들었지요. 장차 우리 군대도 거기서,"

"포부도 크고 계획도 크지요. 제발 왜놈의 세력이 그곳까진 뻗치지 말아야 될 텐데, 참 그보다 공노인."

"예."

"댁에 있는 그 처녀 애가 양녀던가요?"

공노인 얼굴에 당혹해하는 빛이 지나간다.

"양딸이지요."

"강보에 싸였을 때부터 기르셨습니까?"

"아니지요. 엄치 커서,"

송장환의 저의를 몰라 공노인은 의아한 얼굴로 변한다. 처음 얘기가 났을 때는 요즘 송애의 심상찮은 행동에 대한 것으로 여겨졌으나 두 번째 말에서 행여 혼담이 아닌가고 공노인은 생각해보는 것이다.

"실은 해괴한 일이 좀 있어서요. 그래 길서상회의 김형을 한 번 만나볼까 싶었던 참이었는데 마침 공노인께서 오셨으니."

'혹? 그 계집아이가 길상을 걸고 들어 좋잖은 얘기라도 퍼뜨린 거나 아닐까?'

어제 낮에 송애 하던 말이 되살아나서 뭔지 섬뜩한 생각이 든다.

"공노인께선 기른 정이 있으니까 듣기 거북할지 모르겠습니다만 그 처녀 애가 뉘한테 이용당하고 있지나 않는지요."

"예……."

장환의 말대로 기른 정이 있어 공노인은 순간 송애 행적을 은폐하고 싶은 묘한 감정에 빠진다. 광대뼈가 솟은 송장환의 얼굴도 매우 우울해 보인다. 송애 일 때문만은 아니겠지만.

"그 처녀 애 일신상의 일이라면 내가 왈가왈부할 이유가 없겠습니다만,"

"전에 학교에 있던 윤선생을 우리 송애가 더러 만났었다는 그 얘기지요."

"알고 계셨구먼요."

"그 정도는,"

"네……."

"……."

"실은 더러 만났었다는 그런 정도가 아닌 모양입니다. 복잡하고 뭔가 심상치가 않은 일들이……. 대충 얘길 추려보면은 윤가, 그러니까 윤선생이란 그자가 도망가지 않았습니까? 강가 주점에 염탐하러 왔다가 본색이 드러나 김형에게 맞았지요. 그게 작년에 있었던 일 아닙니까? 그랬는데 며칠 전에 연추에서 사람이 왔어요. 이동진 선생하고 동행했었다는데 이 선생께선 용정에 들르시지 않구, 그 사람 얘기가 상의학교에 있었다는 윤이병이란 사람이 연추 학교에서 아이들을 가르치고 있다 그겁니다. 필시 그놈이 그곳 사정을 염탐하기 위해

선생질을 가장하고 있을 거구, 그 윤가 놈을 댁의 그 처녀 애가 만났었다는 것은 단순한 남녀관계라고 볼 수도 있는 일이지요만 최근에 와서 몇 가지 드러난 일이 있어요. 윤가 놈이 이곳에 있을 때 괴상한 사내를 자주 만나는 것을 본 일이 있다는 얘기가 들렸습니다. 그 사내 정체가 무엇인지 뻔하다는 거지요."

'그 김두수란 놈 얘기구나.'

"한데 그 사내를 댁의 처녀 애가 만났다는 얘기가 있고 오늘 아침에도 들었습니다만, 그러니까 어젯밤 강가 주점에서 괴상한 그 사내를 만났다지 않겠어요? 이렇게 되고 보면 단순한 처녀 애 일신상 문제는 아닌 성싶단 말입니다."

공노인의 얼굴이 새파래진다. 윤이병은 물론 김두수 얘기도 초문은 아니다. 그러나 바로 어젯밤에 송애가 강가 주점에서 김두수를 만났다는 것은 충격이다. 밀정의 앞잡이라는 것만도 이곳에선 용서받을 수 없는 반역이겠는데 처녀의 몸으로 은밀한 주점에서 사내를 만났다면 그건 볼장 다 본 것이 아닌가.

"공노인이 어떤 분이란 것을 잘 알고 있고 길서상회 김형을 위시하여 경상도에서 온 분들과는 각별한 인연이 있는 공노인인 만큼 다 한마음 한뜻 아니겠습니까. 그리고 사사로운 정리를 저도 모르진 않습니다만 어쨌든 공노인께서 일이 크게 벌어지지 않게끔 손을 써주십시오. 매우 좋잖은 징줍니다."

"어느 모로나 좋은 일은 아니지요."

공노인은 침을 꼴깍 삼킨다. 목이 칼칼하게 타는 것 같았다. 밀정의 앞잡이보다 여자로서 몸을 망쳤을 것이 더 충격인 공노인은 역시 구세대의 사람이다. 여자의 지조는 즉 정조라는 사고방식, 그것이 이 세대의 공통적 가치관인 것이다. 여자는 사명을 위해 목숨을 버렸음 버렸지 사명보다는 정조가 중한 그 가치관, 김훈장의 골수에 박힌 사상이요 역시 서민이며 산전수전 다 겪은 공노인의 사고의 생리다. 술수(術數)의 한계는 몸을 더럽히지 않는 곳까지, 결벽의 아름다움이지만 그것은 또한 낙조(落照)의 아름다움이기도 하다. 그렇기 때문에 척골(瘠骨) 유림들은 꽃같이 떨어져갔고 들개처럼 약속된 조석(朝夕)이 없었던 천민들은 미련하고 우둔하게 죽어간 것이 아니었던가.

"그건 그렇지만, 아 참 얘기에 정신이 팔려서, 공노인께선 무슨 일로,"

겨우 생각이 미친 듯 송장환은 얼굴을 붉힌다.

"대단치도 않은 일이요만,"

공노인은 낯빛이 달라진 채 앉아 있다가 내키지 않는 대답을 했다.

"말씀하십시오."

"예."

"죄송합니다."

"아니, 실은 우리 집에 손님이 들었는데 아들아이를 하나 데리고 왔더구면요. 그 아이를 학교에 넣어서 가르치겠다는."

"그건 어려운 일 아니지요. 아시다시피 우린."

"예. 한데 그게 좀, 아버지 직업이 포수라 아이 공불 시키자면, 그러니까 아이 혼자 이곳에 맡길 수밖에 없다 그 얘기였었소."

"몇 살인데요."

"열두세 살쯤 됐을까요?"

"열두세 살쯤…… 그러면은."

"아이가 똑똑해 뵈고, 내 집에 두고도 싶지만 객줏집이라서."

"전 같으면 제가 데리고 있어도 좋겠지만 저 역시 집안 형편이, 교육상 좋지 않을 겁니다."

"하동댁 생각도 해보았지만……."

"……."

공노인은 두메를 어제오늘 본 터이지만 송장환은 보지도 못한 두메다. 한데 두 사람은 이상하게 두메 거처에 대해 심각하게 궁리를 한다. 조금 전의 대화가 살벌했고 불쾌한 것이었기에 양인은 다 같이 무거운 기분에서 도망치고 싶은 때문일 것이다.

"그렇군요. 정호네 집이 좋겠소."

"정호네 집이라면?"

"훈장어른이 계시던 곳 말입니다."

"아아, 하지만 훈장어른께서도 협소하실 텐데요?"

"지금은 계시지 않지요. 혜관인가 그 중과 동행해 가시지 않았습니까."

"그건 알고 있소. 하나 돌아오실 건데,"

"가시면서 그곳 형편 보아 안 돌아오시겠다는 말씀이 있었지요. 제 생각엔 안 돌아오실 것 같고, 또 돌아오시면은 그때 형편 따라서 달리 처리할 수 있으니까 우선,"

"하긴 그 포수도 오래 머물 처지가 못 되고 하니 급하긴 급하지요."

"아무튼 내일 그 애를 학교에 보내십시오."

"그러지요."

송장환의 집을 떠난 공노인은 집에까지 돌아오는 동안 마음을 가라앉힌다. 섣불리 기색을 보여서는 안 된다는 마음의 다짐을 하고서. 진종일 공노인은 마누라에겐 입을 다문 채 송애 거동에 정신을 썼다. 여느 날과 다름없이 일을 했으나 송애의 눈빛은 날카로웠다. 어떤 순간엔 입술 언저리에 경련이 일곤 한다. 뒤꼍에 돌아가서 머슴 전서방과 다투곤 한다.

"네가 뭔데 날 보고 이러라저러라 하니!"

"사람 앙입매? 송애는 사람 앙임둥?"

전서방은 약을 올린다.

"머슴 주제에 건방지긴, 꼴도 꼴같잖은 게 날 업신여긴단 말이야."

"피차 일반입매. 앙이 그런가? 뽄새 낼 거 없단 말이. 전에
느 송애가 앙이 그러더이 되세 달라졌다이. 시집으 못 가이
벵이 나쟀앴슴?"

"뭣이?"

"무시기, 미친 안깐 앙이가, 생각으 할 때도 있지비. 어째
그러니야? 잉?"

공노인은 바깥 소리에 귀를 기울였고 방 안에서는 문구멍
으로 대문간 동정을 자주 살폈다. 마누라가 들어오면 잠 좀
자야겠다면서 쫓아내곤 했다.

'이 짓도 하로 이틀이지.'

해가 지고 사방이 어스름해졌을 무렵이다. 대문간에서 송
애가 어떤 사내하고 얘기하는 모습을 볼 수 있었다. 사내의
얼굴은 잘 볼 수 없었으나 김두수는 아니었다.

'손님이 드는 걸까?'

아니었다. 사내는 돌아가는 모양이다.

"누구냐? 손님 드시려면 뒷방이,"

하면서 공노인은 방문을 열고 나갔다.

"아닙니다. 집을 찾는 사람이오."

송애는 천연스럽게 말하고선 제 방으로 들어가버린다. 전
서방이 혼자 투덜거리며 부엌에서 저녁상을 차리는 것이었다.
그러나 공노인은 제 방으로 들어간 송애를 내버려둔다.

사방이 캄캄해졌을 때 송애의 흰 저고리가 대문 밖을 나가는 것을 볼 수 있었다. 공노인은 황급히 일어섰다.

"왜 이리 오늘은 유별난고 모르겠네?"

마누라가 말했다.

"허허어 전에 안 하던 버릇, 가장이면 하늘인데 안에서 왜 이리 말이 많을꼬?"

"얼씨구?"

공노인은 대문 밖으로 나갔다. 송애는 뒤돌아보는 일도 없이 급히 걷는다. 송애가 사라진 곳은 송장환이 말하던 것처럼 강가 주점이었다. 급히 발길을 돌린 공노인은, 늦게까지 길서 상회 사무실에 머물고 있을 길상을 찾아갔다.

"웬일이시오? 바쁘게."

"잠시 나와야겠구먼."

"네."

길상은 담배를 부벼끄고 일어섰다. 걸음이 빠른 공노인을 따라 무슨 일이냐는 질문 없이 길상도 걸음을 빨리한다. 번화한 곳을 빠져서 인가가 드문드문한 곳에 이르렀을 때,

"송애가 그놈을 만나고 있구먼. 강가 주점에서."

"지금 말입니까?"

"지가 거기 갈 까닭이 없고 송선생이 그러는데 어젯밤에도, 그놈을 만난 모양이다. 아무튼 자네가 가서 그놈인지 아닌지,"

"김두수 말이지요?"

"그렇지. 나는 얼굴을 전에 보아서 알고 있으나 월선이 말론 하동의 그 왜, 그러니까 자네가 확인을 해야 한다 그 얘기구면. 월선이가 만난 그자가 지금 송애를 만나고 있는지,"

공노인은 숨이 찬 모양이다. 해란강에서 찬 바람이 불어온다.

주점에 도착한 길상은 자세한 설명은 아니했으나 주인의 양해를 구하여 그들이 들어 있다는 옆방으로 소리 없이 들어갔다. 칸을 질러놓은 칸막이 사이로 눈을 가져간 길상은,

'거복이다! 틀림없는 거복이다!'

딱딱하게 얼굴이 굳어진다. 돌아본다. 공노인은 눈짓을 한다. 길상은 바로 그렇다는 듯 고개를 끄덕인다.

두 사람은 말을 잊은 채 서 있었다. 한동안이 지난 뒤 길상은 결정을 한 모양이다. 공노인 귓가에다 대고,

"나갑시다."

방에서 나온 길상은 멀찍이 공노인을 끌고 갔다.

"부딪쳐봅시다."

"부딪쳐보아?"

"제 놈도 약점이 있으니까요."

"더 영악해지면 어쩌려구?"

"그러니까 밀정인 것은 아예 모르는 척하십시오. 딸아이가 바람이 나서 잡으러 왔다는 식으로 끝내 말씀하셔야 하구 나는 이 집에 술 마시러 왔다가 우연히 만난 척해야지요."

"그러면 내가 먼저 가서 떠들어대야겠구먼."

"눈치 하나는 비상할 테니까 잘 하셔야 합니다. 윤이병이 얘기는 입 밖에 내지도 마세요."

"알았다."

헛기침을 하고 공노인은 김두수와 송애가 있는 방으로 다가간다. 방 앞에서 다시 헛기침을 하고 나서,

"실례하겠소."

"뭐라고?"

김두수 음성이다. 공노인은 서슴없이 방문을 열어 젖힌다.

"송애야!"

송애는 용수철같이 자리에서 뛰어올랐다.

"이게 어찌 된 일고오!"

이미 구면인 김두수, 계면쩍은 웃음을 흘리며,

"허허 주인장 허어."

"이노옴! 이 천하에 개망나니 같은 놈! 남의 집 자식을 여기가 어디라구 응? 이놈!"

"허허어 왜들 이러시오? 생면부지의 처지도 아니겠고,"

유들유들하다.

"이놈아! 생면부지의 처지가 아니니 더욱 가증코나. 가옥 주선을 해달라고 내 집에 오더니만 딸자식 홀려낼려던 네놈의 흑심을 내가 몰랐으니! 송애 이년! 집에 못 가겠나! 오늘 이때까지 키운 공이 기껏 이것이냐 그 말이다! 어디 사람이

없어서 저런 순 날도둑 겉은 놈을!"

"아아니 듣자 듣자 하니, 말이면 다 하는 겐가? 그러면은 물어봅시다. 송애가 노인장 딸이라서 이러는 게요?"

"이놈아! 안 낳았으도 길렀으면 부모다! 이놈을 영사관 순사한테 끌고 가든지 해야지!"

"허허헛…… 허허하핫핫…… 나를 순사한테 끌고 가요?"

길상이 방 앞을 지나치는 척하다가,

"아니 공노인 아니시오? 여기서 왜 이러시지요?"

"아이구 마침 잘되었네. 내 분통이 터져서 숨이 넘어갈 지경이네. 세상에도 흉악한 사람도적놈이 저기, 저, 저기 앉아 있네. 다리몽댕일 뿌지르든지 허리뼐 동강내든지, 계집애 하나 버렸다! 버렸어!"

고개를 숙이고 오도 가도 못한 채 벽에 기대어 서 있던 송애가 힐끗 눈을 들어 길상을 본다. 길상의 눈이 김두수 눈에 가서 박힌다. 김두수도 길상의 출현에는 놀란 눈치다.

"아니, 이게 누군가? 너 거복이 아닌가?"

"그렇다! 나 김평산의 아들 거복이다! 종놈의 신분으로 뉘한테 반말이냐?"

길상은 웃는다.

"지금은 최서희의 사내가 돼서 거들먹거린다는 얘긴 들었지만,"

"다아 자네 부친 덕분이지."

길상은 여전히 웃는다.

"뭣이?"

"그러니까 자네도 좀은 얌전하라 그 말이야. 피장파장 아니
겠어?"

"아니 이게 어쩐 일인고?"

길상은 공노인 쪽으로 얼굴을 돌리며,

"공노인께서는 따님 데리고 가십시오. 깨진 그릇, 고함치고
욕설한다고 성해집니까? 나 이 친구 잘 압니다. 아는 정도가
아니라 기가 막히는 상봉이오. 하니, 딸 이 사람한테 주면 될
거 아니오. 그런 타협도 친척같이 오가는 처지, 못할 것 없고
우선 기막히는 상봉에 할 얘기도 많으니, 떠들어보아야 공노
인은 얼굴에 침 뱉기 아니겠습니까?"

길상은 송애의 팔을 확 잡아끈다.

"아버지 따라가아!"

"놔요!"

"부끄럽지도 않아? 술집 계집이야?"

문밖으로 등을 떼밀어낸다. 송애는 두 주먹을 쥐고 부들부
들 떨면서 이를 뽀도독 갈았다.

"이봐요! 주인!"

소동에 놀라서 문밖에 와 있던 여주인이,

"여기 있습매!"

"여기 술상 새로 차려오시오! 밤새도록 마실 테니까."

문밖에서 어정대고 있는 공노인 바로 코앞인데 문을 꽝 닫아버린다.

"아무튼 반갑네. 종의 자식이건 살인자의 자식이건 피차 상관할 것 없고 이곳에선 조선사람끼리만도 반가운 법인데 자네하고 나하곤, 마 과거지산 그만두고."

길상은 너스렐 떤다. 김두수는 조그마한 눈을 좁히며 침착하게 길상의 거동을 응시한다. 그러나 얼굴은 핼쑥했다.

한참 후, 별안간 김두수는 그릇 깨지듯 큰 소리로 웃어젖힌다.

"조옿지. 술 마시는 데야 원수가 있나."

12장 밤길에서

제법 육중한 느낌이었고 규모도 넉넉한 이 층 가옥이었다. 이 층에는 발코니가 있었고 삼단 층계를 따라 금속 난간이 돌려져 있는 포치는 넓었다. 이곳 중류 이상 러시아인들의 주택 양식이지만 중국 취향을 약간 곁들인 벽돌 건물이다. 집주인은 심운회(沈運會). 이 지방에서는 쎄리판 심으로 통하는 귀화한 조선인이다. 러시아 정부의 도헌(都憲)이며 부호요 이범윤과 손을 잡고 일찍부터 항일투쟁에 앞장선 최재형(崔在亨)의 비호 아래 청부업자로서 칠팔천 원의 자산을 모았으며 인품이 온유하여 신망 있는 인물로서, 쎄리판 심은 비교적 부유한 생활을 하고 있었다. 그러나 그의 재산에 비하여도 그렇거니와 두 딸아이를 가진 내외의 단출한 식구에는 집이 아무래도 분에 넘는 것이 사실인데 그럴 만한 이유가 없었던 것은 아니었다. 쎄리판 심에게는 하얼빈에서 큰 약종상(藥種商)을 하는 형이 있었다. 쎄리판 심이 연추에 집을 신축하려 했을 때 형은 적잖은 보조금을 내놓았다. 그리고 하는 말이,

"허비하는 게 아니니까 집이란 돈 넣은 만큼, 팔 때도 그 값 지니고 있는 게야. 잘 지어."

"하지만 푼수에 맞게,"

"모르는 소리, 인종이 다른 곳에서 제대로 행셀 하려면, 행셀 한다는 것은 말할 것도 없이 사업의 터전이고 그러니까 신용이라는 게 제일인데 신용이 뭐냐, 재산이거든 재산. 재산이란 은금보화로 뭉쳐서 농짝 속에 넣어두어서는 모르는 게야. 그렇게 할 필요가 있는 사람은 그럴 것이나 장사 혹은 사업하는 사람이랄 것 같으면,"

하다가 말이 길어질 듯싶었던지,

"그러니까 한마디로 집이란 집 임자의 재산을 남한테 알리는 거고 실컷 살고서도 집이란 제 값 제 짊어지고 있는 거니까, 신용 얻어, 남한테 대우받어. 그러니 버젓하게 집은 지어야 한다 그 말이야."

보조금뿐만 아니라 형은,

"뭐니 뭐니 해도 벽돌 쌓는 데는 중국인이 젤이고."

하얼빈에서 기술자까지 보내주었다. 그리하여 집을 지은 지 어느덧 오 년, 지금은 견사(絹紗) 같은 느낌의 어둠이다. 엷고 맑은 어둠의 시각이며 밤이다. 쎄리판 심의 이층집 발코니가 하얗게 떠 있는 것 같다. 불이 꺼져 있는 이 층 창문 창살들도 하얗게 떠 있는 것 같다. 아래층만이 방마다 불이 환하게 켜져 있고 포치도 환하다. 낮보다 훨씬 하강해버린 기온은 한랭하다. 설마 수확을 앞둔 들판의 곡식들이 얼어버리기야 했을라구. 문이 열린다. 불빛이 환한 포치에 남자 손님 두 사람이 나온다. 주인 내외가 따라나오고 마지막 금녀도 모습을 나타낸다. 금녀는 검정 통치마에 미색 저고리를 입고 있었다. 금녀는 바로 쎄리판 심 집에 기식하고 있었던 것이다. 저녁에는 러시아 아이들과 함께 그녀들 학교에서 교육을 받는 두 딸아이에게 한글을 가르쳐주고 낮에는 조선인 학교에 나가는 것이었다. 장인걸이 이 집에 금녀를 소개해주었을 때 쎄리판 심은 온유한 미소를 머금으며,

"내가 심씨를 만나서 기쁜 게 세 가지 있소. 그 하나는 종씨라는 게요. 심씨는 그리 흔한 성은 아니지 않소? 둘째는 식구가 적어서 넓은 집이 적적했는데 손님은 잦은 편이지만 늘 집에 눌리는 기분이었거든. 그리구 셋째는 애들이 우리 조선나라 글을 배울 수 있게 됐으니 그것 또한 다행 아니겠소? 아 참또 한 가지 있지. 야소교 학교에서 공불 했다니까 신자일 테

고 말이오. 당신도 그렇게 생각 안 하오?"

"네. 그렇구면요. 여러 가지가 우리 형편에 안성맞춤이지 뭐겠어요? 다 장선생님 덕분 아니겠어요?"

부인은 장인걸과 금녀를 번갈아 보았었다. 금녀는 얼굴을 붉혔다.

"그렇고말구, 장선생 덕분이지. 하여간 우리 화조(花鳥) 아가씨들이 돌아오면 언니 하나 생겼다구 젤 기뻐할 게요. 하하핫……."

큰 딸애 조선 이름은 수연(水蓮)이요, 작은 딸애 이름이 수앵(樹鸎), 해서 쎄리판 심은 딸들을 말할 적에 곧잘 화조 아가씨라 했던 것이다. 언동이 온유하고 여자를 존대하며 점잖게 우스갯소릴 잘하는 쎄리판 심과 자연스럽게 남편 말에 동조하며 대화를 보충하며 항상 여유가 있는 부인, 이들 내외는 외유내강, 겉보긴 부드러우나 마음가짐은 매우 엄격한 편이었다. 금녀는 새로운 가풍 속에서 이들 내외의 영향을 적잖이 받았다. 지적인 여교사의 품위를 갖추게 된 것도 화목하고 질서 있는 이 행복한 가정의 일상에서 비롯된 것이며 과거 이력에서 온 열등감을 극복하고 신념과 허식 없는 정직한 자세로 인생에 대한 희망을 깨우쳐준 것은 장인걸이었다. 금녀는 많이 변하였다. 배우며 가르치며 구각(舊殼)에서 빠른 속도로 탈피해가고 있었던 것이다.

"들어가십시오. 바람이 찹니다."

뜰을 질러 앞서가던 사내는 코트 호주머니 속에 손을 찌르고, 돌아보지도 않고 말했다. 장인걸이다.

"네. 이제 들어가십시오."

두루마기에 중절모를 쓴 이동진이 돌아보며 장인걸과 같은 말을 했다.

"그럼 또 봅시다."

쎄리판 심이 말했고,

"안녕히 가세요."

부인과 금녀가 허리를 굽히며 인사했다. 거리에 나온 두 사내는 묵묵히 걸음을 옮겨놓는다. 하늘 가득히 뿌려진 별은, 별 하나하나에서 뿜어낸 여광(餘光)들은 서로 녹아 흘러서, 그 야말로 은하(銀河)인가, 지상에도 천상에도 견사 같은 엷고 맑은 어둠이 부유(浮遊)하고 있는 아름다운 밤이다. 밤바람이 한랭하여 더욱 맑은 느낌인지, 멀리 있는 성당의 첨탑이 뚜렷하게 솟아올라 있다.

"장동지."

"네."

"고집은 이제 그쯤 해두는 게 어떻소?"

"네?"

"내 말 못 알아듣겠소?"

"……."

"심운회 씨 내외분이 장동지 생각을 많이 하지. 번번이 저녁 초대하는 저의쯤 장동지도 모르진 않을 게요."

"……."

"살림을 차리시오."

장인걸은 성당 첨탑을 바라보며 쓴웃음을 띤다.

"저보다 선생님께서 생각하실 일 아니겠습니까?"

"허허 내게는 조선땅에 내자가 있고 장가든 자식 놈이 둘이오. 몰라서 그러는 게요?"

"……."

이동진은 담배를 꺼낸다. 장인걸에게 하나 주고 자기도 한 개비 입에 물고서 바람을 막으며 담뱃불을 붙인다.

"자아 붙이시오."

두 손을 오므리며 내미는 성냥불에 장인걸은 등을 꾸부리고 담뱃불을 붙인다.

"죄송합니다."

깊이 빨아넘긴 담배 연기를 토하면서 이동진은,

"야박하다 생각할지 모르지만 이미 없어진 지 십 년 가까이 되는 처자, 언제까지 염두에 두는 것도 못난 짓 아니겠소?"

"염두에 두는 것은 아닙니다만,"

말과는 달리 빨아당기는 담뱃불에 비친 장인걸의 얼굴, 왼편 귀 근처로 해서 입술 가까이까지 푸르스름한 반점이 드러난 얼굴은 험악하게 일그러져 있었다. 그러니까 구 년 전의 얘기다. 노일(露日)전쟁 당시 이범윤 휘하에서 젊은 열정을 태우던 장인걸은 러시아군에 가담한 이범윤의 명령을 받고 국경을 넘은 일이 있다. 적군의 동태를 염탐하기 위하여. 그때 장인걸은 임무의 효과적인 수행을 위해 처자가 있는 집으로 갔던 것이다. 그것을 근거지로 하여 얼마 동안 일군의 동태를 살피다가 보고차 본진으로 돌아간 사이 뒤늦게 밀정이 장인걸의 정체를 탐지했고 처자는 일군에 의해 살해된 것이다.

"염두에 두지 않는다면은……."

혼잣말같이 중얼거리는 이동진은 요즘 자주 하동에 있는 가족을 염두에 떠올리는 자기 자신을 생각한다. 늙었을 아내와 아들, 자부, 그리고 상봉한 일이 없는 손주, 양자 보낸 작은아들의 소출이긴 했으나.

'내가 늙은 탓일까. 모든 일이 뜻대로 되지 않는 탓일까. 심씨댁 환한 불빛, 딸아이들의 웃음소리, 그 속에서 왜 내 눈시울은 뜨거워졌을까. 늙은 탓이 아니다. 늙도 젊도 않기 때문일 게야. 늙은 골수파들은 한 치 의심 없는 충성심으로 끝장냈고 끝장내려 하고 있다. 젊은 사람들…… 허허허어. 물줄기라도 찾아주려고 내가?'

"처성자옥(妻城子獄)이라 아니합니까?"

장인걸의 말이 귓전을 지나간다.

"음…… 그런 생각을 한다면 대처(帶妻)할 사람 아무도 없지."

"사람 따라서 처지도 매우 다르지 않겠습니까. 다시는 가슴

에 못 박히는 일…… 글쎄요. 먼 훗날엔 어떻게 될지 장담할
순 없지만요."

"뭐 무서워 장 못 담근다는 말이 있지. 너무 억제하는 것도
심신에 좋질 않아."

"남 보기에 제가 억제하는 것처럼 그랬을까요?"

장인걸은 웃는다. 목쉰 것 같은 웃음소리였다. 이동진도 싱
긋이 웃는다.

"그것도 인연이라면 인연일 게요. 또다시 그런 일이 일어날
리도 없고."

"선생님."

"……."

"심금녀 그 여자 고생 많이 했습니다. 제 나이 젊습니까?
돈이 있습니까? 내일을 기약할 수 없는 놈이,"

"서른다섯…… 늙었소?"

"그 여잔 스물하나, 둘이라던가요? 선생님 더 이상 그 얘기
는 하지 맙시다. 그보다,"

장인걸은 말머리를 꺾었다.

"권선생께선 어째 이리 소식이 없지요?"

장인걸의 어조는 다분히 신경질적이었다.

"글쎄…… 아닌 게 아니라."

"어디서 화를 당하시지나 않았는지 모르겠습니다."

이동진도 어젯밤에 그런 생각을 했었다. 해서 숙소 주인인

염씨에게 어디서 화를 당하지나 않았는지 모르겠군, 하고 장인걸과 같은 말을 했던 것이다. 그러니까 지난 삼월 초순, 급변하는 중국 정세를 정확하게 파악할 필요가 있다면서 상해 방면으로 떠나 지금은 구월도 막바지로 치닫고 있는데 권필응에게선 아무런 소식이 없는 것이다. 떠나기 며칠 전이었던지, 평소 그런 일이라곤 없었던 권필응이 이동진과 장인걸이 동석한 자리에서 장인걸과 동배인 강일석(康一石)을 상대로 격론을 벌인 일이 있었다. 격론이라기보다 감히 맞설 수 없는 강일석은 조심스런 의견을 내비쳤을 뿐이었는데 비판이나 반론을 허용치 않겠다는, 거칠고 독선적인 분위기를 독기처럼 뿜어내며 권필응 혼자 앞질러간 그날의 토론이었다.

'그 친구가 왜 그랬을까?'

'그 양반이 왜 그랬을까? 전에 없었던 일이었어.'

구둣발 소리만 울리는 밤길에서 두 사내는 동시에 그때 일을 상기하며 불길한 예감에 사로잡힌다.

'부질없는 생각이야. 망상이다. 기우다. 그분만은 끝까지⋯⋯. 허술하게 죽진 않아.'

장인걸은 자신이 얼마나 권필응의 무사함을 바라고 있는가를 비로소 깨닫는다. 얼마나 깊이 그를 신뢰하고 있는가를 깨닫는다. 청년처럼 그에게 열광하고 있는 자신을 깨닫는 것이었다.

영하 사십 도, 한천을 나는 쇠붙이 화살처럼 냉엄하고 재빠르며 방향감각이 정확한 권필응이다. 그가 위대하다는 것은 그의 언동에서 비롯된 것이 아니요 강렬하며 전파력을 갖는 암시, 그 천태만변하는 암시의 눈빛에 연유한다. 그의 눈은 음성보다 더 많은 얘기를 들려주었으며 때론 명령하고 설득하고…… 특히 강압하는 그 눈빛은 마수 같아서 아무도 거역하거나 빠져나가지 못하게 한다. 사람들은 움직이지 않는 그의 눈동자 속에서 통곡을 들을 수 있었고 따스한 사랑을 느낄수 있었고 무자비한 결단을 볼 수 있었다. 예민한 젊은이들, 감성이 풍부한 젊은이일수록, 그의 암시는 신비로움이다. 이시대의 소위 지도자로서 그는 전혀 유형을 달리하고 있는 것이다. 단점으로 볼 수 있겠으나…… 그는 많은 사람, 군중 앞에 나서기를 좋아하지 않는다. 누구하고나 어울리어 시국을 논하고 이상을 말하는 일이 없다. 비분하여 눈물짓는 일이 없다. 호탕하게 너털웃음을 웃는 일이 없다. 천군만마를 질타하며 황야를 질주하는 그를 상상할 수 있을까? 송진처럼 찐득찐득 눌어붙어서 협상하는 그를 상상할 수 있을까? 구렁이 담넘어가듯 교활한 관용을 그에게선 바랄 수 없다. 그는 생래가 수줍은 사내였는지 모른다. 과대한 몸짓 과대한 변설, 발이 땅에 붙어 있지 않은 그 많은 자칭 타칭의 독립지사 영웅들, 권필응의 수줍음은 그러나 영웅심에 대한 강한 제동력이 될수 있을 것이며 항상 환상을 배제하며 정확하고 적확하게 사고를 집중시킬 수 있을 것이다. 따라서 상대적으론 그 정확함으로 하여 그를 환상하게 된다. 믿게 된다. 불가사의한 힘을 느끼게 한다.

'그러한 권선생이 어째 그땐 흥분했을까? 다변했을까? 초조했다. 왜? 까닭을 모르겠군.'

장인걸은 권필응의 특성을 생각하다가 그때 광경을 눈앞에 떠올린다. 얘기는 흑룡강에서 시작되었다. 청국이 흑룡강 좌안(左岸)을 러시아 영토로 양보하기에 이르는 1858년 애훈조약(愛琿條約)에 얽힌 얘기였다. 그때 권필응은 벽에 등을 기대듯 앉아서 여느 때와 마찬가지로 말이 없었다. 그러다가 지난 이월 청조(淸朝) 마지막 황제로서 종지부를 찍은 선통(宣統)의 퇴위로 얘기는 넘어갔고 가정부(假政府)를 조직한 원세개(袁世凱)가 혁명정부의 대총통(大總統) 손문을 밀어내고 자신이 대총통으로 취임한 중국 정변에 화제는 이르렀다. 과연 원세개는 조선독립군을 도와줄 인물이냐.

"원세개?"

벽에 기대서서 말이 없었던 권필응이 앞으로 몸을 기울이며 날카로운 어조로 쏘았다.

"어림 반 푼어치도 없지. 그자는 틀림없이 일본과 야합할걸?"

내뱉었다.

"그렇지요? 인물이랄 것 같으면 뭐니 해도 손문이."

강한 어세에 당황한 강일석은 얘기의 중심을 잃었다.

"손문? 손문보다 위대했던 것은 삼민주의(三民主義)였지."

이번에는 냉소했다.

"위대한 것 많았지. 손문보다 위대한 것 말이야. 삼합회(三合會)를 위시한 여러 비밀결사가 위대했어. 기라성 같은 혁명지도자 혁명군 그리고 홍수전(洪秀全)이 뿌려놓고 간 씨앗을 줏어먹은 농민들, 그리고 또 있어, 광산노동자들! 손문은 뭘 했나? 삼민주의? 손문은 일찍이 홍수전 막하의 한 숙로(宿老)에게 배웠건만 삼민주의는 태평천국의 정치요강을 앞서지 못하였고 그렇게 아류에 불과한 거야. 온건파 강유위의 대동사회사상에 비하면 월등 뒤떨어진다 그 말이야. 그러나 삼민주의는 손문보다 위대했어. 손문은 뭘 했나? 했지. 메뚜기처럼 뛰었다. 이리 뛰고 저리 뛰고 해서 믿지 못할 일본 낭인(浪人)과의 약속을 믿고 삼백만 발의 탄약을 믿고 목이 빠지게 기다렸지. 얻은 게 무엇이냐? 혁명군의 희생과 좌절이었어. 혁명정부 대총통 손문이 직접 전선에 나선 것은 불과 사오 년 전의 일이야. 막대한 무기가 있으리라 믿었던, 그렇지, 그때도 믿었었지. 그 막대한 무기가 있으리라 믿고 공격한 진남관(鎭南關) 사건 때가 처음이었단 말이야. 그나마 진남관의 무기고는 빈털터리, 번번이 그랬었다. 망명 잘하는 것만이 능수냐? 부지런한 것만 능수냐? 불은 부지런히 지르고 다녔으니까. 손문이 위대했던 것은 마카온지 아모인지 그곳 양인 의사 중에서 유일한 중국인 양의였었다는 그 점일 게야. 하하하……."

흥분한 권필응은 여지없이 손문을 깔아 뭉개버렸던 것이다.

"그러나 원세개 같은 간물(奸物)하고야 월등 다르지."

이동진의 말이었다. 장인걸과 강일석은 이동진의 얼굴을 힐끗 쳐다보았다.

"그야, 양다리 걸쳤다가 앉아서 집어삼킨 원세개에 비하면 고생도 했고 깨끗하기야 했겠지요. 거대하고, 얼마든지 더 거대할 수 있는 혁명군과 민중들을 떠메기엔 역부족이란 뜻입니다. 그만한 인물, 혁명당 속엔 기라성같이 많았었다 그거지요 뭐."

권필응은 갑자기 시무룩해졌던 것이다.

"인물 비교는 그렇다 하더라도 우리하고의 연관을 생각할 때 사정이 달라지지 않겠습니까? 오히려 친일은 손문 쪽이고, 삼원보 그곳에서 원세개가 이판서댁 형제분들과 친분이 있다 하여 큰 기댈 걸고 있질 않습니까?"

강일석이 비비적거리며 말했다.

"정치야, 정치! 정치에 친분이 어딨어!"

권필응은 화를 벌컥 냈다.

"그렇지만,"

"그렇지만, 그렇지만! 그게 어찌 됐다는 게야!"

보통 신경질이 아니었다.

"사고무친(四顧無親)한 곳에서 기반을 닦자면 내실은 어찌 되었든 명색이 대총통인데 그 위력이란 망국의 유랑민과 진배 없는 지금 처지로선 막대한 것 아니겠습니까?"

강일석은 꾸역꾸역 말을 밀어냈다. 이동진과 장인걸은 묵묵히 두 사람을 지켜보고 앉아 있었다.

"실낱같은 게지. 인정가화(人情佳話)에 속할 문제고, 망국의 유랑민일 경우엔 말이야! 그래 자네는 자네 자신을 유랑민이라 생각하나?"

"그 그건,"

"아니지이! 분명 아니렷다? 그래, 정착을 허용해주고 학교 설립 인정해주고……. 조선땅에서 먹고살 수 없어 남부여대(男負女戴) 건너온 망국의 백성들 경우엔 그 정도의 호의란 대단한 거겠지. 허나, 적어도 자네나 나, 또 삼원보에 온 사람이면 원세개한테 감사하고 기댄 건다는 것은 그건 밸 빠진 수작이야! 왜냐, 그건 지엽이니까, 근간은 아냐!"

권필응의 얼굴은 검붉어졌다.

"큰 몫들을 노리는 투전판에서 망이나 보아주고 구전 먹는 날건달이라도 좋다! 방편으로 한다면은. 너도 살고 나도 살고, 너 죽으면 나 죽게 되고 나 죽으면 너 죽게 된다는 바로 그 점에서만이 손을 잡는 게 정치야! 친면이 어딨어? 이해관계야, 이해관계! 하물며, 음, 우리에겐 정치할 한 치의 영토도 없어. 각박하고 가혹한 싸움이 있을 뿐인데 누구에게 감사하고 누구에게 은헬 느껴? 신뢰는 더욱 금물, 그따위 자질구레한 잡티가 붙으면 아무것도 되지 않아!"

도시 왜 이리 화를 내는지 모를 일이었다. 얘기도 산만하였다. 투전판이니 정치니 하는 말의 내용도 모호하였다. 권필응은 다소 어세를 누그러뜨렸다.

"앞으로 군벌시대가 올 게다. 아니 이미 왔어. 군벌의 용병(傭兵)들은, 일본의 사정과는 다른 소위 용병인데 정권유지 정권탈취 그 어느 편이든 도구에 불과한 용병에게 총을 쥐여주어야 하고 급료를 건네주어야 하고, 그 막대한 돈이 어디서 나오나? 만신창이 된 형편에서 백성들을 짜보아야 과부족, 어렵잖게 원세개는 일본과 야합할 게야. 싫든 좋든. 일본이 그냥 놔두지도 않을 거구."

"그렇게 단순하게, 쉽사리."

"물론 단순하게는 아니지. 그도 중국인이니까……."

"그, 그러면은 결국 우리 독립군에게는 어느 쪽이."

"어느 편도 아니야. 우리 스스로, ……비밀조직에 접근해가는 게야."

"네?"

"원세개를 타도하고 손문도 견제하는 세력. 중국이 혼자 서지 못할 때 조선독립은 불가능이야. 정권을 위해, 혁명을 위해 외세를 업는 자들과 우리는 친구가 아냐. 태평천국(太平天國)도 동학(東學)도 외세에 무너졌어. 태평천국이나 동학이 어떤 성질의 것이든 그것은 순전히 순수한 백성들의 힘이었다는 점을 자네, 강일석은 앞으로 곰곰이 생각해보아야 할 게야. 만일 해답을 얻지 못할 시, 자네는 향리로 돌아가야 해."

이야기는 대충 그것으로 끝이 났다. 그 마지막 말은 이동진과 장인걸에게도 들으라는 얘기 같았다.

"선생님."

대답을 하지 않았다. 이동진은 향리로 돌아가야 해, 그 말을 되씹고 있었던 것이다.

'왜 나는 이리 늙었고 권필응 씨는 그리 젊었는가. 나는 불꺼진 잿더미 같고 그는 활활 타는 관솔불 같다. 쏜살같이 앞날을 내다보는데 나는 무거운 이조 잔재에 눌리어 이리 늙어가고 있다. 한땐 나도 그 굴레에서 벗어났다는 생각을 했었지. 옛날 그 동학란 무렵만 해도 그들을 이해했었다. 처음 이곳 노만(露滿) 국경을 방황하면서 무엇인가를 잡은 듯했었다. 그러나 서희와 길상의 혼인을 나는 진심에서 축복하지 못했고 새로운 물결을 타려 할 때 왜 난 내 언동은 어릿광대로만 느껴졌을까.'

"장동지."

"네."

"십오륙 년 전 일이군. 내게 최치수라고 괴팍한 친구 한 사람이 있었지. 그러니까 그때가 장동지 지금 나이쯤 됐겠군. 그 친군 비명에 갔지만……. 내가 이곳으로 떠나올 때 그 친구…… 자네가 마지막 강을 넘으려 하는 것은 누굴 위해서?

백성인가 군왕인가, 하고 묻더군. 허허헛…… 악의에 차서 한 말이었지. 나는 백성이라 하기도 어렵고 군왕이라 하기도 어렵고 굳이 말하려면 이 산천을 위해서, 그렇게 말할까? 했던 것 같아. 지금 생각하니 군왕이면 군왕 백성이면 백성이지 산천은 무슨 놈의 산천인지, 결국 땅덩어리 얘기겠는데 사람 없는 땅에 무슨 뜻이 있을까……."

"산천은 조국이고 조국이면 민족은 함께 있는 거 아니겠습니까. 공연한 일을 생각하십니다."

근간의 이동진 심정을 어느 정도 알고 있는 장인걸은 위로하듯 말했다.

"아니지. 그때 분명히 말했던 것 같애. 군왕이라 하기도 어렵고 백성이라 하기도 어렵다는 말을 했거든. 오늘날 내 허점은 십오 년 전 이미 그때 그 말 속에 있었던 게야. 나는 어느 편이냐 어느 편에 속하느냐. 모호했지. 군왕에 대한 역도들로서 동학당 농민들이 학살당한 그 시절에. 십오 년 세월이 지난 지금 나는 왜놈에 의해, 혁명군에 의해서 조선과 청국의 두 왕조가 무너지는 것을 보았다. 그럼에도 여전히 나는 내가 어느 편인지 알질 못하고 내 나라 내 땅을 위해서. 내 나라 내 땅, 거 좋은 말이지, 그 얼마나 좋은 말인가? 허허헛 허허허허……."

웃음소리가 어둠 속에 메아리친다.

"선생님, 우리 숙소로 가지 말고 술집에 안 가시렵니까?"

"이 사람아…… 술이야 심씨 댁에서 하지 않았나."

"그게 어디 술입니까? 병아리 오줌이지. 그나마 마우재 양반댁이라서 그놈의 격식은. 술은 술집에서 마셔야 합니다. 가시지요."

그들은 가던 길에서 방향을 바꾸었다. 조선인이 경영하는 주점에 들어섰을 때 주점 안엔 담배 연기가 자욱했다. 최도현 댁 심부름꾼 두 사람과 젊은 연락원 한 사람이 술을 마시고 있었다. 이동진과 장인걸은 그들을 피해 구석진 자리에 가서 앉는다. 럼주를 마시면서 장인걸은 주정 비슷이 말했다. 독한 술이라 주기가 쉬 오르기도 했었고.

"선생님은 아직 목욕을 안 하셔서 그렇습니다."

"뭐이라구?"

"목욕치고도 여자목욕 말입니다. 술과 투전과 아편은 그만두구요. 그 술과 투전과 여자 중에서 청백리(淸白吏) 후손의 탈을 벗기엔 여자가 젤이다, 그 말씀입니다. 푸욱 빠져보시란 그 말씀입니다. 체면 차리노라 남의 눈 피해가면서 그러지들 마시라 그 말씀입니다. 외고 펴고 오입쟁이 한번 되어보시라구요."

말뚱말뚱한 눈을 하고서 장인걸은 선생이라 부르는 사람에게 실로 대담무쌍한 모욕을 퍼부었다. 술집으로 가자 한 것도 어쩌면 그 말을 하기 위해선지 모른다. 이동진의 눈은 게슴츠레했다. 무슨 버르장머리냐! 할 만도 한데 오히려 기대나 했던 것처럼 듣고만 있다.

"기생방에서 에헴! 그건 안 됩니다. 이곳에 기생방이 있을 턱도 없지요만. 여잘 가지고 논다 생각지 말구요, 너무 억제하면 심신에 해롭느니 못난 짓이니 하시지도 말구요, 여자한테 한번 빠져보시라 그 말입니다! 체통요? 도덕? 군자지도? 다 내팽개쳐보십시오. 그러면 인간의 살갗과 살갗이 닿는 것 이외 아무것도 없을 거란 말입니다. 상놈 양반, 식자고 까막눈이고 없어질 거란 말입니다. 사실 선생님이 이곳에 오셔서 고생하시는 것, 향리에서 처자 궁둥이나 뚜드려주시고 사시느니보다 못할 것이다 그 말씀드리고 싶소. 왜냐하면 선생님은 처자 생각에 피를 줄줄, 네, 마음으로 고통하십니까? 하시겠지요. 그러나 남아장부 할 일을 하는데 으흠! 하시는 거 아닙니까? 남아장부도 좋기야 좋지요. 그러나 인간이 더 좋습니다. 남아장부도 필경엔 사람이니까요. 안 그렇습니까? 그놈의 남아장부 탓으로 선생님이 거추장스러워지는 겁니다. 그러니까 군왕이라 할 수도 없고 백성이라 할 수도 없고 산천 얘기가 나오는 거지요."

젊은 연락원과 최도현댁 심부름꾼은 어느새 가버렸는지 모습이 보이지 않았다. 대신 마우재, 그러니까 목공(木工) 예르밀이 수염을 흔들며 입을 함박같이 벌리고서 그 또래의 사내들과 떠들어대고 있었다. 장인걸은 계속 횡설수설이었다.

"선생님 저는 말입니다, 군왕? 물론 군왕은 아니구요, 백성보다 조국보다 저는 말입니다! 내 처자를 죽인 자들! 네, 그자들에 대한 보복심이 제일입니다. 뼈를 깎고 살을 저미니까요.
네. 보복심입니다! 내 실책에 대한, 뼈를 깎고 살을 저미는 뉘
우침이구요!"

쎄리판 심 집에서 나와가지고 함께 길을 거닐며 한 자신의
말을 장인걸은 뒤집어엎는다.

"애국애족이 뭡니까. 애국애족은 피가 통해야, 피란 말입니
다. 싸늘하게 식은 피 말구요 펄펄 끓는 피 말입니다. 그건 시
초에 부모 형제 처자식에서 시작되는 거 아니겠습니까? 제가
옛날에 미친 것은 헛미쳤던 것입니다. 그, 그렇습니다! 헛미
쳤기 때문에 처자를 죽인 겁니다. 바로 그놈의 남아장부라는
허깨비 때문에요. 처자를 이, 잃은 후 저, 저는 참말로 미쳤습
니다. 애국애족의 신념도 생기구요, 가차없이 한 점 주저 없
이 왜놈과는 하늘을 같이 아니하겠다는 맹세를 해, 했습니다.
했지요? 그리구 비로소 비, 비로소 고통과 슬픔에서 일어서는
힘을 어, 얻은 것입니다."

하다가 장인걸은 주먹으로 탁자를 쾅 쳤다.

"심금녀 그 여자 좋아합니다. 사랑합니다! 쎄리판 심 집에
맡기지만 않았더라면 버, 벌써 사고가 났을 겁니다. 네? 심씨
부처가 결혼을 원한다구요? 압니다. 알아요. 얌전하게 말이지
요? 얌전하게…… 하하핫핫…… 얌전할 적에는 생각이 깊어
지니까요. 안 되지요. 그 여자 앞날을 생각하게 되니까요. 남
보고는 빠지라면서 너는 왜 안 빠지느냐구, 그러시겠지요. 선

381

생님, 이거 빠진 겁니다. 안 빠지고서야 그 여자 앞날을 새,

생각하겠습니까? 빠, 빠진 것보다 더하지요, 더해요. 그 여자

안아보고 싶어요. 탐이 납니다!"

두 사내는 상당히 술을 마셨다. 밤도 깊어졌다. 목공 예르

밀 일행이 남아 있었다. 예르밀이 주먹을 내밀고 아래턱도 내

밀고 이빨을 악물며 눈알을 굴린다. 싸움이 났는가 싶었으나

그게 아니었다. 누구의 흉내를 낸 모양, 까르르 깔깔 웃음소

리가 터져 나온다. 주점 여자가 그들 곁에 다가서며 제법 그

럴싸한 러시아 말을 지껄였다. 장인걸은,

"선생님! 우린 뜨내깁니다! 선생님도 저도 모두가 뜨내기란

말입니다. 만주 일대 연해주 일대에 산재해 있는 수, 수십만

우리 개척민들에겐 말입니다!"

그새 얘기의 내용은 사뭇 달라져 있었다.

"우린 개척민들에게는 군식굽니다. 그들을 계몽하여 그들

에게 독립운동 사상을 고취하고, 그거 망상입니다. 처음부터

잘못이었단 말입니다. 똑똑히 기억해야 할 일은, 그렇지요,

개척민 그네들은 조선 위정자 밑에 살 수 없었던 가난뱅이들

이었고 우린 왜적 치하에서 살 수 없었던 민족주의자들입니

다. 그네들은 황막한 무인경(無人境)을 피땀으로 일쿠었습니

다. 피땀으로 일쿨 때 그들에겐 보호해줄 정부도 호소해볼 위

정자도 없었습니다. 민족주의자 조옳지요, 독립투사 얼마나

훌륭합니까? 그 훌륭한 양반들이 나라 잃고 이곳 타국에 와

서 개척민들, 일찍이 버림받았었던 그네들을 언덕 삼아 비비 댄 거지요. 비비댄 건 어쩔 수 없는 일이겠으나 그래 그네들에게 호령하고 지도할 푼수가 되나요? 애국애족이면 단가요? 국토회복이면 단가요? 염치없는 짓 아니고 뭡니까? 그들에겐 피땀 흘려 일쿤 땅보다 버림받았던, 은덕이라곤 받은 일이 없는 조국이란 게 더 소중할 리 없지 않습니까? 제가 무슨 얘길 하는고 하니 그네들에게 주도권을 주라 그 얘깁니다. 그래야만 수십만 이민들은 한 깃발 밑에 모일 거란 그 말입니다. 그들 스스로, 그들 속에서만이 조직은 가능하고 공고할 것이며 확대될 거란 그 얘기죠. 홍수전이든 이수성(李秀成)이든 양수청(楊秀淸)이든 그들 속에서 나와야 한다 그 얘깁니다. 일전에 권 선생께서도 말씀하셨지만 동학이나 태평천국에 동원된 그 엄청난 민병들은 무엇을 의미하는 거지요? 지금 이곳엔 모두 잘나고 슬기로운 대가리들만…… 총 몇백 정 가지고 뭘 하겠다는 거지요? 수십만 이민들에 수천의 독립군, 수천이나마 그게 뭉쳐진 것도 아니잖습니까. 물론 누워서 떡 먹듯 되는 일 아니라는 걸 저도 잘 압니다. 그러나 근본적으로 뜯어고쳐야 할 것은 그네들을 종속적 존재로 인식해서는 안 된다 그겁니다. 군자금을 내라! 우리는 독립군이다! 편리를 보아주게, 우린 독립군이다! 그 얘기는 국내에 살 만하여 남은 사람들한테나 할 일이지요. 안 그렇습니까? 최재형 씨가 있지 않느냐 하시겠지만 행동범위가 좁구요. 솔직히 말해서 식자(識者) 몇 사람의 무대 아니냐 말씀입니다. 반일감정만 유도할 뿐 밑바닥 사람들에겐 미치지 못하고 있소. 군자금을 내라 편리를 보아주게, 그럴 게 아니라 수십만 이민들 모두가 일선에 서게끔 시일이 걸리더라도, 전투가 아니더라도, 제가끔 생업을 영위하면서 그물 고리처럼 맺어나가야 한다 그 얘기."

"점잖으신 분들이 오늘 밤엔 웬일이세요? 졸려 죽겠습니다."

주점 여자가 살랑거리듯 걸어오며 웃었다. 주점에 남은 사람은 두 사람 이동진과, 장인걸뿐이었다.

"어 참, 이거."

두 사내는 마지못해 일어선다. 장인걸이 셈을 하고 밖으로 나갔을 때 어둠 속에 이동진이 뻗치고 서 있었다.

"장동지."

"네."

"걷자."

걷자 아니해도 걸어야 할 것을, 주점 앞에서 얼마나 걸어갔을까.

"장인걸!"

"네?"

"너 나한테 좀 맞아야겠다."

말이 끝나기 전에 이동진은 장인걸의 뺨을 연거푸 갈겨댄다. 졸지 간이긴 했으나 장인걸은 허수아비처럼 맞는다.

"남아장부가 널 때린다. 나는 남아장부 아닐 수 없고, 중구
난방도 화근이야!"

다음 날 이들은 아무 일도 없었던 것처럼 대면했다. 그리고
이틀 뒤 조선에까지 동행하기로 한 공노인과 함께 혜관이 찾
아왔을 때 이동진은 지극히 평정한 마음으로 그들을 대하였
고 서희가 생남하였다는 소식도 담담하게 들을 수 있었던 것
이다.

13장 정(情)

분단장을 끝낸 기화는 서의돈 머리맡에 살포시 앉았다. 배
를 깔고 누워서 담배를 피우던 서의돈이,

"기화야."

"예."

"기여 전주로 내려가려느냐?"

"예."

"기여?"

"……."

"보고 싶어서 어떡허지?"

"설마, 그럴라구요."

"너는 내가 보고 싶지 않겠어?"

"……."

"보고 싶지 않느냐 말이야."

"그건 가보아야 알지 않겠사옵니까?"

"으음…… 거짓을 아니해서 좋았다."

서의돈은 담배를 눌러 끄고 재떨이를 밀어내며 바로 눕는다. 한동안 서로 침묵이다. 분위기는 차츰, 차츰 팽팽해져서 하마 터질 듯. 두려운 생각은 없으나 기화는 답답증을 느낀다.

"날샌 지가 벌써 오래되었습니다, 서방님."

"……."

"댁에 가보셔야지요."

노려본다. 서의돈 눈에 증오심이 이글거린다.

"잔말 말구 가만히 거기 앉아 있어!"

"예."

서울엔 아직 늦더위가 남아 있었다. 밤은 서늘하여 솜이불이 살갗에 싫지 아니했고 흰해진 수풀엔 아침저녁 선들바람이 불었으나, 남색 수단 치마와 옥색 반회장의 생고사(生庫紗) 저고리를 입은 기화는 참을성 있게 앉아 있다. 햇살은 마루 끝에 왔는가 장지문이 눈에 부시게 밝다.

"기생의 법도를 알어? 아느냐구!"

별안간 서의돈이 소리를 지른다.

"잘못했습니다."

"뭘 잘못했다는 게야?"

"……."

"어떤 경우에도 사내 기분을 상하게 하지 않는 것이 기생이다! 그게 너의 천직이란 말이야!"

순간 서의돈의 얼굴이 파아래졌다. 벌떡 일어나 앉는다. 기화는 고개를 수그린다.

"기분대로 살 양이면 왜 기생이 됐냐? 왜! 왜 기생이 되었느냐구. 나쁜 계집 같으니라구."

기화는 서의돈이 어째 화를 내는지 그 까닭을 알지 못하는 것은 아니다.

"돈에 팔렸음 돈값을 해야 하는 거구, 정에 팔렸음 정의 값을 해야 하는 게야! 얼굴만 반반하면 제일이야? 가무에 능하면 그게 기생인 줄 알았더냐? 당돌한 계집년!"

서의돈은 그 정도로 그치지 않았다. 욕설은 차츰 고조되어 나중에는 그야말로 지랄발광이다. 기화가 초여름 간도에서 돌아온 후 상현과의 관계는 최서희와의 주종관계에서 빚어진 인연이라는 것을 알아버린 사실인데, 서의돈은 그렇게 못 잊어 생각이 나면 일본까지 상현을 쫓아갈 일이지 왜 안 가느냐는 둥 전주로 내려간다는 것도 소리 공부가 목적이 아닐 것이며 그 팔도 오입장이 운삼이 놈과 그렇고 그런 사이가 된 때문이 아니냐는 둥 생트집도 이만저만이 아니다. 그러면서도 보고 싶지 않겠느냐고 묻는 말의 대답을 가지고 따지려 하지는 않는다. 분명 화근은 그것이었는데 억설을 했음 했지 자존

심이 허락지 않는 때문이겠다. 기화는 말없이 겪는다. 순종한
다기보다 서의돈의 성미를 아니까. 그 성미가 두려워서 그런
것도 아니다. 언젠가 추산이 들려준 말은,

"말도 말어. 순 개고기야. 술은 말술이요, 취하면은 길바닥
이든 남의 집 처마 끝이든 아랑곳없다는 게야. 그냥 나자빠져
서 코를 고는 거지. 노름꾼 광대 천한 시정잡배, 뿐인 줄 아
냐? 백정하고도 어울려 다니니 그 문중에서 좀 골칫거리겠
냐? 서참봉네야 뭐 별것도 아니지만 그 벌족이 대단하거든.
외가만 하더라도 한땐 세도가 빨랫줄 같았다구. 그래도 당자
는 가문 조상 따윈 도통 우습게 안다는 게야."

서의돈의 행적을 험잡으면서 존경심이 없는 것도 아닌 추
산의 말투였었다.

"언젠가 한번은 유학자로 이름이 난 문중 어른이 불러들였
다는 거야. 장죽을 뚜디리며 서릿발 같은 꾸중을 할 참인데
그 망나니가 넌지시 학문에 대한 문답을 시작했다나? 호호
홋…… 그 늙은네 형편없이 당했다는 게야. 손주뻘 되는 젊은
사람 앞에서 코를 싸쥔 거지. 그 소문은 장안에 파다한 얘기
고, 그는 그렇고오 그 위인이 어쩌다가 너에게 반하였는지 모
르겠구나. 여자 가지곤 말이 없었는데 말이야. 하긴 그 상호
(相好)에다가 대추씨 같은 몰골 하며 여자가 응할 리도 없겠으
나 아무튼 너에게 침을 삼키다니 배꼽 뺄 일 아니냐? 눈은 천
왕산같이 높아서 호호홋……."

그 말을 했을 때 함춘관의 추산은 추호도 기우치 않았다. 얼마 후 이 볼품없는 사내의 가슴앓이를 가엾게 여겨서 황태수와 임명빈이 기화 방에 떠메다 놓고 달아난 일이 생겼고 기화는 서의돈과 하룻밤을 같이했던 것이다.

"이 맹추야! 철딱서니 없는 계집아!"

얼굴이 새파래진 추산은 기화의 머리라도 쥐어박을 듯 노발대발이었으나 서의돈 면전에서야 그런 기색인들 낼 것이던가? 심화를 돋우는 날엔 함춘관이 쑥밭이 될 것이다. 본인은 모르는 척하고서 여기 쑤시고 저기 쑤셔대고 장사는 끝장날 것이다. 울며 겨자 먹기로 추산은 꾸욱 참을 수밖에. 그런 북새통에 일본글을 함께 배운 황태수 이상현 이홍종 세 사람은 팔월 말께 일본으로 건너갔는데 서의돈은 기화를 못 잊어 그랬던지 그 자신이 말했듯이 공부하기 위한 것이 아니라 유람하기 위한 것이어서 시기를 늦추었는지 모를 일이나 그들과 동행하지 않았다.

"기가 차서 말문이 막히는구나. 그래 어딜 보구 반했냐? 응?"

"누가 그분한테 반해서 그랬나요, 뭐?"

"허허어 이 말 좀 듣게? 안 반했으면 만석 지기 땅문서 갖다 바치더냐?"

"그분, 볼품없지만 사내다운 데가 있어요."

"뭇 잡놈들 거느리고 다닌다구? 아니면 길바닥이든 남의 집 처마 밑이든 술 처먹고 나자빠져 잔다구?"

"어머니도 참, 기생 팔자…… 의지할 곳이 있어야 할 거 아니에요."

"의지할 만한 사람이 없어서 그랬다 그 말이냐?"

"저도 모르겠어요……. 왜 그랬는지."

"하기야…… 결국은 재수가 없었던 게야. 그 망나니가 너한테 눈독을 딜인 것부터가. 황부자네 아들이야 가슴이 쓰리고 아리더라도 친구지간."

황태수에게 화살을 꽂았던 만큼 추산의 실망은 이만저만이 아니었다. 한편 옛날의 정인(情人) 소화의 부탁을 받고 기화를 추산에게 천거한 운삼은 명창 하나 만들어보겠다는 기왕의 희망을 버리지 않았다. 여자관계로 경력이 화려했던 운삼도 이제는 오십 줄, 타다 남은 불씨처럼 기화에 대한 상심 같은 것 없지 않았으나, 그런 정감은 기화의 소질을 길러주자는 집념으로 변해갔다. 서의돈과의 관계에 대해서 일말의 질투도 있었으나 서의돈의 광기에 먹혀 기화가 자라지 못하게 될 것을 더 두려워했다. 해서 서둘렀던 것이다. 당대의 명창이었고 이젠 늙어서 전주에 은거하고 있는 권봉득(權奉得)에게 기화를 맡길 것을. 그 일에 대해선 추산도 찬성이었다. 어차피 서의돈이 기화 뒤에 버티고 있는 이상 골칫거리가 계속될 것이기 때문이다. 그리하여 전주행은 기화, 추산, 운삼, 이 세 사람 사이에서 합의를 보았다.

한동안 분탕을 치던 서의돈은 제물에 지치고 만 것 같았다.

"술상 차려와!"

"예."

급히 술상은 방 안으로 들여졌다.

"뭘 하고 있는 게야? 술상 왔으면 술잔에 술을 쳐야 할 거 아냐?"

"예."

"예 귀신이 붙었나? 예 말곤 할 말 없어?"

서의돈의 음성은 누그러져 있었다. 술을 들이켜고 술잔을 상 위에 놓으며 서의돈은 한탄하듯 말했다.

"팔자야, 팔자."

"......?"

안주를 어적어적 씹으면서,

"내가 평생 널 데리고 살겠냐? 너도 마찬가지, 날 따라 평생을 살겠냐? 어차피 우린 스쳐가는 인연인데 사내새끼, 나도 딱한 놈이긴 하지. 안 그러냐?"

"이젠 제발 역정 그만 내셔요."

"말인즉슨 장안 갑부 황부자 아들도 아니겠고 옥골선풍(玉骨仙風) 이상현도 아니겠고, 일본 유학하고 돌아온 하이칼라 임명빈도 아니겠고, 아닌 터수에 네가 나를 받아주었다는 것만도 고마운 얘기 아니겠느냐? 그렇지?"

울퉁불퉁한 얼굴에 스스로 비웃는 웃음이 지나간다.

"왜 또 그런 말씀을 하셔요? 아니어요 서방님."

"뭐가 아니라?"

"전 서방님을 좋아하거든요."

"뭣이라구? 아깐 거짓말을 아니하더니 내가 또 야단칠까 봐서 그러느냐?"

"서방님께서 제게 한 살림을 차려주시어서 허신(許身)하였습니까?"

"그건 아니지."

"그렇담 서방님께서 저를 겁탈하시었습니까?"

"그, 그것도 아니지."

"비록 노류장화(路柳墻花)일지라도…… 재물도 강제도 아닌 바엔 정 없이 몸을 맡겼겠사옵니까?"

"그, 그런가?"

별안간 서의돈의 눈빛이 환해졌다. 순간 기화는 울퉁불퉁한 서의돈의 얼굴이 예쁘다고 생각한다. 망나니가 수줍음을 탄 것이다. 어린 소년같이. 그는 연거푸 술잔을 기울였다. 그러는 동안에도 유치하게 한숨을 토하고 슬픈 눈이 되고 그런가 하면 득의에 차서 빙글빙글 웃기도 했다. 잔소리는 일체 없었다. 그리고 종내 전주에는 아니 가겠다는 말을 기화는 하지 않았고 서의돈 역시 가지 말라는 말을 하지 않았다.

그리고 일어섰다.

"가겠네."

"술이 남았습니다."

"아니야. 추산의 박대가 좀하겠냐? 미안하네."

"그렇진 않습니다. 그보다 소세도 아니하시구 가시려구요?"

"세수하면 못난 얼굴에 광이 나겠느냐? 괘념 말어."

두루마기를 기화가 입히고 옷고름을 여며주는데 갑자기 서
의돈은 기화의 두 손을 꽉 잡는다.

"기화!"

"……."

"내가 왜 이러는지 참말 모르겠다!"

"서방님!"

울음을 터뜨린다. 무슨 까닭의 울음인지 기화 자신 알지 못
하고서 눈물을 쏟는다.

문간에서 만리성이라도 쌓으러 가는 사람처럼 침통한 이별
을 했는데 저만큼 길모퉁이를 돌려다 말고 서의돈은 대문간
으로 되돌아왔다.

"참, 혜관이란 중 산으로 돌아갔나?"

"예. 어제 떠났습니다."

"그럼 그 노인은?"

"여숙에 묵고 계시지요."

"그래……. 그러면은 오늘 밤, 늦게 한번 들르지."

방으로 돌아온 기화는 두 뺨을 싸안고 쪼그린 채 방바닥을
내려다본다.

'왜 울었을까……. 생남을 하셨다구? 애기씨가 생남을……. 애기씰 닮았을까 길상일 닮았을까…….'

"아씨."

행랑어멈이 문밖에 와서 불렀다.

'애기씰 닮았을까 길상일 닮았을까…….'

"아씨, 술상 내갈깝쇼?"

"응 그, 그래줘요."

방문을 열고 들어온 행랑어멈은,

"혼났었죠?"

"흐음."

눈물이 마르지 않았는데 기화는 픽 웃는다.

"서참봉네 서방님도 너무하시지. 달덩이 같은 우리 아씰 왜 울리실까."

이불을 개키면서 어멈은 기화의 울어서 부은 눈을 힐끗 살펴본다.

"어이구 딱도 하시지. 쇤네야 뭘 알겠습니까만 기화아씨도 허다하게 많은 양반 다 두시고."

"말 말아요 어멈."

"예, 예, 쇤네야 뭐."

이불을 개켜놓고 술상을 내간 어멈은 걸레를 들고 다시 들어왔다. 방도 닦아야겠지만 할 애기도 있는 것 같다. 어멈은 걸레질을 하면서,

"아까 운삼어른이 두 번이나 다녀갔었죠."

"그 어른이 왜요?"

"글쎄…… 서참봉네 서방님이 계시다 했더니 그냥 돌아가셨다가 조금 전에 다시 오셨습죠."

"무슨 일일까?"

"아마 함춘관 마님이 가보시라 했나 부지요."

"또 어머니 심화 끓이셨겠군."

"왜 아니겠소? 황부자네 서방님 생각을 하시면은, 쇤네도 억울한 뎁쇼. 아씨 생각을 해서 말입니다."

"그런 말 하지 말래두."

"예, 예, 쇤네야 뭘 압니까마는 굴러온 복을."

"그만두래두, 사람의 인연을 누가 장담하겠수?"

"그야 그렇습지요. 사람의 인연이라는 게 도시 뭔지 알다가도 모를 일이 한두 번."

어멈은 방문을 열고 문지방을 닦는다.

"함춘관마님만 해도, 지금은 비 오신 뒤 땅처럼 단단해졌죠만 젊은 시절엔 운삼어른 땜에 속 무던히도 썩이셨소. 그땐 물불 안 가리는 외곬로만 흐르는 성미였으니까……. 세월이란 일장춘몽이라던가 이제는 모두 오십 줄 사십 줄을 나서서 언제 그런 일이 있었더냐 싶게 무관한 벗님같이 지내시니, 하기는 화류계의 인연이란 노상 그런 거지만요."

일어서서 문기둥을 닦는다.

"어멈은 어찌 그리 옛일을 잘 알아요?"

"예?"

기둥을 닦다 말고 돌아본다.

"아 예, 쇤네야 뭐 소싯적부터 이 바닥에서 살아왔으니 모를래야 모를 수 없는 일 아니겠소? 별의별 일이 많았습죠. 함춘관마님께서도 죽는다구 소나무에 목을 매지 않았겠소? 그때 새파래졌던 운삼어른의 얼굴은 지금도 잊혀지지 않습니다요."

효자동 집으로 돌아온 서의돈은 한숨 늘어지게 잠을 잔 뒤 하인을 불렀다.

"너 임역관댁에 가보고 오너라."

"예."

"임역관께서 계시는지 그리고 임선생도 계시는지 여쭈어보아라."

"예."

하인은 이내 돌아왔다.

"계시더냐?"

"예, 계신다 하더구만입쇼."

"알았다. 세숫물 떠오고 안에 가서 은년이더러 내 갈아입을 옷 내오라고 일러."

"예."

세수를 하고 옷을 갈아입은 서의돈은 임역관 대문 앞에서 큰기침을 했다.

"일 오너라아!"

하인이 달려나왔다.

"서방님 계시냐?"

"예. 기다리고 계십니다."

"그래?"

큰기침을 하고 작은사랑 쪽으로 들어간다.

"임공 계신가?"

"어이구, 또 무슨 꿍꿍이속인고."

고수머리에 큰 두상, 임명빈이 싱긋이 웃으며 내다본다.

"허허허. 보리죽 마시던 창자에 쌀밥 들어가면 설사를 한다던가? 공대받다가 설사 나면 어쩌누. 그래 명빈아, 그새 밥 잘 먹고 잠 잘 잤느냐?"

"스승을 보고서 저눔의 버르장머리, 그래 오늘은 무슨 바람이 불어서 왔지? 지척이 천리라더니."

"그새 말 늘었군."

방에 들어가 앉은 서의돈은 궐련을 붙여 문다.

"기화아씨께서도 기체 만강하옵시고?"

"지랄하네."

"지랄이야 자네 특허 아니던가?"

"그새 말 늘었다니까."

"요즘 소문 듣자니 침소는 하늘 천장 아래가 아니라더구면. 한 여인의 힘이 실로 위대한 거라구."

"이거 참말 말 늘었네? 그새 이인직일 따라다녔나?"

이인직(李人稙)이 얘기를 왜 하느냐, 의돈의 저의를 아는 명빈은 한마디쯤 실토를 해야겠다 생각한 것이다.

"아닌 게 아니라 나도 이야기꾼 한번 되어볼까 싶어서······ 목하 심사숙고 중이라구."

"기가 차네. 살다 보면은 서쪽에서 해가 떠오른다던가? 허허어······ 뭣이 어쩌구 어째? 이야기꾼?"

"이야기꾼이 어때서?"

"야바위꾼도 난감불락[難攻不落]일 터인데 허허허헛······ 이야기꾼이라?"

명빈의 얼굴이 심각해진다. 심각한 토론으로 들어갈 준비인 것이다.

"우물 안 개구리는 별수 없는 거라구. 겸양의 미덕을 보이기 위해서 이야기꾼이라 하기는 했으되 소위 그 소설가라는 게 얼마나 도도한 직업인지 알기나 아나? 서양에서는 일찍부터, 말할 것 없는 일이고 바나 건너 일본의 실정만 하더라도 세상에서 존경받는 그 처지가 고관대작 유가 아니라구. 내 농담하는 것도 아니구 일시적 생각도 아니구 단단히 결심을 했어. 우선 시작은 번역부터 해보려고 해. 다행히 일본말엔 자신이 있고 남의 나라 좋은 소설들을 골라서 시작해볼 참인데, 그러니까 일본에선 진작부터 해외의 문학작품들이 번역되어 널리 소개돼 있으니까 그런 것 중에서 좋은 거를."

"경사났구면."

"남의 얘기 끝까지 듣기나 하구서 말하라구. 나는 아무튼 상당히 신념을 굳혔다. 그 얘기부터 하고 싶은 거라구. 독립 운동도 좋구 교육사업도 좋지만 가장 쉬운 방법으로 남을 알 구 나를 아는 것도 나쁘지 않다 그거야. 생각을 해보라구. 물론 글을 모르는 사람이야 별문제겠으나 글줄 읽는 사람이면 은 위아래 부담없이 읽혀지는 게 소설이 아니겠느냐. 그러니 까 몇몇 식자들이 새로운 문명을 두고 왈가왈부하는데 그럴 것이 아니라 보다 많은 사람 일반대중이 짧은 시일에 눈을 뜬 다는 것은 매우 중요한 일이 아니겠느냐 그 얘기라구. 우물 안 속에서도 한 권의 소설을 통해서 그 나라의 풍물이며 새로 운 사상, 그네들의 생활방도 종교 윤리관을 싹 훑을 수 있다 면은 그런 작품의 소개란 상당히 시급한 일일 게고 몇 사람은 선구자가 있어야잖겠어? 물론 지금까지의 얘기는 번역하는 일인데 그런 다음,"

"관두어."

"이거 참, 침침절벽(炊炊絕壁)이군그래."

"관두란 말이야. 뭐 새로운 사상? 새로운 문명? 소설이란 걸 가지고 전달을 한다구?"

"그렇지 않구?"

"이봐 명빈이. 이야기란 건 말이야, 단군 할아버지 적부터 있어온 게야. 사람은 이미 그때부터 개명을 했구. 자네 같은 보리죽 대가리 때문에 빌어먹을! 그래서 개명 소리가 자꾸, 자꾸 나오는 게야. 번역이니 뭐니 하니까 하는 얘긴데 대포나 군함 만드는 서적이면 모르까 그까짓 왜나막신 소리가 나구 양고기 누린내가 물씬 나는 그따위 사상이고 개나발이고 일 없어! 눈깔이 두 개, 입 코 있고 두 짝 귀가 있고 두 발로 걷는 사람의 새끼면은 다아, 다 옛날 고릿적부터 머리 싸매고 끙끙 거리며 할 얘기 다 해놨는데 그까짓 양고기 누린내 나는 것들 새삼스럽게, 아서어. 그만두란 말이야. 그렇잖아도 자네 대가 린 남보다 무거워서 뛰기가 불편한 터수에,"

하다 말고 서의돈은 말을 뚝 끊는다. 천장을 올려다보며 목의 울대뼈를 슬슬 만진다.

"더하지 왜 그만두나."

"생각 고쳤네."

"뭐?"

"널 상대로 무슨 얘길 하겠냐. 여보게 명빈, 굴원(屈原)의 그 회사(懷沙)가 뭐 그리 좋은고? 물에 빠져 죽을 사람이 과연 시 쓸 생각이 날까? 하던 멍청한 그자 얼굴이 생각나서 입맛 떨어진다. 뭐 소설을 쓰겠다구?"

"삼대 구 년 묵은 소리,"

다소는 무안스러웠던 임명빈은 멋쩍은 웃음을 띤다.

"임명빈은 이인직에 따라갈려면 허리 굽는다구."

"잘난 소리 말라구!"

"선생질 하는 게야. 교장까진 될 수 있을 테니 말이야."

임명빈은 몹시 충격을 받는다. 모욕감도 있었지만 사실 명빈은 바로 오늘 아침 큰사랑에 불려갔었다. 불려가서 부친한테 들은 얘기가 바로 그 말이었기 때문이다.

"선생질이나 하는 게야. 얘길 들으니까 공연한 생각을 하는 모양인데 쓸데없는 짓 그만두구. 자고로 문사(文士)는 가난하다는 게 통념인데 그나마 저저이 다 될 수 있는 것도 아냐. 천부의 자질이 있어야. 선생으로 취직하도록 해. 장차 교장까진 될 수 있겠지."

명빈은 부친의 말을 덤덤하게 들었다. 으레 그러려니 생각한 때문이다. 부친의 평소 지론이 사람이란 할 수 있는 일을 해야 한다는 것이었고 해서 될지 안 될지 모르는 일엔 애당초 손을 대지 않는 게 현명하다는 것이었으니까. 사실 재능에 관하여는 자를 대어서 재볼 수 없는 것이요 성공에 관해서도 도장 찍어놓고 장담하기 어려운 일이니까 명빈은 부친의 말로 하여 자존심이 상하거나 하지는 않았다.

"누가 뭐래도 나는 해볼 거라구."

얼굴을 붉히고 말한 임명빈은 그 자신의 결심을 나타낼 양인지 입술을 꾹 다물었다.

"내 점심 싸가지고 다니며 말릴걸."

"엿장수 마음대로?"

"아암 엿장수 마음대론 안 되지. 임명빈 마음대론 안 돼."

약이 목구멍까지 오른 임명빈 한다는 말이,

"의리 없는 인간이구면. 나도 점심 싸가지고 다니며 기화하곤 살림 못하게 할 거야."

농담이 아니라 심각한 표정으로, 좀 더 흔들어대면은 울기라도 할 상호가 아닌가.

"그건 두고 보아야만 알 일이고."

의돈은 킬킬대고 웃는다.

"긴소리할 것 없어. 오늘 나한테 온 용무가 뭐야?"

아무리 신경질을 부려보려 해도 신경질이 되어지지 않는, 시무룩한 음성으로 묻는다.

"실은 임명빈 선생을 만나러 온 것은 아니고오 임역관을 뵈올까 해서 왔는데, 그래 자네 춘부장께서는 지금 댁에 계신가?"

서의돈의 놀려대는 품은 변함이 없다.

"무슨 일로 그러는 게야."

"그건…… 그렇지. 그건 차차 알게 될 거구. 날 안내 좀 해주게."

명빈이 일어섰다. 그들은 함께 큰사랑으로 건너간다.

"아버님."

명빈이 문밖에서 불렀다.

차분한 음성이었다.

"의돈이가 만나뵈려고 왔습니다."

"그래?"

임역관이 방문을 열었다.

"들어오시오, 서공."

아들의 친구지만 지체가 다른 까닭으로 임역관의 태도는 매우 정중하다.

"안녕하십니까. 문안드리옵니다."

방 안으로 들어온 의돈은 깍듯하게 인사를 했고 명빈은 시무룩해진 채 작은사랑, 자기 처소로 돌아간다.

"서참봉께서도 안녕하시구요."

앞뒷집이면서 짐짓 안부를 모르는 듯 묻는다.

"네. 노익장, 매우 왕성하십니다."

"다행이오."

"그보다 그 뭡니까, 명빈이가 지지리 궁상, 문사가 되겠다기에 지금 막 야단을 쳐주었습니다."

임역관은 빙그레 웃는다. 신분은 중인이지만 과거의 직위가 역관인 만큼 사람을 대하는 품이 옹색스럽지 않다. 몸가짐도 세련되었으며 흰 머리칼 하나 눈에 띄지 않는 초로, 젊었을 시절에는 아들보다 풍채며 용모가 월등 잘났을 성싶다. 막내딸 명희가 미인인 것도 아버지를 닮은 때문인지.

방 안이 으리으리할 리가 없겠으나 조촐하여 살림의 풍도(風度)는 넉넉한 듯싶다.

"한데?"

무슨 일로 왔느냐 묻는 투다. 그러나 서의돈은 내의(來意)를 말하지 않고 연신 임명빈의 흉허물만 늘어놓는다.

"덩치만 컸지, 나이도 먹을 만큼 먹었는데,"

"왜 아니겠습니까."

"명빈이는 그렇다 치고 서공도 경륜과 포부가 클 터인데,"

"네, 요즘엔 하늘 천정 밑이 침소가 아니옵니다."

"지난달 일행과 함께, 일본으로 가실 걸 그랬구먼."

"그들이 다녀와서 그곳 형편 소상하게 알아본 뒤 갈 작정입니다."

"그 생각도 나쁘진 않소."

"요즘도 그 조씨네 댁에 출입하십니까?"

"가끔 들르지요."

약간 당황한 듯 임역관은 서의돈의 눈치를 살핀다.

"네에……."

"……."

"황춘배 노인에게 땅을 잡혔다는 소문을 들었습니다만."

이번에는 당황하는 빛을 감추지 못한다.

"어째 그걸 물으시오?"

서의돈은 씩 웃는다.

"그럴 일이 좀 있습니다."

"땅을 잡히고 빚을 냈지요."

"이득은 결국, 빚돈이 나올 가망 없는 땅문서고 보면 황춘배 노인이 보게 되는 거구 폐광을 처분한 그 이 모 대감이."

임역관 얼굴에 의혹이 피어오른다. 말하자면 음모는 음모였으니까. 또 대체 이자는 극비에 부쳐지고 있는 폐광을 어디서 알았으며 그 말을 꺼내는 저의는 무엇인가. 임역관은 아무 대꾸 없이 서의돈의 다음 말을 기다린다.

"다름이 아니오라 그 빚을 황 노인보다 싼 이자로 대봉(代捧)하겠다는 사람이 있어서……. 그렇게 되면 어느 편이 이득을 보게 되는지요."

"……."

"누구의 손에 가든 그 땅문서는 떠내려가게 마련 아니겠습니까?"

"좀 자세한 얘길 해주시오."

"폐광을 처분한 그 막대한 돈이 어디로 갔는지 소생도 짐작이 됩니다. 해서 이 모 대감을 존경하는 바이고."

"허 참,"

임역관은 할 수 없이 웃어버린다.

"아무튼 그런 경위와는 상관없는 일이겠습니다만 내일 공가 성을 가진 노인이 찾아오면은 만나주십시오."

사뭇 우격다짐이다.

"그건 또 어째서요?"

"간도에서 불원천리 온 사람이니까 자세한 얘기는 그 노인이 할 것입니다."

간도에서 왔다는 말에 임역관은 긴장한다.

"몇 시쯤, 보내면 되겠습니까."

허락 같은 것은 받으나 마나 혼자 결정하고 서둘러댄다.

"언제라도, 종일 집에 있겠소."

"알았습니다. 하면은 물러가겠습니다."

서의돈은 역시 서둘러 자리에서 일어났다. 큰사랑에서 작은사랑으로 건너오는데 열려진 중문 안에 얼쩡거리는 명희 눈과 서의돈의 눈이 부딪친다. 명희는 눈을 흘기며 급히 몸을 숨긴다. 지난 이월이던지, 황태수 집에서 생일 술을 먹다가 술을 못하는 임명빈이 과음하여 쓰러져 자는 것을 본 서의돈이 상현을 데리고 나와서 오라버니한테 변괴가 생겼노라 거짓을 하여 명희를 놀라게 한, 그때 일을 두고 명희는 아직 노여움을 풀지 않았던 모양이다.

서의돈은 작은사랑 쪽을 넘겨다본다.

"명빈이!"

"왜 그래."

"나 가네."

"들어왔다 가게."

"내일 밤 함춘관에서 만나자구."

의돈은 대문을 나섰다.

14장 소나기 사랑

공노인이 효자동 임역관 집 앞에까지 왔을 때 어여쁜 명희가 대문을 막 나서는 참이었다. 그는 공노인을 보자 주춤 멈추었다.

'하아, 역관 어른 딸이구면. 거 참하게 생겼고나.'

명희는 낯선 노인을 의아하게 쳐다보더니,

"뉘 댁을 찾으세요?"

하고 묻는다.

"역관 어른을 찾아왔소."

"그러면은,"

하다가,

"뉘시라 여쭐까요?"

이번에는 공노인을 똑바로 쳐다본다.

"예. 일전에 한번 왔다 간 사람인데 서참봉댁 서방님 주선으로,"

"아 네."

명희 얼굴에 웃음기가 지나간다.

"잠깐 기다리세요."

'얼굴만 참한 게 아니고 맘씨도 참한갑다.'

공노인은 갑자기 용정촌의 두메 생각을 한다. 지난봄에 아비 강포수랑 함께 왔을 때 물건 같으면 훔쳐서라도 갖겠으나,

했던 생각이 난 것이다. 강포수가 떠난 뒤 두메는 정호네 집에 묵으면서 정호랑 함께 상의학교를 다니고 있다. 가끔 할배하고 부르며 찾아오곤 했었는데 그럴 때마다 이놈아, 아부지라 불러라. 너 아버지도 나 같은 늙은이 아니가, 하면 두메는 싱긋 웃는 것이었다. 두메를 생각하여 즐거웠던 공노인 마음에 장마철 하늘처럼 검은 구름이 덮쳐온다. 집을 나간 채 소식이 없는 송애로 생각이 옮겨진 것이다.

'쓸데없는 생각을 또 하는구나. 엎질러진 물, 어쩔 수 없지.'

집 안에 들어갔다 나온 명희는 공노인을 큰사랑에까지 안내해준다.

"어서 오시오, 노인장."

임역관은 공노인을 정중히 맞이했다.

"일전에는 폐가 많았소."

"별말씀을,"

그러니까 공노인은 임역관댁을 두 번째 방문하는 셈이다.

"거참 출중한 따님을 두셨소."

공노인으로선 출중하다는 말을 최고의 찬사로 생각했다. 요조하다든지 절세미인이라든지 그런 말보다는.

"글쎄올시다. 남들이 그러니까 그런가 하지요."

임역관 얼굴은 자기도 모르게 허물허물 무너진다. 그도 무던히 딸을 사랑하는 눈치다.

"세상에 아무 부러울 게 없는데,"

"자녀분을 못 두셨군요."

"예."

"무자식 상팔자란 말도 있으니까, 사랑스런 대신 근심도 많은 법이오."

"그게 사람 사는 낙이고 세상에 나온 보람 아니겠소. 저같이 족보 없는 상사람이야 굳이 후사를 생각해서 그런 거는 아닙니다마는."

"상사람이고 양반이고 간에 앞으로는 사람의 생각들이 달라져야 게요. 선영봉사(先塋奉祀) 하기 위해서 사람이 세상에 나온 것은 아니고 제 몫을 살기 위해 태어났을 테니 말이오. 우리 조선사람들은 조상에 사로잡혀서 귀신이 활보하는 격이지. 그러니까 뒷걸음질만 치고 앞서 나가려 하질 않거든요. 내가 양반이 아니어서 그런지는 모르겠으나 가문이, 그러니까 조상들이 행셀 했지 어디 사람이 행셀 했소? 좋은 인재는 썩어 묻히고, 하니 나라가 망할밖에. 적어도 망한 원인의 하나가…… 소 잃고 외양간 고친다는 말이 있지만 앞으론 젊은 사람들 생각 많이 달라질 게요. 내가 서참봉네 아들을 밉잖게 생각하는 것, 이거 참 얘기가 옆길로 나갔구먼. 그는 그렇고 어제 가회동에서 그 사람을 만났소이다."

"예."

공노인은 긴장을 나타내며 임역관을 바라본다.

"말할 것도 없이 그 사람한테는 솔깃한 얘기였을 것이고,"

말로는 변리(邊利)가 다소 눅다 하여 크게 좌우될 일이 아닌 터에 내 체면도 있겠으나 앞으로 사업이 확장될 것인즉 길을 터놓는 뜻에서 과히 나쁘지 않겠다 하였소만, 그야 노인장께서 간청해오셨다는 얘기는 아니했소이다."

임역관은 공노인을 곁눈질해보며 실실 웃는다.

"수고가 많았습니다."

"수고가 별 수고겠소? 거짓말한 것밖에."

"허허헛…… 헛 예. 거짓말하는 수고보다 더 큰 수고가 있겠습니까."

"거짓말을 떡 먹듯 해야만, 눈에는 눈으로, 이빨엔 이빨로, 그런 말을 어디선가 들었소."

"지도 그런 생각은 하고 있습니다."

공노인은 안늙은이처럼 입술을 오므리며 웃는다. 조바심하던 것이 성사되고 보니 저절로 느긋해지는 눈치다.

"결국은 그렇게 되면은 황부자가 이득을 놓친 셈이 아니오? 허허헛…… 하긴 그 늙은네야 이날까지 꿩 먹고 알 먹고 노상 그렇게들 해서 수만금을 쌓아났으니."

임역관은 싹싹하게, 얘기를 곧잘 한다.

"조준구 그 사람도 이 돌 뽑아 저 구멍 메우는 격이니 피장파장일 테고, 그러면은 이해득실이 어찌 되는 건지요?"

"뻔한 일 아니겠습니까."

"뻔한 일이라면?"

"빼앗긴 땅을 땅임자가 제 돈 내고 다시 사들이는,"

"사들이긴요."

"어쨌거나 제 땅 잡고 돈 내놓는 것도, 그렇지요. 분명 실
(失)은 실인 성싶고,"

"그건 이미 옛날의 실이 아니겠소. 찾게 되면은,"

"그러니까…… 역관 어른은 집 칸이나 늘리시오."

공노인은 역시 거간이다. 이 거래를 굳히기 위해 은근슬쩍
사례에 대한 정도를 비춘 것이다.

"역관 어른이라…… 무색하지 않소이까? 하긴 역관이라는
업이 이쪽저쪽 말 건네주는 것이고 보면,"

흰 머리칼 한 올 없는 머리를 흔들며 임역관은 뜻밖에도 호
탕스럽게 웃는다.

술상을 마주한 두 사람은 흉금을 풀어놓고 잔을 나누며 임
역관은 시국 얘기를, 공노인은 간도와 연해주의 사정을 얘기
하며 해 지는 것을 모른다.

"저 같은 무식꾼이 뭘 알겠습니까마는 자릴 잡아야 해요,
자릴. 어떻게 잡는고 하니 청국사람이나 왜놈들 그늘을 피해
서 제제가끔 생업을 가져야 하는 거고 더군다나 왜놈이 들어
설 수 없게시리, 더 이상은 들어설 수 없게시리 땅을 차지하
되, 그놈들한테는 팔지 말아야 하고 조선사람 자금으로 곡물
이건 소 돼지건 거래를 틀어쥐어야 하고 그곳 농사꾼들은 절
대로 왜놈한텐 곡식을 내지 말아야 하고 하다못해 잡화상 음

식점 채소가게, 뭣이든 조선사람이 해서 조선사람은 조선사람 가게에서만 물건을 사게 해야, 암만 주먹 쥐고 떠들어봐야 소용없소. 할 수 있는 한 재물의 힘을 기르는 것밖에는. 그리니까 동족끼리 배 아파해서는 안 된다 그 말이지요. 그곳에선 큰 자본주가 많으면 많을수록 좋은 거니까. 그래야 대항할 수 있는 일 아니겠소? 저저이 총을 들고 싸울 수 없는 일이고 그렇다면 실속 채우는 길밖에 더 있겠소? 아니할 말로 왜놈의 오 푼 변 빚을 쓰느니 조선사람 육 푼 변 돈을 써라! 조선사람 돈이 왜놈 돈보다 비싸서야 될 말이 아니지마는 그런 기분으로 앞날을 내다보자 그 뜻이오. 용정만 하더라도 용정 바닥에 조선사람 돈이 많이 돌아야만 그래야만 용정이 조선사람 입김으로 통하게 되는 거고, 다른 곳까지 손 뻗치기 난감한 일은 아닐 것이다. 그 얘기지요. 안 그렇습니까, 역관 어른?"

"하면은 그 돈을 조선에 있는 전답에 묻어두어 쓰겠소?"

뜻하지 않은 역습에 공노인은 당황한다.

"그, 그야 친일파 놈, 그, 그렇지요. 친일파는 왜놈하고 다를 것이 없고, 조선의 경우도 마찬가지 아니겠소? 조선에서도 아까 지가 말씀한 대로 조선사람들이 일심으로 뭉쳐서 하면은, 아무리 값이 싸도 왜놈의 물건은 안 산다는, 예 그렇지요. 내 무식한 국량(局量)에도 왜놈 속셈이야 빤한 거 아니겠소? 달콤한 꿀을 발라서 빨고 나면 비상이 나오는 것처럼 저희들이 장 바닥을 다 차지한 다음에야 부르는 게 값 아니겠소? 허니 실 한 바람 사고파는 데도 그 이득이 조선사람 주머니 속에 들어가야 한다. 그런 생각 안 한다면은 장차 그놈들 머슴밖엔 해먹을 짓이 없게 된다 그 얘기요."

"그 말씀은 옳은 말씀이오. 일찍이 면암 최익현 선생께서 그 비슷한 말씀을 하셨지만, 애초에 망하기 시작한 꼬타리가 거기 있었던 거지요."

"지는 본시 무식하여 아는 것은 없소만 청국이 망한 것도 그 때문이라 하더만요. 그래서 백성들이 벌 떼같이 일어나 수차 난을 겪게 되었고 이번만 하더라도 철로를 백성들 자금으로 깔자 한 데서부터 시작된 일이라 하니, 나라에서는 외국놈들 빚돈 얻어서 하겠다 하고 빚돈 얻어보아야 단물은 그놈, 외국 놈들이 다 빨아먹고 빈껍데기만 남아날 거니까, 이치가 안 그렇습니까? 하니 어떤 경우 어떤 사정이 있어도 그놈들 올가미를 쓰지 않으려면은, 어디 총칼만 가지고 나라를 빼앗습디까? 하 참 기가 막힐 일이지요. 왜놈하고 우리하고 어디 변변히 쌈질이나 했소? 알갱이를 쑥 뽑아먹히니까 껍데기만 살짝 건디려도 그냥 짜부러지기 마련 아니겠소?"

"허허헛, 노인장 대단하시오. 허허헛…… 나 같은 처지야 친일파 등이나 쳐 먹고살밖에 없지만, 허허헛……."

공노인의 흥분을 가라앉히듯 임역관은 말했다.

"어이구 해가 깜박 졌구마요."

임역관은 말렸으나 공노인은 일어섰다.

"하면은 내일 오시겠소?"

"내일?"

"가회동 그자 소가(小家)에 함께 가기로 했으니까 기다릴 게요."

"예, 예. 오지요. 오고말고요."

임역관과 작별한 공노인은 대로를 내로란 듯 활갯짓을 하며 걸어 내려온다. 술이 거나하기도 했으나 조선에 나온 목적을 달성하게 된 데에 만족을 느낀 것이다.

'나로선 생면부지다마는 그놈의 얘기라면 귀가 아프게 들은 터이고, 이놈! 어디 한번 망해보아라. 네놈이 얼마나 간악한 놈인지는 모르겠다마는 내 이 공가도 만만치는 않을 테니 조선 팔도 대국땅까지 안 가본 데 없이, 네놈 하나 잡아먹기 어렵잖을 거구마. 천하 악독한 놈 같으니라구, 흐흐흣…… 누구한테 땅을 잡히는가, 누구 돈인가, 그걸 알면은 기절초풍하겠지? 눈앞이 캄캄할 게야. 고렇게 또 일이 될 건 뭐라? 그것뿐이던가? 다음이 있지. 다음 남은 것도……. 어허 취한다. 공가가, 내 이래 봬도 늙긴 늙었다마는 아직 쓸모가 있지이. 아무튼 이쪽 일을 마무리해놔야, 그러면은 하동으로 내려가서 그 중도 한분 더 만내보고 봉순인가 기환가 그 아이……. 음 취한다. 참 기분이 좋구나.'

거리는 어둑어둑해오는데 공노인은 두 활개를 저으며 벌렁벌렁 걷는다.

'자연히 그렇게 되면은 한편 쪽은 고향에 내려오게 될 거고 땅마지기나 얻어 부칠 거니까 누이 좋고 매부 좋고, 영팔 그 사람, 고향 못 가서 환장인데 아무튼지 간에 그 공로가 봉순 그 아이, 역관 어른도 속이 훤하게 트인 사람이더마. 보기는 골샌님같이 곱상하게 생겼는데 쪼를 빼지(거드름을 피우지) 않고 영 사람이 괜찮아.'

나뭇짐이 지나간다. 팔지 못하고 되돌아가는 나뭇짐인지 아니면 싸게 팔려가는 나뭇짐인지, 공노인은 숙소로 정한 객줏집으로 들어간다.

"노인장, 이제 오시우?"

마루 끝에 나앉아 있던 객줏집 주인이 말했다.

"예."

"손님이 와서 기다리고 있소. 예쁜 기생아씨요."

"아아 예."

공노인이 방문을 열었을 때 기다리고 있는 사람은 기화 혼자만이 아니었다. 진주서 물지게를 지던 석이, 그러니까 조준구 손에 의해 왜헌병에게 넘겨졌고 총살을 당한 한조의 아들, 석이도 함께 기다리고 있었다. 관수의 간곡한 부탁을 받은 기화가 상현을 설득하고 또 서의돈의 조력을 얻어서 석이는 여름부터 황태수네 집에 심부름꾼으로 와 있었다. 밤에는 야간학교에 나가기로 하고.

"네가 웬일로 또 왔나?"

공노인은 얼마 전에 혜관이 하동으로 떠나기 앞서 그와 함께 석이를 만난 일이 있었다. 그래서 석이의 내력을 다소는 알게 된 것이다.

"석이가 하도 졸라서 찾아 안 왔습니까. 또 그 일이 어찌 되었나 궁금하기도 하구요."

"그 일은 잘됐다. 다 되게 돼 있는 일이니까. 지금 역관 어른 댁에서 술대접 받고 오는 길이구만."

"예. 하동에는 언제 내려가시겠어요?"

"내일 그자를 만나기로 했으니."

"내일……."

기화 얼굴이 일그러지고 석이는 가면을 씌운 듯 딱딱하게 굳어진다.

"잘하셔야 해요."

"그럼."

"어떡허든."

"아암 걱정 마라. 그 일이 마무리되면은 혜관스님을 만나보고 일단 용정으로 가야겠지. 한데 무슨 부탁이 있어서?"

공노인은 석이를 바라본다.

"가기는 가지마는 내가 진주까지 가게 될란가 그건 모르겠는데 니가 집 걱정이 돼서 그러나?"

"아닙니다."

석이는 또박또박한 음성으로 대답한다. 그새 서울물을 먹은 탓인지 아주 말끔해 보인다.

"그러면?"

"실은 다른 게 아니구, 여간 고집을 부려야지요?"

기화는 딱하다는 듯 석이를 힐끔 쳐다본다. 석이는 눈도 깜박이지 않고 공노인을 똑바로 쳐다보고 있다.

"조준구 집에 들어가게 다리를 놔달라는 거 아니겠어요? 석이가,"

"뭐라구?"

공노인은 펄쩍 뛴다.

"아니 야가 우찌 알고서?"

사투리가 튀어나온다.

"그게, 지가 경솔해서……."

얼굴을 붉힌다.

"아직 철없는 아이한테, 허 참 그런 얘길 하면 어쩌나?"

공노인은 눈살을 찌푸리며 여간 불쾌해하지 않는다.

"할아부지."

석이 음성은 여전히 또박또박했다.

"일이란 조그마한 것으로도 그르치기 쉬운 건데 어째 으흠……."

"할아버지, 지는 말입니다, 도로 찾을라 캐도 찾을 수 없는…… 예. 지 목숨을 걸어놓고 명세[盟誓]하겠십니다. 지는 아부지의 원수 조준구를 잊어본 일이 없십니다."

"그러면 니가 그자를 죽이겠다 그 말가?"

공노인의 낯빛은 완연히 달라진다. 눈에 노기를 띠고 기화를 노려본다. 기화는 어쩔 줄을 몰라한다.

"아닙니다."

"그러면은!"

"그놈이 망하기까지, 마지막 망하는 날을 조금이라도 앞당기고 싶어서 그럽니다."

"말도 안 되는 소리다! 그자 눈앞에 알짱거려서 좋을 것 하나 없어!"

"압니다. 하지마는 지는 목심을 걸고 의심 안 사게 처신하겠습니다."

"철없는 아이가! 그런 짓 못한다."

"지 나이가 열아홉입니다. 죽기로 결심했으믄 무슨 일인들 못하겠십니까. 믿어주시이소."

"할아버지."

기화가 조심스럽게 거들어준다.

"석이는 좀 달라요. 입이 무겁고 내색하는 일이라곤 없어서 모두들 칭찬을 하지요. 너무 화만 내시지 마시고."

공노인은 화를 내면서도 석이를 살피고 있었다. 결심이 바윗돌 같다는 것을 충분히 알 수 있었고 혜관이 석이를 두고 하던 말이 생각나기도 했다. 그러나 일은 결코 작은 일이라 할 순 없다.

"그러나 그자가 너 얼굴을 알는지 모를 일 아닌가."

"아부지, 아, 부지가,"

하는데 석이의 목이 콱 멘다.

"거 보라구. 그렇게 북받치는 울음 가지고서,"

"예, 아부지가 끌리갈 때 그놈을 한 분 보았을 뿐입니다."

석이는 울음을 삼킨다.

"하여간에 이 자리에서 당장 정할 일이 못 된다. 받아줄는
지 안 받아줄는지 그것도 모를 일이지마는 아직 나는 그자를
만나지 안 했고 또 그런 일이라면 뭐니 해도 혜관스님하고 의
논을 해야 하니까 우선,"

공노인의 어세는 다소 누그러졌으나 일을 누설한 기화에 대
해선 화가 풀리지 않는 모양이다. 쓴 입맛을 다시며 내뱉는다.

"여자는 할 수 없는 거다. 옛말에도 여자하곤 대사를 논하
지 말라 했지마는, 이 세상에 저절로 되는 일이란 하낫도 없
다. 조심하고 조심을 해도 일이 안 될라면 안 되는 법인데 어
이구 참. 하기야 너 때문에 일이 돼가기는 하지마는 잘못될
양이면 애시당초 안 하느니보다 못하지."

"잘못했어요."

기화는 순순히 빈다. 석이는 입술을 지그시 깨물며,

"지내놓고 봐야 알 일이겠십니다마는 할아버지."

"무슨 말을 또 할라 카노!"

"지 한 말씀만 더 들어주시이소."

"들으나 마나."

"아무튼지 간에 앞으로 그 집안 일을 알아낼라 카믄 지가 그 집에 들어가 있는 기이 젤 상책이 아닌가 싶어서 말입니다."

"그거는 얼마든지 해줄 사람 있다. 너가 걱정 안 해도, 그뿐만 아니라 이 일이 잘되면 너 아니라도 저절로 남이 원수를 갚아주게 되는 거고."

공노인과 석이의 고집은 꼭 같이 맞서서 물러설 줄 모른다. 결국 혜관을 만나본 뒤 다시 의논하자는 것으로 끝날 수밖에 없는데 공노인은 속으로 석이의 끈기도 무던하다고 감탄하긴 했다.

밖으로 나온 석이는 어둠 속에서 울었다.

"봉순이누님, 미안합니다."

봉순이누님이라는 말이 처음으로 그의 입에서 나왔다. 언제나 호칭을 빼고 말했었다. 아니 거의 말을 스스로 한 일이라곤 없었으며 묻는 말에 대하여 그렇다거나 안 그렇다거나 그 정도의 대답이 고작이던 석이였었다.

"내가 잘못했다. 너 원한을 생각하구서 내가 말한 것이."

"지는 우떡허든 그 집에 들어가고야 말 깁니다. 그 할아버지가 생각하시는 거맨치로 그놈을 직이지는 않을 깁니다. 직이고 나믄 그만 아니겠소! 누님! 으흐흐."

흐느낀다. 기화인들 석이의 우는 마음을 모를 리 없다. 기화 눈에서도 눈물이 흘렀다. 짚신을 벗어들고 묶여가는 아비

420

뒤를 쫓으며 절규하던 소년을 생각하며.

"누님, 지는 말입니다. 지, 지는 말입니다! 그놈 하나가 원수 아닙니다. 지 혼자 서러운가요? 누, 누님도 서, 서런 사람입니다. 고향의 어매 동생들도…… 으흐흣…… 빨래품에, 냇가 얼음을 깨던 우리 어, 어매 손을 잊는다믄 나, 나는 개자식입니다. 으흐흣……."

어두운 거리, 지나는 사람 없는 길 위에서 남매같이 서로 의지하며 흐느껴 운다.

헤어질 무렵 해서 기화는 코맹맹이 소리로,

"나 열흘 후에는 전주 내려간다."

"거긴 와요?"

석이 역시 코맹맹이 소리로 물었다. 아는 얘기를 되물어보는 심정을, 석이는 고개를 푹 숙인다. 부끄러웠다. 묻고 나서 깨달아졌던 것이다. 가슴을 저미듯 뼈를 깎는 듯한 울음 뒤돌아난 그리움 같은 것이, 석이는 기화의 대답을 기다리지 않고 발길을 휙 돌려놓는다.

"그럼 지는 가볼랍니다."

어둠 속을 달음박질하듯, 석이는 사라져버렸다.

'어머니가 잔소리깨나 하실 거야. 하지만 열흘 지나면 떠날 건데 뭐…….'

기화는 어쩔 수 없이 서의돈을 생각한다. 서울을 떠남으로써 서의돈과의 사이가 끝날 것을 알고 있다. 소위 화류계의 소나기같이 지나가는 사랑이다. 사랑은 일찍 끝내고 재물에 얽힌 정사가 긴 것이 또한 화류계의 생태, 기화는 이미 그것을 터득했었다. 재물에 욕심이 있는 것도 아니요, 명성에 연연한 것도 아니면서. 그러나 기화는 자신보다 사나이를 더 알아버렸다.

'처자가 있고 앞날이 구만리 같은데…… 참봉댁 서방님이라고, 진심으로 날 생각해주신 것만도 난 잊을 수 없을 거야, 난, 난 왜 이럴까. 뿌리 없는 나무같이 내가 그런 거야. 내 마음이 그런 거야. 전주 내려간다고…… 끝까지 해본다? 안 될 거야.'

집 앞 골목을 막 들어서려는데 누가 앞을 가로막는다.

"뉘시오!"

말없이 상대는 기화의 팔을 낚아챈다.

"아이 서방님도, 집에서 기다리시지 않고서, 밤길에 놀라지 않아요."

"마음이 바빠서 방에 앉아 기다릴 수 없더구나."

"들어가셔요, 집에."

"아니다."

"그러믄요?"

"한강에 나가서 선유(船遊)나 했으면 오죽 좋겠느냐?"

"망령이셔."

"아니면 우리 도둑질이라도 해서 나룻배 타고 달아날까?"

"뭐 땜에 도둑질을 해요?"

"글쎄 말이다. 허허헛……."

"들어가셔요, 집에."

"싫다. 무작정 밤길 걸어보자꾸나. 걷고 있노라면 무슨 좋은 생각이 날지도 모르지. 선관선녀가 되어 득천할 궁리가 생길지도."

"예, 저승 삼도천을 함께 건너게 될지도 모르구요. 그렇게 하세요. 무작정 걸어보겠어요."

두 사람은 서로의 체온을 느끼듯 가까이 다가서서 걷기 시작한다.

"기화는 삼도천을 어떻게 알지?"

"왜 몰라요."

"어떻게?"

"절에서 자란…… 중 되려다 만 아이, 아이하구 함께 자랐으니까요. 어릴 적부터……."

"사내아이겠구나."

"……."

말한 대로 이들은 무작정 걷는다. 사람이 지나가고 불빛이 지나가고 결국 찾아간 곳은 남산이었다.

"기화."

"예."

"나도 일본으로 건너갈까 싶어."

"잘 생각하셨어요."

"넌 역시 그렇게밖엔 말 못하겠느냐?"

"예."

"난 이런 생각을 해봤어."

"……."

"기화도 일본에 갈 수 없을까 하구."

"예?"

"일본에 말이야. 나랑 함께."

"일본 가서 전 뭘 하지요?"

"……."

오솔길, 소나무 밑동에 서의돈은 털썩 주저앉는다. 풀벌레
가 운다. 어둠 속에 달빛도 없는데 서울 장안도 숨죽은 듯 조
용히 누워 있는데, 정녕 가을은 가을인가 보다. 숲속은 설렁
한 야기(夜氣)에 오소소 몸짓하는 것 같고, 풀벌레만 우는가.
부엉이도 울어쌓는다. 서의돈은 손을 뻗어 기화를 제 옆에 앉
힌다.

"사실……."

덧없는 이야기다. 기화는 풀벌레 밤새 울음에 귀를 기울인
다.

"사실은 자신 없는 얘기지. 기화하고 일본으로 함께 간다
면."

"서방님하고 저하고 함께 유람할 돈이 어디 있어요? 댁에서

아신다면 서방님께 보내드리는 돈도 끊으실 텐데요."

"그럼 생각도 못 해보나?"

"……."

"생각도 아니 해본다면 이 세상 무슨 재미로 살어. 나 일본 있는 동안만이라도, 기화는 기생이라 생각지 말구 공부를 한다면은, 그곳에 가면 시시한 학교도 많다던데 기예 학교, 그러니까 수예 학교 같은 곳이겠지만, 아껴서 쓰면 내 한몫으로 둘이 살 수 있지 않을까?"

"그럼 서방님 우리 만주로 갈까요?"

하는데 순간 길상이 기화 눈앞을 스치고 지나간다. 생생하다.

"만주?"

"예. 그것도 자신 없으시죠?"

"만주로 가면 어떡허나?"

"그곳에 가면은 지가 벌 수 있을 거예요. 서방님은 독립군이 되구요."

"독립군……. 너는 기생질을 하겠지."

"밥집을 하겠어요."

"그거 진정이냐?"

"생각해본 거지요."

"그래…… 그럴 거야. 생각을 해본다아."

그러고는 말이 끊어졌다. 허망한 얘기였던 것이다. 그들은 다 같이 풀벌레 소리를 들으며 얘기했다. 화류계의 사랑은 남자에게도 여자에게도 소나기였다. 긴긴 여름 무더위 속에 내려지는 소나기.

15장 면대(面對)

기생 출신인 조준구의 소실 향심(香心)은 속이 부글부글 끓었다. 팔자타령이 절로 나오는 것이다. 어제 당한 일만 생각하면은, 삼십에서 두서넛을 넘긴 나이, 실상 향심이 자신도 제 나이 서른 둘인지 셋인지 잘은 모르고 있었다. 출생이 좀 복잡하여 자라기론 이모뻘 된다는 사람, 다방골 근방에 있는 집에서였다. 생일을 차려먹은 기억도 없고…… 서른 셋인지, 둘인지, 매를 맞아본 지가 십 년이 넘을란가? 이십 전에는 술주정꾼 이모부한테 무척 매를 맞았었다. 그래도 밥을 굶기는 이모보다 이모부가 나은 편이었다.

"내가 너 이모부야? 이모부? 이모가 어딨어! 촌수를 따지자면 팔촌 십촌도 훨씬 넘을 텐데 이모는 무슨 놈의 말라비틀어진 이모야! 울기만 했단 봐라! 그래도, 아가릴 찢어줄 테다! 찢어!"

고래고래 소리를 지르며 입술을 쥐어박던 눈알이 시뻘건 사내, 며칠 전에도 찾아왔었다. 삼올같이 어석어석 바래인 수염, 살은 피둥피둥 쪘는데 땟국이 흐르고 줄레줄레 해진 옷을 입고서.

"야앗! 향심아! 너, 혼자 고대광실 높이 좌정했으면 다냐? 그래 나 같은 건 눈앞에 뵈지도 않는다 그거로구나. 야아! 너 향심이 올챙이 적 생각 안 나냐?"

보자마자 내지르는 일성은 육 년 동안 달라진 것이 없는 그 예의 구절구절이다. 유서처럼 백 년이 가도 아니 변할 것인가. 삼올 같은 수염을 흔들며 그는 말을 이었다.

"어느 놈을 붙어 내질렀는지 내질러만 놓고선, 그 핏덩이를 기른 것은 바로 이 내, 내란 말이야! 알겠냐? 그래 넌 흙 먹고 컸더란 말이야? 바람 마시고 컸더란 말이야?"

신돌 위에 한 발을 얹고 한 팔의 소매를 걷어 올리며, 향심이 안방에서 지폐 석 장을 쥐고 나온다.

"난부자 든거지예요. 내 속을 뉘 알겠소. 이모부, 제발 이젠 날 놔주어요. 이게 마지막이에요. 자아, 받으시고 제 죽는 꼴 보시려거든 또 오세요."

죽는 꼴 보려거든 또 오라는 말 역시 육 년 동안 내내 해왔었고 앞으로 또 말할 것이 분명하다.

"난부자 든거지? 백옥 같은 손가락의 그 반지며 그 봉채비녀며 그게 그럼 구리쇠란 말이냐?"

"몰라서 그러세요? 이건 나으리가 아시잖아요. 없어져 보세요. 그 양반 성미 당장에 순살 보낼 거예요."

"그런가? 헤헤헷헷…… 실은 나도 말씀이야, 안 되면은 물꾼이라도 될까 했다만 이 나이 해가지고 남의 눈도 생각해야지. 안 그러냐? 핏줄이야 어찌 되었건 내가 널 길렀으니 명색이 애비 아니겠냐? 이모부, 이모부 했지만서두,"

"……."

"아, 그래 향심이가 봉을 물었다는 장안의 평판이 아니더라도 너 얼굴에 똥칠이요 행세하는 그 댁 나리 체면은 또 뭐가 되겠냐. 육십 나이에 물지게를 지고서 다방골을 어슬렁거린다면 말씀이야."

"누가 그런 걱정해달랬어요? 똥칠을 하건 회칠을 하건,"

향심은 눈을 흘겼다.

"허 말이야 쉽지만서두 남들 평판에 무심할쏜가?"

"기가 막혀서, 이모부! 오늘 이때까지 적게 가져가서 물꾼된다는 거예요?"

"그런 말 마라. 운 없는 놈은 뒤로 자빠져도 코가 깨진다."

돈 삼 원을 쥐고 비굴하게 웃으며 늙은 사내는 돌아갔다.

'세상 고르잖은 걸 한탄하면 뭣하리. 돈 이백 냥 친정집에 받아주고 후취로 들어간 가매(嫁賣)는 늙은 남편, 남 낳은 자식, 보는 것도 딱할 텐데……. 흐음, 사시장철 빨래품 바느질품, 그런 인생도 있는 것을, 한탄하면 뭣하리, 살아주고 가는 게야.'

향심은 가야금을 내려서 줄을 고른다. 손끝에 닿은 줄이 부르릉 떨면서 운다.

'이모부 생각은 왜 했을까? 어제 매 맞은 때문일 게다. 십여 년 만에 매를 맞았다. 자아 그러면 가야금이 내 대신 울어주 겠지, 서러워하겠지. 오늘같이 맑은 날엔 가야금도 제 목청을 뽑아줄 게 아니냐?'

가야금 줄을 누르고 퉁기는 손끝에서 청아한 소리가, 구슬 같이 물방울같이 새벽에 사라지는 별같이 우는 밤새 소리같 이 흐느낌이 되고 통곡이 되고 한탄이 되면서 향심의 얼굴에 짙은 우수가 흐른다. 절세가인은 아니지만 어딘지 투박해 뵈 는, 미모에 가까운 얼굴이다. 그 얼굴은 우수가 흐르면서 작 아지고 커지는 것만 같다. 가느다란 울음소리가 가야금 울음 을 타고 넘어간다. 굽이굽이 넘어간다. 별안간 향심은 다섯 개의 줄을 모조리 움켜잡듯 한꺼번에 퉁긴다. 둥당당둥! 요란 하고 어지러운 소리와 더불어 가야금은 무릎에서 방바닥으로 떨어졌다.

"후유우!"

어제 매 맞은 생각이 또 났던 것이다. 오십에 가까워진 여 자의 흉측스런 얼굴이 눈앞에 떠오른다. 해 질 무렵, 그러니 까 어제저녁 때 향심은 교동 집에 불려갔었다.

"이 계집! 내 성미가 어떤지 알아야겠느냐?"

밤낮없이 가꾸고 영험하다는 약을 상용한들 나이를 거역할 것이던가. 눈꺼풀이 축 처져서 본시부터 작았던 눈은 더욱 심 술궂게 탐욕스럽게 작아졌고 빛깔이 뚜렷하지 못한 눈동자는

몹시 불결했으며 주름 사이엔 분이 밀려서 희뜩희뜩 얼룩이
졌고 도토름하게 솟은 입술만은 주름 하나 없이 번들거렸다.
제 일신 하나만의 안락을 위해 심혈을 기울이던 조준구의 정
처(正妻) 홍씨, 십 년 동안 추하게 늙은 모습이었다.

"마님. 어째 역정을 내시오?"

향심은 얼굴을 수그리며 물었다.

"이 계집이? 그래 몰라서 묻는 게냐?"

"예. 무슨 영문인지."

"사내 오장 빼먹는 게 업이고 보면 과연, 누가 기생 아니랄
까 봐서? 허나 내가 사내 아닌 여인인 것을, 사내한테 하던 수
작 나한테도 통할 줄 알았더냐?"

"……."

"영감인지 탱감인지, 일 한판 크게 친답시고 별의별 놈의
상것들까지 끌고 와서 낮밤 가리지 않고 소란을 떠는 형편이
고 보니 내 너를 오늘까지 눈감아두었거늘, 화류계에 종사한
계집이면 첩년의 처신을 어찌 해야 하는 것쯤 알 게 아니냐.
한 달! 한 달이야! 한 달 동안 집엔 발걸음을 아니하다니! 그
래 영감은 지금 어디 있지?"

향심은 고개를 수그린 채 대답을 못한다. 한 달 동안 본가
에 발걸음을 하지 않았다면? 짐작이 가지 않는 것은 아니다.
가회동 집에도 어제 낮에 잠시 왔다가 임역관을 만난 뒤 나갔
고 그러니까 남산 쪽이라든가 숨겨놓은 여자 집에 한 달 내내

드나들었던 모양이다. 이화학당을 다니다 만 신여성이라던지.

"향심이 낭패 볼까 걱정이다만 그보다 교동마님인지 뭔지 그 여자 처지가 아아주 딱하겠는걸?"

설중매(雪中梅)라는 기생이 귀띔을 하며 말했었다.

"왜요, 언니?"

"이 개명천지, 처녀인 데다가 식자 있는 신여성이겠다, 늙은것 밀어내고서 정처 자리에 앉겠다면?"

"어림이나 있는 일이에요?"

"그건 모를 일이야. 성미가 대단하다니까, 게다가 왜놈 다 돼가는 자네 영감한테 늙은 도깨비보다 젊은 신여성이면 뽐내볼 만도 하구."

그러나 향심은 들은 대로 말을 전할 처지가 못 된다.

"어째 대답을 못 하느냐! 안방 벽장 속에라도 가두어두었느냐?"

"설마."

실소한다.

"설마라구? 이 계집이 묻는 말엔 대답을 아니하구서 웃어? 감히 뉘 앞이라고 아가리 헤 벌리고 웃는 게야?"

축 처졌던 눈꺼풀이 치켜 올라간다. 누리딩딩한 눈 흰자위가 섬찟하게 드러난다.

"사내 없인 하룻밤이 어려우냐? 기왕의 노류장화, 우리 집 범의 장다리 같은 하인 놈 몇 보내주랴?"

향심의 얼굴이 벌게졌다.

"과하십니다."

"과해?"

기생첩은 종첩과는 다르다. 옛날 말려서 죽이다시피 한 삼월이하곤 다르다는 얘기다. 성질이 무던하기는 하나 죽여줍시오 할 향심이도 아니거니와 가무(歌舞)이든 용모 자태이든 기생이란 남자의 노리개인 것이 공인된 업이고 보면 남의 첩살이가 도덕에 어긋남을 새삼스럽게 말할 계제도 아니요 또 비록 천업이긴 하나 기생사회의 특수성이란 게 있다. 자고로 내로라하는 풍류객 호걸은 말할 것 없고 부유층 권력층과 부단히 접촉하는 만큼 이들 사이에서 조성되는 여론이란 상당한 전파력을 갖는 것이며 사내들 행세하는 데 영향력이 있다. 함에도 불구하고 홍씨는 향심이 무릎 앞으로 바싹 다가앉는다.

"과하다 했겠다? 호강에 겨워서 요강에 똥 싸는 소리 아니나게끔 내 버릇을 가르쳐주마."

향심의 뺨에서 세찬 소리가 났다. 졸지 간의 일이어서 향심은 저도 모르게 두 손으로 뺨을 감싼다. 다음엔 앞가슴을, 옷고름 두 개가 와드득 뜯겨나갔다.

"마님!"

"오냐."

머리채를 잡으려던 홍씨는 향심이 피하는 것을 보고 대신얼굴에 주먹질을 한다.

"무슨 짓이오!"

"내 그렇잖아도 심심하던 참이었어! 뭣이든 걸려들기만 하면 박살을 낼 참이었단 말이야! 손님접대가 잦아서 얻은 계집이라기에 기방출입이 잦은 것보담 낫겠거니 해서 눈감아두었다만 본가를 개떡으로 아는 네년 버르장머릴 고쳐주어야겠어! 이년! 이 상년아! 사내 없이 하루를 못 살겠으면,"

입에 담기조차 차마 부끄러운 음담패설이 마구 쏟아져나왔다. 빛깔이 뚜렷하지 않은 눈동자가 추잡스럽게 이글거렸다. 고래고래 소리를 지르는데 도토롬하고 주름 하나 없이 번들거리는 입술은 나불나불 낙지 다리처럼 유난해 보였다. 향심이는 넋이 쑥 빠지는 것만 같았다. 빛 좋은 개살구라던가? 이름이 양반댁 어부인이지, 무식하고 염치없고 도대체 사람인지, 상스럽기가 머슴방 도는 갈보 곁방 나앉을 게야, 등등 풍문이 돌았으나 겪어보지 않고는 실감할 수 없겠거니, 새삼 향심은 개탄을 했는데 쥐어박고 욕설하는 것보다 헐떡거리며 얼굴 위에 뿜어내는 홍씨의 더운 입김이 견디기 어려웠다. 마치 지옥의 열탕(熱湯) 속에 빠진 것만 같았기 때문이다.

"고정하시오 마님. 마님께서 못 살라시면 아니 살겠소."

"뭣이? 어그그 허리야, 게 누구 없느냐!"

못 들은 척하는지 집 안에선 아무 반응이 없다. 향심은 재빨리 물러나 앉으며,

"심화 끓이실 것 없소. 기생 팔자야 노류장환데 만나고 갈

라지는 게 뭐 그리 어려운 일이겠습니까."

"어그그 허리야! 게 누구 없느냐!"

"또 발명한다고 꾸중하시겠지만 한 말씀 드릴 것은 나으리 가회동 집에 계시질 않소."

향심은 옷매무새를 고치고 떨어진 옷고름을 주워들었다. 그리고 밤길을 돌아왔던 것이다.

'세상 고르잖은 걸 한탄하면 뭣하리. 한탄할 것도 없어. 그 늙은 여잔들 나보다 한 푼 나을 것 없지. 원하면은 범의 눈썹도 구하겠지만 마귀 같은 그 얼굴이야 어찌하누. 양반댁의 어부인? 무슨 놈의 썩어질 양반이고. 내 기생 팔자하구, 천만에 아니 바꾸겠다.'

사악하고 탐욕스럽고 음란하기로야 조준구도 홍씨 다음 가라면 서러운 사람인 것을 향심은 곁에서 보아 잘 알고 있다.

'내외간이란 서로 닮는 것일까……'

사악하고 탐욕스럽고 음란한 것 말고도 내외가 닮은 점은 욕심에 눈이 어두워 미련할 지경으로 우매하다는 것이다. 향심은 허겁지겁 일본인 미야모토[宮本]에게 합자금을 내주고 단독권리를 갖게 된 광산이 폐광이라는 사실을 눈치채고 있었다. 언젠가 조준구와 임역관이 주석에서 광산 얘기를 나누고 있을 때 옆에서 술 시중을 들고 있던 향심이 임역관을 향해 피식 웃은 일이 있었다. 임역관은 눈을 굼벅굼벅하다가 향심에게 굳이 감출 생각이 아니었던지 피익 웃었던 것이다. 명색은 여하튼 한지붕 밑에 잠자리를 같이하는 남녀의 이같이 외로운 관계가 있을까.

'하긴 나도 나쁜 년인지 모르겠다. 섬길래야 섬겨볼 구석이 있어야지. 불쌍한 그 병신 자식을 시골구석에 처박아놓고 차라리 죽는 편이 낫다던…… 사람 아니야?'

매 맞은 일은 잊어버리고 이야기로만 들어온 조준구의 외아들 꼽추 도령, 아니 이제는 꼽추 서방님 생각을 하며 향심이 언짢아하는데,

"아씨, 나으리 오시오."

행랑아범이 밖에서 말했다.

"알았어."

향심은 거울 속에 얼굴을 잠시 비춰보고 일어선다. 신돌 위에 내려섰을 때 연회색 양복에 챙이 약간 짧은 듯싶은 중절모를 쓴 조준구가 중문을 들어서고 있었다. 공같이 얼굴이 동그랬다. 배도 그러했다. 여전히 상체보다 다리는 짧았다. 비록 비대해져서 얼굴은 공같이 동그랬으나 십여 년 전과 마찬가지로 이목구비는 잘생긴 편이었고 옷차림도 빈틈이 없다. 아무 말 없이 조준구는 안방으로 들어왔다.

"옷 갈아입으셔요?"

"음."

향심은 장 속에서 옷 한 벌을 꺼내어 갈아입는 것을 거들어준다.

"교동에 가셨습니까?"

벗어 던진 양말을 치우며 향심이 묻는다.

"아니. 왜 묻는 게야."

"어제 교동에 갔었어요."

"자네가?"

"예."

"뭣하러 거긴 가누."

"제가 간 게 아니구 마님께서 부르셨어요. 한 달이나 아니 드셨다 하시더군요."

"그래서?"

"말씀드리지 않았습니다."

"거기 일 말인가?"

"예."

"그럼 자네는 알고 있었다 그 말이냐?"

"다 아는 일을 저라고 모르겠어요?"

"섭섭한가?"

"섭섭하기론 교동마님이시죠."

"그럼 교동에서도 안다는 겐가?"

조준구는 안석에 몸을 기대고서 담배를 뽑아 문다.

"모르시는 눈치더군요."

"알면 귀찮지. 늙어빠져도 투기심은 남아 있어서,"

조준구는 옛날과 달리 마누라를 조금도 염두에 두지 않는

모양이다. 담뱃불을 붙이고 한 모금 깊숙이 빨아서 연기를 뿜어내며,

"그보다 손님이 온다 했는데,"

"임역관이 모시고 올 손님 말씀이지요?"

"모시고 오긴 그까짓 것, 장살 해서 돈푼이나 모은 늙은인가 본데 후일 쓰일 일이 있을지 모르니까."

"그럼 술상 준빌 해야겠습니다."

"있는 것 가지고 하면 돼. 내 집 안방에 들오는 것만도 과분할 터인데, 본가는 아니지만,"

"본가면은 과분이 아니라 구분이겠수."

"또, 또 저런 소리, 요망 떨지 말라 일렀거늘,"

향심은 야릇하게 웃는다.

"흥, 본가…… 어느 사당패가 그리 상스러울까."

마침 임역관이 왔다는 행랑아범의 전갈이다.

"어험! 들어오라 일러라."

조준구는 목소리를 가다듬었다. 향심은 건넌방으로 건너가면서 신돌 위에 신발을 벗는 임역관을 보고 웃으며 허리를 굽힌다.

임역관이 공노인을 데리고 안방에 들어갔을 때,

"어서 오시오 임역관, 기다리고 있었소이다."

얼굴에 웃음을 띠고서 조준구는 그들을 맞이한다. 공노인의 얼굴은 무표정했고 그 무표정한 얼굴에 곁눈질을 하며 임

역관이 말했다.

"공노인께서는 달리 볼일이 있었던 모양인데 조공과의 언약도 있고 해서 내가 억지를 썼소이다. 아무튼 앞으론 서로 거래가 잦을 터인즉, 진작부터 통성명은 했어야 하는 건데,"

"아, 그래요? 이렇게 와주셔서 고맙소이다. 앉으시오."

"예. 지는 공필선이라 합니다. 태생은 강원도올시다."

무표정의 얼굴이나 말씨만은 비굴할 정도로 공손하다.

"아 그렇소? 나는 조준구요."

"예. 역관 어른을 통해서 성함은 들었습니다마는,"

"나도 노인장 이름은 들었소만,"

조준구는 처음 웃음으로 맞이할 때와는 딴판으로 거만스럽다.

'흥, 황부자한테 돈을 얻을 때와는 사뭇 딴판이구먼. 하긴 지금으로선 발등에 불 떨어지진 않았으니까. 좀 안된 얘기지만 자금에 감질이 나면은 저 초라한 늙은이한테 절하는 것도 불사할 테니.'

임역관은 사람 좋은 듯한 미소를 머금었으나 속으론 냉소한다.

'처지가 불우하면은 지렁이같이 천하고 처지가 나아지면은 독사같이 간악하고, 그러면서도 맹꽁이라……'

최참판네 만석 살림을 손에 넣은 지도 어언 육 년인가? 아니 윤씨부인이 죽은 햇수를 따지자면 십일 년 세월인데 그간 날로 날로 늘어가는 것은 체중과 교만, 체중이야 달갑지 않은 것일 테지만 모든 사람을 눈 아래로 보고 모든 사람에게 자신이 높이 좌정해 있는 것을 인식시키지 않고는 못 배기는 교만이야말로 재물에 대한 더러운 욕심과 버금되는 욕망일진대 이득을 가져다줄 공노인에게 웃음을 보내는 것도 당연지사이나 거만해지는 것 또한 당연지사, 볕 나고 먹구름 가고, 대인(對人)에서 시시각각 변화의 되풀이는, 왕시 기어서 오라 하여도 불사했을 임역관에겐 말할 나위 없는 것이고 구세주처럼 우러러보던 왜인에 대해서조차 차한(此限)에 부재(不在) 아니었으니.

"그래 임역관에게서 대충 얘기는 들었소만,"

이번에는 성명 삼 자 얘기가 아니고 거래의 내용에 관한 얘기다. 공노인은 여전히 무표정인 채,

"지도 역관 어른으로부터 대충의 얘기는 들었습니다마는,"

돈을 꾸어주는 사람의 처지를 은근히 과시한다. 임역관 눈은 장난스럽게 움직였고 조준구는 잠시 생각는 눈치다. 자신의 태도에 대해서.

"아, 물론 그랬겠지— 요."

억지로 붙이는 '요', 공노인의 눈알이 빙그르르 돈다.

"공노인께서는 조공과 거래를 터놓는 게 얼마나 앞으로 유리한 것인지 차차 아시게 되실 거외다."

임역관은 은근슬쩍 북을 친다.

"예, 그야 뭐, 역관 어른을 말씸할 것 같으면 콩 심은 데 콩

나고 팥 심은 데 팥 나는 어른이니까."

"그건 과찬이시고 나보다 조공이 그런 분이오. 뭐 그런 분 이나마나 장차 조선 재계를 주름잡을 것이니,"

"예, 그러시겠지요. 지도 서울 바닥에는 친분 있는 대감이 몇 분 계시고 해서, 재물이 어떻게 돌아가고 있는가는 대개 짐작을 하고 있습니다. 또 관아 출입이 잦은 일본인 대상(大商) 과도 다소는 거래가 있고,"

눈도 깜박이지 않고 공노인은 주워섬긴다. 임역관도 어이가 없는 표정인데 그 반응은 조준구한테서 재빠르게 나타났다.

"친분 있는…… 대감이라면?"

"예."

"하면 뉘시오."

"그것은 좀, 이름 밝히기가 거북합니다. 모두 돈을 거래하 는 처지고 보니!"

"하긴, 그렇기도 하겠소."

"예. 그기는 피차 지켜야 할 일 아니겠습니까? 빚돈 쓴다는 소문도 달가운 것은 아닐 것이고 이 늙은것 형편으로도 돈이 많다는 소문 좋을 것 한 푼 없지요."

조준구는 순간 보잘것없는 이 늙은이의 실속이 대단하다는 것을 깨닫는다.

"해서 장안의 모모한 양반의 형편을 다소는 알고 있습니다 만 조참판,"

하다가 마치 내가 잘못 안 것이나 아닌지 하는 투로 물어보는 듯 임역관 쪽으로 얼굴을 돌린다. 잘못이 아니라고 긍정하며 고개를 끄덕여줄 임역관도 아니거니와 공노인의 능청에는 다만 아연할 뿐이었던지 임역관은 멍청하니 쳐다본다.

"하, 제가 얼핏 들었기에, 해서 조참판댁 형편은 도통 모르는 터이라."

"그러면은 내키는 대로 하시오."

조참판댁 형편은 도통 모른다는 말에 조준구의 자존심이 상한다. 조참판이라는 말투도 미묘한 것 같고, 그러나 조준구는 왠지 한풀 꺾인다. 노인의 정체가 차츰 대단한 것같이 생각되는 때문이다. 말씨는 비굴할 정도로 공손했으나 태도가 자신에 넘쳐 있는 것이 마음에 걸린다.

"우리 그 얘기는 차차 하기로 하구 우선 술이나 합시다."

어조를 누그러뜨린다.

"거 좋소이다."

갑자기 임역관은 활기에 넘쳐서 말했다. 조준구는 어거지로 임역관 기분에 동조하듯 하며 부르는 소리를 듣고 온 향심에게,

"술상 들여오게. 조심해서 잘 차리도록."

그러나 차려온 술상은 초라하기가 이를 데 없다. 있는 것 가지고 하면 돼, 내 집 안방에 들어오는 것만도 과분하다는 말이 있었기 때문이 아니다. 그 말이 있었기 때문에 그 말 앞장

세우려고 일부러, 그러니까 골탕을 먹일 심산이었던 것이다.

과연 조준구의 얼굴은 푸르락노르락 눈꼬리가 올라가고 내려가고,

"아아니 이게 무슨 짓이야?"

"저어,"

"저어고 뭐고, 다시 차려와."

조준구는 신경질을 꾹꾹 누르며 행여 아까 한 말을 향심이 무심코 지껄일까 두려워하며 말했다.

"허허어, 무신 말씀을, 억만장자일수록 요식(料食)을 절용(節用)하는 법인데 이만하면 진수성찬이오. 재물이란 뼈로 깎듯 하여 모은 것이고 보면, 자고로 장자(長者)의 도가 있으니, 해서 지도 찬이 두 가지 이상이면 혼벼락을 내지요."

꿀 먹은 벙어리. 조준구의 기는 여지없이 꺾이고 말았다.

향심은 쓰거운 웃음을 띤 채 처마 끝에서 맴돌고 있는 흰구름을 바라본다. 그까짓 정도, 조준구를 난처하게 했다 하여 어제 매 맞은 것에 분풀이가 된 것처럼 자위하고 있는 자신이 서글펐던 것이다.

'광산이 그렇다는 걸 내가 알면서 말 안 했다……. 그걸 안다면? 배은망덕한 년! 이 목을 쳐 죽일 년! 할 게야. 잡아먹으려 들걸?'

쌍꺼풀이 굵은 눈을 딩굴딩굴 굴리며 덤벼들 조준구 얼굴이 떠오른다.

'마님께서 못 살라시면 아니 살겠소.'

향심은 어제 교동에서 한 자신의 말을 생각하며 또 희미하게 웃는다.

'심화 끓이실 것 없소. 기생 팔자야 노류장환데 만나고 갈라지는 게 뭐 그리 어려운 일이겠습니까.'

홍씨는 살지 말아라, 하지는 않았다. 살지 말라 하지 않는 이상 향심이 스스로 떠날 생각은 없다. 처마 끝에 걸렸던 구름이 해당화 잎새를 스치며 흘러가고 있다.

'갈 곳이라곤 다방골밖에 더 있어? 대목장 다 본, 삼십을 넘긴 내가 다방골로 돌아간들 어느 누가 두 팔 벌리며 반가이 맞아주리. 그곳이나 이곳이나 다를 게 뭐 있나. 술자리에 앉기는 매일반, 어차피…… 살아주는 게야. 정이 없으니 미울 것도 없고 남 보듯 살면 되는 게야.'

찬모가 다시 차려낸 술상을 행랑아범이 들여온다. 향심은 술상을 잠시 살펴본 뒤 육간대청을 미끄럼 타듯 소리 없이 술상을 뒤따른다. 옥색 관사 치마가 느긋하게 흔들린다. 몸짓이 의젓하고 나이에서 오는 당당함이 있다.

"불찰을 용서하시오, 나으리."

아무 일도 없었던 표정이다. 조준구, 임역관, 어느 편인지 모를 시선을 보내며 향심은 사과한다.

"불찰을 알았으면 손님께 술이나 권하게."

점잖게 말하긴 했으나 조준구의 얼굴은 어지간히 복잡하

다. 어디다 대고 화를 내야 할지 그것도 애매하거니와 화를 내야 할지 말아야 할지, 화를 내려 해도 꼬투리가 없다. 그런데 볼품없이 초라한 늙은네가 자신을 손바닥에 올려놓고 우롱을 하고 있다는 느낌, 왜 우롱을 하는가. 자신이 있기 때문이다. 돈이든 무엇이든 힘이 있기 때문이다. 적어도 이 조준구를 마음속으로 비웃을 수 있다면 말이다. 그렇다면 어느 정도 양보하는 게 좋은가, 작정하기 어렵다.

향심은 다소곳하게 술자리 한 모서리에 몸을 가눈다. 그리고 백자 주전자를 술잔에 기울인다. 잔마다 호박색 술이 넘실거린다.

"자아, 그러면은 술잔 드시오."

"예."

"임역관도 드시오."

"들지요."

술 한 모금을 마신 조준구는,

"술잔을 나누고 있노라면 서로 신분이 다르고 처지가 다르다손 치더라도 자연스럽게, 노인장 그렇지 않소이까? 친숙해질 수 있는 게 사내장부들,"

"아암요, 그렇고말고요. 해서 때로는 불로주라고도 하고,"

'뚱딴지 같은 소릴 하는군. 무식꾼이라 할 수 없단 말이야.'

조준구 비웃음을 띠는데 임역관이,

"허허어. 개명양반인 조공께서 어찌 그런 숫된 말씀을 하시오?"

신분 운운에 대해서 한 방 놓은 것이다.

"실은 내 말이 숫된 게 아니라 임역관 비윗장을 긁어서 그
러시는 게지요. 하하핫…… 핫핫……."

임역관은 조준구에게 조심하라는 듯 눈짓을 한다. 향심은
고개를 숙이며 손가락의 금반지를 돌리고 있었다.

"조공은 늘상 저런 성미니 노인장께선 개의치 마시오. 왕시
안동 김씨네와 더불어 풍양 조씨네 세도가 좀 하였소?"

공노인의 기분을 매우 존중하고 염려하는 듯하면서 한편
조준구를 추켜세운 것이다. 조준구의 심기가 확 풀어진다.

"아암요. 지가 역관 어른을 하늘겉이 우러러보고 곧은 심
성을 태산겉이 믿기야 합니다마는 참판댁나으리 지체가 어떤
것인지 그것쯤은 알고 있소. 개의하고 안 하고가 어디 있겠
소. 감히 어느 안전이라고 허허어…… 역관 어른께서도 까마
득한데 지 같은 늙은것이,"

참판댁이란 말은 여전히 미묘하였으나 임역관보다 한술 더
뜨는 공노인의 말이 조준구에겐 퍽이나 만족스러웠다.

"세상이 골망태가 되어 이제는 남의 나라에서 벼슬을 받는
처지긴 합니다마는 그럴수록 우리 임금님께서 내린 지난날의
벼슬 이름이 더 소중한 거 아니겠습니까?"

이야기는 또 엇길인데, 아까 불로주란 말도 생각이 났고,
아무튼 아득한 조상의 벼슬이긴 하지만 정확히는 조참의댁이

라야 옳은 것이고, 그러니까 합방 후 대일본제국 천황폐하가 내리는 작위와 은사, 그 영광에 목욕할 처지가 못 되었던 피 라미 친일파 조준구, 그의 선망을 달래는 데 공노인의 말은 매우 적절하였다.

"그야 말할 나위 있겠소? 그자들 거들먹거리는 꼴이라니 온, 도무지 눈이 씨어서, 한 세월 전만 하여도 문객 노릇하던 놈이 백작이다 뭐다."

임역관이 허허 하고 웃는다. 향심은 술잔에 술을 채우고.

"그는 그렇고 노인장께선 연치가 어찌 되시오?"

문객 노릇하던 놈이 백작이다 뭐다. 송병준을 가리킨 말인 데 더 이상 거론하기 뭣했던지 조준구는 화제를 꺾었다. 공노 인은 술잔을 놓으며,

"나이랄 것 있습니까. 조만간에 환갑상을 받아야 할 처지긴 합니다마는 차려줄 사람이나 있을지 모르겠구마요."

"그러면 자손이 없다 그 말이오?"

"예."

"허어……."

"팔자에 없는 모양입니다. 세월이 유수 같아서 하루아침에 흘러가버린 것 같지마는 나이를 생각해보니, 예, 피땀으로 모 은 재물 뉘한테 전자하고 돌아가야 하는가, 비라도 부실부실 내리는 밤이면은 허무하고 마음이 설풋해지기도 하고,"

"그것 참 억울하겠소."

'저자, 저 어리석은 위인 좀 보게? 후손 없단 말만 들어도 구미가 동한다 그겐가? 하기는 도둑질이란 한번 배우면 안 하고는 못 배기는 거구……. 허어, 그러나 저 씨꺼먼 마음보 때문에 제 망하는 걸 모르고 있으니 세상에 이치같이 절묘한 게 어디 있을라구. 밤하늘의 그 수많은 별들 운행같이 삼라만상이 이치에서 벗어나는 거란 없는 게야. 돌아갈 자리에 돌아가고 돌아올 자리에 돌아오고, 우리가 다만 못 믿는 것은 이르고 더디 오는 그 차이 때문이고 마음이 바쁜 때문이지. 뉘우침 말고는 악이란 결코 용서받을 순 없는 게야.'

임역관은 공노인과 조준구의 수작을 바라보며 폐광을 생각한다. 악인 조준구를 그같이, 그야말로 절묘하게 몰아붙인 완전한 계략을, 추호의 의심 없이 벌써부터 금방석에 앉은 것 같은 조준구의 살집 좋은 얼굴을, 웃음이 치민다. 흑심은 흑심에 의해 타도되는 이치를 어찌 절묘하지 않다 할쏜가.

"형님 한 분이 있어서 내 반생을 걸고 모은 재산은 조카들에게 넘어갈 것이겠지마는 형님의 재산이 저보다 월등하고 보니 그 자손들이 생광스럽게 생각이나 할는지요."

"재물이야 많으면 많을수록 좋은 것이고 두면은 더 두고 싶은 게 인간의 상정 아니겠소?"

"글쎄올시다. 좋은 만큼 근심 걱정도 많아지는 법이니."

"형님께서는 뭘 하셨기에 그리 많은 재산을 모으셨소?"

"예. 하얼빈에서 약종상(藥種商)을 하고 있지요."

바람 잡아 다니다 죽은 형을 어느덧 엉뚱하게 분장을 시켜 등장시킨다. 그러나 결코 즉흥적으로 한 말은 아니다. 서울로 오기 전에 혜관을 따라 연추까지 갔었던 공노인은 그곳에서 삼 일을 묵는 동안, 자연 용정촌 상의학교에 있었던 윤이병의 얘기를 듣게 되었고 그것을 실마리로 하여 심금녀의 얘기가 나왔고 따라서 심운회와 하얼빈에서 약종상을 하는 그의 형에 관한 것도 잡담에 끼어든 것이다. 그러니까 흘려들었던 얘기를 신빙성을 굳히기 위해 공노인은 써먹은 것이다.

"아아 그래요? 그러니까 거상이시군요."

"그런 셈이지요."

"청국땅에서 거상이라면 대단할 거요."

"워낙이 땅덩어리가 크고 사람도 많은 곳이어서 그럴밖에요. 서울서 내로라하는 장사꾼도 그곳에 가면은 구멍가게, 좀 심하게 말하자면 그렇지요. 저하고는 달라서 형은 풍신도 좋고, 조선서는 상사람이라 하여 핍박도 받았으나 그곳에서는 공가 성(孔哥姓) 때문에 후대를 받은 셈이지요. 조상을 따지잘 것 같으면은 세상에 왕손 아닌 사람이 없을 것이지마는 그 숱하게 있던 왕들보다 중국에서는 공자를 더 떠받쳐 모시는 모양이니까 아마 그렇지 않나 싶고, 허허헛……."

"조공. 아무래도 밑천 뽑기 어려울 것 같소."

임역관의 핀잔인데 그러나 거드름을 싹 가라앉혀버린 조준구는 허허헛! 하며 사람 좋은 것 같은 웃음을 터뜨린다.

"자 술 드십시오."

"예, 들고 있소."

"임역관도 많이 드시우? 향심이는 뭘 그리 넋을 놓고 있느냐? 손님께 술을 권하지 않고서?"

"예, 나리. 잠시 방심하였사옵니다. 용서하시오."

"교동 생각은 털어버려."

조준구는 향심에게까지 선심을 베풀듯 자상하게 군다.

"풍파가 일었구먼."

임역관이 말참견을 했다.

"허어. 점잖은 분이 남의 집안 망신시키려고 그러시오?"

"망신은 무슨 망신, 처첩 간에 흔히 있는 일인데."

"골칫거리요."

"사내가 잘나면 열 계집도 거나린다 했는데 조공은 잘나질 못했나?"

"계집도 계집 나름 아니겠소?"

"향심이한테만 눈을 팔았다면 별 풍파가 없었을 터인데 조공께서 눈 파는 곳이 또 있었던 거 아니오?"

"그런 일은 알고도 모르는 척하는 거요. 하하핫……."

"모르는 척하는 것은 어렵잖은 일이오만 알쏭달쏭, 똑똑히나 알아야 말이지요. 바람결의 말로는 신여성이라며요?"

"그렇잖으면 누가 공을 들이겠소."

"이거, 향심이 베개 젖을 얘기구먼."

"그런 데는 도통한 여자니까."

"예, 나으리. 쇤네는 저기 머릿장처럼 요지부동입니다요."

"으레 나이 먹은 소는 고기맛도 질깃한 법이고, 조공 그보다 그 신여성께서는 여릿여릿하게 어린 처녀시라구요?"

"허물 될 것 있소? 사내란 팔십에도 새장가 드는 법이오."

"허어? 이거 크게 사단이 나겠구먼. 눈이 시퍼렇게 살아 있는 어부인은 어떡허고 새장가입니까?"

"칠거지악을 모르시오?"

"농인 줄 알았더니."

"기필코 내치겠다는 얘긴 아니오. 부실한 자식이 하나뿐인 데다 투기심이 이만저만 아니니 그럴 수도 있다 그 얘기 아니겠소."

"그럴 수도 있다? 하항, 그러면 그렇게 될 가망이 많구먼. 상대는 신여성인 데다가, 신여성이 뭔고 하니 서양풍을 따라가는 게 신여성일진대 그곳에선 일부일처를 반드시 지킨다 하지 않소? 게다가 여릿여릿하게 어린 여자가 무릎 앞에서 빠작빠작 졸라대면은 조공도 별수 없을 게요. 늙은 조강지처를 버리느냐 젊은 신여성 정인(情人)을 버리느냐."

"서양풍 얘기가 났으니 말인데 사실 우리 조선에서 소실 두는 풍습이 성한 것은 그럴 만한 이유가 있는 거요. 서양에서는 칠거지악이 없어도 살다 정이 없어지면 이혼하는 것이 보통이고 재혼을 몇 번 하여도 흉허물이 없지만 조선에선 조강

지처를 아니 버린다는 불문율 때문에 부득이 소실 두는 풍조가 생긴 모양인데 신여성뿐만 아니라 조선도 문명국이 되려면은 우리네 남자들도 생각해볼 만한 일인 성싶소."

임역관은 그 말에 대한 의견을 말하지 않고 대신 잠자코 있던 공노인이 말했다.

"본시부터 배운 것이 없어서 뭐가 좋고 나쁜지 모르겠습니다마는 그래서 묻는 얘깁니다마는, 문명국이 우리네보다 좋은 것이 뭐 있습니까."

"그거야 얘기를 하자면 간단치가 않지요. 첫째 그들은 부자라는 점이오. 물론 우리네 국토보다 땅덩어리가 커서 모든 자원이 풍부한 경우도 없는 것은 아니나 무엇보다 문명이 발달한 데 그 원인이 있는 게요. 영국 같은 나라를 말할 것 같으면 본시 조그마한 섬나라에 불과한데 오늘날 도처에 그들 식민지가 있고 세계서 으뜸가는 강국이 되었는가, 한마디로 말해서 문명 덕분이오. 사람의 손 대신 기계로써 만사를 움직이고 만들어내고 그게 또 사람 몇 몫의 일을 해내니 자연 물품을 손쉽고 싸게 만들어 쓰고 남으니 남의 나라에 팔고, 절로 부강해질 수밖에 더 있겠소? 부강해짐으로 하여 약소국을 차례차례 집어삼켰던 거요."

"그러면은 결국 우리네 같은 장사꾼에다가 도적놈이다 그말씀 아니겠소? 문명국이란,"

열을 올리며 장광설을 늘어놨던 조준구는 머쓱해진다.

"조공. 역시나 밑천 뽑기는 어렵겠소. 하하핫핫……."

임역관은 유쾌해져서 술을 쭉 들이켠다.

"공노인 제 잔 받으시오."

"죄송하구마요."

임역관이 넘긴 술잔에 향심은 술을 따르고 그것을 마시는 공노인을 쳐다보던 조준구,

"그렇게 말할 수도 있겠지요."

많이 양보한다. 대신 조준구는 향심을 노려보는 것이다.

"거 왜 눈두덩은 부성부성하냐? 간밤에 지네가 오줌이라도 쌌단 말이냐? 술자리에 앉는 계집이란 상시 용모 자태, 행동거지가 일월 같아야지."

기여, 지지리 못난 꼴을 노출하고야 만다.

"관에서 매 맞은 사내가 집에 와서 계집 친다던가? 나 조공의 그 성미 하나 마음에 안 들어요. 술맛 떨어지게시리."

술주정 비슷하게 임역관은 투덜거렸다.

"역관 어른 뭘 그러시오? 참판댁나으리도 주정하신 건데."

공노인은 말리는 시누이처럼. 그러나 세 사람은 다 같이 상당히 취해 있었다. 새삼스러울 것도 없는 일, 향심은 미소를 머금은 채 술 시중을 들고 있다.

"그는 그렇고, 조고옹? 부자 좋아하는 조준구나으리, 앞으로 공노인의 돈, 모조리 끌어다 쓰려거든, 그런 심산이면은 이 임역관한테 집칸 늘려주셔얄 거요. 아시겠소? 주정 아니외

다."

"아, 알았소. 청빈하다는 분이 웬, 갑자기 그런 말은 왜 하시오."

"하, 손톱 밑에 까시 든 것은 아프지만 옆구리에 구더기 신는 것은 모르더라고, 내가 청빈해요? 이쪽저쪽 말 건네주고 연명하는 자가 청빈하면 얼마나 청빈했겠소. 아예 내일 아침 술김에 한 말이란 말 하지 마슈."

"알았다니까, 내 임역관을 섭섭하게 할 순 없지요."

"여보게 향심이."

"예."

임역관은 술잔을 내밀었다.

"술잔 가득히."

"예."

"자네, 어제는 교동 갔다 와서 눈두덩이 지네 오줌 싼 꼴이 됐으나, 앞으로가 더 큰일일세. 남산 갔다 오면은 눈두덩이 독사 오줌 싼 꼴이 될 테니."

"이거, 이거 왜 이러시오?"

세 사람은 모두 술이 거나했다. 그중에서도 조준구는 더 많이 취해 있었다.

"자고로 도적을 피하면은 강도를 만나더라고. 생각해보시오, 이화학당을 다니다 말았다는 신여성이 더군다나 처녀의 몸으로 조공을 보았다는 점, 딸 치고도 늦게 둔 딸 나이에 그래 조공 재물에만 눈이 어두워졌을 성싶소?"

"이거 듣자 듣자 하니, 뭐 그만두지요. 그보다 노인장, 거금을 모은 얘기나 들려주시지 않겠소?"

눈을 부릅뜨려다 말고 조준구는 술기 탓이겠지만 입을 헤벌리고 웃는다.

"거금도 아니거니와 얘기라는 것도 시시합니다. 청나라 비적 놈 등쳐먹은 덕분에,"

"허어? 비적의 등을 쳐먹어요?"

"예. 하마터면 그때 죽을 뻔했지요. 그러니까 서태포에서 비적한테 잡혔는데, 서태포가 어딘고 하니 왕청현 춘명사 근처지요. 사람도 잘 다니지 않는 험난한 곳이고 열 자, 스무 자나 되는 큰 나무들이 빽빽이 들어차서 하늘이 보이질 않소. 뿐이겠습니까? 가시덤불만 해도 사람들 키를 넘으니께요. 그러니 도모지 길이란 게 없소."

"그런 곳을 뭣하러 가시었소."

조준구는 호기심을 나타내며 물었다. 임역관과 향심이도 흥미를 느껴 귀를 기울인다.

"약초 캐러 갔었지요. 지가 이래 봬도 몸은 짝달막한 게 볼품은 없지마는 담은 찬 편이오. 그땐 나이도 젊었고, 그래 비적 놈들이 나를 죽이려고 끌고 나가는데 이젠 속절없이 죽는구나 싶었지요. 구구하게 살려달라고 빌진 않았소. 하야간에 청룡도가 번쩍하는데 내 목은 붙어 있고 대신 팔뚝만 한 자작

나무가 나둥그러지더란 말입니다. 알고 보니 내 처신이 마음에 들었다 그거지요."

"그래 어찌 되었소?"

"저이들 패거리가 되라는 거였지요?"

여기서부터 공노인의 말은 거짓이다.

"살자니 어쩝니까? 우선 그러겠노라 하고선 야심한 틈을 타서 비적 놈 녹용을 훔쳐서 들고 뛰었지요. 허허헛……."

"아닌 게 아니라 몸집보다 담이 크신가 보오."

"예. 젊은 시절엔 그게 밑천이었지요. 아무튼 그 녹용을 밑천으로 해서 담비장살 했지요. 흑룡강으로 해서 그 일대를 돌아다니며. 그곳의 담비는 유명하니까요. 아 그러세, 노국하고 청국이 흑룡강을 두고 여러 번 쌈을 한 것도 담비 때문이라니까 그 일대가 담비밭이지요."

"담비가 값진 것이긴 하지. 옛날에도 궁중에 뇌물로 쓰였으니까."

사실무근의 얘기를 공노인은 그럴싸하게 늘어놓았는데 자신하고는 무관하였어도 들은 풍월이니 아주 황당한 것이라 할 수는 없었다.

"담비하고 녹용장사를 해서 한밑천 잡은 뒤, 다음 손을 댄 것이 금광이었소."

임역관이 공노인을 힐끗 쳐다본다. 반사적으로 향심인 임역관을 쳐다본다.

"금광을?"

조준구는 몸을 앞으로 기울이며 되물었다.

"예. 금광 다음엔 사금을 했고요. 지가 그러는 동안 형은 형대로 약종상을 시작하여 번창했으니 형제한테 꼭 같이 재운이 온 거지요."

공노인은 금광과 사금에 대해선 자세한 설명을 않고 넘어간다.

"금광에 관한 얘길 좀 해주시오. 나에게는 참고가 될 테니까요."

"그 얘길 하자면 길지요. 차차 하기로 하고, 지 혼자만 얘기하는 것도 예가 아니니까요."

공노인은 도망치듯 술잔을 들었다.

"향심이, 조공 술잔이 비었네."

임역관이 얘기가 엇길로 흐르게 도와준다.

"예. 나으리 약주 드셔요."

향심이도 날렵하게 술을 부어 조준구에게 권한다. 손발이 척척 맞는 셈인데 이윽고 주연은 끝났다. 하직인사를 한 뒤 밖으로 나온 임역관은 공노인의 손을 덥석 잡았다.

"공노인, 대단하시오."

"지도 술버릇이 좀 나쁩니다. 그래서 악담이 나올까 봐서 조심을 많이 했소."

"허허헛허허, 사람 하나 병신 만들기 힘이 드는구면요."

"예. 허나 생각한 것보다는 간악한 위인이 쉬이 속는구마
요."

"욕심에 눈이 어두우면 제 손가락으로 제 눈 찌르지요. 공
노인을 도와주는 것은 바로, 그자의 욕심 아니겠소?"

"그러나 땅문서를 쥘 때까지 칼자루는 그자 손에 있다 할
것이고."

어느덧 이들 사이에는 신분이나 식견(識見)에서 오는 거리가
없어지고 있었다.

"역관 어른."

"네."

"저기."

하다가,

"아니 다음에 말씀드리겠소. 역시 그러는 편이."

"무슨 얘긴지 모르지만 그렇게 하시오. 그러면 여숙으로 가
시려오?"

"예."

행길가에서 두 사람은 헤어진다.

〈8권에서 이어집니다〉

어휘 풀이

기명통: 살림살이에 쓰이는 여러 가지 그릇.

까마구 까치집 채듯: 까마귀가 까치 집을 뺏는다. 서로 비슷하게 생긴 것을 빙자하여 남의 것을 빼앗음을 비유적으로 이르는 속담.

뜨물에도 아아 생기더라: 뜨물에도 아이가 생긴다. 일이 여러 날 지연되기는 해도 반드시 이루어짐을 비유적으로 이르는 속담.

리리얀: 릴리얀(lily yarn). 인조 견사를 가늘고 둥글게 끈처럼 짠 실. 광택이 많이 나고 보드랍다. 미국에서 만든 실의 등록 상표명에서 나온 말.

밉은 강아지 웃주둥에 똥 싼다: 미운 강아지 우쭐거리며 똥 싼다. 미운 강아지는 조용히 있는 것도 눈에 거슬리는데 오히려 똥을 싸면서도 우쭐거려 더욱 밉다는 뜻으로, 미운 자가 유난히도 보기 싫고 미운 짓만 골라 하고 있음을 비유적으로 이르는 속담.

부잣집에 화초며느리로 데려간다: 얼굴이 복스럽고 후하게 생겨 시집살이하지 않는 집안으로 시집 간다는 말.

솔찮다: 꽤 많다.

시레비자식: 시러베자식. 실없는 사람을 낮잡아 이르는 말.

안다니 나흘장 간다: 만사에 아는 척하지만, 오일장도 모르고 있지도 않은 나흘장에 간다. 잘난 척하지만 사실은 세상 물정 모르고 주책을 떤다는 말.

앉은뱅이 용쓴다: 불가능한 일을 두고 힘만 쓰고 있는 경우를 비유적으로 이르는 속담.

어정개비: 어정잡이. 겉모양만 꾸미고 실속이 없는 사람.

오갈솥: 오가리솥. 아가리가 안쪽으로 조금 고부라진 작고 오목한 솥.

오소리감투가 둘이다: 어떤 일에 주관하는 자가 둘이 있어 서로 다툼이 생긴 경우를 비유적으로 이르는 속담.

옥식기: 오목주발. 속을 오목하게 만든 놋쇠로 된 밥그릇.

유대(有待): 의식(衣食) 따위에 기대어야 살 수 있는, 덧없는 인간의 몸.

전포(廛鋪): 전방. 점포. 물건을 늘어놓고 파는 가게.

주인집 장 떨어지자 나그네 국 마단다: 일이 아주 공교롭게 잘 맞아떨어지는 경우를 비유적으로 이르는 속담.

집난이: 시집간 딸.

탕숫국: 탕국. 제사에 쓰는, 건더기가 많고 국물이 적은 국. 늑탕수

히사시가미[庇髮]: 일본 메이지 시대 말에 했던 여성의 머리 모양. 앞머리와 옆머리를 둥글게 크게 부풀리고, 나머지 머리는 정수리에 묶어 고정시켰다.

토지 7 완간 30주년 기념 특별판
2부 3권

특별판 1쇄 인쇄 2024년 6월 14일
특별판 1쇄 발행 2024년 6월 26일

지은이 박경리
펴낸이 김선식

부사장 김은영
콘텐츠사업2본부장 박현미
디자인 정명희
콘텐츠사업6팀장 임경섭 **콘텐츠사업6팀** 정지혜, 곽수빈, 정명희
마케팅본부장 권장규 **마케팅1팀** 최혜령, 오서영, 문서희 **채널1팀** 박태준
미디어홍보본부장 정명찬 **브랜드관리팀** 안지혜, 오수미, 김은지, 이소영
뉴미디어팀 김민정, 이지은, 홍수경, 서가을, 문윤정, 이예주
크리에이티브팀 임유나, 변승주, 김화정, 장세진, 박장미, 박주현
지식교양팀 이수인, 염아라, 석찬미, 김혜원, 백지은
편집관리팀 조세현, 김호주, 백설희 **저작권팀** 한승빈, 이슬, 윤제희
재무관리팀 하미선, 윤이경, 김재경, 임혜정, 이슬기
인사총무팀 강미숙, 지석배, 김혜진, 황종원
제작관리팀 이소현, 김소영, 김진경, 최완규, 이지우, 박예찬
물류관리팀 김형기, 김선민, 주정훈, 김선진, 한유현, 전태연, 양문현, 이민운

펴낸곳 다산북스 **출판등록** 2005년 12월 23일 제313-2005-00277호
주소 경기도 파주시 회동길 490
전화 02-704-1724 **팩스** 02-703-2219
이메일 dasanbooks@dasanbooks.com
홈페이지 www.dasan.group **블로그** blog.naver.com/dasan_books
용지 스마일몬스터피앤엠 **인쇄** 상지사피앤비 **코팅 및 후가공** 제이오엘앤피 **제본** 국일문화사

ISBN 979-11-306-9945-5 (세트)